Als het zaterdag wordt

Van Nicci French verscheen eveneens
bij Ambo|Anthos *uitgevers*

Het geheugenspel
Het veilige huis
Bezeten van mij
Onderhuids
De rode kamer
De bewoonde wereld
Verlies
De mensen die weggingen
De verborgen glimlach
Vang me als ik val
Verloren
Tot het voorbij is
Wat te doen als iemand sterft
Medeplichtig

In de Frieda Klein-reeks:
Blauwe maandag
Dinsdag is voorbij
Wachten op woensdag
Donderdagskinderen
Denken aan vrijdag
Zondagochtend breekt aan

Nicci French

Als het zaterdag wordt

Vertaald uit het Engels door
Marja Borg en Noor Koch

Ambo|Anthos
Amsterdam

MIX
Papier van verantwoorde herkomst
FSC® C004472

Eerste druk 2016
Dertiende druk 2017

ISBN 978 90 263 3823 6

Oorspronkelijke titel *Saturday Requiem*
Oorspronkelijke uitgever Michael Joseph
Omslagontwerp Marry van Baar
Omslagillustratie © Christophe Dessaigne / Trevillion Images
Kaart binnenwerk © Michael A. Hill, 2016
Foto auteurs © Mark Kohn

Verspreiding voor België:
Veen Bosch & Keuning uitgevers nv, Antwerpen

Voor Kersti en Patricia

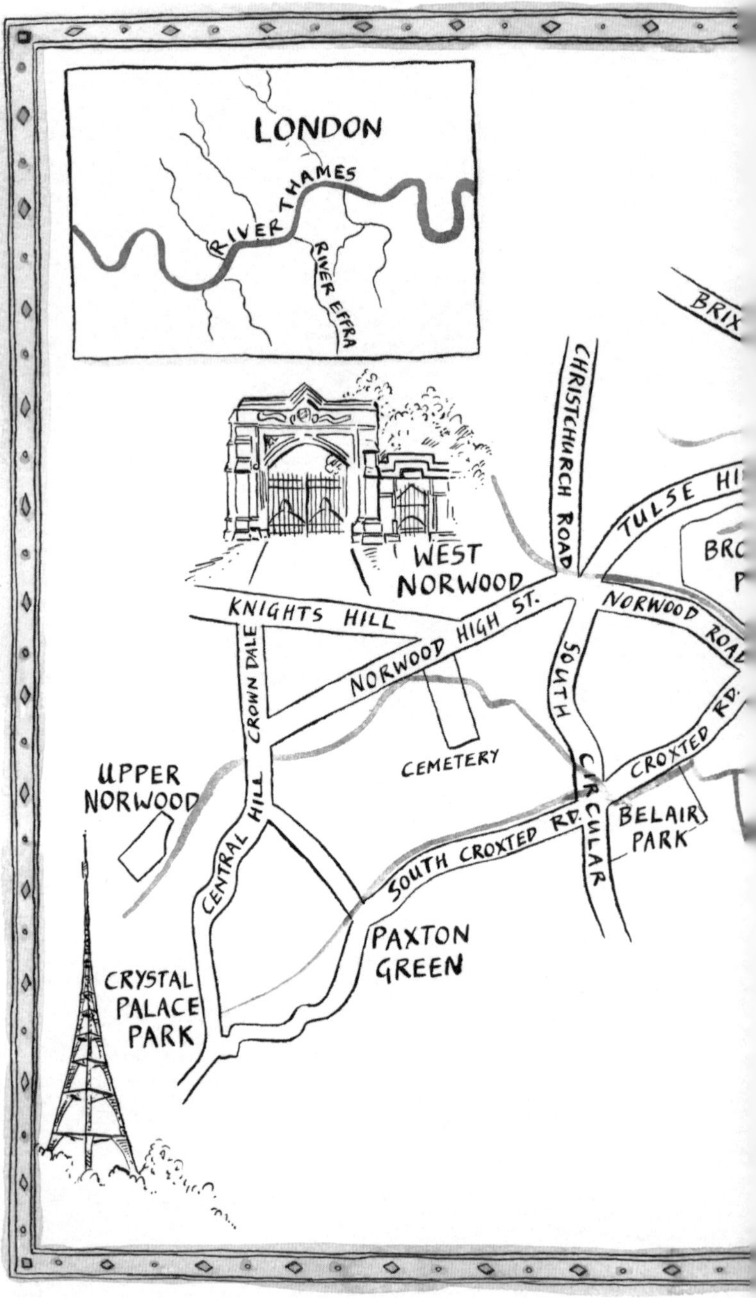
LONDON
RIVER THAMES
RIVER EFFRA
BRIX
CHRISTCHURCH ROAD
TULSE HI
BRO
P
WEST
NORWOOD
KNIGHTS HILL
NORWOOD HIGH ST.
NORWOOD ROAD
CROWN DALE
SOUTH CIRCULAR
CROXTED RD.
CEMETERY
UPPER
NORWOOD
CENTRAL HILL
SOUTH CROXTED RD.
BELAIR
PARK
PAXTON
GREEN
CRYSTAL
PALACE
PARK

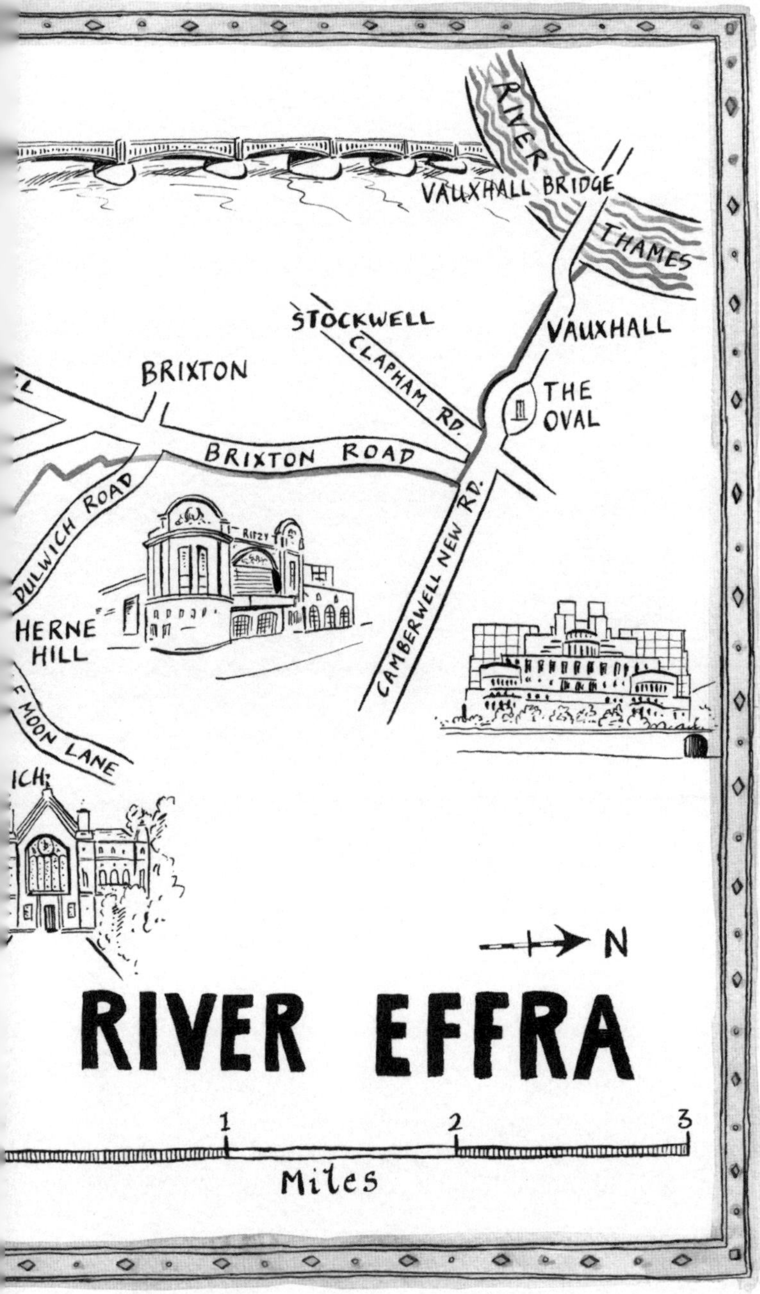
RIVER
THAMES
VAUXHALL BRIDGE
STOCKWELL
CLAPHAM RD.
VAUXHALL
THE OVAL
BRIXTON
BRIXTON ROAD
DULWICH ROAD
RITZY
CAMBERWELL NEW RD.
HERNE HILL
MOON LANE
N
RIVER EFFRA
1
2
3
Miles

Ze is niet bang. Een messteek levert geen stekende pijn op. Het voelde meer als een dreun die in golven door haar lichaam ging, en daarna hadden haar benen het begeven en lag ze op de grond. Haar mes kletterde op de harde vloer.

Ze had niet beseft wat er gebeurde, ook al was het haar eigen mes. Dat had ze achterovergedrukt en bewaard onder haar matras. Ze had het meegenomen, weggestopt achter haar broekband. Maar het was fout gelopen.

Nu zit ze in elkaar gezakt op de tegelvloer met haar rug tegen de muur. Haar blote voeten zijn nat en warm van haar eigen bloed.

Ze hoort een stem en het licht wordt aangedaan. Twee tl-buizen, hangend aan kettingen, verspreiden een naargeestig schijnsel. De linker flikkert en zoemt. Afstandelijk kijkt ze naar haar bloed. Het is niet rood, eerder kastanjekleurig, en ziet er dik en plakkerig uit. Ze laat haar hoofd achterover zakken en kijkt naar boven.

Ze hoort toesnellende voetstappen, rubberzolen die piepen op de tegels. Aanvankelijk ziet ze alleen de groene stof van hun uniform. Gezichten buigen zich naar haar toe. Ze voelt handen op haar lichaam. Kleren worden opengeknipt. Er wordt gemompeld.

'Waar is ze heen gegaan?'

De vrouw zegt niets. Ze probeert haar hoofd te schudden, maar dat lijkt te veel moeite.

'Hoe kom je aan het mes?'

Het lijkt zinloos die vraag te beantwoorden. Nog meer voetstap-

pen. Ze hoort een mannenstem. Het is een van de artsen. De Aziatische. Hij klinkt rustig. Er wordt een lampje op haar gericht, het schijnt in haar ogen. Als het lichtje weer verdwijnt, lijkt de duisternis paars en draaierig.

'Ziet er niet fraai uit,' zegt de arts. 'Maar het is niet ernstig. Waar is de andere?'

'Die kant uit,' zegt een van de verplegers, wijzend naar een bloedrode voetafdruk. Een spoor van andere voetafdrukken leidt rechts de gang in, waar het vervaagt. Het is donker in de gang, maar de commotie wekt belangstelling. Achter tralies wordt gekreund en geschreeuwd. Iemand roept om hulp, eindeloos dezelfde zin: 'Laat me eruit. Laat me eruit.' Het is een oude vrouw die dit altijd schreeuwt of prevelt als ze wakker en angstig is, soms wel de hele nacht. Een bewaker staart naar de laatste voetafdruk en tuurt dan de donkere gang in. Als hij voetstappen achter zich hoort, kijkt hij om. Er komen nog twee verplegers aan in een wit T-shirt en witte broek. Een van hen wrijft in zijn ogen. Hij lag te slapen.

'Wat denk je?'

'Ze moet in de recreatiezaal zijn,' zegt de man.

'Hoe weet je dat?'

'De afdeling is afgesloten. Ze kan nergens anders naartoe.'

'Heb je de spuit bij je?'

De man houdt een injectienaald op.

'Is het genoeg?'

'Genoeg voor een paard.'

'Ze zal wel helemaal over de rooie zijn.'

'We zijn met z'n drieën.'

'Heeft ze een mes?'

'Dat heeft ze laten vallen. Het was niet van haar.'

'Misschien heeft ze er nog een.'

Ze sluipen door de gang en kijken links en rechts in het donker, luisteren of ze een beweging horen. Het enige licht komt van de maan en valt in stroken tussen de tralies door de gang in.

'Kunnen we het licht niet aandoen?'

'Dat kan alleen van beneden.'

Buiten waait het en regendruppels kletteren tegen de ramen alsof ze ertegenaan worden gesmeten. Eventjes is het stil, dan volgt een nieuwe lading.

De recreatiezaal is niet echt een zaal, maar een verbreding aan het einde van de gang, die ruimte biedt voor stoelen en een bank. Ze zien het schijnsel van de tv op de muren, alsof er een haardvuur brandt. De mannen fluisteren tegen elkaar.

'Zullen we wachten?'

'Ze is in haar eentje.'

'Je hebt gezien wat ze gedaan heeft.'

'Ben je bang?'

'Nee.'

Aanvankelijk zien ze niemand. Het geluid van de tv is uit, maar het beeld staat aan: een teleshoppingprogramma, een flits van goedkope sieraden. Lege stoelen, een tafeltje met een opengeslagen tijdschrift. Dan zien ze iemand ineengedoken in een hoek zitten, met de armen om zich heen geslagen. In het licht van de tv zijn de tatoeages op de armen te zien: gezichten, sterren en spiralen. Eén arm is helemaal donker van de inkt. Het hoofd is gebogen, het gezicht gaat schuil achter haar. Ze murmelt iets wat ze niet kunnen verstaan en dan beweegt ze haar hoofd op en neer, waardoor haar achterhoofd telkens tegen de muur bonkt. Een van de verplegers loopt op haar toe.

'Rustig maar. We brengen je naar je kamer.'

Ze blijft murmelen. Het is niet te zeggen of ze zich van hun aanwezigheid bewust is. Wanneer de verpleger nog dichterbij komt, tilt ze heel even haar hoofd op, waardoor haar dikke haardos uiteenwijkt. De blik in haar heldere ogen is even strak als die van een in het nauw gedreven dier. De maag van de verpleger trekt samen. Heel even aarzelt hij. Op dat moment springt ze naar voren. Of ze het op hem heeft gemunt of dat hij in de weg staat is niet duidelijk. Hij valt achterover op de tafel met haar boven op zich. Hij slaakt een kreet. De andere twee verplegers proberen haar van hem af te trekken. Een van hen slaat zijn arm om haar hals en trekt steeds harder, maar de man onder haar blijft schreeuwen. Een andere verpleger balt een vuist en stompt haar hard in de ribben. Het doffe geluid van elke dreun is duidelijk te horen, als een rubberen hamer die wegzinkt in de aarde. Uiteindelijk verslapt haar greep en wordt ze weggetrokken.

Hoewel ze haar in bedwang proberen te houden, spartelt en kronkelt ze nog steeds.

'Werk haar tegen de grond.'

Ze draaien haar op haar buik. Eén verpleger houdt haar beide armen vast en de derde gaat op haar rug zitten, maar nog steeds schopt en trapt ze. Met zijn tanden trekt de verpleger het plastic dopje van de injectienaald.

'Zorg dat ze stil blijft liggen.'

Hij ramt de naald in het bovenbeen van de vrouw en spuit de lorazepam langzaam in. Dan werpt hij de naald opzij, gaat dwars over haar benen liggen en houdt ze in bedwang. Kermend en huilend kronkelt ze onder hem. Hij ruikt haar: tabak, zweet, de warme stank van angst, haast als van seksuele opwinding. Aanvankelijk gebeurt er niets, maar na een minuut worden de bewegingen en geluiden zwakker en lijkt het lichaam onder hem te sterven. Voor de zekerheid telt hij traag tot twintig. Dan komen ze overeind en doen hijgend een stap naar achteren.

'Gaat het?'

Een van de verplegers brengt een hand naar zijn hals. 'Ze heeft me gebeten.'

'Ze is beresterk. Drie man is niet genoeg.'

'Het was haar schuld niet. Ze wilden haar te grazen nemen.'

'De volgende keer lukt ze dat echt.'

1

De wind gierde door de straat en het regende gestaag. Frieda Klein liep in stevig tempo door het donker. Op dit tijdstip van de nacht, tijdens de kleine uurtjes waarin de straten vrijwel verlaten waren en er vossen in vuilnisbakken wroetten, had ze het gevoel dat Londen van haar was. Ze kwam uit bij de Strand en net toen ze wilde oversteken richting de Theems, begon haar mobieltje in haar jaszak te trillen. Wie zou er zo laat nog bellen? Ze pakte het en keek naar het schermpje: Yvette Long. Brigadier Yvette Long.

'Yvette?'

'Het gaat over Karlsson.' Yvettes stem klonk luid en schel in Frieda's oor. 'Hij is gewond.'

'Karlsson? Wat is er gebeurd?'

'Dat weet ik niet.' Yvette Long leek een snik te onderdrukken. 'Ik heb het net gehoord. Het is niet helemaal duidelijk. Ze hebben iemand gearresteerd en Karlsson ligt in het ziekenhuis. Hij wordt geopereerd. Het klinkt ernstig. Meer weet ik niet. Ik móést iemand bellen.'

'Welk ziekenhuis?'

'St Dunstan's.'

'Ik ben al onderweg.'

Ze stopte het mobieltje terug in haar zak. St Dunstan's was in Clerkenwell, anderhalve kilometer verderop, misschien nog wel verder. Ze hield een taxi aan en staarde door de voorruit tot ze de grauwe bovenverdiepingen van het ziekenhuis voor zich zag opdoemen. De baliemedewerkster kon niemand met de naam Karlsson in het systeem vinden.

'Vraag het eens bij de spoedeisende hulp,' zei ze, naar rechts wijzend. 'Aan de andere kant van het binnenplein de gang door.'

Bij de balie van de spoedeisende hulp moest Frieda aansluiten in de rij. Een man vooraan vroeg waarom zijn vrouw nog niet werd geholpen. Ze wachtte al twee uur. Meer dan twee uur. De baliemedewerkster legde hem heel beleefd en langzaam uit dat mensen op basis van urgentie werden behandeld. Frieda keek op haar telefoon. Het was tien voor halfvijf 's ochtends.

De man leek er niets voor te voelen om weg te gaan. Hij herhaalde zijn klacht nog luider en ruziede met een tiener in trainingspak achter hem, wiens hand verbonden was met een smoezelige theedoek. Een oude man voor Frieda draaide zich zuchtend om. Zijn gezicht had een grijsgroene kleur.

'Wat een tijdsverspilling,' zei hij. Frieda reageerde niet. 'Mijn vrouw wilde dat ik ging. Ik heb alleen maar last van mijn arm. En van indigestie.'

Frieda bekeek hem aandachtig. 'Hoe bedoelt u? Wat voelt u?'

'Het is gewoon indigestie.'

'Beschrijf het eens.'

'Alsof er een klem om mijn borst zit. Met een beetje Alka-Seltzer ben ik zo weer de oude.'

'Kom mee,' zei Frieda terwijl ze de overrompelde man mee naar voren trok.

De man voor de balie staakte zijn geklaag en keek achterom. 'U moet op uw beurt wachten.'

Frieda duwde hem opzij. 'Deze meneer heeft misschien een hartaanval,' zei ze.

De baliemedewerkster keek haar vragend aan. 'Wie bent u?'

'Een hartaanval,' zei Frieda. 'Dat is het enige wat u hoeft te horen.'

Daarna volgden een paar minuten waarin werd geroepen en met deuren geslagen en even later werd de man op een brancard gelegd, waarop de rust ineens terugkeerde en Frieda en de baliemedewerkster tegenover elkaar stonden.

'Was dat uw vader?'

'Ik ben hier voor Malcolm Karlsson,' zei Frieda. 'Hoofdinspecteur Malcolm Karlsson.'

'Bent u familie van hem?'

'Nee.'

'Een collega?'

'Nee.'

'Het spijt me, maar dan kan ik u geen informatie verstrekken.'

'Maar ik was vroeger wel een collega van hem.'

De vrouw leek te weifelen. 'Bent u van de politie?'

'We hebben samengewerkt en hij is een vriend van me.'

'Het spijt me.'

'Vertel me dan op z'n minst hoe hij eraan toe is.'

'Sorry, wilt u alstublieft opzijgaan? Er wachten mensen die hulp nodig hebben.'

'Wie is uw leidinggevende?'

'Als u niet opzijgaat, bel ik de beveiliging.'

'Prima, bel de beveiliging maar. Ik...'

'Frieda.' Ze keek om. Yvette was buiten adem en had rode konen. Ze wroette in haar tas en haalde haar legitimatie tevoorschijn, die ze aan de baliemedewerkster liet zien. Haar handen trilden. De baliemedewerkster nam het legitimatiebewijs aan en bestudeerde het aandachtig, alsof ze bang was dat ze in de maling werd genomen. Uiteindelijk slaakte ze een zucht.

'De deur achter in de wachtruimte door en daar verder vragen. Hoort zij bij u?'

'In zekere zin,' zei Yvette.

'Neem haar dan alstublieft mee.'

'Niemand weet iets,' zei Yvette.

Toen ze een klapdeur aan het einde van de wachtruimte openduwde, botsten ze bijna tegen een agent in uniform op.

'Ligt Karlsson hier?' vroeg Frieda.

De jonge man keek Frieda vragend aan, waarop Yvette haar badge ophield.

'Hoe gaat het met hem?'

'Niet zo goed.'

'Is hij in levensgevaar?'

'In levensgevaar?' vroeg de agent. 'Hij ligt daar. In het behandelhokje achterin.'

Frieda en Yvette liepen langs de andere behandelhokjes. Uit een ervan klonk het geluid van een snikkende vrouw. Voor het achterste hokje hing een blauw gordijn. Yvette keek Frieda vragend aan. Frieda trok het gordijn open. Ineens stond ze oog in oog met een jonge vrouwelijke arts. Karlsson zat half op het bed. Hij droeg een wit overhemd, een stropdas en de broek van zijn pak, waarvan een zijkant bijna helemaal was opengeknipt om een bont en blauw, gezwollen been bloot te leggen.

'Ik dacht...' stamelde Frieda. 'We dachten...'

'Ik heb verdomme wel mijn been gebroken,' zei Karlsson.

'Ze hebben hem opgepakt,' zei Yvette. 'Hij zit vast. Hij zal hiervoor boeten.'

'Boeten? Waarvoor?' Karlsson keek hen allebei chagrijnig aan. 'Ik ben gevallen. Hij nam de benen en ik wilde achter hem aan gaan, maar struikelde over een scheef liggende stoeptegel. Normaal gesproken krabbel je dan overeind en ren je weer door, maar blijkbaar ben ik een oude, waardeloze sukkel. Toen ik viel, hoorde ik het meteen, alsof er een stok brak.'

'Yvette belde me,' zei Frieda. 'We dachten dat er iets vreselijks was gebeurd. Echt iets vreselijks.'

'Wat denk je dat dit is?' Karlsson keek de jonge arts aan. 'Vertel het ze maar. Wat heb ik gebroken?'

'De tibia en fibula.'

'Ik moet geopereerd worden,' zei Karlsson. 'Met pennen en schroeven.'

'We wachten op de specialist. Als het goed is komt hij er zo aan.'

'Doet het pijn?' vroeg Yvette.

'Ze hebben me iets gegeven. Het is eigenaardig. Ik voel de pijn, maar het doet me niets.' Er viel een stilte. Karlsson keek naar zijn gehavende scheenbeen. Frieda zag nu dat het niet helemaal recht was. 'Het gaat weken duren. Misschien wel maanden.'

De arts keek opgelaten. 'Ik ga kijken waar de specialist blijft,' zei ze. Ze verdween door het gordijn en liet hen alleen.

'Wil je dat we iets te eten of te drinken voor je halen?' vroeg Yvette.

'Beter van niet,' zei Frieda. 'Niet als ze hem gaan opereren.'

Toen Karlsson weer sprak, klonk hij versuft en sleepte zijn stem alsof de medicijnen begonnen te werken. 'Het is allemaal jouw schuld.'

'Mijn schuld?' vroeg Frieda. 'We hebben elkaar weken niet gezien.'

'Jij hebt ervoor gezorgd dat ik mijn baan terugkreeg,' zei hij. 'Jij en die vriend van je, Levin. Als je dat niet had gedaan, lag ik nu veilig thuis in m'n bed.'

'Volgens mij is dat niet precies...' zei Frieda, maar Yvette onderbrak haar.

'Wie is Levin?'

'Frieda zou de bak in draaien,' zei Karlsson. 'Daar weet je van. En ik zou een disciplinaire straf krijgen, of worden ontslagen of gearresteerd. Of alle drie. Dat dat niet is gebeurd komt doordat een zekere Levin op het toneel verscheen.'

'Is hij van de Met?' vroeg Yvette.

'Ik denk niet dat we daar...' zei Frieda, maar Karlsson viel haar in de rede.

'O nee, hij niet.'

'Van het Home Office?'

'Daar heeft hij zich nooit over uitgelaten. Hij had zijn oog op Frieda laten vallen. Was geïnteresseerd in haar. Maar hij heeft nooit gezegd waarom.'

'Hij zei dat ik bij hem in het krijt stond. Maar ik weet niet wat dat inhoudt.'

'Bij iemand in het krijt staan is gevaarlijk,' zei Karlsson. 'Ik heb mensen tegenover me gehad die zeiden: "Maar ik deed het voor een vriend." Als ik ze er dan op wees dat ze iemand hadden vermoord, zeiden ze: "Maar ik stond bij hem in het krijt." Alsof het daarmee te rechtvaardigen was.' Hij ging languit liggen, wat hem moeite leek te kosten. 'Dus je hebt niets van hem gehoord?'

'Dat heb ik niet gezegd. Hij heeft de afgelopen tijd een paar berichten ingesproken op mijn voicemail.' Vier om precies te zijn, waarin hij haar op vriendelijke toon verzocht om hem zo spoedig mogelijk terug te bellen. 'Ik heb nog geen contact met hem opgenomen.'

Karlsson leek niet naar haar te luisteren. 'De arts had het over schroeven en pennen.'

'Dat zei je, ja.'

'Als ik door de douane ga, gaat het alarm nog af.'

'Waarschijnlijk wel.'

'Dus Levin pikt je in,' zei Karlsson slaperig.

'Niemand pikt Frieda in,' zei Yvette. 'De politie zal haar niet meer inhuren. Niet na de laatste keer.'

'Dank je, Yvette,' zei Frieda. 'Niet dat ik nog ingehuurd zou willen worden.'

'Ik zal altijd een beroep op je blijven doen,' zei Karlsson.

'Dat kan niet meer.' Yvette klonk nu boos.

'Het komt door de medicijnen dat je dit soort onzin uitkraamt,' zei Frieda. 'Je moet rusten.'

Karlsson verschoof op het bed en trok een grimas. 'Ik moet meer pijnstillers hebben. Wat voor dag is het trouwens?'

'Zaterdag,' zei Frieda. 'Maar het is nog niet licht.'

'Ik heb een hekel aan zaterdagen.'

'Niemand heeft een hekel aan zaterdagen.'

'Dat is het 'm juist. Je moet zaterdagen leuk vinden. Op zaterdag gaan stappen, en je bezatten en zogenaamd plezier hebben. Dat is verplicht.'

'Nou, vanavond ga je in elk geval niet stappen,' zei Frieda.

'Nu ik dat niet kan, zou ik het haast willen.'

Karlsson sprak soezerig en voordat een van hen kon reageren, viel hij in slaap.

2

De maandagmiddag daarop was het onstuimig en nat, de regen stroomde over de ruiten naar beneden, waardoor de grijze, zware lucht onttrokken werd aan het zicht. Frieda had twee patiënten gehad en aantekeningen gemaakt, en nu had ze tijd om snel te gaan lunchen bij Number 9 voor haar middagsessies begonnen. Na de vreselijke zomer had ze de afgelopen maanden genoten van het vaste patroon in haar leven: haar huisje met de open haard, het werk in haar praktijk en bij The Warehouse, haar kleine vriendenkring, de uren die ze in alle stilte alleen doorbracht, als ze tekende in haar werkkamertje op zolder of een schaakpartij naspeelde. Geleidelijk waren de afgrijselijke gebeurtenissen naar de achtergrond verdwenen en nu bevonden die zich op grote afstand, aan de rand van haar bewustzijn.

Ze pakte haar jas en hing haar tas over haar schouder. Ze zou nat worden, maar dat kon haar niet schelen. Toen ze de deur naar de wachtkamer opendeed, sprongen de schoenen haar het eerst in het oog: oude, bruine brogues. Daarna de benen, uitgestrekt in een bruine corduroy broek met daaronder blauwe sokken. Ze duwde de deur helemaal open.

Walter Levin ging rechter zitten en schoof zijn bril terug op zijn neus. Hij keek haar stralend aan.

'Wat doet u hier?'

Walter Levin stond op. Hij droeg een tweedcolbertje met grote knopen, dat bij Frieda beelden opriep van herensociëteiten, open haarden, gelambriseerde kamers, whisky en pijpen. Toen ze zijn hand schudde, voelde die warm en sterk aan.

'Ik vond dat we maar eens moesten babbelen.'

'Nee, ik bedoel het letterlijk. Wat doet u hier? Hoe bent u binnengekomen?'

'Er kwam net een aardige mevrouw naar buiten toen ik naar binnen wilde.'

'Daar geloof ik niets van.'

'Maakt het iets uit?'

'Waarom hebt u niet gewoon een afspraak gemaakt als ieder ander?'

'Dat heb ik geprobeerd maar het lukte niet.' Met opgetrokken wenkbrauwen keek hij haar aan. Frieda reageerde niet. 'Zal ik uw tas voor u dragen?'

'Nee, dank u.'

Hij pakte zijn jas van de rugleuning van de stoel, trok hem aan, knoopte hem dicht en deed een geruite sjaal om.

'Ik heb een paraplu,' zei hij vriendelijk.

'Waarschijnlijk ga ik een andere kant op dan u.'

'Ik kwam langs om u uit te nodigen voor een diner.'

'Een diner?'

'Niet zomaar een diner.' Hij betastte al zijn zakken en bukte zich vervolgens om in de leren aktetas aan zijn voeten te kijken. 'Hebbes,' zei hij, terwijl hij er een crèmekleurige envelop uit haalde en die aan Frieda gaf.

Ze trok er een kaart uit. In goudkleurige letters werd ze van harte uitgenodigd om aanstaande donderdag een galadiner bij te wonen in de buurt van Westminster. Een veiling om geld in te zamelen voor gezinnen van militairen die op missie waren gesneuveld. Black tie. Einde om tien uur.

'Wat is dit?'

'Een bijeenkomst van genereuze beroemdheden.'

'Is dit de tegenprestatie die ik moet leveren omdat ik bij u in het krijt sta?'

'Een voorproefje ervan.' Hij deed zijn bril af en maakte hem met een punt van zijn sjaal schoon. Zijn ogen waren koel, als lichtbruine kiezels.

‘Waarom vertelt u niet gewoon wat de tegenprestatie is?’
‘Dat hoeft niet. Zal ik een auto sturen om u op te halen?’
‘Ik kom wel op eigen gelegenheid.’

Frieda wachtte tot hij de deur uit was en ging toen zelf opgelucht naar buiten. Water gulpte door de goten en vormde plassen op de trottoirs. De contouren van gebouwen vervaagden. In het hele land waren overstromingen; het was een zondvloed. Ze zette er flink de pas in – regendruppels gleden langs haar hals – en al snel was ze bij Number 9, waar ze onthaald werd op warmte en de geur van koffie en vers brood. De gedachte aan donderdagavond zette ze van zich af.

Nadat Dory is gehecht, leggen ze haar met een infuus op een aparte, volledig gesloten afdeling in bed. Ze willen niet dat ze met de andere patiënten praat. Of gevangenen. Patiënten. Gevangenen. Zelfs de bewakers weten soms het verschil niet meer en gebruiken de woorden door elkaar. Welke benaming ze ook kiezen, het verandert niets aan de realiteit. Ze ligt helemaal aan het einde van vleugel D *bij het raam. Twee uilen roepen de hele nacht naar elkaar. Dory kan het geluid niet scheiden van de geluiden in haar hoofd, van de geluiden in haar dromen, van de herinneringen aan haar eigen geschreeuw toen Hannah haar met haar eigen mes stak en hun gezichten zo vlak bij elkaar waren dat ze wel geliefden leken.*

Maar ze weet dat ze het Mary moet vertellen. Mary weet wat hun te doen staat. Ze zullen met Hannah afrekenen.

3

Het diner was in een herensociëteit in St James's. Verboden terrein voor vrouwen, behalve bij speciale gelegenheden. Toen Frieda de hal binnenliep, werd ze verblind door de kroonluchters, de schittering van juwelen en het licht dat werd weerkaatst door de wijnglazen. Ze hoorde het lawaai, het geroezemoes en kort opklinkend geschater. Ze rook parfum, leer en geld.

'Fantastisch,' hoorde ze iemand zeggen.

Levin stond naast haar. Hij gaf haar een glas champagne aan, trok haar arm door de zijne en loodste haar aimabel mompelend tussen de andere gasten door terwijl zijn blik achter zijn bril alle kanten op flitste. Er waren mannen met opgespelde medailles en lintjes. Levin wees op een oudere politica en haar corpulente man, die al met dubbele tong sprak, en op een paar CEO's en een generaal.

'Is iedereen hier hoofd van iets?' vroeg Frieda.

'Alleen u niet.'

Ze keek hem wantrouwig aan. Zijn gezicht gaf niets prijs. Hij stelde haar voor aan een vrouw die iets belangrijks deed in de financiële sector, maar voor ze iets kon zeggen, loodste hij haar verder. Het diner werd aangekondigd. Ze zaten aan een tafel met de directeur van een bedrijf dat zonnepanelen vervaardigde, een juriste die zei gespecialiseerd te zijn in echtscheidingen, een man met prachtig zilvergrijs haar en een haviksneus, over wie ze niets te weten kwam, een architect met een glazen wandelstok, en de vrouw van de architect, die te veel dronk en de grijsharige man telkens met haar wijsvinger porde als ze iets te berde bracht. Ze aten sint-jakobsschelpen en daarna eend op een bedje van granaatappel, met pruimen en kleine gele paddenstoelen. Frieda kreeg echter geen hap door haar keel en dronk alleen water. Ze zag zichzelf voor zich, zittend bij haar haardvuur met een kom soep, starend naar de vlammetjes en luisterend naar regen en wind. Toen een man aan de tafel naast haar zijn stoel naar achteren schoof, stootte die tegen haar aan.

'Sorry,' hoorde ze een bekende stem zeggen.

Frieda draaide zich om en keek recht in het blozende gezicht van commissaris Crawford, de man die disciplinaire maatregelen had willen nemen tegen Karlsson, die haar had ontslagen en haar graag achter de tralies had zien verdwijnen. Nog steeds traag kauwend staarde hij haar aan. Toen hij een blik wierp op de mensen aan zijn tafel en ze belangstellend zag kijken, glimlachte hij gekunsteld. 'Ik had u hier niet verwacht.'

'Ik mezelf ook niet.'

'Hoe bent u hier verzeild geraakt?'

'Ik ben uitgenodigd.'

'Stel je ons niet aan elkaar voor?' vroeg de vrouw naast hem.

Crawford fronste en stelde hen aan elkaar voor.

'En hoe kent u elkaar?' vroeg de vrouw plagerig. 'Zakelijk of privé?'

'Geen van beide,' zei Crawford voordat hij zich tot Frieda wendde. 'Voert u weer iets in uw schild?'

'Wees maar niet bang,' zei Frieda. 'Ik zal u niet in verlegenheid brengen.'

'Dat beoordeel ik zelf wel.'

Toen ze zich weer omdraaide naar haar eigen tafel, zag ze Levin peinzend naar haar kijken. Voordat de veiling begon was er een pauze. Levin vroeg: 'Zullen we even wat rondlopen?'

Hij legde zijn hand onder haar elleboog en loodste haar mee naar een lange tafel achter in de zaal, waar koffie werd geschonken.

'Ik denk erover om te bieden op een kookcursus van een weekend in Wales. Wat denkt u?' Ineens veranderde zijn gezichtsuitdrukking. 'Ben, ik had je niet gezien.'

Het eerste wat Frieda opviel aan de man die door Levin werd aangesproken was dat het een boomlange vent was. Hij had brede schouders en een indrukwekkende borstkas, kastanjebruin haar, witte tanden, een gebronsde huid en een innemende, hartelijke uitstraling, ook al had zijn charme iets gekunstelds. Hij torende boven iedereen uit. Naast hem oogde Levin klein.

Hij legde een hand op Levins schouder. 'Jij duikt ook overal en nergens op.'

Onverstoorbaar lachend stelde Levin hem aan Frieda voor als Ben Sedge. Zijn ogen waren felblauw en hij gaf haar een stevige hand.

'Gaat u bieden?' vroeg hij terwijl hij om zich heen keek. 'De prijzen zijn mij iets te hoog.' Hij boog zich naar Frieda. 'Volgens mij hebben ze meer geld dan hersens.'

'Ach, het is voor een goed doel,' zei Frieda. Ze merkte dat Levin doorgelopen was.

'Dat is waar. U bent toch geen journaliste?'

'Nee.'

'Wat doet u dan?'

'Ik ben psychotherapeute. En u?'

'Ik ben rechercheur,' zei hij. 'De mooiste job die er is.'

Voor Frieda daarop kon reageren, kwam Levin terug. Hij gaf haar een kop koffie aan en nam haar weer bij de arm.

'Leuk je gesproken te hebben,' zei hij tegen Sedge, waarna hij Frieda terugleidde naar het midden van de zaal.

'Als u het niet erg vindt, hou ik de veiling voor gezien.'

'Gaan we weg?'

'Ja.'

'Waarom zijn we dan gekomen?'

Hij knipperde met zijn ogen. 'Ik wilde dat u inspecteur Sedge ontmoette.'

'Waarom?'

'Omdat ik geïnteresseerd in hem ben.'

'En wat heb ik daarmee te maken?'

Levin haalde een visitekaartje uit zijn borstzak en gaf het aan haar.

'Kom morgenochtend om negen uur. Dan zal ik u vertellen wat de tegenprestatie is.'

4

De volgende ochtend ging Frieda om halfnegen van huis en stak Fitzroy Square over. De zon stond aan een blauwe hemel. Toen ze hier een huis had gekocht, was een van haar buren een oude vrouw die er al van kinds af aan woonde. Frieda had soms boodschappen voor haar gedaan en Doris had verteld hoe de buurt was veranderd. 'In Warren Street zaten alleen maar tweedehands autohandelaren,' zei ze. 'Autohandelaren en criminelen.'

Tegen de tijd dat Frieda haar huis betrok, waren de autohandelaren al lang vertrokken. De statige huizen rond het plein waren opgesplitst in shabby kantoortjes voor juristen en reisagenten. Maar de juristen waren vertrokken, de reisagenten zowat uitgestorven. Het plein was opgepimpt en veranderd in een voetgangersgebied, en de kantoren waren weer herenhuizen geworden. Daar woonden nu tv-persoonlijkheden die klaagden dat ze misschien belasting moesten betalen over de miljoenen die hun woning inmiddels waard was. Frieda vroeg zich af of het geen tijd werd om te verhuizen naar de wijk waar de autohandelaren en criminelen waren neergestreken.

Levins kantoor zat maar een klein stukje lopen verderop. Frieda zag het voor zich als een schaakbord, gevormd door vier lommerrijke pleinen: Fitzroy, Bedford, Bloomsbury en Queen Square. Ze liep van het ene naar het andere en sloeg bij het laatste plein een smal, schaduwrijk, haast verborgen straatje met smalle huizen in. Ze keek naar de donkergroene voordeur. Was dit echt het kantoor van Levin? Ze drukte op de kunststof bel. Er werd opengedaan door een jonge vrouw met kort piekhaar, gekleed in een blauw-wit gestreepte blouse, een blauwe broek en plompe, zwarte leren laarzen. Ze glimlachte naar Frieda.

'Je herkent me niet,' zei ze.

Frieda zweeg even. 'Toch wel.'

'Waarvan dan?'

'Van jullie andere kantoor. In Chapel Market.'

'Klopt. Ik heb je toen binnengelaten. Toen Walter een sollicitatiegesprek met je had.'

'Het was nu niet bepaald een sollicitatiegesprek.'

'Ik ben Jude. Loop maar met me mee.'

Binnen zag het eruit als een gewoon, smal rijtjeshuis met ingelijste etsen aan de muur. Voor hen was een trap, en rechts van de gang een keuken. Jude deed de deur links open en liet Frieda binnen.

'Wil je koffie of thee?' vroeg ze.

'Nee, dank je.'

'Dan ga ik Walter halen.'

Ze ging weg en Frieda hoorde haar de trap op lopen. Ze keek om zich heen. De kamer zag eruit als miljoenen andere benedenverdiepingen in Londen: een voor- en achterkamer die waren samengetrokken. Er waren twee kleine haarden en twee schoorsteenmantels. Het vertrek bezat alle kenmerken van een woonhuis. Aan de muur schilderijen van vergezichten die vaaglijk iets landelijks hadden, een bank, twee stoelen en een tafeltje. In het raam aan de straatkant zat matglas. Er was echter niets wat erop wees dat iemand er ook echt woonde: geen snuisterijen, geen boeken, geen tijdschriften. In plaats daarvan stonden overal archiefdozen – op de grond en de boekenplanken zag ze stapels plastic en kartonnen ordners. Tegen een muur stonden twee dossierkasten die net iets in kleur en vorm van elkaar verschilden. Achterin zag ze een grenen bureau met een computer, printer en laptop.

'U hebt het gevonden,' hoorde Frieda een bekende stem zeggen. Ze keek om. Het was Levin. Hij had iemand bij zich; een man met een dik, pafferig gezicht, gekleed in een grijs pak met een donkere das. Hij keek Frieda verveeld aan, alsof hij ervan uitging dat ze indruk op hem zou moeten maken, maar er geen hoge verwachtingen van had.

'Dit is Jock Keegan,' zei Levin. 'Hij werkte vroeger bij de politie.'

'Wat doet u nu?' vroeg Frieda.

'Hij werkt voor ons,' zei Levin. 'Heeft Jude u thee aangeboden?'

'Ik hoef niets.'

'Kom, dan gaan we zitten.'

Levin en Jock namen plaats op de bank. Frieda trok een houten stoel bij het bureau vandaan, zette die tegenover hen en ging zitten.

'Het is net alsof u ons gaat verhoren,' zei Levin lachend.

'Ik denk dat ik u ergens voor moet waarschuwen,' zei Frieda.

'O ja?'

'Als u wilt dat ik een profiel opstel, dan kan ik u maar beter meteen vertellen dat ik daar niets voor voel. Ik geloof er niet in en doe het niet. Als u een profiler zoekt, moet u bij een ander zijn.'

Er viel een stilte. Levin en Keegan keken elkaar aan.

'Ik weet niet precies wat u onder het opstellen van een profiel verstaat,' zei Levin. 'Maar naar mijn idee kunnen we op dit moment twee kanten op: of u blijft gissen naar wat ik van u wil en u blijft zich afvragen hoe u moet reageren als ik u dat zou zeggen, óf ik kan u simpelweg vertellen wat ik van u wil. Ik denk dat de tweede optie waarschijnlijk de snelste is.'

'Oké.'

'Vond u het leuk gisteravond?'

'Ik heb niet zoveel met dat soort bijeenkomsten.'

'Dat dacht ik al. Maar u hebt wel Sedge leren kennen, of in elk geval ontmoet.'

'Klopt.'

'Zei zijn naam u iets?'

'Nee.'

'Weet u iets over de zaak-Geoffrey Lester?'

'Nee.'

'De kranten stonden er vol van,' zei Keegan.

'Ik lees nauwelijks kranten.'

'De bijzonderheden doen er niet toe,' zei Levin. 'Lester was – is – een beroepscrimineel. Vorig jaar is hij veroordeeld voor moord op een rivaal. Naderhand is gebleken dat dit een van de weinige misdaden was die hij niet heeft gepleegd. Afgelopen maand is het vonnis nietig verklaard en is hij vrijgekomen. Tijdens het beroep bleek dat er bij het onderzoek sprake was geweest van onregelmatigheden. En dat onderzoek werd geleid door onze vriend Ben Sedge.' Levin zweeg even, alsof hij verwachtte dat Frieda iets zou zeggen, en ging daarna verder. 'U zult zich waarschijnlijk wel afvragen of de moord is opgelost.'

'Niet echt.'

'Daar is het ons ook niet om te doen. Maar als een zaak onderuit wordt gehaald, komen er allerlei andere dingen bovendrijven. Het is net een...'

'Een kaartenhuis,' zei Keegan.

'Ik dacht eerder aan een domino-effect,' zei Levin.

'Wat wilt u daarmee zeggen?'

'Advocaten zijn nu al op eerdere zaken van Sedge gedoken. Op ál zijn eerdere zaken. En dat zal ertoe leiden dat er mensen vrij gaan komen. Schuldige mensen.'

'Of onschuldige,' zei Frieda.

'Of onschuldige. Wat natuurlijk een goede zaak zou zijn.'

'Waarom houdt de politie zich daar niet mee bezig?'

'Omdat dit niet iets voor de politie is. Dit is een kort, inventariserend onderzoek, gewoon om te kijken of er geen onaangename verrassingen aan zitten te komen.'

'Wie wil dat weten?'

Levin keek bevreemd. 'Iedereen, neem ik aan. Of iedereen die het goede nastreeft.'

'En wat wilt u van mij?'

'Mooi,' zei Levin. 'Eindelijk zijn we bij de kern van de zaak aanbeland. Het is eigenlijk heel simpel. We willen alleen maar dat u met iemand gaat praten en ons laat weten wat u denkt.'

'Volgens mij begrijpt u niet goed wat mijn werk inhoudt,' zei Frieda. 'Ik beschik niet over speciale vaardigheden. Ik ben geen rechercheur of ondervrager.'

'De vrouw in kwestie is geestesziek,' zei Levin. 'Dat is geen mening. Dat is de diagnose. We hebben iemand naar haar toe gestuurd om haar te ondervragen.'

'Mij.' Keegan leunde achterover en sloeg zijn armen over elkaar. Frieda vond hem op een illustratie in een psychologiehandboek lijken: de armen over elkaar geslagen als uiting van emotionele afstandelijkheid, aan vijandigheid grenzende zelfbescherming.

'Hij kreeg geen zinnig woord uit haar,' zei Levin.

'Dat kun je wel stellen, ja.' Keegan snoof.

'Wie is die vrouw?'

'Misschien is het beter als u met een onbevangen blik naar haar kijkt,' zei Levin.

'Ze heeft haar hele familie vermoord,' zei Keegan.

'Die onbevangen blik kunnen we nu wel vergeten,' zei Levin lichtelijk geamuseerd.

'Ze krijgt het toch al aan de poort te horen. De bewakers vertellen het haar geheid.'

'Strikt genomen zijn het verplegers,' zei Levin.

'Verplegers met handboeien. Klein weet nu in elk geval waar ze aan toe is.'

'Dókter Klein,' verbeterde Levin hem.

'Klein is prima,' zei Frieda. 'Is er iets in het bijzonder wat u wilt weten?'

'De vrouw zorgt voor problemen,' zei Keegan. 'En ze is gevaarlijk. We willen weten of ze ook een probleem wordt voor ons. Voor zover ik weet is ze knettergek. De vraag is alleen of ze ze ooit weer op een rijtje krijgt en dan gaat verkondigen dat ze ten onrechte is veroordeeld.'

'En dat zou niet goed zijn?'

'Maakt u zich daar maar niet druk om,' zei Levin. 'Zoals overeengekomen heb ik nog iets van u te goed. Het enige wat u hoeft te doen is bij die vrouw langsgaan en ons vertellen wat u van haar denkt. Als u haar hebt gesproken, willen we graag dat u zich verdiept in wat we over haar zaak weten. En dan staan we quitte.'

'Dat is alles?'

'Dat is alles.'

Frieda dacht even na. 'Wat is dit precies?' vroeg ze. 'Voor wie werkt u?'

'Dat doet er niet toe.'

'Zeker wel. Wie betaalt de rekeningen? Van wie is dit pand?'

'Zie mij als een zelfstandig consultant,' zei hij. 'Zoals zoveel mensen tegenwoordig. En ik huur u in – of ik praat in elk geval met u – als een collega-consultant. U staat bij me in het krijt. Bovendien zijn we allemaal voor rechtvaardigheid, toch? En wat voor kwaad schuilt erin om met deze vrouw te gaan praten?'

'Waar is ze?'

'In Chelsworth Hospital. Hebt u daar ooit van gehoord?'

'Natuurlijk. Iedereen kent het. Wanneer kan ik ernaartoe?'

'Nu, als u wilt,' zei Levin. 'Of morgen. Er ligt een pasje voor u klaar.'

'Wat moet ik haar vragen?'

'Wat u maar wilt,' zei Keegan. 'Er komt toch geen zinnig woord uit haar.'

'En naar wie vraag ik?'

'Naar Hannah Docherty.' Hij glimlachte. 'Ja, dé Hannah Docherty. Nu snapt u waarom wij ons zorgen maken.'

Shay is de eerste die het te horen krijgt. Als ze Dory ontbijt brengt, fluistert Dory haar iets toe. 'Mijn eigen mes,' zegt ze. 'Hannah heeft mijn mes afgepakt.'

'We zullen het haar betaald zetten.'

5

Frieda, die pas later op de dag afspraken met patiënten had, zei dat ze er meteen heen zou gaan en deze keer drong Levin erop aan dat ze wél met de auto ging. Het was geen chique zwarte, maar een vrij aftandse rode Honda, bestuurd door Jude, die zich niets van de maximumsnelheid aantrok en onbekommerd door oranje reed. Ze volgden de aanwijzingen van een strenge vrouwenstem uit de tomtom en al snel zaten ze op de A3, waarop richting Londen een file stond. Jude gebaarde naar de thermoskan met koffie en kletste vervolgens over haar hond – dat het een bastaard was die Serena heette, dat ze die uit het asiel had gehaald, en dat de auto helaas onder de haren van het beest zat – en over haar voorliefde voor interieurstylingprogramma's op tv.

Terwijl het autootje door het landschap van Surrey scheurde, keek Frieda naar buiten. De zware regen van de afgelopen dagen had plaatsgemaakt voor een fijne miezerregen, die alles in een zachtgrijze sluier hulde. Weilanden waren ondergelopen; hekken stonden midden in regenpoelen en bruggen staken nutteloos boven het water uit.

Ze verlieten de A3 en reden langs grote huizen met portieken en verzorgde gazons, en door mooie dorpjes met theesalons en huizen met rieten daken. Een heel andere wereld dan Londen, dacht Frieda terwijl de auto over een verkeersdrempel hobbelde en uitzwenkte om een man te ontwijken die zijn spaniël uitliet.

'Over een kilometer rechtsaf,' droeg de tomtom op.

'We zijn er bijna,' zei Jude.

Ze sloegen een kleine weg in met aan weerszijden hoge ijzeren hekken waarboven prikkeldraad was gespannen. Ze bereikten een groot hek met ernaast een hokje. Jude draaide het raampje naar beneden en leunde, wuivend met een pasje, naar buiten. Het hek ging open. Toen ze een bocht om gingen, zagen ze door de flarden mist enorme donkere contouren opdoemen, eerder die van een kleine, naargeestige stad dan van één enkele inrichting. Aan beide kanten stonden portakabins en bomen die hun blad hadden verloren; links zat een lange, lage, moderne uitbouw. De hele omgeving werd overheerst door deze solide kolos van donker steen, met rijen kleine, symmetrisch geplaatste ramen. Voor elk raam zaten tralies. Achter sommige brandde licht, andere waren donker. Vogels zaten op het dak of vlogen erboven, voortgestuwd door windvlagen.

Met een grote bocht parkeerde Jude de auto naast een wit bestelbusje op het grind. Frieda haalde haar telefoon en sleutels uit haar jaszak en legde die op de stoel. Haar tas liet ze ook achter. Met lege handen liep ze naar de hoofdingang.

Chelsworth Hospital was geen gevangenis. De bewoners waren patiënten en het was aan de artsen om hen te behandelen. Maar zodra er achter Frieda een paar verstevigde deuren met een klap dichtsloegen en ze naar een vertrek werd gebracht waar ze werd gefouilleerd en haar zakken moest leegmaken, en ze vervolgens door een kale smalle gang met getraliede ramen, die uitkeken op hekken met prikkeldraad, achter twee potige mannen met rammelende sleutelbossen aan liep, kreeg ze hetzelfde gevoel als in alle andere zwaarbeveiligde inrichtingen waar ze in de loop van haar carrière was geweest. Alleen de naam, die mensen deed huiveren, onderscheidde deze inrichting van de andere. Een tehuis voor rusteloze geesten.

Aangekomen bij de achterkant van het ziekenhuis werd er weer een dubbele deur ontsloten en liepen ze een groot terrein op met een hoge muur, voorzien van ijzeren punten. Achter in een hoek stond een kas waarin Frieda schimmige gestalten zag, die gebogen aan het werk waren. Een beer van een man slenterde glimlachend voorbij. Op zijn kaalgeschoren schedel zat een donker litteken.

'Dat is de vrouwenafdeling,' zei een van de verplegers, met een hoofdknik naar een vleugel van het gebouw, die aan de binnenplaats lag.

'Hoeveel vrouwen zitten er?'

'O, niet veel. Zo'n vijfentwintig, dertig.' Hij deed een stap opzij om een andere patiënt langs te laten die hem met een verpleger in zijn kielzog tegemoetkwam. 'De helft ervan heeft hun kinderen vermoord. Soms houden ze 's nachts iedereen wakker met hun geschreeuw.'

'Onvoorstelbaar wat sommige vrouwen hebben gedaan,' zei de andere verpleger somber. Toch leek hij zich ook te verkneukelen. 'We moeten ze als ziek beschouwen, niet als verdorven, maar het geeft je te denken.'

Frieda zat in een kamertje te wachten. Het was er heel warm en heel stil. In een van de kamers boven werd geschreeuwd, maar het geschreeuw stierf weg. De oude radiator in de hoek borrelde. Ineens ging de deur open en kwam er een stevige man in verplegersuniform binnen. Hij knikte naar Frieda en draaide zich vervolgens om.

'Kom, Hannah,' zei hij. 'Dit is de dokter waarover ik het had.'

Frieda stond op. Hannah Docherty kwam de kamer binnen.

Hannah Docherty. Alles wat Frieda over haar wist – van de krantenkoppen die ze had gezien en de dingen die ze had gehoord – probeerde ze van zich af te zetten. Ze probeerde niet te denken aan de foto's die ze jaren geleden had gezien en die nog steeds in de kranten opdoken telkens als een vrouw iets 'tegennatuurlijks' deed. Ze probeerde zich te concentreren op de vrouw voor haar, die onbeholpen en met een zware tred de kamer binnenstrompelde.

Het eerste wat Frieda opviel was haar lengte. Zelfs met haar kromme houding zag Hannah Docherty er groot en stevig uit. Ze had brede schouders en grote, bijna mannelijke handen en was gehuld in dikke lagen kleding. Voor haar gezicht hing een dikke bos zwart haar, waarin vanaf de scheiding één spierwitte lok naar beneden hing. En toen zag Frieda dat haar handen geboeid waren.

Hannah Docherty hief haar hoofd, waardoor Frieda haar gezicht kon zien. Dat was bont en blauw en gezwollen; haar mond was vertrokken tot een grijns en haar zware wenkbrauwen waren gefronst. Frieda keek haar in de ogen: die waren bijna zwart, maar heel helder; ze leken in haar opgezette, verkleurde gezicht te stralen, alsof er lampjes achter zaten.

Ze probeerde Hannahs gezichtsuitdrukking te peilen: was ze bang, verward, nors of boos? Misschien wel allemaal. Haar verwijde pupillen en haar licht vertrokken mond wezen erop dat ze kalmeringsmiddelen had gekregen. Toen ze haar geboeide handen naar haar gezicht bracht, zag Frieda een wirwar van amateuristische tatoeages. Ze zaten op de rug van haar handen, op haar onderarmen en rond haar hals, als vage, grillige pentekeningen op zacht papier, waarvan de inkt was uitgelopen.

'Hannah,' zei ze. 'Ik ben Frieda.'

Hannah keek haar aan, maar bewoog zich niet. Toen Frieda op haar af liep, deinsde ze terug en verstijfde ze. De verpleger pakte haar arm vast.

'U moet voor haar uitkijken,' zei hij tegen Frieda. 'Ze kan zomaar uithalen. Ze is nog sterker dan ze lijkt.'

'Praat niet over Hannah alsof ze er niet bij is. En doe alstublieft haar handboeien af.'

'Ze heeft net iemand neergestoken, bijna gedood.'

'Maar nu heeft ze toch geen mes bij zich?'

'Je weet maar nooit.' Hij lachte schor.

'Doe ze af.'

Hij trok zijn schouders even op, haalde de sleutels van zijn riem en maakte de handboeien los. Er zaten rode striemen om Hannahs polsen. Frieda pakte een stoel en zette die vlak bij Hannah. 'Ga zitten. Zo te zien heb je je been bezeerd. Ik wil alleen maar even met je praten.'

'Ze is geen prater,' zei de verpleger.

Frieda keek hem aan. 'Ik wil even alleen zijn met Hannah.'

De verpleger keek weifelend.

'U kunt buiten wachten.'

Hij keek van Frieda naar Hannah en liep mompelend weg. Frieda deed de deur dicht en zette haar stoel tegenover die van Hannah, maar niet te dichtbij. Hannah had haar armen om zich heen geslagen en had haar hoofd weer laten zakken, waardoor haar gezicht schuilging achter haar haar. Ze wiegde wat heen en weer en maakte keelgeluidjes.

'Snap je wat ik zeg?'

Geen reactie. Hannah bleef zitten wiegen.

'Ik ben gekomen om te horen hoe je over bepaalde dingen denkt, dingen die jou aangaan.'

Nog steeds geen reactie.

'Ik weet dat je hier al heel lang zit. Misschien herinner je je niet meer wat er is gebeurd voordat je hier kwam. Herinner je je dat nog?'

Kermend bleef Hannah wiegen.

'Wil je misschien iets kwijt over de manier waarop ze je hebben behandeld? Iets wat je toen niet kon zeggen? Met mij kun je praten, Hannah.'

Plotseling ging Hannah rechter zitten. 'Ik ben het,' zei ze met een zware stem die schor en haast roestig klonk, doordat ze zo lang had gezwegen. 'Ik ben het ik ben het.'

'Wat ben je?'

'Ik ben het.'

'Hannah, weet je nog hoe je familie is gestorven?'

'Ik.' Ze hief haar hand en sloeg zich op haar hoofd. 'Ik.' Weer sloeg ze zichzelf.

'Je mag jezelf geen pijn doen,' zei Frieda, die zich moest inhouden om Hannahs grote hand niet vast te pakken om haar te bedwingen. 'Niet doen. Kijk me aan.'

'Nee, nee. Niet doen.' En toen zei Hannah plotseling met een rustige, heldere stem: 'Ik heb het te warm.'

Het was inderdaad ontiegelijk warm in de kamer en op Hannahs gezicht parelden zweetdruppels. Ze trok haar grijze vest uit.

Daaronder droeg ze een trui met lange mouwen, waar ze mee worstelde. Ze trok de mouwen omhoog en raakte verstrikt in de stof. Ze ademde zwaar.

‘Zal ik je helpen?’ vroeg Frieda. Ze stond op, pakte de zoom vast en trok de trui in één beweging over Hannahs hoofd en ging weer zitten. Hannah keek haar met knipperende ogen aan. Ze droeg alleen nog maar een donkerblauw hemdje met zweetplekken onder de oksels. Ze zat onder de felgekleurde tatoeages, er was haast geen plekje op haar lijf waar geen rondje, geometrisch figuur, woord of afbeelding op stond, waardoor Frieda haast niet wist waar ze naar moest kijken: naar de slang, de roos, het kruis, de kronkelende lijnen, de vogel, de getallen en Romeinse cijfers of het web... Ze zag eruit als een wandelend tekenblok.

‘Je hebt prachtige tatoeages,’ zei Frieda. ‘Heb je die allemaal hier laten zetten?’

Hannah gaf geen antwoord, maar liet haar handen in haar schoot rusten en wiegde niet meer.

‘Wat betekent die?’ vroeg Frieda. Zonder haar aan te raken wees ze naar iets wat op een zandloper leek, of misschien was het een grove schets van een naakte vrouw, omgeven door ovaaltjes – druppels wellicht, of tranen.

Hannah zei niets; haar zwarte ogen gloeiden.

‘Welke vind je het mooist?’

Weer geen antwoord, maar na een paar tellen legde Hannah een vinger op de binnenkant van haar bovenarm, waar drie kleine figuurtjes zaten die op wiebelige kruisen leken met een rondje erbovenop. Ze raakte de middelste aan en maakte een geluid.

‘Wat zijn dat?’ vroeg Frieda. ‘Wat betekenen ze?’

Weer maakte Hannah een gesmoord geluid. Frieda boog naar voren en spitste haar oren. Hannah raakte de afbeeldingen nog een keer zacht aan. Haar adem klonk rasperig.

‘Wat zijn het?’ vroeg Frieda nog eens. ‘Hannah?’

‘Ik ik ik ik,’ zei ze. ‘Ik.’

Ze sloeg haar armen om zich heen en haar haar viel naar beneden, als een gordijn dat hen scheidde. Ze wiegde heen en weer.

Toen Frieda de kamer uit liep, vroeg ze de verpleger die in de gang stond te wachten hoe vaak Hannah bezoek kreeg.

Hij keek haar aan alsof ze een grapje maakte. 'Zij?'

'Ja. Wanneer heeft iemand haar voor het laatst opgezocht?'

'Dat weet ik niet. Het moet in elk geval voor mijn tijd zijn geweest.'

'Hoelang werkt u hier?'

'Zo'n zeven jaar.'

'U beweert dat ze al zeven jaar geen bezoek heeft gehad?'

'Ja, of nog langer.'

'Heeft ze dan geen familie?'

'Waarom zouden die haar willen zien?'

'Dus er komt helemaal niemand.'

'Waarom zouden ze?'

6

In de auto bleef Frieda een paar minuten stil.

'Je zult verslag moeten uitbrengen,' zei Jude.

'Er valt niet echt iets te melden.'

'Dan willen ze dat van je horen.'

Frieda slaakte een zucht. Ze hield er niet van om te bellen, maar Jude gaf haar het nummer en Frieda toetste het in.

Keegan nam op. 'En?'

'Ik ben bij haar geweest.'

'Heeft ze bekend?'

'Daar zijn we niet aan toegekomen.'

'Hebt u iets zinnigs uit haar gekregen?'

'Dat kom ik nog met u bespreken.'

Er kwam geen reactie en Frieda besefte dat de lijn dood was.

'Was hij tevreden?' vroeg Jude.

'Weet ik niet,' zei Frieda. 'Ik weet niet of het signaal wegviel of dat hij gewoon heeft opgehangen.'

'Hij heeft gewoon opgehangen.'

'Als je hem beter kent, is het waarschijnlijk makkelijker om met hem te werken.'

'Ik zou het niet weten,' zei Jude. 'Ik ken hem pas een jaar.'

Frieda's telefoon ging over.

'Je had ongelijk,' zei Frieda tegen Jude, terwijl ze opnam. 'Zal ik morgen langskomen?'

'Wie wil morgen langskomen?' vroeg een vrouw.

'Met wie spreek ik?' vroeg Frieda. 'Is Keegan er?'

'Wie is Keegan? Ik wil Frieda Klein spreken.'

'Chloë?'

Chloë was Frieda's nichtje, en hun band was nog hechter dan je op basis van hun verwantschap kon verwachten. Frieda had haar in het verleden geholpen met huiswerk, in huis genomen en onlangs hadden ze samen ingebroken – een misdaad om een andere misdaad op te lossen. Ooit had ze arts willen worden – net als haar tante – maar nu woonde ze in Walthamstow en volgde ze een opleiding tot meubelmaker.

'Wie is Keegan?'

'Iemand met wie ik samenwerk.'

'Is hij therapeut?'

'Een voormalige politieman.'

'O nee.'

'Het is gewoon...'

'Frieda, je zei dat je het niet meer zou doen.'

'Waar ben je? Wat ben je aan het doen?'

'Je zei dat ik contact met je moest houden,' zei Chloë. 'En dat doe ik. Ik bel je iedere week, net als nu. Alleen verwachtte ik je voicemail te krijgen. Het is de eerste keer dat je opneemt.'

'Dat komt door deze opdracht.'

'Daar wil ik je over spreken.'

'Kun je vanavond?' vroeg Frieda.

'Waar?'

'Bij mij thuis?'

Toen Frieda het gesprek had beëindigd, keek Jude haar wantrouwend aan. 'Je weet toch dat je hierover niet mag praten?'

'Met wie zou ik er dan over praten?'

'Met degene die je daarnet aan de telefoon had, bijvoorbeeld.'

'Dat was mijn nichtje.'

'Zoals met je nichtje.'

Frieda keek even naar Jude. Ze droeg paarse lippenstift en had blauw gelakte nagels, de kleur blauw van de lucht op een winterse dag. Ze leek eerder iemand die in een galerie werkte of in een kroeg in Shoreditch.

‘Hoe ben je trouwens in dit werk verzeild geraakt?’ vroeg Frieda.

Jude keek onzeker, alsof ze dat zelf niet precies wist. ‘Na mijn afstuderen had ik geen idee wat ik zou gaan doen. Ik heb een tijdje gereisd met een stel onmogelijke gozers en uiteindelijk ben ik in Berlijn beland, waar ik een paar jaar heb gewoond. En daarna ben ik via via gevraagd wat research te doen.’

‘Voor wie?’

‘Dat bleef een beetje vaag.’

‘Wat zeg je tegen vrienden als ze vragen wat je doet?’

‘Dan zeg ik dat ik research doe voor een consultancybureau. Meestal beginnen ze dan over iets anders.’

‘Vind je het leuk?’

‘Voorlopig is het oké. Maar op een gegeven moment wil ik weer gaan reizen.’

‘En je spreekt Duits.’

‘Amper,’ zei Jude. ‘Ik heb dan wel in Berlijn gewoond, maar iedereen spreekt daar Engels.’

Frieda vond het vreemd om in de auto te zitten bij een vrouw die ze nauwelijks kende. Jude sprak zo achteloos, haast onverschillig, over haar werk dat Frieda het ontwapenend vond. Maar misschien was dat juist de bedoeling. Was wat ze zei echt waar of zei ze het alleen maar omdat Frieda dan haar waakzaamheid zou laten varen? Of was ze te wantrouwig, als je ooit té wantrouwig zou kunnen zijn?

‘Ik ben therapeute,’ zei Frieda. ‘Dus ik weet heel goed over welke dingen ik mijn mond moet houden.’

‘Ik ben ooit in therapie geweest,’ zei Jude. ‘Toen ik jong was, zat ik met een paar dingen. Ik wist niet wat ik met mezelf aan moest. Maar híj hield zich niet aan zijn beroepsgeheim. Hij vertelde dingen over zijn andere patiënten. Zo van: die heeft dit gezegd en die heeft dat gedaan.’

Frieda vroeg zich af of Jude verwachtte dat ze zou zeggen: Ja, dat doen we allemaal weleens.

‘Je had bij hem weg moeten gaan,’ zei ze.

‘Dat vond ik moeilijk.’

Terwijl ze door Wimbledon Common, Putney en Wandsworth reden en Londen langzaam maar zeker in zicht kwam, deed Frieda er verder het zwijgen toe.

Gekleed in een spijkerbroek, een hoodie, zwarte laarzen en een grijze wollen muts stapte Chloë Frieda's huis binnen.

'Je ziet eruit alsof je rechtstreeks uit de werkplaats komt,' zei Frieda.

Chloë keek naar haar kleren. 'Ik heb me juist omgekleed.'

'Wil je thee?'

'Heb je een biertje?'

'We kunnen wel ergens een biertje gaan drinken.'

'Ja, goed idee.'

'Je had ook kunnen zeggen: laat maar zitten, thee is ook goed.'

'Maar dat is niet zo. En het is niet goed om de hele dag binnen te zitten.'

'Ik ben net thuis. Regent het nog steeds?'

'Geen smoesjes,' zei Chloë. 'Daar zijn paraplu's voor.'

'Die heb ik niet.'

'Maar je vindt regen toch niet erg? En ik heb net mijn loon gekregen. Ik heb zin in een borrel en ik trakteer.'

Door de regen liep Chloë voor Frieda uit naar een nieuwe tapasbar in Charlotte Street, die als een oude kelder was ingericht – de vloer was van steen en overal stonden oude vaten. Ze bestelde een karafje sherry en olijven en brood.

'Alsof je in Andalusië zit,' zei ze, nadat ze een slokje sherry had genomen.

'Behalve het weer dan.'

'Toen ik daar was, regende het de godganse dag.'

'Wanneer maak je nou een bank voor me?' vroeg Frieda.

'Het leuke deel heb ik gehad. In het begin was alles nog spannend en nieuw. Nu kom ik erachter hoe moeilijk het eigenlijk is. Ik ben op het punt aanbeland dat ik moet besluiten het óf voor gezien te houden, óf me de komende vijf jaar uit de naad te werken om er goed in te worden. En dan zal ik een bank voor je maken.'

'Dat hoort erbij als je iets moeilijks doet,' zei Frieda.

'En ik ga naar bed met een jongen van de werkplaats.'

'Voel je je daar goed bij?'

'Best wel. En nu je alles over mijn leven weet, ga ik naar dat van jou vragen. Ik heb ooit gedacht dat ik samen met jou in de bak zou belanden. En vervolgens werd je bijna vermoord. Dus toen je zei dat je weer voor de politie werkte, ging ik ervan uit – of hoopte ik – dat je een slechte grap maakte.'

'Ik werk niet voor de politie.'

'O, mooi zo.'

'Ik werk samen met iemand die rechercheur is geweest en het heeft te maken met de politie. In zekere zin. Maar het is eenmalig.'

'Eenmalig,' zei Chloë.

'Ja.'

Chloë's gezichtsuitdrukking veranderde. Ineens leek ze weer de verwarde, chaotische puber van vroeger, die Frieda geprobeerd had te helpen. 'Er schiet me iets te binnen,' zei Chloë.

'Wat dan?'

'"Een kind dat zich brandt heeft het vuur lief." Dat is van Oscar Wilde, toch?'

'Ik dacht het wel.'

'Toen ik dat las, vond ik het maar stom – het tegenovergestelde van de waarheid beweren om slim over te komen. Maar voor jou gaat het op. Je hebt je eindeloos vaak gebrand en toch zoek je altijd weer het vuur op. Ik begrijp het niet. Blijf je dat doen totdat er geen weg terug meer is?'

'Zo is het niet.'

'Ik begrijp dat het verslavend is. In een kamer naar mensen luisteren die zeuren over hun kleine probleempjes – na alles wat je hebt meegemaakt wordt dat vast een beetje saai.'

'Ik weet wat je wilt zeggen.'

'Maar... Ik hoor een "maar" aankomen.'

Onwillekeurig moest Frieda lachen. Ze was het niet gewend om ondervraagd te worden door iemand die ze – onterecht – nog altijd als een kind beschouwde.

'Misschien heb je gelijk. Als je iets vaak doet, moet je misschien erkennen dat het bij je hoort, dat je zo bent. Toch is er deze keer een bijzondere reden voor. Toen ik in de nesten zat, heeft de man die ik nu help me een gunst verleend. En Karlsson heeft hij een heel grote gunst verleend. Ik sta bij hem in het krijt. En dit is mijn tegenprestatie.'

'Vertel je me wat het is?'

'Dat mag ik eigenlijk niet.'

'Ik lees het waarschijnlijk toch wel in de krant.'

'Ik hoop van niet.'

'Oké. Einde verhoor. Nu kunnen we als gewone mensen met elkaar praten. Dat hebben we in geen tijden meer gedaan.'

'Ik moest vanochtend aan je denken. Ik wilde je bellen.'

'Waarover?'

'Jij hebt een tatoeage, toch?'

Chloë keek haar ongelovig aan. 'Je dacht aan mijn tattoos? Wil je er zelf ook een laten zetten?'

'Nee,' zei Frieda, en toen drong tot haar door wat Chloë had gezegd. 'Tattoos? Heb je er dan meer dan één?'

'Natuurlijk.'

'Laat eens zien.'

Chloë ritste haar hoodie open en trok hem uit. Eronder droeg ze een zwarte trui. Ze trok de halsopening over haar schouder om een bloem te laten zien, een rode, met een zwarte steel met doornen.

'Is dat een roos?'

'Daar had ik wel om gevraagd.'

'Waarom?'

'Omdat ik hem mooi vond. En hier heb ik er nog een.' Chloë draaide zich om en trok haar trui omhoog. Onder op haar rug zat een geschubde slang die op het punt stond in zijn eigen staart te bijten.

'Is dat het symbool van iets?'

'Eeuwigheid,' zei Chloë. 'Dat heeft een vent in Thailand tegen me gezegd. Of eindeloos verlangen. En ik heb er nog een, maar als ik je die hier zou laten zien, zouden ze ons de tent uit gooien. Of de politie bellen.'

'Vanwege de afbeelding?'

'Vanwege de plek waar hij zit.'

'O. Waarom heb je ze laten zetten, Chloë?'

'Als jij doet alsof je dat niet hebt gevraagd, hoef ik niet te zeggen dat je klinkt als mijn moeder.'

'Wat vindt Olivia ervan?'

'Die kreeg zowat een hartverzakking. Maar ze weet niets van mijn geheime tattoo.'

'Ik wou dat ík er ook niets van wist. Maar waarom heb je ze nou genomen?'

'Weet ik niet. Zomaar.'

'Ik heb vanochtend een vrouw met tatoeages ontmoet.'

'Was je in een gevangenis?'

Frieda schrok. 'Waarom vraag je dat?'

Chloë lachte. 'Je werkt aan een zaak.'

'Het is niet echt een zaak.'

'Als jij aan een zaak werkt en iemand met tattoos ontmoet, dan moet dat in een gevangenis zijn geweest.'

'Het was geen gevangenis.'

'Was het Broadmoor, die psychiatrische inrichting voor ontoerekeningsvatbare criminelen?'

'Nee, dat was het niet, en hou op met gissen. Ik had een gesprek – of probeerde een gesprek te voeren – met een vrouw die is opgenomen. Ik kreeg niets zinnigs uit haar. Toen ik naar haar tatoeages zat te kijken, vroeg ik me af wat die betekenden.'

'De jongen met wie ik nu iets heb heeft tattoos op zijn rug en borst, en zijn armen zitten ook helemaal onder. Hij zegt dat ze zijn levensverhaal vertellen. Ik heb hem gezegd dat hij mijn naam maar beter niet kan laten tatoeëren.'

'Dat is interessant,' zei Frieda peinzend. 'Het schiet me te binnen dat ze rechtshandig was.'

'Waar heb je dat aan gemerkt?'

'Aan haar spierontwikkeling. En op haar linkeronderarm had ze een tatoeage die ze best weleens zelf gezet zou kunnen hebben. Het was een vrouwengezicht in het donker met eromheen zes kleine vormpjes die op amandelen leken.'

'Amandelen? Wat betekent dat?'

'Ik denk niet dat het echt amandelen zijn. Volgens mij zijn het granaatappelpitten.'

'Waarom?'

'Ken je de Griekse mythe van Persephone?'

'Niet echt. Zullen we nog een karafje bestellen?'

Zonder op antwoord te wachten zwaaide Chloë met de lege karaf naar de serveerster.

'Persephone was de dochter van Demeter, de godin van de landbouw. Op een dag werd ze door Hades ontvoerd en meegenomen naar de onderwereld. Uiteindelijk mocht ze terug, maar pas nadat Hades haar zes granaatappelpitten had laten eten om zich ervan te verzekeren dat ze naar hem terug zou komen, want wie in de onderwereld eenmaal iets had gegeten, kon niet voor altijd terugkeren naar de bovenwereld. Daarom moest Persephone elk jaar zes maanden naar hem terug en hebben wij nu de herfst en de winter, omdat Demeter dan zo bedroefd is over de afwezigheid van haar dochter dat ze niets op aarde wil laten groeien.'

'Maar wat betekent het nou?'

'Het zou kunnen betekenen dat deze jonge vrouw een gevangene is.'

'Ik dacht dat je dat al wist.'

'En dat ze het gevoel heeft dat ze in de hel is beland.'

'Aan wie wil ze dat duidelijk maken?'

'Aan zichzelf misschien. Wat denk jij?'

Chloë had weifelend gekeken, maar lang niet zo weifelend als Keegan toen Frieda de volgende ochtend een afspraak had met Levin, Jude en hem.

'Dat is alles?' vroeg hij.

'Wat bedoelt u met "alles"?'

'Dit is uw verslag?'

'Dit zijn mijn bevindingen bij wat ik gisteren heb gezien.'

'U hebt geen verklaring van haar losgekregen, maar hebt naar haar tatoeages gekeken.'

'Die zagen eruit als een boodschap. Een boodschap aan haarzelf.'

'U weet toch dat alle gevangenen tatoeages laten zetten?'

'Ja, en ik denk dat deze tatoeage weleens een boodschap zou kunnen zijn.'

'De boodschap dat ze in een soort hel zit.'

'Ja.'

'En waarom is dat relevant?'

'Ik weet niet of het relevant is.'

'Dan zal ik u dat vertellen. Dat is het niet.'

'Ik ben er niet voor mijn lol heen gegaan,' zei Frieda. 'Dat heb ik gedaan omdat Levin het vroeg. En nu ben ik hier.'

Levin had niets gezegd. Hij leunde achterover in zijn stoel en staarde naar het plafond. Toen hij Frieda aankeek, had hij een geamuseerde blik in zijn ogen. Frieda wist niet voor wie die bestemd was.

'Kent u de uitdrukking: commandeer je hond en blaf zelf?' vroeg Levin. Niemand reageerde. 'Ik maak daarvan: commandeer je hond, muilkorf hem en leg hem aan de ketting.'

'Wie is in dit geval de hond?' vroeg Frieda.

'U,' zei Levin. 'Maar dat bedoel ik niet denigrerend. Dus wat wilt u?'

'U zult wel een soort dossier hebben.'

'Ja,' zei Keegan. 'Dat hebben we.'

'Dat zou ik graag inzien.'

'Weet u eigenlijk wat Hannah Docherty heeft gedaan?' vroeg Keegan.

'Ik weet dat ze schuldig bevonden is aan de moord op haar familie. Volgens mij weet iedereen dat. Een tijdlang was ze de meest verguisde persoon van het land.'

'Ja, en terecht. Het was een bloedbad.' Hij boog zich naar Frieda toe. 'En neem maar van mij aan dat ze een ijzersterke zaak tegen haar hadden.'

'Dan maakt het toch niet uit dat ik het dossier inzie?'

'We onderzoeken hoe de politie de zaak heeft behandeld, niet de zaak zelf.'

'Dat weet ik.'

Keegan draaide zich om naar Levin. 'Ze is psychotherapeute.'

'Ik ben erbij, hoor,' zei Frieda.

Keegan draaide zich om naar haar. 'U bent psychotherapeute.'

'Daarom heb ik haar er juist bij gehaald,' zei Levin. De glimlach verdween van zijn gezicht. 'Geef haar het dossier.'

7

Het dossier besloeg meerdere dozen. Jude ging haar voor naar boven. Ze liepen langs een dichte deur en gingen een kleine kamer binnen, die nog kleiner leek door het bed dat achterin stond met een felgekleurde sprei en een warmwaterkruik op het kussen. De enige andere meubels waren een stoel, en een tafel met een bureaulamp. Eronder stonden vier dozen vol documenten.

Jude deed de lamp aan en trok de dozen onder de tafel vandaan.

'Alsjeblieft,' zei ze. 'Daar ben je wel even zoet mee.'

'Dat denk ik ook.'

'Koffie?'

'Lekker.'

'Wat verderop in de straat zit een Scandinavisch tentje waar ze heerlijke kardemom- en kaneelbroodjes hebben. Ik ben eraan verslaafd. Wil jij er ook een?'

'Alleen koffie.'

'Je weet niet wat je mist.'

Frieda haalde een stapel papieren uit een van de dozen en legde die op tafel. Daarna pakte ze haar aantekeningenboekje en pen en legde die ernaast. Vervolgens ging ze zitten en begon te lezen. Ze las zes uur lang. Drie koppen koffie die Jude had gebracht, en een roggebroodje met zalm later zat ze nog steeds te lezen. De stormachtige dag ging over in de avond; in de verte klonken donderslagen.

De papieren waren vrijwel allemaal fotokopieën, waarvan sommige moeilijk te ontcijferen waren. Ze waren niet geordend. Frieda was een halfuur bezig om alles te sorteren: forensische rapporten, telefoonrekeningen, politieverhoren, getuigenverklaringen, processen-verbaal van de rechtszitting, psychologische rapporten en foto's.

Ze wilde ze zo chronologisch mogelijk lezen en dus begon ze met de politieverslagen. Op zaterdag 19 mei kreeg het politiebureau vlak voor middernacht een anoniem telefoontje, dat later getraceerd kon worden naar een telefooncel in de buurt, waarin melding werd gedaan van geluiden van onraad op Oakley Road 54. Op een plattegrond die ze in haar tas had zitten zocht Frieda het adres op. Het was in Dulwich, een wijk in Zuid-Londen die ze niet kende. De politie arriveerde zondagnacht om tien voor halfeen: inspecteur Sedge, die op het bureau een proces-verbaal aan het opmaken was van een aanrijding waarbij de bestuurder was doorgereden, en de agenten Malik Gordon en Jane Farthing, die aankwamen in een patrouillewagen. De fotograaf en de technische recherche arriveerden een paar minuten later. Door het voorraam waren meteen tekenen van onraad te zien: verschoven meubels, stoelen die op hun kant lagen. Sedge had op de voordeur geklopt, en toen er niet werd opengedaan was de deur opengebroken. Binnen troffen ze drie lijken aan: Hannahs stiefvader, Aidan Locke, drieënvijftig jaar, haar moeder, Deborah Docherty, zevenenveertig jaar, en haar jongere broertje Rory, dertien jaar. Deborah en Aidan lagen in hun slaapkamer. Aidan was nog volledig gekleed en Deborah had haar nachthemd aan. Ze waren alle drie doodgeslagen met een klauwhamer. Aidan en Rory lagen op hun buik, Deborah lag op haar rug. De hamer, die schoon was geveegd, lag in de zitkamer op de grond. De drie lichamen waren door de achttienjarige Hannah Docherty geïdentificeerd, voordat ze naar het mortuarium waren gebracht.

Aanvankelijk dacht men dat het om een inbraak met geweld ging. Maar later die dag was Hannah als verdachte in het vizier gekomen. De zaak tegen haar leek glashelder en onweerlegbaar. Frieda vond handgeschreven aantekeningen over Hannah: disfunctioneel, meldingen van familie en vrienden over drugsgebruik, asociaal gedrag. Ze was in aanraking geweest met de politie, maar alleen berispt; tot een aanklacht was het nooit gekomen. Een paar weken voor de moorden had ze in het bijzijn van anderen hevige ruzie met haar ouders gehad en was ze weggelopen en in een kraakpand gaan wonen. Een paar dagen voor hun dood hadden haar ouders haar toelage stopgezet. Het alibi waarmee ze op de proppen kwam – dat ze een afspraak had met haar stiefvader, maar dat niet hij, maar haar moeder was gekomen – rammelde aan alle kanten en er werd al snel bewezen dat het niet klopte. Uit het rapport van de patholoog-anatoom bleek dat Deborah Docherty al dood was op het tijdstip dat Hannah beweerde haar te hebben gezien. Verderop in de straat was in een vuilnisbak een plastic zak met kleren van Hannah gevonden die onder het bloed zaten van haar vermoorde familie. Toen ze door de politie werd verhoord, bekende ze niets, maar werd ze eerst hysterisch en daarna catatonisch.

Frieda richtte zich op de forensische rapporten. Zo nu en dan maakte ze een aantekening: dat overal bloed was aangetroffen – niet alleen in de slaapkamers, maar ook beneden. Dat er geen sporen van braak waren. Dat Deborah Docherty met meer geweld was omgebracht dan haar man en zoon. Dat de hamer zo goed was schoongeveegd dat er geen bewijsmateriaal op was gevonden. Dat er een opvallend groot tijdsverschil zat tussen de moord op Aidan Locke en die op Deborah en Rory. Wat was er in de tussenliggende tijd gebeurd?

Tussen de papieren zat ook een opsomming van de kleren en sieraden die op de lichamen waren aangetroffen. Rory Docherty: Lord-of-the-Ringspyjama. Aidan Locke: suède wandelschoenen, blauw-wit gestreepte sokken, blauwe spijkerbroek, blauwwit geruit overhemd, horloge (bruin leren bandje), bril zonder montuur. Deborah Docherty: groen nachthemd, gouden halsketting met een medaillon. De soberheid van alles bezat een sombere poëzie.

Ze maakte ook aantekeningen over de opvallende onregelmatigheden in de aanpak van de zaak, hoewel ze ervan uitging dat

Jock Keegan dit ook al had gedaan en gedegener dan zij ooit zou kunnen. Zo was nooit vastgesteld waar de hamer vandaan kwam – daar was zelfs nooit een poging toe gedaan – en er was geen bewijs dat Hannah zulk gereedschap bezat. Met de plaats delict leek achteloos te zijn omgesprongen. Er was een notitie van een politieman dat Deborahs eerste echtgenoot, Seamus Docherty, die het huis en de inboedel had geërfd, langsgekomen was en een aantal tassen met bezittingen had meegenomen. In de notitie werd aangeraden dit nader uit te zoeken, maar Frieda kwam er verder niets meer over tegen.

Frieda maakte ook een aantekening over de wijze waarop Hannah tijdens het onderzoek was behandeld. Ze had de drie lichamen moeten identificeren op de plaats delict en ze hadden haar foto's laten zien en verteld wat er zich precies had afgespeeld. 'Om te kijken hoe ze reageerde,' had Sedge in zijn rapport geschreven. Frieda wist daar alles van. Zij had ooit het lijk moeten identificeren van een man van wie ze ooit zielsveel had gehouden. Het was een beproefde tactiek: zet de verdachte onder druk en observeer zijn reactie en houding. Frieda had toen niet beseft dat ze werd geobserveerd en Hannah waarschijnlijk ook niet.

Vervolgens bladerde ze talloze verklaringen door van mensen die Aidan Locke en de Docherty's hadden gekend, om zich een beeld te vormen van het gezin. Locke: bekend in de buurt, ondernemer, invloedrijk, overduidelijk welgesteld, fondsenwerver voor goede doelen, Kerstman op de basisschool van de buurt, marathonloper, squasher en amateurtoneelspeler. De mensen spraken over hem in superlatieven. O Aidan! Wat een energie! Dol op zijn vrouw! Altijd bezig! Alleen door over hem te lezen werd Frieda al moe en ze was blij dat ze hem niet had gekend.

Deborah Docherty was meer op zichzelf. Ze was accountant geweest – parttime toen er kinderen kwamen. Rustig, ingetogen, ordelijk, competent, betrouwbaar. Haar eerste huwelijk strandde toen Hannah twaalf was en Rory zeven, en een jaar later was ze hertrouwd met Aidan. Haar tweede huwelijk was volgens iedereen heel goed geweest. Ze was slim, soms vinnig, en beschermend ten opzichte van haar kinderen – misschien te beschermend. Vriendinnen hadden het over haar verdriet over Hannahs verwarde psychische gesteldheid.

Over haar dertienjarige broer Rory was minder informatie: vrienden, maar niet veel, wisselende schoolresultaten. Ondanks het leeftijdsverschil leek Hannah dol op hem te zijn geweest.

Er was heel veel materiaal over Hannah. Frieda las alles: verklaringen van haar leraren, waarin werd gesteld dat ze een intelligente, ijverige leerlinge was geweest tot haar dertiende (rond de tijd dat haar moeder met haar stiefvader Aidan was getrouwd), en dat het tegen haar vijftiende fout met haar was gegaan: geen discipline, verkeerde vrienden. Haar cijfers waren teleurstellend en vervolgens verscheen ze nog maar zelden op school, hoewel ze wel het eindexamen wilde doen, dat een paar dagen na de moorden zou beginnen. In maart was ze uit huis gegaan en de zes weken daarop had ze in een kraakpand geslapen. Vrienden en vroegere vrienden werden gehoord. Er rees een beeld op van een meisje dat de weg was kwijtgeraakt. Natuurlijk was ze toen al de hoofdverdachte voor de moord op haar familie. Was dit van invloed geweest op de verklaringen? Frieda noteerde namen in haar aantekeningenboekje. Er was sprake van een vriendje; diens naam noteerde ze ook. Een psychiater typeerde Hannah als disfunctioneel, zelfdestructief en zeer weinig responsief.

Ze legde haar aantekeningenboekje neer en sloot haar ogen. Hannah deed haar aan iemand denken. Ja. Ze deed haar aan zichzelf denken toen zij van die leeftijd was. Ze kreeg het irrationele gevoel dat ze er dertien jaar geleden bij had moeten zijn om Hannah bij te staan.

Ze deed haar ogen weer open en schreef een vraag in haar aantekeningenboekje: waarom hadden ze haar überhaupt verklaringen laten afleggen voor de rechter?

Daarna richtte ze zich op de processen-verbaal van de rechtszittingen. Die bladerde ze snel door; het waren er te veel. Alleen de getuigenis van Hannah bekeek ze aandachtig, ook al stelde die niet veel voor: ze had slechts een paar vragen van de verdediging kunnen beantwoorden en van de aanklager niet één. Ze had vastgehouden aan haar ongeloofwaardige alibi en was blijven herhalen dat ze had afgesproken met haar stiefvader, dat die echter niet was komen opdagen, maar haar moeder later wel. De aanklager had zich daar honend over uitgelaten en gevraagd waarom haar verklaring dan niet kon worden gestaafd met het overzicht van telefoongesprekken die haar ouders hadden gevoerd, en hij had erop gewezen dat haar moeder haar alibi niet kon zijn geweest, aangezien ze op dat moment kilometers verderop in haar huis werd vermoord. Afgezien van deze verklaring had Hannah, voor zover Frieda het kon beoordelen, alleen halve zinnen gestameld en vooral gesnikt. Frieda kon er met haar pet niet bij dat haar advocaten het goed hadden gevonden dat ze werd ondervraagd. Ze maakte zich een voorstelling van Hannah, die, net achttien, in de beklaagdenbank stond te huilen terwijl bepruikte mannen en vrouwen haar vragen stelden waar ze niets van begreep.

De laatste stapel die Frieda bekeek bestond uit foto's. Dat had ze zo lang mogelijk uitgesteld, maar nu legde ze die omgekeerd op tafel en draaide ze een voor een om. Het waren foto's van de buitenkant van het huis, en foto's van elk gezinslid vóór het drama. Aidan was een potige, lachende man met een baard, die er zelfs op de foto joviaal uitzag. Deborah was slank, zelfs wat mager, en had donker haar en een gereserveerde blik. Rory oogde jonger dan dertien – op de foto die de politie van hem had uitgekozen was hij klein en bleek; hij had een grote dos rossig haar, sproeten en een enigszins bangelijk gezicht. En Hannah – aanvankelijk herkende Frieda de vrouw die ze in de inrichting had ontmoet nauwelijks in het meisje op de foto. Hannah was lang en zag er sterk en stevig uit, haar donkere haar glansde, ze blaakte van gezondheid, haar tanden waren wit, haar kleren fleurig en modieus. Ze lachte. Er was ook een foto van Hannah van vlak nadat ze was aangeklaagd: een portretfoto, waarop ze al de vrouw begon te worden die Frieda had gezien – bloeddoorlopen ogen, warrige haren en een blik die zo schichtig en angstig was dat Frieda er amper naar kon kijken. Het voelde te intiem.

Daarna bekeek ze vlug de foto's van het bewijsmateriaal dat was verzameld en dat deels in plastic zakken zat: vingerafdrukken, bloedspatten beneden, de zware klauwhamer, de kleren van Hannah die in een vuilnisbak bij een huis verderop in de straat waren gevonden – een bloemetjesjurk en een vest, die onder het bloed van haar familie zaten... Toen stuitte ze ineens op foto's van de plaats delict. De slaapkamer van de ouders; de ene foto na de andere, genomen vanuit allerlei hoeken, en close-ups van Aidan en Deborah. Ze legde ze snel opzij en bekeek een foto van Rory. Hij droeg zijn Lord-of-the-Ringspyjama. Hij lag met zijn gezicht naar beneden en een arm opzij. Ze staarde naar zijn weerloze nek, waar één moedervlek op zat, en naar zijn gekromde vingers en kleine voeten. En naar zijn ingeslagen schedel.

Ze stond op en ging naar beneden, naar Levin, Keegan en Jude.

'U hebt gelijk,' zei ze tegen Keegan. 'Ik ben maar gewoon psychotherapeute.' Ze draaide zich om naar Levin. 'Ik kan hier niet mee doorgaan.'

Ze ging tegenover Thelma Scott zitten, haar therapeute, naar wie ze alleen toe ging als ze niet lekker in haar vel zat, zich ontwricht voelde en niet wist wat ze moest denken. Ze liet haar handen op de armleuningen van de stoel rusten en keek naar het oude, schrandere gezicht van haar therapeute. Een collega had ooit gezegd dat Thelma op een kikker leek, maar Frieda hield van haar uiterlijk: doorleefd, rustig en alert.

'Ik heb gezegd dat ik het niet meer zou doen,' zei ze. 'Maar ik heb nu eenmaal die deal gemaakt. Iemand heeft iets voor mij gedaan en nu moet ik iets voor hem terugdoen.'

'Kan het dan niet door de beugel wat ze van je vragen?'

'Weet ik niet. Tot nu toe wel.'

'En toch wil je het niet doen?'

'Chloë zegt dat ik als het kind ben dat zich heeft gebrand en het vuur liefheeft.'

'Wat vind jij?'

'Dat weet ik niet. Ik heb een angstig voorgevoel.'

'En je hebt die mensen gezegd dat je er niet meer mee wilt doorgaan?'

'Ja.'

'Wat is dan het probleem?'

'Ik heb het gevoel dat ik Hannah Docherty in de steek laat.'

'Frieda,' zei Thelma streng. 'Je bent God niet. Pas op dat je niet weer de reddende engel gaat spelen.'

Ondanks de regen en wind en de donkere wolken die boven Londen kwamen aanzetten ging Frieda van Thelma's praktijk lopend naar huis. Ze maakte een kop thee en daarna ging ze in bad, in de prachtige badkuip die Josef voor haar had geïnstalleerd. Hij kwam uit Oekraïne en sprak nog steeds gebrekkig Engels; hij communiceerde vooral door dingen te doen, niet zozeer door dingen te zeggen. Ze bleef lang in bad liggen. Ze was van plan geweest om die avond langs te gaan bij haar vriendin Sasha. Sasha zat altijd in haar achterhoofd sinds gebeurtenissen in haar privéleven het afgelopen jaar tot een misdaad hadden geleid waarvan de naweeën nog voelbaar waren in het leven van Frieda en haar vrienden, maar ze belde af en verzette hun afspraak naar de volgende dag. Ze stak de haard aan en ging ernaast zitten met een bord roerei op toast. Luisterend naar de wind en het geknisper van de vlammen staarde ze naar het vuur. Vervolgens speelde ze een schaakpartij na en ging naar bed.

Maar ze kon niet slapen. Er spookten allerlei gedachten en flarden van gedachten door haar hoofd en ze zag in het donker gezichten voor zich. Uiteindelijk stond ze op, kleedde zich aan en ging de deur uit. Het regende niet meer, maar overal lagen plassen, die glinsterden in het licht van de straatlantaarns. Zo nu en dan reed er een auto voorbij. Frieda sloeg een straatje in. Ze dacht er niet bij na waar ze naartoe ging, maar haar voeten voerden haar via kronkelige achterafstraatjes naar de rivier. Aanvankelijk probeerde ze alle gedachten die haar bestormden van zich af te zetten, maar toen ze de straat bereikte die over de ondergrondse Fleet River liep, stelde ze zich ervoor open.

Wat ze vandaag in het dossier had gezien was waanzin, maar waanzin die niet klopte, waanzin waar ze niets van begreep. Het was een geordende chaos; het lachwekkende alibi van Hannah;

het brute geweld – maar de lichamen hadden allemaal in bed gelegen. Zou er niet op z'n minst één van hen hebben geprobeerd te vluchten, vooral omdat de dader lang gewacht had tussen de moord op Aidan en die op Deborah en Rory? En Aidan had zijn kleren nog aangehad; hij droeg zelfs zijn schoenen nog. Waarschijnlijk was zijn lichaam dus door de moordenaar naast dat van zijn vrouw op het bed gelegd. Maar dat strookte weer niet met de onmiskenbare razernij waarmee de moorden waren gepleegd. En dan de poging om Hannahs bebloede kleren te verstoppen. Waarom waren die verborgen op zo'n voor de hand liggende plek dat de politie ze zeker zou vinden? De aanklager had daar in zijn requisitoir een retorische vraag over gesteld en het antwoord daarop zelf al meteen gegeven: omdat ze, nadat ze haar familie had vermoord, in verwarde toestand had verkeerd. Maar klopte dat wel? Ze was helder genoeg geweest om te proberen haar kleren te verbergen, maar blijkbaar niet helder genoeg om dat goed te doen.

Ze dacht aan Hannah, die in elkaar geslagen was door andere bewoners, die door de verplegers was geboeid en gesedeerd, die jarenlang geen bezoek had gehad, die in de steek gelaten was en zielsalleen. Ze had niemand. Alleen Frieda. Voor een tijdje.

Ze stuurde Levin een mailtje waarin ze hem liet weten dat ze zich had bedacht. Ze wilde Hannah Docherty nog een keer opzoeken. Ze vroeg hem dat voor haar te regelen.

8

Frieda had een nieuwe patiënt: een vrouw van middelbare leeftijd die naar haar doorverwezen was omdat ze leed aan acute paniekaanvallen die haar leven lamlegden.

Als een windvlaag kwam ze de kamer binnengestormd en bleef naast de stoel staan. Haar donkere haar was nat van de regen en plakte tegen haar schedel.

'Dag, Maria. Ik ben Frieda. Ga zitten.'

Maria ging stokstijf zitten en legde haar handen op de armleuningen van de stoel, alsof die er elk moment met haar vandoor kon gaan. 'Dit is net zoiets als een bezoek aan de tandarts,' zei ze. Haar stem was schor en ze kuchte een keer om haar keel te schrapen. 'En zeg alsjeblieft niet dat ik me moet ontspannen.'

'Dat zal ik niet doen.'

'Mooi.' Haar ogen lagen diep in hun kassen en ze had donkere wallen. Ze oogde alsof ze in korte tijd sterk vermagerd was. Haar zwarte spijkerbroek flodderde om haar heen en haar grijze coltrui zat haar veel te ruim. Ze leek zich te moeten dwingen Frieda aan te kijken. Frieda zag dat ze haar handen tot vuisten balde. 'En nu?'

'Ik weet dat je paniekaanvallen hebt gehad en dat je het waarschijnlijk eng vond om hierheen te komen, maar vandaag doe ik alleen de intake: voor we samen aan de daadwerkelijke therapie beginnen, stel ik een paar algemene vragen om een beeld te krijgen van je situatie. Oké?'

Maria Dreyfus knikte. Met de rug van een hand veegde ze haar voorhoofd af, waarop zweetdruppels parelden.

'We beginnen met algemene dingen, zoals waar je woont, wat voor werk je doet, of je getrouwd bent, kinderen hebt...'

Ze begonnen. Langzaam en geduldig peuterde Frieda informatie los. Maria Dreyfus was vierenvijftig jaar. Ze was fondsenwerver en evenementenmanager bij een non-profitorganisatie voor geestelijk gehandicapten. Ze was vijfentwintig jaar getrouwd en hoewel ze natuurlijk ups en downs hadden gekend, omschreef ze haar huwelijk als goed. Ze had twee kinderen – een dochter, die advocate was, en een zoon, die nog studeerde. Haar vader leefde nog, maar haar moeder was elf jaar geleden gestorven aan kanker. Zelf had ze toen ze begin veertig was borstkanker gehad. Ze had een zus met wie ze een hechte band had en veel vrienden, hoewel ze die de laatste tijd niet meer zag, wat sommige grievend vonden.

'Dus ik mag niet klagen,' zei ze. Haar stem was laag en aantrekkelijk. 'Ik weet dat ik geluk heb gehad. Er is nooit iets ernstigs in mijn leven gebeurd, niet vergeleken bij de meeste mensen die ik ken. Vlak na de geboorte van onze zoon heeft mijn man een affaire gehad. Dat was kwetsend, maar het is lang geleden en we zijn eruit gekomen, hoewel ik soms niet snap waarom ik toen niet gewoon de benen heb genomen. Mijn moeder is gestorven. Dat was vreselijk. Maar moeders gaan nu eenmaal dood. Ik heb borstkanker gehad, maar die is in een vroeg stadium ontdekt. Ik was natuurlijk bang, maar ik ben niet ingestort of zo. Ik ben er nuchter mee omgegaan. Ik heb mezelf trouwens altijd als een nuchter mens beschouwd. Mijn vrienden zeggen dat ook van me. Ik ben sterk. Dat dacht ik althans. En nu hou ik mezelf voor...' Ze stokte en fronste. 'Ik weet niet meer wat ik wilde zeggen. Ik weet niet wat ik mezelf voorhou.'

'Probeer het me uit te leggen,' zei Frieda.

'Wat moet ik uitleggen?'

'Wanneer het begon. Wat er gebeurd is. Beschrijf dat eens.'

Opnieuw veegde Maria over haar voorhoofd; daarna legde ze haar hand even op haar keel en liet hem weer op de armleuning rusten. 'Het is moeilijk uit te leggen. Al een hele poos – in elk geval al twee maanden…' Plotseling zweeg ze. 'Klinkt mijn stem raar?'

'Hoe bedoel je raar?'

'Iel en mat, alsof hij van ver weg komt.'

'Nee. Maar ik weet niet hoe je stem normaal klinkt. Waarschijnlijk ben je je heel bewust van jezelf en heb je het idee dat je ver van jezelf af staat, en komt het daardoor dat je hem raar vindt klinken – alsof je een opname van jezelf hoort.'

'Wat zei ik ook alweer?'

'Je zei dat je al een hele poos… en toen stopte je.'

'Al een hele poos had ik een eigenaardig, onaangenaam gevoel. Alsof er iets zwaars op mijn borst rustte. Slikken kostte me moeite. En ik had een nare smaak in mijn mond en soms was ik misselijk en kortademig. Ik had geen eetlust meer. Ik dacht dat het misschien iets lichamelijks was. Een kwaaltje waar ik maar niet vanaf kwam. En toen werd ik op een keer midden in de nacht wakker.' Ze legde haar hand op haar maag. Daarna wendde ze haar hoofd af en staarde uit het raam, waarlangs de regen nog steeds naar beneden gleed en de wereld verhulde. Blijkbaar had ze er genoeg van om zichzelf te moeten dwingen iemand aan te kijken. De stilte hing zwaar in de kamer.

'Je werd wakker?'

'Ik werd wakker en kon niet goed ademen. Ik kreeg geen adem en had zo'n pijn in mijn borst dat ik me niet kon verroeren. Ik kon mezelf er niet toe brengen te bewegen. Het was pikdonker. Ik hoorde mijn man naast me ademen en hoorde mezelf proberen te ademen, maar ik klonk als een dier in een val. Ik dacht dat ik doodging. Ik wist zeker dat ik doodging. Dat het met me gedaan was.'

Frieda wachtte.

Maria keek op. 'Maar ik ging niet dood. Natuurlijk niet. Ik maakte mijn man wakker en hij belde meteen de huisartsenpost. Ik werd met grote spoed naar het ziekenhuis gebracht omdat ze dachten dat ik een hartaanval had. Maar er was niets met me aan de hand. In elk geval niet lichamelijk. Het was gênant. Belachelijk.'

'Je had een paniekaanval.'

'Ja.'

'En die bleven komen.'

'Ja. Aanval is het juiste woord ervoor. Ik word 's nachts wakker en dan weet ik dat er een aankomt. Hij besluipt me en slaat dan toe. Met bonkend hart en bloed dat in mijn hoofd klopt lig ik in bed. Ik kan me niet verroeren en dan gebeurt het. Het is als die man wiens lever door een adelaar werd aangevreten.'

'Prometheus.'

'Ja.'

'En heb je er alleen 's nachts last van?'

'Nee, maar de nachten zijn wel het ergst. Ik vond het vroeger heerlijk om in bed te kruipen, maar nu lijkt het wel alsof ik op een pijnbank ga liggen. Ik lig wakker en ben bang voor de uren die komen gaan. Ik voel me een object, een hulpeloos díng dat daar ligt. Ik ben zo moe.'

'Dat kan ook haast niet anders.'

'Heb jij weleens last gehad van slapeloosheid?' Frieda gaf geen antwoord. 'Het is vreselijk. Maar ik kreeg ook paniekaanvallen op andere momenten. Soms op het werk. Het was heel naar. Ik wist dat ik mezelf te kijk zette, maar ik kon er niets aan doen. Ik ben nu met ziekteverlof, hoewel ik probeer terug te komen. Ik ben het niet gewend om niet te werken. Ik heb mijn hele leven gewerkt; ik ben altijd de kostwinner geweest. Na de geboorte van de kinderen ging ik al na een paar weken weer aan het werk. Het is voor het eerst in dertig jaar dat ik met langdurig ziekteverlof ben. Vroeger verlangde ik er weleens naar om een paar weken lang een pijnloze kwaal te hebben, zodat ik zou kunnen lezen en uitrusten, maar dat doe ik nu helemaal niet. Ik lig in het donker in bed naar het bonken van mijn hart te luisteren. Of ik zit op de bank niets te doen. Ik! Ik heb nog nooit niets gedaan – daar worden in de familie zelfs grapjes over gemaakt. Mijn vrienden wil ik niet zien. Ik moet er niet aan denken iemand te zien. Zelfs mijn kinderen niet; de moeite die het me kost om met ze te praten... Ik wil niet dat iemand naar me kijkt. In me kijkt.'

'Wat zouden ze dan zien?'

'Weet ik niet. Ik weet alleen dat ik het onverdraaglijk vind.' Ze verschoof ineens in haar stoel. 'Dat is onzin. Natuurlijk is het draaglijk. Ik ga er niet dood aan. Het is alleen...' Verbijsterd hief ze haar handen. Haar magere, schrandere gezicht betrok. 'Ik begrijp het niet.'

'En normaal gesproken begrijp je de dingen wel.'

'Ja.'

'En heb je het gevoel dat je alles onder controle hebt.'

'Ja. Dit... Het slaat nergens op. Het is alleen maar angst. Angst dat het tot een afrekening komt.'

Toen Frieda een halfuur nadat Maria Dreyfus was weggegaan haar praktijk verliet, stond Jude haar zoals afgesproken met de auto op te wachten.

Nadat Frieda was ingestapt, zei ze: 'Ik wil onderweg iemand oppikken.'

'Hoe dat zo?' vroeg Jude. 'Wie dan?'

'Iemand die me kan helpen.'

'Heb je dit overlegd met Levin?'

'Ik ben pas gisteravond op het idee gekomen. Hij werkt om de hoek.'

'Daar gaat het me niet om.'

Frieda zei Jude Tottenham Court Road in te rijden. Bij de achteruitgang van het ziekenhuis stond een man op het trottoir een boek te lezen. Toen hij de auto zag, stopte hij het boek in zijn jaszak. Frieda verhuisde naar de achterbank, zodat hij voorin kon gaan zitten. Toch kostte het hem moeite om zich in de auto te wurmen; hij moest zich helemaal dubbelvouwen.

'Wie is dit?' vroeg Jude, terwijl ze optrok.

'Vraag hem dat zelf maar,' zei Frieda.

'Is er een probleem?' vroeg hij.

'We wisten niet dat er iemand mee zou komen.'

'"We"? Frieda heeft me gevraagd.'

'Ik bedoel mezelf. En de mensen voor wie ik werk.'

Geamuseerd keek hij om naar Frieda. 'Als dit ongemakkelijk wordt, wil ik best uitstappen, hoor.'

'Dit is professor Andrew Berryman. Hij is... Wat doe je eigenlijk?'

'Neurologie,' zei Berryman. 'Hersenen.'

'Ja, ik weet ook wel wat neurologie is. Maar ik dacht dat Levin jou daarvoor had ingeschakeld,' zei Jude tegen Frieda.

'De chemie van het brein, neuronen en synapsen interesseren me niet zo,' zei Frieda. 'Ik heb het wel gehad tijdens mijn studie en ik heb erover gelezen, maar ik ben meer geïnteresseerd in hoe ervaringen, herinneringen of trauma's tot een bepaald gedrag kunnen leiden.'

Berryman lachte. 'En ik ben precies het tegenovergestelde. Ik heb een specialisme gekozen waarbij je niet zoveel met patiënten te maken hebt. Kijken naar hersenen waar iets mis mee is, leert je veel over hun werking. Ik haal nu het eerste college aan dat ik eerstejaars heb gegeven.'

'Jullie denken dat er iets mis is met de hersenen van Hannah Docherty?'

'We weten allemaal dat er iets mis is met haar hersenen – of met haar geest,' zei Frieda. 'Ze zit al dertien jaar in een psychiatrische inrichting.'

'Je had dit eerst met Levin moeten bespreken,' zei Jude.

'Als Levin me niet vertrouwt, moet hij hem maar opzoeken op internet. Een paar jaar geleden heeft hij een cruciale rol gespeeld bij het oplossen van de zaak-Robert Poole.'

'Cruciaal is een groot woord,' zei Berryman. 'Maar ik moet je wel waarschuwen: de laatste keer dat ik Frieda heb gezien, lag ze op de spoedeisende hulp.' Hij keek achterom. Doordat hij opgepropt in het kleine autootje zat, kostte hem dat veel moeite. 'Je zag er vreselijk uit. Gaat het goed met je?'

'Zoals ik toen ook al zei: het was niet mijn bloed.'

'Niet jouw bloed?' vroeg Jude. 'Wat was er in godsnaam gebeurd?'

'Dat is een ingewikkeld verhaal,' zei Frieda. 'Vraag het maar aan Levin. Die weet waarschijnlijk alles. Waarschijnlijk weet hij er zelfs meer van dan ik. Maar goed, het antwoord is: het gaat prima met me. Anderen zijn er minder goed vanaf gekomen.'

Terwijl ze door Londen reden, deed Frieda verslag van de zaak-Hannah Docherty. Op een gegeven moment viel Jude haar in de rede: 'Je houdt dit toch wel voor je, hè?'

'Tegen wie van ons tweeën heb je het?' vroeg Frieda.

'Tegen jullie allebei.'

'Ik zou nu hoog van de toren kunnen blazen en erop wijzen dat ik arts ben.' Berryman keek uit het raampje. 'Maar als het bijzonder interessant is, schrijf ik er misschien wel een artikel over, natuurlijk.'

Jude keek hem even van opzij aan.

'Met geanonimiseerde namen en plaatsen.'

'Maak je maar geen zorgen,' zei Frieda. 'Hij reageert nooit als een normaal mens.'

'Jij vindt het misschien grappig,' zei Jude, 'maar als dit in de krant komt, ben ik degene die problemen krijgt.'

'Ik beloof je dat ik discreet zal zijn,' zei Berryman. 'We gaan dus met Hannah Docherty praten?'

'Niet meteen,' zei Frieda.

Dokter Christian Mendoza was de geneesheer-directeur van Chelsworth Hospital. Zijn kantoor zat in het oorspronkelijke, oude deel van het pand, een grauw, gotisch gebouw dat eruitzag als een voormalig landhuis, kasteel of internaat. Frieda en Berryman liepen door sombere gangen en toen een smalle wenteltrap op, maar het kantoor zelf was ruim, met grote ramen die uitkeken op gazons en bossen. Mendoza was een jaar of zestig, met dunnend grijs haar, waardoor zijn roze schedel op zijn kruin goed te zien was. Hij droeg een grijs pak met een donkerblauwe vlinderdas en een kleine, ronde hoornen bril. Hij gebaarde naar twee stoelen die voor zijn grote houten bureau stonden. Afgezien van een telefoon, een kleine beker vol pennen en potloden, een aantekeningenboekje dat was opengeslagen op een blanco pagina, en een stapeltje dossiers, was het bureaublad leeg.

'Dokter Frieda Klein en dokter Andrew Berryman,' zei Mendoza. 'Een psychotherapeute en een neuroloog.'

'Klopt,' zei Frieda.

'Dat is het voordeel van de moderne technologie. Ik heb u opgezocht en was onder de indruk van wat ik vond. Ik had alleen liever gehad dat u uw komst eerder had aangekondigd, want dan had ik u fatsoenlijk kunnen ontvangen.'

'Dat maakt niet uit,' zei Frieda. 'Ik heb pas gisteravond besloten dat we langs zouden komen.'

Mendoza haalde een zakdoek tevoorschijn, deed zijn bril af, ademde erop en poetste de glazen zorgvuldig schoon. 'Het eerste wat ik me afvroeg is waarom na al die jaren een psychotherapeute en een neuroloog ineens geïnteresseerd zijn in die arme Hannah Docherty.'

'Vindt u haar dan niet interessant?' vroeg Frieda.

'Iedereen hier is interessant. Ik ben alleen benieuwd waarom u speciaal in haar bent geïnteresseerd.'

'Ik hou me bezig met het misdrijf waarbij zij betrokken was.'

'Het misdrijf dat ze heeft gepléégd.' Mendoza keek Berryman aan. 'U zegt niet veel.'

'Let maar niet op mij,' zei Berryman. 'Ik ben de dokter Watson. Of de Sancho Panza of zo.'

'Ik betwijfel of dat waar is.' Mendoza keek Frieda weer aan. 'Ik heb begrepen dat u Hannah al hebt ontmoet.'

'Ik heb tegen haar gepraat, maar ze zei niets terug. Voor ik haar weer zie, leek het me daarom zinnig om iets meer te horen over haar verblijf hier.'

'Wat wilt u weten?'

Frieda dacht even na. Er was zoveel. 'In wat voor toestand verkeerde ze toen ze hier aankwam?'

'Ik was hier toen nog niet. Ik ben pas in 2007 gekomen. Maar ik heb haar dossier bekeken. Ze was zwaar psychotisch toen ze hier werd opgenomen.'

'Hoe is ze daarvoor behandeld?'

Mendoza haalde zijn schouders op. 'Zoals je zou verwachten: met antipsychotica en therapie.'

'Nog meer?'

'Ze heeft een paar keer elektroshocks gehad.'

'Ik dacht dat elektroshocks vooral bij ernstige depressiviteit werden toegepast,' zei Frieda.

'Zet u vraagtekens bij onze behandelwijze?'

'Ik probeer me alleen een beeld te vormen van haar gezondheidstoestand.'

'Die kan ik met twee woorden beschrijven,' zei Mendoza. 'Niet goed.'

'Al dertien jaar lang.'

'Al dertien jaar lang.'

'Toen ze hier aankwam, was ze veroordeeld voor de moord op haar ouders en haar tienerbroertje,' zei Frieda. 'Was ze daardoor een doelwit?'

'Van andere patiënten bedoelt u?'

'Ja.'

'Zoals gezegd was ik hier toen nog niet. Maar van wat ik heb begrepen was het eerder andersom. U hebt Hannah ontmoet. Ze heeft een indrukwekkend postuur. En ze verwierf algauw een reputatie.'

'Dat ze gewelddadig was.'

'Precies.'

'En hoe gaat u hier om met iemand die de reputatie heeft gewelddadig te zijn?'

'Dit is een psychiatrische inrichting,' zei Mendoza. 'Onze prioriteit ligt bij onze patiënten. Het is onze taak om toe te zien op hun welzijn en veiligheid.'

'En wat betekent dat in de praktijk?' vroeg Frieda.

'Voor Hannah Docherty's eigen veiligheid en de veiligheid van anderen werd de dosering van haar medicijnen verhoogd en is ze op een gesloten afdeling geplaatst, en indien nodig werd ze naar een isoleercel gebracht.'

'Hoe vaak?' vroeg Berryman.

'Wat bedoelt u?'

'Hoe vaak werd ze in isolatie geplaatst?'

'Als dat nodig was.'

'En als ze in de isoleer zat, hebben we het dan over uren of dagen?'

'Dat hing ervan af. Zo lang als nodig was.'

'Hoeveel dagen?'

'Dat weet ik niet uit mijn hoofd. Maar het staat in haar dossier.'

Berryman wees naar het dossier op Mendoza's bureau. 'Is dat het?'

'Ja?'

'Mag ik het inkijken?'

Mendoza keek er peinzend naar. 'U mag het inkijken,' zei hij. 'Maar u mag het niet meenemen of kopiëren.'

'Ik wil het alleen maar inzien.'

'En u moet het in de juiste context zien. Hannah Docherty heeft haar hele familie uitgemoord. En vanaf het begin heeft ze asociaal gedrag en gebrek aan zelfbeheersing getoond. Ze is zeer gewelddadig tegen de verplegers, artsen en medepatiënten. Laatst nog. Een paar dagen geleden heeft ze een vrouw neergestoken met haar eigen mes.'

'Bedoelt u dat Hannah dat mes bij zich had, of was het van de andere vrouw?' vroeg Frieda.

'Dat maakt niet veel uit.'

'Volgens mij wel.

'Het was van de andere vrouw.'

'Dus Hannah werd bedreigd.'

'We doen onze uiterste best,' zei Mendoza, 'maar helaas komen hier in Chelsworth Hospital ook geweldsincidenten voor.'

'Daar heb ik over gelezen.'

'We hebben te maken met de lastigste patiënten van het land, patiënten die men wil opsluiten en vergeten. Dat moet u goed onthouden.'

Ondertussen had Berryman het dossier gepakt en bladerde hij het met een geconcentreerde blik door.

'Is ze op dit moment in behandeling bij een therapeut?' vroeg Frieda.

'Ze wordt behandeld door dokter Styles. Julia Styles. Maar wat de resultaten daarvan zijn, weet ik niet.'

'Kunnen we haar spreken?'

'Ik had gehoopt dat ik al uw vragen zou kunnen beantwoorden.'

‘Ik wil graag meer weten over haar behandeling van Hannah Docherty.’

‘Goed dan,’ zei Mendoza. ‘Als u even wacht, dan overleg ik met mijn assistente.’ Hij liep de kamer uit.

Berryman stond op en liep naar het raam. ‘Wat een plek, hè?’ zei hij. ‘Je zou haast verwachten een vleermuis of een monnik met een kap op te zien.’

‘Wat denk jij ervan?’

‘Het verbaast me niet dat je niks uit Hannah Docherty hebt gekregen.’

‘Elektroshocks zijn niet zo erg als ze in films lijken.’

Berryman glimlachte. ‘Ja, volgens mij heb ik dat ook ooit ergens gelezen.’

‘Sorry.’

‘Maar daar doelde ik niet op. Als jij, ik, of wie dan ook in isolatie werd geplaatst, zouden we na drie of vier dagen stemmen horen. Na een maand zouden de meesten van ons psychotische symptomen vertonen. Onze hersenen zijn niet ingesteld op isolatie. Het is net als een plant die geen licht krijgt, alleen gaan wij niet dood, behalve als we zelfmoord plegen. Maar de hersenen gaan vreemde dingen doen om de leegte te vullen.’

‘En Hannah Docherty is vaak in isolatie geplaatst?’

‘Dat heb je me onze aardige arts horen vragen. Aanvankelijk dacht ik dat het ging om een paar uur opsluiting in een bezemkast tot ze zou ophouden met schreeuwen. Dat zou op zich al heel erg zijn. Maar toen ik haar dossier inkeek, ben ik gestopt met tellen. In 2003 heeft ze bijvoorbeeld zeven maanden aan één stuk door in de isoleer gezeten. En toen ze in 2005 een bewaker had aangevallen, is ze anderhalf jaar in “isolatie-plus” geplaatst, zoals zij dat hier noemen.’

‘Dat klinkt niet best.’

‘Dat klinkt als een experiment met de plasticiteit van het brein, dat we helaas niet mogen uitvoeren omdat dat onethisch zou zijn. Maar ik durf te stellen dat het brein na een verblijf van langer dan een jaar in isolatie fysiek is veranderd.’

‘En daarom denk je dat het geen zin heeft om met haar te gaan praten.’

'Nee, nee. Het lijkt me boeiend haar te zien. Nu het experiment eenmaal is uitgevoerd, wil ik graag de resultaten zien.'

Frieda keek hem fronsend aan. 'Je vindt dit toch niet echt leuk, hè?'

'Denk je dat er onder mijn ruwe bolster een blanke pit zit?'

Berryman hoefde Julia Styles niet zo nodig te ontmoeten. 'Dat is jouw terrein,' zei hij met een wegwerpgebaar terwijl hij nauwelijks opkeek van het dossier. 'Aangezien we het dossier niet mogen meenemen, kan ik maar beter alles hierin opslaan.' Hij tikte met zijn wijsvinger tegen zijn slaap. 'Kom me maar halen als je klaar bent.'

De kamer van Julia Styles was in de buurt van het kantoor van dokter Mendoza, maar de ramen keken uit op de binnenplaats, waar mannen liepen die hun hoofd bogen tegen de aanwakkerende wind.

'Wat kan ik voor u betekenen?' vroeg dokter Styles, die was opgestaan van haar opgeruimde bureau (een dossier – vermoedelijk dat van Hannah –, een aantekeningenboekje, en een kleine plant met één enkele bloem die boven koperkleurige bladeren uitstak). Ze was klein en zag er verzorgd uit – haar blouse was keurig gestreken. Haar toon was koel, haar handdruk ferm maar kort.

'Ik wil u spreken over Hannah Docherty,' zei Frieda.

'Ik vraag me af wat u over haar wilt weten – en wat Hannah tegen me zegt is natuurlijk vertrouwelijk. Ik kan geen bijzonderheden prijsgeven.'

Frieda ging tegenover haar zitten. 'U hoeft me niet te vertellen wat Hannah allemaal tegen u heeft gezegd.'

'Ze laat trouwens niet veel los.'

'Hoelang is ze al bij u in behandeling?'

'Negen jaar, met tussenpozen.'

'Dat is lang. Is ze in de loop van die jaren veel veranderd?'

'Ze is ouder geworden, en harder en stiller. En ze is agressiever, ongelukkiger en nóg gestoorder geworden.' Ze keek Frieda in de ogen. 'Ze haat me.'

'O ja?'

'Ja.' Ze lachte kort en ingehouden. 'En het is geen overdracht. Dat moet u vooral niet denken. Ze vindt het vreselijk om met mij in één kamer te zitten. Vaak weigert ze me te zien – en als een patiënt je niet wil zien, laat staan met je wil praten, dan kun je niet veel doen.'

'Ik weet niet of dat wel zo is.'

'Natuurlijk weet u dat niet.' Er klonk onverholen vijandigheid door in Styles' stem. 'U werkt bij The Warehouse, toch?'

'Soms.'

'En u hebt ook privépatiënten.'

'Ja.'

'U behandelt de ongemakken van de welgestelden. Maar wij hebben hier te maken met echte waanzin, met echte wanhoop, met gevaarlijke woede-uitbarstingen, met geesten die zo verknipt zijn dat je absoluut niet tot ze kunt doordringen, met mensen die dingen uitkramen die totaal niet te duiden zijn.'

Frieda keek haar nieuwsgierig aan. Styles' wangen waren rood aangelopen; ze was overduidelijk boos. 'U denkt dat ik niet snap waarmee u hier te maken hebt.'

'Natuurlijk snapt u dat niet. Hoe zou u dat kunnen snappen? Ik heb van dokter Mendoza gehoord dat u hier bent om vast te stellen of Hannah Docherty geestesziek is.'

'Is ze dat?'

'Luister, dokter Klein. Hannah was een verwarde, disfunctionele puber die haar moeder, haar broer en haar stiefvader heeft vermoord. Ze is mijn patiënt en het is mijn taak om haar te helpen beter te worden. Maar hebt u zich weleens afgevraagd wat dat inhoudt? Dat zou inhouden dat ze inzicht krijgt in wat ze heeft gedaan. Dat ze de gruwel daarvan onder ogen moet zien. Dat ze zou beseffen dat ze schuldig is. Soms denk ik weleens dat je mensen als Hannah maar het best in hun waan kunt laten.'

'Ik snap het.'

'Waarschijnlijk niet. Ik heb ooit een patiënt gehad die tijdens een aanval van schizofrenie zijn vrouw en zijn drie kleine kinderen had vermoord. Een stem in zijn hoofd zei dat ze zwaar gemarteld zouden worden, en dat wilde hij ze besparen. Dankzij medicatie en therapie kwam hij tot het besef van wat hij had gedaan. Maar was hij daar beter mee af?'

'Dat weet ik niet. En u hebt gelijk, ik weet niet waar u dag in dag uit mee wordt geconfronteerd. Maar daarom ben ik juist naar u toe gekomen: om van u te leren.' Ze zag iets van de spanning in Julia Styles' schouders en handen wegvloeien. 'Bedoelt u dat ze nooit heeft erkend dat ze schuldig is?'

'Ze herhaalt vaak één zinnetje; de verpleging zegt dat ze dat ook in haar kamer doet. Ze horen het haar jammeren.'

'Wat zegt ze dan?'

'Ze zegt: "Ik ben het, ik ben het."'

'Dat heeft ze tegen mij ook gezegd.' Frieda dacht even na. 'Zegt ze nooit: ik wás het?'

'Nee, altijd in de tegenwoordige tijd.'

'Dat zou natuurlijk een soort schuldbekentenis kunnen zijn – of een bevestiging van haar identiteit.'

'Dat zou kunnen.' Julia Styles knikte.

Er leek even iets van wederzijds begrip tussen hen te ontstaan. Frieda knikte haar toe en glimlachte. 'U hebt me geweldig geholpen.'

'O, ja?'

'Ja.'

Frieda stond op en de twee schudden elkaar weer de hand – iets langer deze keer.

'Ze is een van de gevallen waarin ik heb gefaald.'

'Omdat u haar niet kunt helpen?'

'Omdat ik niet tot haar door kan dringen.'

Andrew Berryman had Hannahs dossier weggelegd. Met zijn hoofd rustend op zijn samengevouwen handen zat hij achterovergeleund in zijn stoel naar het plafond te staren, alsof daar iets op geschreven stond. 'Wijzer geworden?' vroeg hij Frieda toen ze binnenkwam.

'Weet ik niet.'

'Zullen we die aardige dokter Mendoza eens vragen of hij ons naar Hannah wil brengen?' Hij haalde zijn handen uit elkaar en ging rechtop zitten. 'Volgens mij wordt dat heel interessant.'

Maar de aardige dokter Mendoza keek hen ernstig aan.

'Helaas kunt u haar vandaag toch niet zien,' zei hij.

'Waarom niet?'

Hij schudde zijn hoofd. 'Ze is onwel.'

'Hoezo onwel?' vroeg Frieda. 'U weet toch dat we speciaal hiernaartoe zijn gekomen om haar te zien.'

Hij knikte meelevend. 'Het is spijtig,' zei hij. 'Heel vervelend voor u.'

Frieda klemde haar kaken op elkaar. 'Toch willen we haar zien.'

'Het spijt me, dokter Klein, maar dat zal niet gaan. In elk geval niet vandaag.'

'Ik vraag me af of het op een andere dag wel zou kunnen.' Berryman klonk opgewekt.

Mendoza zei niets.

'Kunnen we haar niet een paar minuten spreken?' vroeg Frieda.

'Ze is in een ernstige psychose geraakt. En u zult begrijpen dat we haar daarom zwaar hebben moeten sederen.'

'Dat begrijp ik maar al te goed,' zei Frieda. 'Deze keer is ze zwaar gesedeerd en vorige keer dat ik hier was, was ze in elkaar geslagen.'

'De vorige keer dat u hier was,' zei dokter Mendoza, 'had Hannah net iemand bijna vermoord met een mes.'

'En deze keer heeft ze zulke zware medicijnen gekregen dat we haar weer niet kunnen spreken.'

'Ik geloof niet dat u begrijpt met wat voor patiënten wij hier te stellen hebben.'

'Ik begrijp anders maar al te goed dat u het zich zo makkelijk mogelijk wilt maken. U wilt geen problemen.'

'Beste dokter…'

'Ik geloof niet dat het raadzaam is haar zo te noemen,' zei Berryman.

'Maar u moet één ding heel goed begrijpen – u hebt al een probleem. En wij komen terug en dan krijgen we haar wel te zien,' zei Frieda.

Mendoza keek haar aan en kwam toen plotseling overeind. Hij zette zijn bril af; zonder bril hadden zijn ogen een weerloze blik. 'Als u het per se wilt, kunt u haar zien.'

Een verpleger ging Frieda en Berryman voor via een paar trappen, door een vertrek waar een paar stoelen, een bank en een tv stonden, en toen twee zware deuren door. Het voelde als een gevangenis in plaats van een ziekenhuis. Ze liepen door een gang met identieke groene deuren voorzien van een getralied luikje; hun voetstappen weerklonken tegen de muren. Bijna aan het einde stopte de verpleger bij een deur en haalde een sleutelbos van zijn riem.

'U hebt het zelf gewild.'

De kamer was klein en kaal: een cel met een smal bed onder een hoog raam, waar maar weinig licht doorheen viel. Toen de verpleger een schakelaar omdraaide, baadde het vertrek in een akelig fel schijnsel. De gestalte op het bed verroerde zich niet. Frieda zag een warrige dos vet haar en een hand uit het dekbed steken; op de pols zat een tatoeage.

'Dit is ze,' zei de verpleger.

Frieda liep naar het bed en boog zich over de vrouw heen. 'Hannah,' zei ze zacht.

Er kwam geen reactie. Heel voorzichtig trok Frieda het dekbed iets naar beneden om Hannahs gezicht te kunnen zien. Het was klam en gezwollen. Rond haar neusgaten zat bloed en uit haar mond liep een straaltje speeksel. Haar hals was groezelig. Ze ademde rochelend en bij elke uitademing sputterden haar lippen. Frieda legde haar hand even op Hannahs schouder, maar ze was diep in slaap. Haar gesloten oogleden bewogen. Frieda vroeg zich af of haar dromen nachtmerries waren of momenten van vrijheid. Ze veegde een dikke haarlok uit Hannahs gezicht en trok het dekbed weer over haar heen.

'En?' vroeg Levin. Hij dronk muntthee uit een grote mok; de glazen van zijn hoornen bril waren beslagen. 'Hoe was ze eraan toe?'

'Ze was niet aanspreekbaar.'

'Dat is jammer.' Levin keek naar Keegan, die op zijn knieën zat en een grote kartonnen doos uit een kast probeerde te trekken die muurvast zat. 'Jammer, hè, Jock?'

Uit de kast klonk onverstaanbaar gegrom.

'De zaak deugt van geen kanten,' zei Frieda.

'Wilt u muntthee?'

'Nee.'

'Natuurlijk deugt de zaak van geen kanten. Dat weten we. Maar bestaat het risico dat zij dat misschien ooit te weten komt en moeilijk gaat doen?'

'Nee, dat risico is er niet. Daar ben ik tenminste wel zeker van.'

Keegan stond op. Hij transpireerde. 'Nou, dat was het dan,' zei hij.

'Nee,' zei Frieda.

'Hoezo nee?'

'Juist omdat er geen risico is dat ze het ooit te weten komt, moeten we doorgaan.'

'Doorgaan?' Keegans voorhoofd plooide zich tot rimpels toen hij haar aankeek. Levin zette zijn mok neer en leunde achterover in zijn stoel. Hij deed zijn bril af en begon die minutieus schoon te poetsen met zijn versleten oranje das. 'Doorgaan waarmee?'

'Met dit onderzoek.'

'Er is helemaal geen onderzoek.'

'Nu wel.'

Keegan keek Levin aan. 'Zou jij niet eens wat zeggen?'

'Zoals wat?'

'Dat het belachelijk is. Dat we kláár zijn. Dank u voor de bewezen diensten, maar u kunt nu wel gaan.'

Levin zette zijn bril weer op en schoof hem met zijn wijsvinger verder op zijn neus. 'Wat wilt u?' vroeg hij Frieda.

'Haar arts en therapeute twijfelen er niet aan dat Hannah geesteszieк is. Maar Andrew en ik...'

'Andrew?'

'Professor Berryman.'

'Maakt niet uit wie dat is,' zei Keegan. 'En ik zal maar niet vragen wat die samen met u in Chelsworth Hospital deed.'

'Wij denken dat haar geestelijke gestoordheid en haar psychotische aanvallen waarschijnlijk het gevolg zijn van ernstige psychische verwarring en langdurige eenzame opsluiting, om nog maar te zwijgen van de herhaalde sedatie. Iedereen zou daar gek van worden. Al na een paar dagen, of zelfs al na een paar uur, zijn de effecten van eenzame opsluiting waarneembaar. Er zijn talloze studies waarin is aangetoond...'

Keegan ging naast Levin op de rand van de tafel zitten. 'Hier zitten we niet op te wachten,' zei hij. 'We hebben al genoeg op ons bord zonder ook nog eens te proberen om...' Hij zweeg ineens en fronste. 'Om wat te doen?' vroeg hij vervolgens aan Frieda. 'Ik weet niet eens wat u wilt. U zegt dat de zaak niet goed is behandeld. Dank u, maar dat wisten we al. U bent erbij gehaald om vast te stellen hoe haar geestesgesteldheid is, niet om de doos van Pandora te openen. En u beweert dat ze gek geworden is doordat ze in haar eentje opgesloten heeft gezeten en zware medicijnen heeft gekregen. Natuurlijk vind ik dat spijtig, maar dat is onze zaak niet.' Met een boze blik naar Frieda zei hij: 'Kijk me niet zo aan. Ik kan niet alle problemen van de wereld oplossen. Ik probeer mijn werk zo goed te doen als ik kan en dat is al lastig genoeg. Wat de oorzaak ook is, nu is ze gek. Wat wilt u nou?'

Hij leek buiten adem toen hij zweeg. Levin pakte zijn mok weer en leek er geïnteresseerd in te turen. 'Ja,' zei hij. 'Wat wilt u?'

'Er kwam een gedachte bij me op,' zei Frieda. 'Als de zaak zwak is en als Hannah Docherty indertijd niet geestelijk gestoord was, maar alleen ernstig verward, zoals zoveel pubers, dan zouden we moeten uitgaan van een van de grondbeginselen van ons recht en kijken waar dat ons brengt.'

'En welk grondbeginsel mag dat dan zijn?' Levin klonk oprecht belangstellend.

'De presumptie van onschuld.'

Er viel een stilte in de kamer. Levin had zijn bril weer afgedaan. Keegan keek hem strak aan. 'Zeg het haar dan,' zei hij. 'Zeg haar dat daar absoluut geen sprake van kan zijn.'

'Waarom niet?' vroeg Frieda.

'Omdat Hannah Docherty haar hele familie heeft vermoord; dat een of andere oetlul van een politieman het onderzoek heeft verknoeid, doet daar niets aan af. U hebt het dossier ingezien. Ze heeft ze vermoord en nu zit ze in een inrichting waar ze de rest van haar leven zal blijven, omdat ze gek is en een gevaar vormt voor zichzelf en voor anderen. En bovendien...' Hij verhief zijn stem. 'Daar gaat het ons helemaal niet om. Ons gaat het om Ben Sedge. Het is één grote puinhoop en onze taak is die uit te zoeken. Daar worden we voor betaald. Hannah Docherty is slechts bijzaak.'

'En een middel om een doel te bereiken.'

'Wat is daar mis mee?'

'Alles.'

'Walter.' Keegan richtte zich tot Levin. 'Vertel het haar.'

'Wat moet ik haar vertellen?'

'Dat ze hiermee op moet houden. Of ze hier alsjeblieft mee op wil houden.'

'Het is oké, Jock.'

'Het is helemaal niet oké. Jij hoeft je dan misschien niet met de banale, vervelende, saaie dingen bezig te houden, maar ik wel. Hannah Docherty is een stoorzender.'

'Jíj hoeft het niet te doen. Wíj hoeven het niet te doen. Zij doet het.'

'Zij.'

'Ik,' zei Frieda. 'Ik, in m'n eentje. En er is nog iets.'

'En dat is?'

'Als ik met mensen ga praten en naar bepaalde plekken ga, kan het een probleem zijn dat ik alleen maar psychotherapeute ben.'

'Dat zou best weleens kunnen,' zei Keegan.

'En wat zouden wij daaraan kunnen doen?' vroeg Levin.

'Het zou handig zijn als er iemand met me meeging. Iemand van de politie.'

'Hebt u iemand in gedachten?' Hij lachte even. 'Jock misschien?'

'Er is iemand die ik er graag bij zou hebben. Maar of dat mag...'

‘Vraag of diegene het wil en dan zorg ik dat die toestemming er komt.’

‘Kunt u dat regelen?’

‘Als het voor een bepaalde tijd is. Niet onbeperkt.’

‘Een paar dagen,’ zei Frieda. ‘Hooguit twee weken. Als ik dan nog niets gevonden heb, geef ik het op.’

‘U had het over bepaalde plekken waar u heen wilde,’ zei Keegan. ‘Wat voor plekken zijn dat?’

‘Om te beginnen het huis in Oakley Road,’ zei Frieda. ‘Waar de moorden zijn gepleegd.’

‘Daar wonen mensen. Die zijn vast niet blij dat u daar komt rondbanjeren.’

‘Daarom wil ik ook iemand van de politie mee hebben.’

Tijdens de groepstherapie zitten ze in een halve kring en praat Tisha eindeloos over haar dochtertje – dat ze haar van haar afgenomen hebben en dat ze acht jaar later en vijf jaar na haar veroordeling nog altijd over haar droomt. Maar hoe kun je dromen over iemand als je niet weet hoe die eruitziet? Shay buigt zich naar haar buurvrouw. 'Dory wilde Hannah te grazen nemen,' fluistert ze. 'Maar Hannah heeft Dory toen met haar eigen mes neergestoken. Dertig hechtingen.'

'Shay?'

Shay heeft niet door dat dokter Styles het tegen haar heeft.

'Shay? Wil je alsjeblieft opletten?'

Ze kijkt naar de arts, die voor de groep zit.

'Is er iets dat je met ons wilt delen?' vraagt dokter Styles.

'Niet echt.'

'Kom op, Shay. We kunnen hier alles zeggen, zolang het maar niet opzettelijk gemeen of kwetsend is. Was het iets gemeens of kwetsends?'

'Nee.'

'Vertel het ons dan.'

'Het ging over Dory. Dat ze door Hannah Docherty is neergestoken.'

'Het is niet duidelijk hoe het precies is gegaan.'

'Nee, dokter Styles.'

'Maar het is belangrijk dat we het erover hebben. We moeten over onze gevoelens praten, bespreken wat we hiervan kunnen leren. Wil iemand daar iets over zeggen?'

Er valt een stilte. De leden van de groep staren naar de grond of naar het plafond om de blik van dokter Styles te mijden.

'Kelly,' zegt dokter Styles. 'Waarom begin jij niet?'

'Waarmee dan?'

'Bijvoorbeeld, wat kunnen we van dit voorval leren?' vroeg dokter Styles langzaam en geduldig.

'Dat we niet mogen vechten,' zegt Kelly. Ze zegt het alsof ze een les opdreunt die ze met moeite uit haar hoofd heeft geleerd. 'En dat het beter is om over dingen te praten dan... nou, u weet wel, dan te vechten.'

'Mooi. Dat is een goed begin. Maar je lijkt te twijfelen, Kelly. Is er iets wat je niet helemaal snapt?'

'Maar als iemand je nou aanvalt?' zegt Kelly.

'Vertel jij mij dat maar,' zegt dokter Styles. 'We zijn hier om over dat soort dingen te praten.'

'Ik bedoel, als je wordt aangevallen, dan kom je er niet met alleen praten.'

Shay buigt zich weer naar haar buurvrouw en fluistert: 'We moeten afwachten wat Mary ervan vindt.'

'Mary zit in de isoleer. Ze weet het nog niet.'

'Maar ze komt het wel te weten. Mary weet altijd alles. Mary rekent wel af met Hannah. Zij zal haar laten zien wie hier de baas is.'

9

'Ik ben bang dat ik me met haar identificeer.' Frieda zat weer tegenover Thelma Scott. 'Het is een intelligente, energieke, zelfstandige vrouw. Ik heb de indruk dat haar man altijd afhankelijk van haar is geweest, net als haar kinderen. En haar vrienden ook. Zelf gebruikt ze het woord "competent" om zichzelf te beschrijven. Ze heeft paniekaanvallen. Ze voelt zich niet veilig in haar wereld. Die komt nu vijandig en wraakzuchtig op haar over.'

'Wat je beschrijft is een vorm van paranoia.'

'Jarenlang heeft ze haar gevoelens van kwetsbaarheid en angst kunnen onderdrukken. Nu wordt ze erdoor beheerst.'

'En waarom zou jij je daarmee identificeren?'

''s Nachts lig ik wakker en ben ik doodsbang. Nu ga je natuurlijk vragen: waarvoor dan?'

Thelma glimlachte. 'Mag ik alsjeblieft zelf vragen stellen voordat jij ze beantwoordt?'

'Ik beantwoord ze toch, of je ze nu stelt of niet. Angst dat er iets aan zit te komen, dat er iets op ploffen staat. Angst dat er vijanden op de loer liggen.' Ze moest aan een woord denken dat Maria Dreyfus had gebruikt, de eerste keer dat ze bij haar was geweest. 'Angst dat het tot een afrekening komt,' zei ze.

Thelma knikte. Ze had de gekromde handen van een oude vrouw, maar haar stem klonk jong. Haar ogen stonden helder in de plooien van haar gezicht. 'Zoals zo vaak,' zei ze, 'moet ik je vragen in hoeverre deze angst abstract is dan wel reëel. Wat voor soort afrekening bedoel je?'

'Je bedoelt of ik echte vijanden heb die op me loeren?'

'Die je in elk geval daadwerkelijk kwaad zouden kunnen doen.'

'Ik lig niet wakker omdat ik bang ben dat er ingebroken wordt.'

'Maar je bent wel aangevallen.'

'Dat is zo. En dan is Sandy er natuurlijk nog. Ik zie zijn gezicht nog steeds voor me. Het feit dat ik deels verantwoordelijk ben geweest voor zijn dood kan ik maar niet van me afzetten.'

'Zijn moordenaar was daar verantwoordelijk voor. Niemand anders.'

'Als ik er niet was geweest, had hij nu nog geleefd.'

'Je geeft geen antwoord op mijn vraag.'

Frieda knikte. 'Ik heb echte vijanden. Maar over sommige maak ik me niet druk. Zoals commissaris Crawford. En Hal Bradshaw.'

'Wie is dat ook alweer?'

'De profiler die voor Crawford werkt. Hij denkt dat ik zijn huis in brand heb gestoken.'

'O die,' zei Thelma droogjes.

'Maar je zit er natuurlijk op te wachten dat ik zeg: mijn echte vijand is Dean Reeve.'

Dean Reeve: de moordenaar en kidnapper, de man van wie iedereen dacht dat hij dood was, maar die zijn tweelingbroer had vermoord – dat wist Frieda zeker – en die nog steeds vrij rondliep. Hij hield haar in de gaten, beschermde haar, stalkte haar, hield van haar, en haatte haar. Vijf jaar geleden, toen zijn tweelingbroer bij haar in therapie zat, was Dean Reeve voor het eerst opgedoken in haar leven. Hij had een gestoorde vrouw omgebracht door wie Frieda anders zou zijn vermoord; hij had de man gedood door wie Frieda was verkracht toen ze een tiener was. Hij had het huis van Hal Bradshaw in brand gestoken, als wraak voor de wijze waarop hij Frieda had bejegend; hij had een psychotische patiënt gemarteld door wie Frieda was bedreigd. Hij was de groteske uitvoering van een beschermengel. Al maandenlang had hij zich gedeisd gehouden, maar Frieda was ervan overtuigd dat hij nog altijd ergens op de loer lag en nooit zou weggaan.

'Denk je nog steeds dat hij een gevaar vormt?' vroeg Thelma.

'Ik wéét dat hij een gevaar vormt. Ik weet alleen niet wat voor gedaante dat gevaar zal aannemen.'

'En daar lig je 's nachts wakker van?'

'Deels. Maar ik kan het niet scheiden van andere gevoelens. Daarom heb ik het idee dat ik me identificeer met mijn nieuwe patiënte.'

'En die andere gevoelens...'

'Er is nog iets anders wat ik je moet vertellen.'

'O ja?'

'Ik lijk te zijn betrokken bij die zaak waarover ik je heb verteld.'

'Je lijkt te zijn betrokken bij die zaak. Je praat alsof je geen vrije wil hebt.'

'Ik heb besloten erbij betrokken te worden.'

'De vorige keer zei je nog dat je dat niet meer zou doen. Je had er heel duidelijke ideeën over waarom dat niet goed was.'

'Dat weet ik.'

'Dat is de reden waarom je hier bent, niet omdat je bang bent dat je je identificeert met die nieuwe patiënt van je. Ze is een excuus. Zelfs Dean Reeve is een excuus. Je bent hier vanwege die nieuwe zaak, omdat je weet dat je daar beducht voor zou moeten zijn. Daar komt je gevoel van angst uit voort.'

'Misschien.'

'En de zaak zelf?'

'Die heeft te maken met verwarring,' zei Frieda. 'Met verlating.'

Thelma keek op de klok.

'Verwarring en verlating,' zei ze. 'Daar moesten we het de volgende keer maar eens over hebben.'

Frieda liep van het metrostation naar huis. Toen ze langs een witgoedwinkel kwam, zag ze op de rij flatscreentelevisies in de etalage een herhaling van beelden: een voetgangersbrug die eindigde in een watervlakte; half onder water staande auto's in een straat die veranderd was in een rivier; een man in een geel regenpak die door een straat roeide; golven die aanzwollen voor een kust. Het regende niet meer, maar de lucht was verzadigd en er stonden grote plassen.

Ze was blij toen ze thuis was. In het halletje hing ze haar jas op en deed ze haar sjaal af, maar toen bleef ze ineens stokstijf staan. Het voelde anders. Er hing een vage geur die anders was dan de geur van hout of van boeken en boenwas die ze gewend was. Het was haar al eerder opgevallen. Langzaam liep ze naar de keuken. Alles stond op zijn plek – de afgewassen ontbijtspullen stonden in het druiprek, de kruiden op de vensterbank, de bos oranje tulpen in de vaas op de houten tafel. Het kattenluik klepperde. De lapjeskat die ze met tegenzin had geërfd, sloop naar binnen en bleef zacht spinnend voor haar staan. Ze krauwde het beest onder zijn kin. Er lag een lepel op het aanrecht die eruitzag alsof ermee door yoghurt of room was geroerd. Ze deed de koelkast open, maar alles oogde zoals zij het had achtergelaten.

In de zitkamer stak ze de haard aan; ze hield een lucifer bij een stevige prop papier en wachtte tot een kleine vlam aan de houtblokken begon te likken. Ze keek om zich heen. Ze had op het schaaktafeltje bij het raam een schaakpartij nagespeeld, maar nu lagen de stukken weer in het kistje. Had zij dat gedaan?

Haar huis – dit smalle huisje in een steeg met kinderkopjes, ingeklemd tussen een lelijk, dichtgetimmerd pand aan de ene kant en sociale woningbouw aan de andere – was altijd haar toevluchtsoord geweest waar ze zich geborgen voelde. Hier kon ze de wereld buitensluiten en alleen zijn in het zachte licht, de stilte en ordelijkheid. Maar de afgelopen jaren waren er scheurtjes ontstaan in haar privédomein: ze had de poes in huis genomen, daarna haar verwarde nicht Chloë, vervolgens de vrienden van Chloë, en Josef had zich tot taak gesteld een compleet nieuwe badkamer te installeren. Vorig jaar, toen ze ervan verdacht werd de man te hebben vermoord van wie ze ooit had gehouden, had ze haar huis moeten ontvluchten en had het wekenlang staan te verstoffen. Nu had ze een vaag gevoel dat er iemand binnen was geweest. Ze ging naar boven, naar haar slaapkamer en de badkamer met Josefs prachtige badkuip, en daarna naar haar werkkamertje op zolder. Het boek dat ze aan het lezen was lag op de plek waar ze het had neergelegd, met de boekenlegger tussen de juiste pagina's; de houtskool en potloden stonden in de beker. Ze bladerde door de schetsen in haar tekenblok. Ze herinnerde zich vaaglijk – of meende zich te herinneren – dat ze uit haar hoofd een snelle schets van de Hardy Tree had gemaakt, als voorbereiding op het bezoek dat ze aan het St Pancras-kerkhof wilde brengen zodra het niet meer zou regenen, maar de schets zat er niet bij.

Ze belde Josef, de enige die een sleutel van haar huis had.

'Ja? Frieda? Ik ben het.'

'Ben je hier laatst nog geweest, Josef?'

'Hier?'

'Bij mij thuis.'

'Voor het kattenluik.'

'De afgelopen dagen, bedoel ik.'

'Nee. Wil je dat ik kom?'

'Nee. Laat maar.'

'Ik kan nu komen.'

'Ik vroeg het me gewoon af.' Ze verbrak de verbinding en ging naar beneden, naar het haardvuur dat nu goed brandde. Ze beeldde zich gewoon van alles in; de sfeer van Chelsworth Hospital sijpelde haar bewustzijn binnen; de herinnering aan Hannah, die bont en blauw en gesedeerd was; de foto's van het vermoorde gezin die ze had gezien. De jongen, Hannahs broertje, met zijn ingeslagen schedel, het bloed dat overal had gelegen. Haar privédomein brokkelde af.

10

'Nee,' zei Karlsson.

'Ik heb het nog niet eens helemaal uitgelegd,' zei Frieda.

'Ik weet genoeg. Je wilt dat ik met je meega om mensen lastig te vallen over een oude zaak. Hoe verleidelijk jij misschien ook denkt dat het is – en dat is het helemaal niet – ik zou het niet eens kunnen. Naar de wc gaan kost me al moeite.'

Ze zaten in Karlssons appartement. De ramen keken uit op een kleine tuin. Het regende weer pijpenstelen en op het modderige gazon stonden plassen. Karlsson zat in een leunstoel. Zijn ingegipste been rustte op een houten krukje.

'Vroeger verlangde ik er weleens naar om met ziekteverlof te zijn,' zei hij. 'Dan zou ik het huis kunnen schilderen. Of de tuin op orde brengen.'

'De tuin?'

'Moet je dat gras zien. Ik heb de kale plekken ingezaaid en het hele gazon bemest, heb het geëffend en gewalst, maar het ziet er nog steeds uit als na een popfestival.'

'Terwijl je er alles aan hebt gedaan.'

'Grasmatten. Die kun je uitrollen als een vloerkleed. Of ik moet 'm laten betegelen.'

'Daar zou je Josef voor kunnen inhuren.'

'Het is mijn tuin. Ik moet het zelf doen.'

'Jij moet weer aan het werk,' zei Frieda. 'Ik kan je hulp heel goed gebruiken.'

'Nee.'

'We gaan geen boeven vangen. En je kunt met een stok lopen. Of ik duw je voort in een rolstoel.'

'Kijk dan naar me,' zei Karlsson. 'Of lees de brief van mijn arts. Daarin doet hij haarfijn uit de doeken waarom ik niet kan werken.'

'Ik wilde er niet over beginnen, maar...' zei Frieda.

'Doe het dan niet.'

'Maar de enige reden dat ik dit doe is omdat Levin ervoor gezorgd heeft dat jij je baan weer terug hebt.'

'Oké,' zei Karlsson. 'Jullie twee hebben me uit de kuil gehaald die ik voor mezelf had gegraven. Maar soms zou ik willen dat jullie me erin hadden laten zitten. Bovendien zou je alleen iets aan me hebben als je onderzoek zich zou beperken tot bungalows en andere rolstoelvriendelijke panden.' Hij dacht even na. 'Was er maar iemand die me kon vervangen.'

'Wat zeg je?'

'Was er maar een rechercheur die zich op het bureau zit te vervelen, omdat haar baas met ziekteverlof is.'

'Nee,' zei Frieda. 'Geen sprake van.'

'Was dit jouw idee?' vroeg Yvette Long. Ze zat achterin. Frieda zat voorin naast Josef Morozov, die reed. Frieda wist niet van wie de auto was – doorgaans reed Josef in een aftands bestelbusje.

'Karlsson stelde het voor,' zei Frieda. 'En ik heb ermee ingestemd.'

'Dat bedoelde hij als geintje, toch?'

'Een geintje?' vroeg Josef.

'Hij dacht dat jij het meest geschikt was voor de klus,' zei Frieda. 'En als je het niet wilde, dan had je gewoon moeten weigeren.'

'Er is me te verstaan gegeven dat een weigering me zeer ernstig zou worden aangerekend.'

'Dat spijt me.'

'Blijkbaar heb je invloedrijke vrienden.'

'Het zijn niet bepaald vrienden. Maar het komt heus wel goed.'

Frieda keek achterom naar Yvette. Haar wangen waren rood en ze staarde naar buiten om oogcontact te mijden.

'Ik heb gebeld,' zei ze. 'Ik heb met de eigenaar gesproken. Dat wil zeggen, met de vrouw van de eigenaar. Ze heet Emma Travis. Ze leek er niet veel voor te voelen.'

'Maar jij hebt haar overgehaald.'

'Waarschijnlijk wil ze niet dat het hele gedoe rondom die moorden weer wordt opgerakeld. Maar je zult er wel een goede reden voor hebben.'

'Ik wil de plek zien waar het is gebeurd.'

'Waarom is Josef mee?'

'Heb je daar bezwaar tegen?'

'Het is een politieonderzoek.'

'Volgens het dossier is het huis vlak na de moorden verkocht en ingrijpend verbouwd. Ik dacht dat Josef ons misschien een idee kan geven van hoe het er vroeger uitzag.'

'Hoe dan?'

'Hij is bouwvakker.'

Yvette haalde diep adem. Frieda kon niet zeggen of het een zucht van afkeuring was of gewoon een ademhaling. Ze draaide zich weer om en staarde voor zich uit. Josef keek even naar haar. Ze dacht vanuit haar ooghoek een zweem van een glimlach te zien. Ze hoopte maar dat Yvette het niet had gemerkt.

'Voordat we beginnen,' zei Yvette plotseling, 'wil ik een paar dingen bespreken. Om de kou uit de lucht te halen.'

'Zoals?'

Yvette sprak gehaast, alsof er iets van haar hart moest en ze bang was dat Frieda haar in de rede zou vallen. 'Ten eerste dacht ik dat je niet meer voor de politie werkte. Ten tweede verbaast het me dat je een zaak heropent die al meer dan tien jaar gesloten is. En ten derde: je mag misschien denken dat iedereen is vergeten dat je de carrière van Karlsson bijna om zeep hebt geholpen, maar dat is niet zo. Niet iedereen is dat vergeten. Sommigen weten het nog.'

'Ja.' Frieda sprak langzaam en behoedzaam. 'Het is goed om de kou uit de lucht te halen. Maar het ligt ingewikkeld allemaal.

En je weet dat Karlsson de schuld nooit bij een ander legt, maar bij zichzelf.'

'Daarom moet hij mensen om zich heen hebben die een oogje in het zeil houden.'

'En in zekere zin heeft dit... dit onderzoek, of wat we ook gaan doen, te maken met het feit dat Karlsson zijn baan terug heeft. Iemand heeft daarbij geholpen en ik sta in het krijt bij degene die daarvoor heeft gezorgd.'

'Je klinkt als iemand die een huis in de fik heeft gestoken en zich vervolgens op de borst klopt omdat hij de brand heeft geblust.'

Frieda draaide zich weer om naar Yvette. 'Ik klop mezelf niet op de borst,' zei ze. 'Ik laat me leiden door mijn rechtvaardigheidsgevoel. Doen de meeste mensen dat niet?'

'Maar dat gaat soms ten koste van anderen. Zit je daar dan niet mee? Ik dacht dat therapeuten geacht werden mensen beter te maken.'

'Wat een therapeut geacht wordt te doen, daar moeten we het maar een andere keer over hebben.'

Yvette reageerde niet en de rest van de rit werd er gezwegen, behalve toen Frieda haar plattegrond tevoorschijn haalde en Josef aanwijzingen gaf. Ze reden door Peckham en ineens leek het heel even alsof ze door een natuurpark en een dorp reden, voordat ze weer in de vertrouwde Londense straten kwamen. Frieda wees aan waar ze moesten afslaan en toen waren ze in Oakley Road. Josef parkeerde voor nummer 54. Ze stapten uit en keken om zich heen. De auto's, voortuinen en smetteloze gevels straalden allemaal welstand uit.

'Ik zou bijna zeggen dat dit er niet uitziet als een wijk waar een heel gezin is vermoord,' zei Frieda.

'Wat weerhoudt je daarvan?' vroeg Yvette.

'Het feit dat ik niet weet hoe zo'n wijk eruit zou moeten zien.' Ze knikte naar Yvette. 'Ga jij maar voor. Jij hebt de leiding.'

'Je bedoelt dat je zonder mij nergens komt.'

'Was je van plan over alles wat ik tegen je zeg in discussie te gaan?'

'Ik zeg gewoon hoe ik het zie.'

De kleine voortuin was afgeschermd door een haag. Toen Yvette aanbelde, werd er vrijwel meteen opengedaan. Emma Travis was begin veertig. Ze droeg een donkerblauwe blouse en een lichtbruine broek. Ze liet hen vlug binnen, alsof ze niet wilde dat ze werden gezien. Yvette stelde iedereen voor. Frieda en Josef beschreef ze als consultants. Emma Travis keek hen wantrouwig aan. Josef knikte haar toe en trok een ernstig gezicht om professioneel over te komen.

'U moet wel weten,' zei Emma Travis met een beverige, emotionele stem, 'dat mijn man hier heel boos over was. De mensen van wie wij het huis hebben gekocht, deden het van de hand omdat ze niet meer tegen de negatieve publiciteit konden. Ik hoop niet dat dat nu weer begint. Als de kinderen het te horen krijgen, sta ik niet voor mijn man in.'

'We zijn u zeer dankbaar voor uw medewerking,' zei Frieda. 'Anders hadden we een huiszoekingsbevel moeten regelen. En dan komt het zeker in de publiciteit.'

'Dat zou vreselijk zijn,' zei Emma Travis.

'We zullen zo discreet mogelijk zijn.'

Emma stond er onbeholpen bij en wipte van haar ene voet op de andere. 'Zal ik u rondleiden?'

'Misschien beter van niet,' zei Frieda. 'Er komen zaken aan de orde die u waarschijnlijk liever niet hoort.'

'Ja, ja, natuurlijk. Het zal ook wel goed zijn.' Ze keek elk van hen aan. 'Maar kunt u me vertellen wat u hier na al die jaren komt doen?'

'Er zijn een paar dingen die we willen checken,' zei Frieda.

'Waarschijnlijk denkt u dat ik me alleen zorgen maak om de waarde van het huis. We hebben het voor een lagere prijs gekocht dan normaal gesproken het geval zou zijn geweest. Het schrok mensen af. Maar daar gaat het me helemaal niet om. Het gaat om wat hier is gebeurd. Soms word ik midden in de nacht wakker en dan spookt dat door mijn hoofd.'

'Dat is begrijpelijk,' zei Frieda.

'Mensen komen naar het huis kijken. Kunt u zich dat voorstellen? Er zijn mensen die plekken waar gruweldaden zijn gepleegd bezoeken alsof het een toeristische attractie is. Ze maken foto's. Soms kloppen ze zelfs aan om te vragen of ze mogen rondkijken.'

'Mijn vader bezoekt slagvelden,' zei Yvette.

'Dat is iets anders,' zei Emma Travis. 'Slagvelden maken deel uit van de geschiedenis. Dit is gewoon... gewoon gruwelijk.'

'Dit is ook een soort geschiedenis,' zei Frieda.

'Soms denk ik dat ze het huis hadden moeten slopen en een nieuw hadden moeten bouwen, of er een plantsoen van hadden moeten maken. Dat gebeurt soms.' Emma Travis slaakte een zucht. 'Wilt u thee?'

'Nee, dank u,' zei Frieda.

'Ik graag,' zei Josef. 'Met één suiker.'

'En ik ook,' zei Yvette. 'Met een heel klein wolkje melk.'

'Zou u voor u thee gaat zetten kunnen vertellen wat er allemaal is verbouwd?' vroeg Frieda.

'Dat is door de vorige eigenaren gedaan. Maar volgens mij moeten we de bouwtekeningen nog ergens hebben. Dat zou u aan mijn man moeten vragen.'

'Kunnen we dan nu even rondkijken?'

'Duurt het lang?'

'We zullen het zo kort mogelijk proberen te houden.'

Toen Emma naar de keuken was verdwenen, keek Josef Frieda vragend aan.

'Ik hoopte dat jij zou kunnen zien hoe de indeling van het huis destijds was,' zei ze. 'Hierbeneden en op de bovenverdieping.'

'Ik proberen.'

Josef keek naar het plafond van de hal. Zacht klopte hij op een muur. Daarna liep hij de kamers in die aan weerszijden van de hal zaten en vervolgens ging hij naar de keuken. Yvette en Frieda hoorden hem met Emma Travis praten. Er klonk gelach.

'Je moet hem in de gaten houden in de buurt van zo'n vrouw alleen thuis,' zei Yvette.

Frieda wilde het voor Josef opnemen, maar bedacht zich. Yvette zou weleens gelijk kunnen hebben. Misschien moest ze met hem praten.

Hoofdschuddend kwam Josef terug. 'Hierbeneden niet veel veranderd. Nieuwe serre achter.'

'Hierbeneden is bloed van Rory aangetroffen,' zei Frieda. 'In de voorkamer rechts.' Ze deed de deur open en liep naar binnen. Het was een zitkamer, zo'n ruimte die niet wordt gebruikt. Hij deed Frieda denken aan de lobby van een ouderwets hotel, met weloverwogen geplaatste stoelen en wat tijdschriften op een laag tafeltje.

Yvette liep naar het raam. 'Door die haag kun je vanaf de straat niet naar binnen kijken.'

'Maar was dat toen ook zo?' vroeg Frieda. 'Misschien is hij tegenwoordig hoger. Op de trap is ook bloed van Rory aangetroffen.'

'Hoeveel bloed?' vroeg Josef overstuur. Frieda begreep dat hij de moord op Rory voor zich zag en aan zijn zoons in Oekraïne dacht.

'Dat is een goede vraag,' zei ze. 'Yvette weet daar meer over dan ik. Maar bloed kan plassen, spatten, vlekken of druppels vormen. Op de foto's van de plaats delict leken het vegen.'

'O, alstublieft.' Emma was de kamer binnengekomen met een blad waar twee mokken thee en een schoteltje met koekjes op stonden. 'Dat hoorde ik toevallig. Kan iemand me helpen met het blad?'

Josef nam het van haar over.

'Ik snap niet dat u dit werk kunt doen,' zei ze. 'Daar kan ik echt niet bij.'

'Het valt ook niet mee,' zei Yvette. 'En nu praten we er alleen nog maar over.'

'Zeg maar niets meer. Ik wil het niet horen. Ik zou het nooit van me af kunnen zetten.' Ze keek naar Josef. Haar blik verzachtte. 'De mok met het hert is voor u. En neem een koekje.'

Daarna liep ze snel de kamer uit. Josef en Yvette pakten hun mok en Josef nam drie koekjes.

Yvette nam kleine slokjes van haar thee. 'Vegen. Waar duidt dat op?'

'Dat weet ik niet,' zei Frieda. 'Op de trap en vlak voor zijn slaapkamer boven zat nog meer bloed van hem. En toch lijkt hij in zijn bed te zijn gedood. Er is geen voor de hand liggende verklaring voor die vegen. Beneden en op de trap is ook bloed van zijn stiefvader aangetroffen. Maar volgens mij minder. Kom, we gaan naar boven.'

Josef liep voorop. Hij roffelde op muren, klom op een stoel om het plafond te bekijken en deed deuren open. 'Hier alles veranderd. Alle kamers veranderd.'

'Hierboven zijn de lichamen aangetroffen,' zei Yvette. 'Waarschijnlijk wilden ze alle herinneringen daaraan uitwissen.'

Josef stond bij de trap, met zijn rug naar Frieda en Yvette en de straat toe.

'Hier een kamer gezeten.' Hij wees naar rechts.

'De slaapkamer van Rory,' zei Frieda.

'Ah,' zei hij met een diepe zucht. 'De jongen. En een hier.' Hij wees naar links.

'De logeerkamer,' zei Frieda.

'Badkamer ertussen.' Josef draaide zich om en liep over de overloop langs de trap. Met een vragende blik wees hij naar de trap naar de tweede verdieping.

Frieda schudde haar hoofd. 'Daar is niets gebeurd. Het heeft zich allemaal hier afgespeeld.'

Hij wees naar de voorkant van het huis. 'Grote kamer daar.'

'De ouderslaapkamer,' zei Frieda. 'Daar zijn Deborah Docherty en Aidan Locke aangetroffen; Deborah in een nachthemd, Aidan nog helemaal gekleed.'

'Ik zou hier nooit kunnen wonen,' zei Yvette. 'Ik loop hier alleen nog maar rond en ik krijg nu al de koude rillingen. Hebben jullie dat niet?'

'Huizen weten,' zei Josef.

'Je hebt van die plekken waar steeds weer erge dingen gebeuren, afgrijselijke dingen. Maar dat gevoel heb ik hier niet. Hier is één keer een gruwelijk, tragisch misdrijf gepleegd. Ik zou hier ook niet graag wonen, maar niet vanwege de moorden.' Frieda keek om zich heen. 'Maar het is wel merkwaardig.'

'Zo merkwaardig nou ook weer niet,' zei Yvette. 'Er zijn tal van scenario's mogelijk.'

'Zoals?'

Yvette dacht even na. 'Deborah en Rory zijn naar bed. Aidan en Hannah krijgen beneden ruzie, zij slaat hem neer met een hamer. Ze beseft wat ze heeft gedaan en besluit het eruit te laten zien als een inbraak met geweld. Of ze is boos op het hele gezin. Ze gaat naar boven en doodt haar slapende moeder. Maar Aidan is nog niet dood; hij krabbelt overeind, laat bloedsporen achter, sleept zich naar de slaapkamer, waar Hannah hem afmaakt. Dan doodt ze haar broer, komt onder het bloed te zitten en laat daar sporen van achter als ze naar beneden gaat.'

'Klinkt aannemelijk,' zei Frieda. 'Maar zo kan het niet zijn gegaan.'

'Waarom niet?'

'Toen de lichamen werden gevonden, bleek uit het bloedverlies dat Aidan Locke eerder was gestorven dan Rory en Deborah.'

'Dit was maar één van de mogelijkheden,' zei Yvette. 'Ik heb niet veel tijd gehad om na te denken.'

'We moeten niet te snel met scenario's op de proppen komen,' zei Frieda. 'We kunnen ons beter richten op de eigenaardigheden. Op de dingen die niet met elkaar stroken. Deborah en Aidan worden samen aangetroffen, maar hij is eerder vermoord. En zij is gekleed om naar bed te gaan, hij niet. En hun lichamen lagen naast elkaar, en toch is er beneden bloed van Aidan en Rory gevonden. Niet van haar. En waarom lag er alleen bloed van Rory in de voorkamer?'

'Misschien heeft ze hem daar gedood.'

'Nee, zoals gezegd wijst al het sporenmateriaal erop dat hij vermoord is op de plek waar hij is aangetroffen. In zijn bed. Bovendien zou er dan beneden meer bloed zijn geweest. Veel meer bloed. Kijk maar eens naar de foto's van de slaapkamers.'

'Ze kan hem beneden hebben vermoord en het bloed deels hebben weggeboend. Moordenaars doen rare dingen na hun daad.'

'Dat is waar,' zei Frieda, 'maar de wetten van de biologie gelden nog steeds.' Ze verzonk in gedachten, maar besefte toen ineens waar ze was. 'We moesten maar eens gaan.'

Beneden gaven ze de mokken terug aan Emma Travis. Ze liep met hen mee om hen uit te laten.

'Misschien moeten we nog een keer terugkomen,' zei Frieda.

'Zolang het maar niet met agenten in uniform en politieauto's is,' zei Emma Travis. Ze deed de deur open, maar Frieda bleef staan. 'Uw buren, wonen die hier al lang?'

'Wilt u het bij hen ook weer allemaal oprakelen?'

'Ik vroeg me af of ze hier woonden toen het gebeurde.'

'Die aan die kant' – Emma Travis wees naar links – 'zijn hier pas een jaar geleden of zo komen wonen. Maar die aan de andere kant wonen hier al een eeuwigheid.' Ze trok haar wenkbrauwen op. 'Ze organiseren ieder jaar het straatfeest.'

'Hoe heten ze?'

'Sebastian Tait en Flora Goffin. Ze zijn getrouwd, maar zij heeft haar eigen naam gehouden. Ze zijn heel aardig, alleen een beetje excentriek.'

Frieda draaide zich om naar Yvette en Josef. 'Willen jullie in de auto op me wachten?'

11

Sebastian Tait was lang, knokig en bleek, en hij had een lang gestreept schort en pantoffels aan. Om zijn hals droeg hij een katoenen sjaal en op het puntje van zijn haviksneus stond een leesbrilletje. Hij leek te denken dat Frieda langskwam voor de boiler.

'Nee,' zei Frieda. 'Ik weet niets van boilers.'

'Ik heb er de ochtend voor vrij genomen.'

'Tja, maar ik kan uw boiler niet repareren. Ik ben hier in verband met de moord op de Docherty's in 2001. U woonde toen ook al hier, heb ik begrepen?'

Zijn gezichtsuitdrukking veranderde. 'Als u journaliste bent, wil ik dat u weggaat.'

'Ik ben geen journaliste. Ik ben betrokken bij een onderzoek naar de wijze waarop de zaak is onderzocht.'

'Bent u van de politie?'

Frieda zweeg even. 'Ik werk als consultant voor de politie.'

'Kunt u zich legitimeren?'

'Een momentje,' zei Frieda.

Ze liep weg en kwam een minuut later terug met een boos kijkende Yvette, die haar legitimatiebewijs liet zien, iets mompelde en weer wegging.

'Ik weet wie u bent,' zei Tait.

'Dat heeft brigadier Long u net verteld.'

'Nee, ik bedoel dat ik weet wat u doet. Ik heb van u gehoord.

Dat had u eerder moeten zeggen. Kom maar verder.'

Frieda antwoordde iets, maar Tait luisterde niet. 'Ik heb niet veel tijd voor u. Ik heb beloofd snel op het werk te komen. Let niet op de rommel. Flora is er niet en de schoonmaakster is net bevallen.'

Frieda keek om zich heen. Het was inderdaad rommelig, maar er stonden geen vieze borden en er slingerden geen papieren rond. Er lagen wel overal lapjes stof, kleine hoopjes felgekleurde zijde.

'Daar maak ik dingen van,' zei Tait. 'In mijn vrije tijd natuurlijk. Momenteel maak ik stropdassen, maar daar is niet veel vraag meer naar. Soms maak ik ook hoeden. U kijkt verbaasd.'

'Niet echt.'

'Van die hoeden die de dames op Ascot dragen. Heel leuk vind ik dat. Het is eigenlijk net alsof je ingenieur bent – dat soort hoeden moet je construeren. Draagt u hoeden?'

'Nee.'

'Jammer. Ik ben kleermaker van beroep. Maatkleding voor dames en heren. We zijn een uitstervend ras. Misschien hebt u weleens van ons gehoord: Taits of Piccadilly?'

Frieda had nooit van ze gehoord, maar zei niets. Hij gebaarde naar een stoel en ging zelf op de bank zitten, met zijn lange benen gekruist voor zich uitgestrekt.

'Ik heb geen concrete vragen. Maar ik hoopte dat u iets meer over de Docherty's zou kunnen vertellen, om een idee te krijgen hoe ze waren,' zei Frieda.

'Dan bent u bij mij aan het juiste adres.'

'U kende ze goed?'

'O, ja. Wij zijn hier in 1995 komen wonen en zij een jaar later. We raakten bevriend. Dat gebeurt niet vaak in Londen, toch? Buren die bevriend raken? Soms kan ik het nog steeds niet geloven. Als ik hun huis zie, denk ik nog altijd aan hoe het was toen zij daar nog woonden. We hadden het zo leuk samen. En toen het gebeurde...' Hij leek woorden te zoeken, maar ze niet te vinden. 'En Rory, dat was helemaal niet te geloven. Dertien was hij nog maar. Rick had het er heel moeilijk mee.'

'Rick?'

'Onze zoon. Hij was van dezelfde leeftijd als Rory. Het waren dikke vrienden. Ze waren altijd samen, of hier bij ons of bij hem thuis. Maar Rory werd op school gepest en helaas kwam Rick toen niet voor hem op. Dat maakte het allemaal nog erger. Hij voelde zich enorm schuldig, waarschijnlijk nog steeds.'

'Hebt u maar één kind?'

'Twee. Saul was maar een halfjaar ouder dan Hannah.' Hij trok een grimas. 'Is, moet ik zeggen. Hannah leeft nog. Hoewel ze net zo goed dood zou kunnen zijn.'

'De twee gezinnen hadden dus een hechte band.'

'Ja. We zijn zelfs een paar keer samen op vakantie geweest. Naar Corsica. Zuid-Frankrijk. Het leukste was Griekenland – daar hebben we een zeilcursus gevolgd in lasertjes. Hannah was daar veruit de beste in. Ze had er talent voor. Ik bakte er natuurlijk niks van. Ik paste nauwelijks in het bootje. Mijn knieën zaten tegen mijn kin en ik stootte mijn hoofd steeds tegen dat ding waar het zeil aan vastzit.'

'De giek?'

'Het is zo raar om nu aan die tijd terug te denken. Ik weet niet of het het verleden is of het heden dat onwerkelijk voelt. Ze staan los van elkaar.'

Frieda reageerde niet. Wat wilde ze eigenlijk weten van deze man?

'Ik kan u wel foto's laten zien, als u dat wilt – dat wil zeggen, als het hier niet zo'n puinzooi was. Flora weet waar ze liggen. Maar wilt u koffie? Dat had ik u al veel eerder moeten aanbieden.'

'Nee, dank u. U kende ze goed. Begrijpt u achteraf gezien wat er is gebeurd?'

'Hoe valt zoiets te begrijpen?'

'Ik bedoel, lijkt het u aannemelijk dat Hannah haar hele familie heeft vermoord?'

'Waarom zou dat aannemelijk moeten lijken? Ze heeft het gedaan. Op het laatst was het een heel bizar kind.'

'In welke zin?'

'Zij en Saul konden het heel goed met elkaar vinden. Saul was wat verlegen, een beetje een nerd, en toen ze jonger waren, nam Hannah hem onder haar hoede – ook al was hij ouder dan zij. Ze nam hem in bescherming, net zoals ze Rory in bescherming nam. Op Rory was ze nooit boos. Ik weet nog dat ze ooit op de vuist is gegaan met een jongen die Saul pestte, ze vloog hem aan. Maar toen kwam ze in de puberteit en kreeg die roekeloosheid iets beangstigends. Jezus, wat kon die meid boos zijn! Ik weet nog dat ik haar een keer alle bloemen uit de grond heb zien rukken die Deborah net had geplant. Ik zie haar gezicht nog voor me: een ontlading van woede, alsof er een stroomstoot door haar heen ging. Soms hoorden we haar schreeuwen. En terwijl Saul op zijn kamer braaf zijn huiswerk zat te maken, ging zij uit. Ze bezatte zich, gooide ruiten in en gebruikte god mag weten wat voor drugs. En toen ontspoorde ze natuurlijk, ze spijbelde vaak en liep weg. Arme Deborah.'

'Hoe ging Deborah daarmee om?'

'Ze had het er moeilijk mee, geloof ik. Maar het was lastig te zeggen. Ze had zichzelf altijd in de hand. Mensen dachten dat ze gereserveerd was of zelfs verlegen, maar volgens mij was dat niet zo. Ze was eerder wat argwanend. Ze was gewoon heel afstandelijk.'

'Dat is interessant, wat u daar zegt.'

Sebastian Tait sloeg zijn lange benen weer over elkaar. 'Het floepte eruit. Flora zegt altijd: eerst nadenken, dan zeggen.'

'En Aidan?'

'Aidan? Aidan was fantastisch.' Frieda wachtte. 'Hij was de tegenpool van Debs. Hij praatte veel, was extravert, erg hartelijk, heel enthousiast, bedacht iedere week iets nieuws. Ik tenniste met hem. Hij hield van wijn. Ik ook. U zou mijn kelder eens moeten zien. Hij had een bulderende stem en een bulderende lach. Heel innemend.' Hij knikte peinzend. 'Heel innemend,' herhaalde hij traag. 'Een goeie vent.'

'Kon hij goed overweg met Hannah?'

'Hij deed z'n best. Maar ze ging hem uit de weg. Ik denk dat ze hem minachtte.'

'Waarom?'

'U bent de therapeut. Misschien omdat hij een man was. Of omdat hij haar stiefvader was. Omdat hij in haar ogen reactionair was. De arme drommel, hij was helemaal niet reactionair. Alleen had hij totaal geen sjoege van politiek en zo. Ik ook niet. Ik maak pakken, stropdassen en hoeden, de rest van de wereld zoekt het maar uit.' Hij keek op het horloge om zijn knokige pols. 'Volgens mij komt de servicemonteur niet meer en ik moet weg,' zei hij verontschuldigend, terwijl hij overeind kwam van de bank.

'Dank u.'

'Ik wou dat u met Flora had kunnen praten. Die herinnert zich altijd alles.'

'Misschien een andere keer.'

'Dan krijgt u koffie en kunt u die foto's bekijken.'

Frieda vroeg zijn telefoonnummer en sloeg dat op in haar mobiel. 'En uw zoons,' vroeg ze. 'Zouden die er bezwaar tegen hebben als ik contact met ze opneem?'

'Ik zal u hun e-mailadres geven. Ze wonen allebei in Londen. Rick is arts. Saul werkt in de IT. En natuurlijk hebben ze allebei een baardje. Mij vinden ze hopeloos ouderwets.' Hij lachte even, daarna haalde hij uit zijn schortzak een felgekleurde stropdas van geweven stroken zijde. 'Mag ik u deze geven? Het is een van mijn mozaïekdassen. Ik ben er eerlijk gezegd heel trots op.'

'Ik draag geen stropdassen.'

'Voor uw echtgenoot dan.' Zijn blik flitste naar haar kale ringvinger.

'Houdt u hem zelf maar.'

Hij wikkelde hem om zijn hals, over de katoenen sjaal heen.

'Ik vond het fijn om met u te praten,' zei hij. 'Het is veel te lang geleden dat ik met iemand over de Docherty's heb gesproken. In ons gezin hebben we het niet meer over ze.'

'Omdat het te pijnlijk is?'

'Te pijnlijk. Te vreemd. Te lang geleden.'

'Tot ziens.'

'Dat ben ik nog vergeten te vragen,' zei hij, terwijl hij een hand op haar onderarm legde. 'Weet u hoe het met Hannah gaat?'

'Niet goed.'

'Heeft ze ooit bekend?'

'Nee.'

'Arme meid,' zei hij. En met een flauw glimlachje: 'Arme iedereen.'

Toen Frieda naar de auto liep, kwam Emma Travis net uit haar huis rennen. Ze klopte op het raampje van Josef, die dat vervolgens naar beneden deed.

'Bent u bouwvakker?' vroeg ze.

'Ik ben bouwvakker.'

'Mag ik uw kaartje? Het is in Dulwich tegenwoordig zo moeilijk om een goede vakman te vinden.'

Frieda keek Josef argwanend aan toen ze terugreden. 'Ga je klussen voor haar doen?' vroeg ze.

'Is moeilijk met werk nu.' Hij keek haar aan met een lachje dat ze niet helemaal vertrouwde. 'Alle Roemenen komen hier. En de Bulgaren.'

Achter zich hoorde Frieda Yvette een afkeurend geluidje maken dat het midden hield tussen een grom en een zucht. Ze keek om. 'Heb jij ooit gehoord van hoofdinspecteur Ben Sedge?'

'Nee.' Ze kneep haar ogen samen. 'Hoewel, zijn naam doet wel een belletje rinkelen. Hoe dat zo?'

'Hij is de laatste tijd in het nieuws. Hij had de leiding over het onderzoek. Ik denk dat ik eens met hem moet gaan praten.'

Yvette schudde even haar hoofd en keek geschrokken. 'Je snapt het niet,' zei ze. 'Het ligt heel gevoelig als politiemensen onderzoek gaan doen naar collega's. Daar houden ze niet van. De politie is één grote familie.'

'Ze sluiten de gelederen, bedoel je.'

'Jij hebt makkelijk praten.'

'Ik vraag niet of jíj met hem wilt gaan praten.'

'Daar zou ik niet over piekeren.'

'Daarom vraag ik het je ook niet. Ik wil alleen zijn nummer hebben. Of iemand die me met hem in contact kan brengen. Wil je dat wel regelen? Discreet?'

'Ik zal kijken. Misschien.'

12

Toen Frieda thuiskwam wilde ze eigenlijk in bad, thee zetten en de gordijnen dichtdoen om de wereld buiten te sluiten, maar ze wist dat ze eerst Levin moest bellen. Ze moest hem van haar plannen vertellen.

'Wat verwacht u van hem?'

'Dat weet ik niet precies. Maar hij leidde het onderzoek. Misschien had hij twijfels.'

'Zelfs als dat zo zou zijn, dan nog zal hij dat waarschijnlijk niet tegen u zeggen.'

'Ik wilde checken of u het ermee eens bent.'

'Ik ga ervan uit dat u doet wat u goeddunkt,' zei Levin. 'Tot het fout gaat.'

'Dat is een grapje, mag ik hopen.'

'Als psychotherapeute weet u dat grappen niet bestaan,' zei Levin.

Frieda nam de bovengrondse metro door Oost-Londen, hoewel het voelde alsof de trein eroverheen vloog. Haar eerste jaren in Londen had ze in Dalston gewoond. Toen was het net alsof de stad zich van de buurt had afgekeerd, haar aan haar lot had overgelaten. Nu waren de leegstaande pakhuizen verbouwd tot studio's en appartementen en in de voorheen dichtgetimmerde werkplaatsen in de gewelven onder de spoorbrug zaten koffietentjes en ambachtelijke bakkerijen. Bij Shadwell stapte ze uit en liep naar de rivier. De Bear zat in een met kasseien geplaveid steegje en was zo smal dat je hem gemakkelijk over het hoofd zou kunnen zien. Ze liep de pub in. Het was laat in de ochtend en er was nog niemand, behalve een jonge, donkerharige vrouw achter de bar, die glazen stond af te drogen.

'Ik ben op zoek naar...' zei Frieda, maar de vrouw viel haar in de rede.

'Boven.' Ze knikte naar een deur. Hoewel ze slechts één woord had gezegd, hoorde Frieda haar accent en moest ze glimlachen. Waarschijnlijk was het een van de Roemenen of Bulgaren waar Josef zo beducht voor was. Ze liep een krakende, smalle houten trap op die een bocht naar links maakte. Aan de muren hingen gravures van bokswedstrijden uit een ver verleden: mannen met bretels, die hun blote knuisten lieten zien. Aangekomen op de eerste verdieping keek ze om zich heen. Er waren verschillende dichte deuren.

'Hier,' hoorde ze iemand zeggen.

Ze deed de deur recht voor zich open en ging naar binnen. Door het oude, versleten vloerkleed en de oude, bruine lambrisering oogde de kamer kleiner dan hij was. Ze zag alleen het silhouet van een man die aan een houten tafel bij een groot raam zat. Hij stond op.

'Ik had verwacht dat we elkaar op uw kantoor zouden spreken,' zei Frieda.

'Dit is mijn kantoor.'

Frieda schudde hem aarzelend de hand. 'We hebben elkaar eerder gesproken. Frieda Klein.'

'Dókter Frieda Klein.'

'Zo hoeft u me niet te noemen. 'En dit is niet echt uw kantoor, toch?'

'Het pand is van een vriend van mij. Ze gebruiken deze kamers voor speciale gelegenheden zoals bruiloften en dodenwaken. Het is handig om hier mensen te spreken die zich op een politiebureau misschien niet zo op hun gemak voelen. Koffie?' Frieda knikte, waarop Sedge een thermosfles met koffie pakte en een mok volschonk. Ze nam de mok aan en liep naar het raam.

Hoewel ze al had verwacht dat het uitzicht mooi zou zijn, stokte haar adem toch in de keel. Aan de straatkant was de Bear klein en viel hij weg, maar de achterkant keek uit op de rivier en op Rotherhithe aan de overkant en op Limehouse en de bocht van het Isle of Dogs op de noordoever. Sedge kwam naast haar staan. Ze was zich bewust van zijn indrukwekkende gestalte en rook zijn aftershave: thee en lavendel.

'Tegenwoordig woon ik in Romford,' zei hij, 'maar mijn familie komt hiervandaan. Een eeuw geleden woonden er ook al Sedges in Poplar.'

'Dat is typisch voor Londen,' zei Frieda.

'Mijn opa zei dat je ten oosten van Greenwich rijen schepen kon zien liggen. Zo ver als het oog reikte. Mijn overgrootvader was havenarbeider. Mijn opa vertelde dat er ooit een krat op het hoofd van zijn vader was gevallen en dat de kinderen het gat mochten voelen als hij een goed humeur had. Tenminste, dat zei mijn opa.'

'Ik voel me best op mijn gemak op een politiebureau, hoor,' zei Frieda.

'Maar ik niet.' Hij keek haar aan. 'Ik heb u opgezocht, maar kon niet precies achterhalen wat voor functie u bij de Met hebt.'

'Ik heb niet echt een functie. En ik werk niet bij de Met.'

'Maar toch weet u steeds weer bij zaken betrokken te raken. En voor zover ik het kan beoordelen hebt u die telkens opgelost, als u tenminste niet op de vlucht was.'

'Zo heb ik het niet altijd ervaren. Er zit meestal ook een negatieve kant aan.'

'Maar mensen beginnen u te kennen, praten over u. Toen we elkaar op die vreselijke veiling tegenkwamen, stond ik in de spotlights. Sinds de zaak-Geoff Lester onderuit is gehaald, ben ik nu niet bepaald populair.'

'Wordt het u kwalijk genomen?'

Hij lachte. 'Ik heb gehoord over uw problemen met de commissaris,' zei hij. 'Bij de Met worden vaak spelletjes gespeeld. En deze keer ben ik de pineut.' Hij knikte even. 'Als u naar het bureau was gekomen en in het bijzijn van anderen vragen had gesteld, zouden mensen het idee krijgen dat er een luchtje aan me zit. Vandaar dat ik mijn kantoor hier heb. Bovendien is het leuker dan het bureau in Stepney.'

'Ik wil het met u hebben over Hannah Docherty.'

'Ja, dat weet ik.'

'Is ze naar uw mening terecht schuldig bevonden?'

Ben Sedge lachte, hoewel het Frieda gekunsteld in de oren klonk, een beetje te veel bravoure. 'U laat er geen gras over groeien, hè? Nu begrijp ik dat de commissaris en u het niet goed met elkaar kunnen vinden. We hebben het over een jonge vrouw die dankzij mij is opgesloten, vrijwel zeker voor de rest van haar leven.'

'Het is een simpele vraag.'

'O, ja?' Met een klap zette Sedge zijn mok op tafel. Hij fronste en keek haar boos aan. 'Voor u mag hij simpel zijn, maar voor mij is hij dat godverdomme niet. Sorry voor mijn taalgebruik. We hebben het wel over mijn carrière, over mijn leven. Ik zou niet weten waarom ik me zou moeten verdedigen tegenover iemand als u.'

'Dat hoeft natuurlijk ook niet.'

Er daalde een stilte neer in de kamer. Langzaam ontspande het gezicht van Sedge zich. Hij keek weer naar de rivier. 'Het was mijn eerste grote zaak. Ik had nooit eerder zoiets gezien. Niemand had dat. Waar ze je nooit op kunnen voorbereiden is de geur. Die kan ik niet beschrijven.'

'Dat hoeft ook niet.'

Hij keek Frieda weer aan. 'Ja,' zei hij. 'Dat heb ik ook over u gehoord, dat u mensen op hun gemak weet te stellen. Maar goed, aanvankelijk dachten we dat het om een uit de hand gelopen inbraak ging of om een bewust zeer brute inbraak. Maar dat kon het niet geweest zijn. Zodra we meer over Hannah te weten kwamen, viel alles op z'n plek. Ze had ruzie met haar familie, had ze bedreigd. En ze had geen alibi.'

'Ze had wél een alibi.'

'Maar dat klopte van geen kanten.'

'U hebt er een zaak van gemaakt. Waren er geen dingen die u niet helemaal lekker zaten?'

'Zoals?'

'De moordenaar heeft een klauwhamer gebruikt die ter plaatse is aangetroffen. Er zaten geen vingerafdrukken op en er kon niet worden aangetoond hoe Hannah eraan zou zijn gekomen. Haar stiefvader is eerder vermoord dan de andere twee. En hij droeg nog zijn gewone kleren, terwijl Deborah en Rory al hun nachtgoed aanhadden. Wat maakte u daaruit op?'

Sedge schudde zijn hoofd. 'U vraagt me of er dingen waren die me niet lekker zaten. Er zijn altijd dingen die me niet lekker zitten. Daarom ben ik ook zo goed in mijn vak, en ik bén goed, wat voor fouten ik in de loop der tijd ook heb gemaakt. Wij komen opdraven als er iets vreselijk is gebeurd, proberen het te verklaren, en meestal lukt ons dat ook, maar er blijven altijd losse eindjes over, dingen die niet te verklaren zijn. Het enige wat ik ervan kan zeggen is dat de zaak stond als een huis. Het klopt dat er stukjes van de puzzel ontbraken, of dat er stukjes waren die niet helemaal pasten, maar desondanks wees alles op Hannah Docherty. Er was geen enkele andere verdachte in beeld.'

Hij schonk nog een mok koffie voor zichzelf in. 'Hij is koud,' zei hij. 'Zal ik verse halen?'

'Ik ben zo weg,' zei Frieda. Ze kon haar blik haast niet losmaken van het uitzicht op de trage, zware stroming van de rivier. Het riep herinneringen, verlangens en angsten bij haar op. 'Nog één ding. Het verbaasde me dat de verdediging niet meer nadruk heeft gelegd op een aantal onregelmatigheden in het onderzoek.'

'Zoals?'

'Dat u Hannah de plaats delict hebt laten zien voordat ze was gehoord. En ik heb gelezen dat er onzorgvuldig met de plaats delict is omgegaan. Mensen mochten spullen meenemen, waardoor bewijsmateriaal verloren gegaan is.'

Sedge keek haar strak aan. Ze zag hem knarsetanden. 'U hebt wel lef, zeg. Ik probeer te helpen. Ik weet dat ik fouten heb gemaakt, maar ik probeer mijn werk goed te doen. Wat moet ik er nog meer over vertellen?'

'Het was niet meer dan een constatering. Van een amateur.'

'We zijn niet volmaakt,' zei Sedge. 'Wij zijn ook maar mensen, net als bouwvakkers en loodgieters. We zijn niet altijd even zorgvuldig geweest. We hebben fouten gemaakt. Maar we doen ons best. Dat over Hannah en de plaats delict staat me niet meer bij. Waarschijnlijk was het om haar aan het praten te krijgen, om haar te confronteren met wat ze had gedaan.'

'Of om haar te confronteren met de brute moord op haar familie.'

'De jury heeft de bewijsvoering gehoord,' zei Sedge. 'Binnen een uur waren ze eruit.'

Frieda wendde zich af van het raam en keek Sedge aan. 'Een uur, en Hannah Docherty zit nu al dertien jaar opgesloten. Ik hoop maar dat ze het bij het rechte eind hadden.'

'Ik dacht dat jij misschien met de rechercheur zou kunnen gaan praten met wie hij toen samenwerkte,' zei Frieda tegen Yvette. 'Met Malik Gordon.'

'O, ja?'

'Ja.'

'Waarom?'

'Om te achterhalen hoe hij over het onderzoek dacht, om hem naar zijn indrukken te vragen, om te horen wat hij van Hannah vond, of hij bang was dat ze bepaalde aanwijzingen over het hoofd hadden gezien – dat hoef ik je toch niet voor te kauwen?'

'Klopt. En ik ken hem.'

'Ken je Malik Gordon?'

'Ja. Dat is toch niet zo vreemd? Ik werk bij de Met. Hij ook. Ik ben in de dertig. Hij ook. Ik ben brigadier. Hij ook. Oké?'

'Oké,' zei Frieda sussend. 'Dat komt dan toch goed uit?'

'Waarom zou het goed uitkomen?'

'Omdat je dan makkelijker met hem kunt praten.'

'Denk je? Denk je nou echt dat het makkelijker is om iemand die je kent ervan te beschuldigen dat hij een zaak slecht heeft aangepakt en zelfs de verkeerde persoon voor de rechter heeft gesleept, dan een onbekende? Dat is fijn om te weten.'

Frieda stond op. 'Je hoeft hem nergens van te beschuldigen, Yvette. Je vraagt hem gewoon om hulp. Ik weet zeker dat je dat met tact kunt. En morgen gaan we langs bij Hannahs vader, Seamus Docherty.'

Ze was al weg voor Yvette de kans kreeg om te reageren.

13

Frieda en Yvette hadden de volgende dag voor het politiebureau in Hackney afgesproken. Het had de hele nacht geregend en het regende nog steeds. Yvette stoeide met een grote rode paraplu waarvan de stof losraakte van de baleinen. Toen ze op Frieda af liep, scheerde de paraplu vervaarlijk langs de hoofden van andere mensen; haar blauwe jas was al doorweekt en ze keek nors.

'Goedemorgen,' zei Frieda.

'Hmm.'

'We hoeven er pas over een halfuur te zijn. Zullen we ergens koffie gaan drinken? Iets verderop zit een tentje dat er gezellig uitziet. En het is er droog,' voegde ze eraan toe.

Ze nam Yvette mee naar een klein café. Met veel moeite klapte Yvette de paraplu dicht en liep ze achter Frieda naar binnen. Ze bestelden koffie en gingen ermee aan een houten tafel bij het raam zitten, waarachter mensen zich met gebogen hoofd door de striemende regen haastten.

'En,' zei Frieda. 'Malik Gordon.'

'Ja.' Yvette nam een slok cappuccino; er bleef wat schuim achter op haar bovenlip. 'Ik heb hem gesproken.'

'En?'

'En ik hoop dat je weet waar je mee bezig bent.'

Frieda's gezicht gaf niets prijs. Niet zo lang geleden had Yvette, die was geschrokken van wat er met Frieda was gebeurd en zich schuldig voelde over de rol die zij daarbij had gespeeld, haar vijandigheid jegens Frieda laten varen en had ze erkend dat ze jaloers en onzeker was. Ze had Frieda geholpen en een tijdlang had ze haar net zo fel in bescherming genomen als Karlsson, die ze aanbad. Het had er zelfs even op geleken dat ze vriendinnen zouden kunnen worden, maar de verschrikkelijke gebeurtenissen van het jaar daarvoor en Karlssons tijdelijke ontheffing uit zijn functie hadden daar een streep door gehaald en nu was Yvette haar weer even vijandig gezind als vijf jaar geleden, toen ze elkaar hadden leren kennen. Sterker nog: ze wilde dat Frieda dat begreep.

'En als dat niet zo is,' zei Frieda, 'hoop ik dat jij me raad kunt geven.'

'Oké.' Yvette nam nog een slok. De damp steeg op naar haar gezicht en sloeg neer op haar rode wangen. 'Hij was heel open, wat gezien de omstandigheden aardig van hem was.'

'Ja.'

'Het was zijn eerste grote zaak en die bracht hem totaal van de kaart. Hij zei dat hij moest overgeven toen hij de lichamen zag. Dat gebeurt de eerste keer wel vaker. Volgens hem is het nog steeds een van de gruwelijkste dingen die hij ooit heeft gezien. Een collega van hem die ook aan de zaak werkte trok het niet en is weggegaan bij de politie.'

'Hoe heette hij?'

Yvette fronste. 'Dat weet ik niet meer – het moet ergens in het dossier staan. Het was alleen geen hij. Malik zei dat ze tegenwoordig in een winkel hier in Hackney werkt.'

'Wat voor winkel?'

'Een bloemenwinkel.' Ze snoof even. 'Over een carrièreswitch gesproken.'

'Ga door.'

'Hij was vooral van slag door het jongetje.'

'Rory.'

'Ja.'

'Heeft hij veel verteld over Hannah?'

'Hij zei dat ze helemaal over de rooie was.'

'In welke zin?'

'Ze was als een wild dier. Onhandelbaar. Ze moesten haar in bedwang houden.'

Frieda dacht aan hoe Hannah tegenwoordig was, nog altijd wild, nog altijd onhandelbaar. Ze knikte.

'Hij heeft me dingen verteld die je al weet – dat ze ruzie had gehad met haar moeder en stiefvader, dat ze in een kraakpand woonde. Dat het daar heel smerig was. En ze had een eng vriendje.'

'Zei hij echt "eng"?'

'Dat weet ik niet meer.' Yvette keek verrast. 'Misschien heb ik het zo geïnterpreteerd. Er was sprake van drugsgebruik, onduidelijke relaties.'

'Hoezo onduidelijk?'

'Dat iedereen het met iedereen deed, denk ik. Hij zei dat er vanaf het moment dat Hannah op het toneel verscheen voor hem geen enkele twijfel over bestond dat zij het had gedaan. Sedge heeft nog van alles ondernomen om te kijken of er andere verdachten konden zijn, maar die waren er niet. Zij was de enige. De enige tegen wie ze bewijzen hadden – en dat waren er veel. Bloed, DNA, geen alibi.'

'Ze zei dat ze een afspraak met haar stiefvader had, maar dat haar moeder was gekomen.'

'Dat alibi stelde niet veel voor. Er was geen telefoongesprek geregistreerd dat hij haar had gebeld, niemand had haar die avond gezien; haar moeder al helemaal niet, want die lag in Dulwich dood in bed. We weten misschien niet alles, maar dat staat vast.'

'Dacht hij dat ze sterk stonden?'

Yvette keek Frieda ijzig aan. 'Hij zei dat de veroordeling voor honderd procent klopte.'

'Maar de zaak niet?'

'Jij weet niet hoe het er in de praktijk aan toegaat. Misschien heeft hij zich er soms gemakkelijk vanaf gemaakt, en dat praat ik niet goed – ik weet niet hoe vaak ik er wel niet iets van heb gezegd als politiemensen dat deden en dat heeft me een hoop gezeik opgeleverd. Ik zeg alleen dat het soms nu eenmaal gebeurt. Malik verdedigde Sedge zeer fel. Soms houden goede, oprechte, idealistische en slimme rechercheurs zich niet helemaal aan de regels en vullen ze niet alle formulieren in. Dat is alles.'

'Ben Sedge heeft zich dus niet helemaal aan het boekje gehouden, maar wel de juiste persoon opgepakt.'

'Ja. En Malik vroeg me – en dat vraag ik nu aan jou – waarom we die zaak na al die jaren weer oprakelen, verdomme. Stel dat je genoeg stampij maakt en voldoende shit opdiept om het vonnis nietig te laten verklaren, ook al heeft ze het overduidelijk gedaan? Wat dan? Wil jij het op je geweten hebben dat een krankzinnige moordenares vrijkomt vanwege vormfouten?'

Frieda glimlachte naar Yvette. 'Ik sta er nou ook niet bepaald om bekend dat ik me strikt aan de regels hou.'

Yvette glimlachte bijna terug. Haar gezicht ontspande zich. Toen verstrakte ze weer. 'Ik zeg alleen dat je dat in je achterhoofd moet houden,' mompelde ze.

'Dat zal ik doen. Kom, we gaan die vader eens een bezoekje brengen.'

Brenda Docherty nam hen mee naar een zitkamer met een hoog plafond. Ze was ongeveer even oud als haar man, van wie Frieda wist dat hij begin vijftig was. Ze had kort, grijzend bruin haar en droeg een grove wollen coltrui op een corduroy broek. Er zat een pen achter haar oor en om haar hals hing een bril aan een koordje. Ze was hartelijk, maar ook op haar hoede. Achter haar zag Frieda een hond met een ruige vacht, hangoren en een smekende blik in zijn bruine ogen. Hij zag er oud uit. Toen hij Frieda zag, bracht hij één aftastende blaf ten gehore, maar liet het daarbij.

'Ik zal Seamus halen. Wilt u koffie?'

'We hebben net koffie gehad. Dank u.'

'Hij komt zo.' In de deuropening draaide Brenda zich zichtbaar aarzelend om. 'Hij is niet blij met uw komst,' zei ze.

'Ik zal het zo kort mogelijk proberen te houden.'

'Toen ik hoorde dat u langs zou komen, heb ik een dag vrij genomen. Ik snap niet zo goed waarom u alles weer wilt oprakelen.'

Frieda voelde dat Yvette naar haar keek. Ze reageerde niet en wachtte tot Brenda de kamer uit was. Ze hoorden haar onder aan de trap roepen. Frieda's oog viel op een foto op de schoorsteenmantel. Ze liep ernaartoe om hem te bekijken: drie mensen, zittend op een strobaal in een akker vol graanstoppels. Brenda Docherty zat links; ze was slanker dan nu en had haar lange haar met een kleurige bandana naar achteren gebonden. Rechts zat een man van wie Frieda dacht dat het Seamus Docherty was. En in het midden zat Rory tegen zijn vader geleund, die zijn arm om zijn schouders had geslagen. Afgaande op de foto's die ze van Rory had gezien, vermoedde Frieda dat deze slechts een paar maanden voor zijn dood genomen was. Hij droeg een korte broek en een blauw T-shirt, en zijn gezicht zat onder de zonnesproeten. Hoewel hij breed grijnsde, had hij nog steeds de bangelijke blik die Frieda ook al op andere foto's had gezien. Ze keek naar de andere kiekjes op de schoorsteenmantel, maar die waren niet van zijn vorige gezin. Geen Rory, geen Deborah. En natuurlijk geen Hannah.

'Ik zou niet weten waarmee ik u zou kunnen helpen.'

Seamus Docherty zat in een stoel tegenover hen. Hij had een zachte stem, een smal gezicht en straalde een geforceerde rust uit. Hij had inhammen in zijn haarlijn, waardoor zijn schedel te zien was. Zijn grijze ogen lagen diep in hun kassen. Hij zag er heel anders uit dan Aidan Locke, de hartelijke, imponerende, tweede echtgenoot van Deborah Docherty.

'Ik weet dat dit niet makkelijk voor u is, meneer Docherty.'

Hij zei niets, maar knikte alleen even.

'Ik weet niet of u ervan op de hoogte bent dat er vraagtekens zijn gezet bij het onderzoek naar de drie moorden.'

'Dat wist ik niet.' Klonk er lichte ironie door in zijn stem? 'Wat voor vraagtekens?'

'Alleen over de procedure,' zei Yvette luid.

'En wat heb ik daarmee te maken?'

'Ik wil u alleen maar een paar dingen vragen,' zei Frieda. Ze boog iets naar voren. 'Voornamelijk over Hannah.'

'Hannah.' Hij herhaalde de naam alsof die hem een vieze smaak in de mond gaf.

'Zou u om te beginnen kunnen vertellen wat haar gemoedstoestand was in de periode voor de moorden?'

'Ik zou niet weten wat ik daar nog meer over zou kunnen zeggen dan wat ik al eerder heb verteld.' Frieda wachtte. 'Ze was boos.' Zijn grimas leek haast een grijns, alsof hij ineens zou gaan bulderen van het lachen. 'Dat was overduidelijk.'

'Op wie was ze boos?'

'Op wie was ze níét boos, is een betere vraag. Ze was vooral boos op haar moeder. Ze had een moeizame relatie met Debs – Deborah.' Frieda zag hem rood aanlopen toen hij zichzelf verbeterde. 'Ze was boos op haar stiefvader, ze was boos op haar leraren. Ik denk, of dacht, dat ze boos was op haar vriendje, hoewel ze me daar nooit iets over heeft verteld. Ze was boos op haar vrienden. Op politici. Op journalisten. Op zakenmensen. Op iedereen die rijk was – en dan zijn we weer terug bij haar moeder en stiefvader.'

'Was ze boos op haar broertje?'

Seamus Docherty gromde even en wendde zijn gezicht af. Hij streek met zijn hand – delicaat en lange vingers – over zijn achterhoofd, alsof hij wilde controleren of hij daar nog haar had. 'Rory. Dat weet ik niet. Ik denk van niet. Maar…' Hij stokte. Ergens in het huis klonk een radio.

'En u?' vroeg Frieda. 'Was ze boos op u?'

'Ja.'

'Heel boos?'

'Ja.'

'En ook op uw nieuwe vrouw?'

'Ja. Arme Brenda.'

'En was ze zo boos op al die mensen dat ze ze kon vermoorden?'

Seamus Docherty staarde Frieda aan en klemde zijn kaken op elkaar. 'Het zal duidelijk zijn dat ik dat toen niet dacht, want anders had ik wel iets ondernomen.'

'Waarom was ze zo boos?'

'Hebt u kinderen?'

'Nee,' zei Frieda.

'Nee,' zei Yvette. Haar stem klonk nog steeds te luid.

'Het was een puber. Een slimme, lastige, prikkelbare, opvliegende puber.' Bij het horen van die woorden moest Frieda aan Chloë denken. 'Haar ouders waren gescheiden. Ze was heel aanhankelijk, bijna te aanhankelijk, toen ze klein was. Ze hing vooral heel erg aan mij.' Hij knipperde heftig met zijn ogen. 'Toen ik uit huis ging, had ze het daar moeilijk mee. Het was een lastige leeftijd. Ze zat bijna in de puberteit. Ik probeerde haar regelmatig te zien, maar Deborah en Aidan werkten niet echt mee. En toen ze dat vriendje kreeg, ging het helemaal mis. Ze ging om met drugsverslaafden en lapzwansen. Ze las boeken over hoe slecht de wereld was. En op een dag...' Hij zweeg en slikte, waardoor ze zijn adamsappel op en neer zagen bewegen in zijn keel. 'U weet wat ze heeft gedaan.'

'Dus u kunt zich er wel iets bij voorstellen?' vroeg Frieda.

'Natuurlijk kan ik me er niets bij voorstellen. We dachten dat het een fase was, iets waar zoveel pubers doorheen gaan, maar zij deed het met hart en ziel, zoals ze alles met hart en ziel deed. Zo was ze nu eenmaal. En toen vermoordde ze mijn zoon.' Hij kuchte even en herhaalde: 'Mijn zoon.'

'Wat was uw reactie toen u hoorde dat u alles had geërfd?' vroeg Yvette, de stilte doorbrekend.

Hij keek haar met zijn grijze ogen aan. 'Ik weet niet wat ik daarop moet zeggen,' zei hij na een tijdje. 'Mijn zoon was dood. Mijn ex was dood. Mijn dochter was een moordenares, opgesloten in een inrichting voor ontoerekeningsvatbare criminelen. Overal en nergens doken journalisten op die me vroegen hoe het was om de vader van een monster te zijn. Die me vroegen hoe het kon dat ze zo geworden was, of wij dat als ouders niet hadden kunnen voorkomen. Dat het me geld opleverde was nauwelijks relevant. Niet als ik het afzette tegen wat ik had verloren.'

'Het was wel veel geld,' zei Yvette.

Hij keek haar onbewogen aan. 'Ik vond het... Ach, het gaf me een ongemakkelijk gevoel. We waren gescheiden. Het geld zou naar de kinderen gaan, en later naar hún kinderen.'

'Hoe was uw financiële situatie in die tijd?' vroeg Yvette.

‘Ik begrijp niet waarom u me dit soort vragen stelt.’

‘Omdat iemand slordig is geweest,’ zei Yvette. Ze wierp Frieda een felle, vijandige blik toe. ‘En daarom moeten we bepaalde dingen nog een keer nagaan.’

‘Volgens mij weet u dit allemaal al. Ik stond er niet goed voor. Zij wel. Deborahs geld was afkomstig van Aidan. Dat was een zeer succesvolle zakenman.’

‘Maar nu gaat het u goed.’ Yvette keek om zich heen naar de grote kamer.

‘Ik sta er nu wat beter voor.’

‘Puur uit nieuwsgierigheid: kunt u ons vertellen hoe groot de nalatenschap was?’

‘Ik zie niet in waarom dat van belang zou zijn, daarom vertel ik het liever niet, als u het niet erg vindt.’

‘Ik heb vernomen,’ vervolgde Yvette met rode konen, ‘dat u spullen uit het huis hebt gehaald toen het onderzoek nog in volle gang was.’

Frieda keek hen beiden aan. Ze besefte dat Yvette, ondanks haar wantrouwen en weerzin, haar huiswerk had gedaan.

‘O, ja?’ vroeg Seamus Docherty.

‘Ja.’

‘Het zou kunnen.’

‘Waarom?’

‘Omdat het mijn spullen waren.’

‘En wat voor spullen waren het?’

‘Dat weet ik niet meer.’ Hij kneep in zijn neusbrug. ‘Brenda zegt dat ik te soft ben, een beetje een watje, maar ze is zelf net zo erg. We zijn een stelletje dwazen – daarom ben ik ook met haar getrouwd. Ze is aardig. We voelen ons geborgen bij elkaar. Wat zei ik ook alweer?’

‘U had het over de spullen die u uit het huis hebt weggehaald.’

‘O, ja. Toen Debs en ik uit elkaar gingen, heb ik er niet op aangedrongen om dingen te mogen meenemen die van mij waren – die waren trouwens niet van mij, ze waren van ons samen, en ik wilde geen toestanden. Maar aan een paar spullen was ik gehecht: bepaalde boeken, een schilderij, een doos met foto’s, dat soort zaken. Die ben ik toen gaan halen. Of in elk geval een deel daarvan.'

'Er zaten ook papieren bij,' zei Frieda.

'Mijn accountant had vragen over de bankrekeningen en daarom heb ik alles daarover verzameld en aan hem gegeven.'

'Terwijl het onderzoek nog gaande was.'

'Ze waren niet van belang. Er zaten ook andere dingen bij. Dat heb ik ook gezegd toen ze ze wilden komen halen. Het was niets waar ze wat aan hadden. Niets over de nalatenschap of zo, en ik heb alles weggegooid. De gedachte alles te moeten bewaren... ik kon het niet aan. Schoolrapporten van de kinderen. Verhaaltjes die ze hadden geschreven. Ik wilde ze niet lezen... U kunt zich er geen voorstelling van maken hoe het was om dat allemaal weer te zien. Rory's handschrift met omgekeerde letters. Foto's. U weet wel, kiekjes van een gelukkig gezin.' Hij keek hen strak aan. 'Oude brieven. Zelfs een paar brieven van mij aan haar, van vroeger. Ik dacht dat ik ze wilde houden, maar uiteindelijk bleek ik dat niet te kunnen. Ik wilde ze niet in huis hebben.'

'En daarom hebt u alles weggegooid.'

'Bijna alles. De theepot en het schilderij niet. Maar de rest wel bijna allemaal. Soms wou ik dat ik dat niet had gedaan. De vuilniswagen moet de volgende dag heel vroeg langs zijn geweest, want toen de politie kwam was alles al weg.'

'Mag ik u een vraag stellen over uw ex?' vroeg Frieda.

'Wat wilt u over haar weten?'

'Hoe was uw relatie met haar?'

Plotseling leek hij meer op zijn hoede. 'We hadden niet veel met elkaar te maken. Zij had haar leven en ik het mijne.'

'Maar u had samen twee kinderen. Had u het over Hannah en haar problemen?'

'Niet echt. Deborah gaf me soms wel instructies – daar was ze heel goed in, ze was ervan overtuigd dat zij alles altijd het beste wist.'

'Hoe zou u haar verder omschrijven?'

'Wie, Debs?' Deze keer verbeterde hij de naam niet.

'Ja.'

Seamus Docherty stond op en liep naar het raam. Met zijn rug naar hen toe zei hij: 'Ze was slim, koppig. Ze zei niet veel en was gevoelig. En ze nam geen blad voor de mond. Je kon haar maar beter te vriend houden. Ze was vastberaden, ordelijk, en had ambitieuze plannen voor de kinderen. Voor mij ook ooit,' voegde hij eraan toe.

'Tot u bij haar wegging,' zei Yvette.

Hij draaide zich om. 'We zijn bij elkaar weggegaan.' Zijn stem klonk zacht en toonloos. Frieda kon niet zeggen of hij boos of verdrietig was.

'Was dat omdat u een ander had?' hield Yvette aan.

'Dat was niet opzettelijk.'

'U hebt makkelijk praten.' Yvette leek zelf verbaasd te staan van haar opmerking en liep rood aan.

Seamus Docherty draaide zich weer om en keek door het raam naar de regen. 'Een buitenstaander kan een huwelijk nooit begrijpen. Ooit hadden we het heel goed samen en toen was dat op een gegeven moment niet meer zo. Het was pijnlijk, verdrietig en het duurde te lang. We hadden elkaar teleurgesteld. En nu is ze dood en is er niets meer aan te doen.'

'Zij is bij u weggegaan, niet?' vroeg Frieda ineens overtuigd. 'Niet andersom.'

Seamus Docherty draaide zich heel traag om en keek haar aan. 'Bent u ooit gescheiden?'

'Ik ben nooit getrouwd.'

'Geen kinderen, geen huwelijk, geen echtscheiding. U leidt een veilig leventje.' Frieda zei niets. 'Als een huwelijk op de klippen loopt, gaat dat altijd gepaard met ellende. Iemand die iets anders beweert, moet u niet geloven.'

'Ze had dus een affaire met Aidan, die rijker en succesvoller was dan u,' zei Frieda. 'En toen ging ze bij u weg. Was u daar verbitterd over?'

'U zult van mij niet horen dat het zo is gegaan. En nee, ik was niet verbitterd.'

'Boos dan?' vroeg Yvette. 'U moet woedend zijn geweest en u vernederd hebben gevoeld.'

'Nee.'

'Wist Hannah dat het haar moeder was die een einde aan het huwelijk had gemaakt? Was ze daarom zo boos op haar?'

'Ik heb niet gezegd dat het zo is gegaan. U veronderstelt van alles. Ik weet niet wat Hannah wist, dacht of besloot. Meestal wist ze precies wat er speelde. Je kon niets voor haar verborgen houden. Ze hield haar ogen altijd open, luisterde gesprekken af en ving geheimen op. Kleine potjes hebben grote oren zeiden we altijd toen ze nog klein was.'

'U praat over haar in de verleden tijd,' zei Frieda zacht.

'Omdat ze voor mij tot het verleden behoort. Ze heeft mijn zoon gedood.'

'Maar ze is nog steeds uw dochter.'

'Ik heb geen dochter. Ik heb geen kinderen.'

'U hebt haar nooit bezocht?'

'Eén keer, enkel en alleen om haar recht aan te kijken. Ze is een monster.'

'Maar ze is en blijft wel een mens.'

'U hebt makkelijk praten. Voor u is het niet moeilijk om te praten over wat er is gebeurd. Ik probeer juist niet aan het verleden te denken.'

'Ze is helemaal alleen. U bent de enige die ze heeft.'

'Nee, ik ben er niet voor haar. Ik wil haar nooit meer zien. Voor mij is ze dood.'

'Ik ga uitzoeken hoe groot de erfenis was,' zei Yvette, toen ze naar de bovengrondse metro liepen.

'Goed.'

'Maar waarschijnlijk is het onbegonnen werk.' Ze klapte haar paraplu open. 'En waarschijnlijk zul je ook meer willen weten over Hannahs leven vóór de moorden.'

'Ja?'

'Er is een vrouw die zichzelf uitgeroepen heeft tot dé Hannah Docherty-expert. Googel haar maar. Het is haar levenswerk. Ze is er totaal bezeten van. Ze weet dingen over Hannah die Hannah zelf niet eens wist.'

‘Hoe heet ze?’

‘Erin Brack.’

‘En denkt ze dat Hannah onschuldig is?’

‘Dat weet ik niet. Maar of Hannah schuldig is of niet, Erin Brack beschouwt zich als voorvechtster van gerechtigheid.’

14

Maria Dreyfus was laat. Haar jas was verkeerd dichtgeknoopt en haar donkere haar zat in een scheve knot. 'Sorry,' zei ze.

'Maakt niet uit.'

'Ik wilde zeggen dat het door het openbaar vervoer kwam, maar dat is niet zo.'

Frieda glimlachte. 'Dan ben ik blij dat je het niet hebt gezegd.'

'Het lag aan mezelf. Ik wist niet of ik wel moest komen. Ik heb ruzie gehad met mijn man. Hij vindt dat ik er een punt achter moet zetten.'

'Zei hij dat?'

'Niet met zoveel woorden. Maar hij zei dat dingen erger kunnen worden van een praattherapie, dat als je stil blijft staan bij wat er verkeerd is, het reëler wordt, aanweziger. Dat je dan één wordt met je pijn. Als dat tenminste ergens op slaat.'

'Dat doet het zeker.'

'Ik zeg niet dat ik het met hem eens ben.'

'Er is niks mis mee als je het wel met hem eens zou zijn. Want therapeuten moeten daar natuurlijk altijd rekening mee houden. Maar je bent hier niet om te zwelgen in je pijn. Je bent hier om erachter te komen waarom je je voelt zoals je je voelt, zodat je er misschien grip op kunt krijgen.'

'Hij zei ook dat ik weer moest gaan werken en misschien moest gaan sporten. Joggen, stelde hij voor.'

'Oké.'

'En hij was boos omdat we al weken geen seks meer hebben gehad. Maanden zelfs.'

'Wat deed dat met jou?'

'Ik voelde me schuldig. Maar daarna werd ik kwaad. Heel kwaad. Alsof er een storm door me heen joeg. Ik kon hem wel slaan. Het was alsof hij me zei dat ik een goede echtgenote moest zijn: goed in haar werk, goed in bed. Gezeglijk. Natuurlijk is dat niet fair van me. Hij wil me alleen maar helpen. Meestal tenminste. Hij is ook een beetje verongelijkt. Waarschijnlijk doe ik er goed aan om te gaan joggen, weer te gaan werken en seks te hebben en me te gedragen als een normaal mens. Wat dat ook inhoudt. Alleen...' Ze zweeg en streek met beide handen over haar gezicht.

'Ja?'

'Ik word er zo moe van.'

'Waarvan?'

'Van alles. Van werken, schoonmaken, boodschappen doen, koken, praten, er zijn voor mijn man, voor mijn vader, mijn kinderen, mijn vrienden, mijn collega's, eigenlijk van alles wat me moeite kost. Alleen al zoiets simpels als – weet ik veel – een vuile sok oprapen, mijn mond opendoen en de juiste opmerking maken, glimlachen, een boodschappenwagentje door een supermarkt duwen, dat soort dingen, die kosten me zoveel energie. Ik wil...' Weer zweeg ze en fronste.

'Je wilt?'

'Ik weet het niet. Ik wil dat het gevoel dat ik nu heb weggaat. Ik wil iemand anders zijn.' Ze boog naar voren in haar stoel. 'Kun je me helpen?'

'Om iemand anders te worden? Nee. Maar jezelf vinden? Dat gaan we samen doen.'

'Ik weet niet of ik er gelukkig van word als ik mezelf zou vinden.' Maria lachte even spottend.

'Ach, geluk,' zei Frieda. 'Daar gaat het nu even niet om.'

Frieda had de rest van de middag en de avond voor zichzelf. Die strekten zich heerlijk rustig en leeg voor haar uit. Ze ging naar de groenteboer verderop in de straat en kocht een paar aubergines en rode paprika's; ze zou de haard aanmaken, lekker lang badderen, en genieten van gegrilde groenten en een glas rode wijn.

Toen ze het eten opborg in de keuken, werd er op haar voordeur geklopt.

'Chloë.'

Haar nicht was doorweekt en bepakt en bezakt met boodschappentassen. Toen ze binnenkwam, sopten haar schoenen. 'Frieda, ik had willen bellen maar mijn telefoon was leeg, daarom ben ik maar langsgekomen. Ik ben zo blij dat je thuis bent.'

'Kom bij het vuur zitten om te drogen. Hoefde je vandaag niet te werken?'

'Ik heb een middag vrij.'

Frieda keek naar de tassen. 'Waar ga je naartoe?'

'Hierheen, als je het goedvindt.'

'Hier?'

'Het leek me leuk om samen te eten. Ik heb al eten gekocht. Je was toch niet van plan ergens naartoe te gaan, hè?'

'Dat was ik niet van plan, nee.' Frieda probeerde blij te zijn. 'Het lijkt me wel veel eten voor ons tweeën.'

'Ik dacht dat we misschien ook wat andere mensen konden uitnodigen.'

'Andere mensen.'

'Reuben en Josef.'

'O.'

'En nog een stel mensen die ik laatst heb leren kennen. Ik dacht dat ik die ook wel kon uitnodigen.'

'Hier?'

'Als je het goedvindt.'

'Vanavond?'

'Ja. Het was een opwelling. Het wordt hartstikke gezellig.'

'Ik weet het niet.'

'Frieda!'

'Waarom doe je het niet bij jou thuis?'

'Mam heeft een nieuwe vlam die langskomt, dus daar kan het niet. Vind je het niet leuk dat ik er ben?' Ze keek gespeeld verontwaardigd. Haar mascara was uitgelopen en het water dat van haar haar drupte stroomde als tranen over haar wangen.

'Jij en nog vier anderen? Ik had een rustig avondje gepland.'

'Zeven, om precies te zijn. En wij dan nog. Waarom wil je een rustig avondje?'

'Zeven.'

'Ze zeiden allemaal dat ze zouden komen.'

'Je hebt ze al uitgenodigd?'

'Ik wist dat je het niet erg zou vinden. Jack komt ook.'

'Chloë, je kunt niet zomaar zeven mensen bij mij thuis uitnodigen zonder eerst met mij te overleggen.'

'Dat doe ik nu toch.'

'Dat bedoel ik niet.'

'Help je me met koken?'

'Ik wilde net in bad gaan.'

'Ik wil straks ook wel in bad. Ik ben kliedernat en heb het koud. Maak je maar geen zorgen, ik heb andere kleren bij me.'

Frieda zuchtte. 'Ik maakte me ook geen zorgen. Wil je nu in bad?'

'Dat zou geweldig zijn. Heel even maar. In de tussentijd kun jij de uien snijden. Iemand heeft me ooit verteld dat je niet zo erg gaat tranen als je de wortelkant eraan laat zitten.'

Ze waren met z'n negenen en er waren niet genoeg stoelen – ze moesten de kruk uit Frieda's werkkamertje en een stoel uit haar slaapkamer halen. Er was veel te veel eten: allerlei salades en zoveel dipsausjes en brood dat het niet allemaal tussen de kaarsen op Frieda's kleine eettafel paste. Chloë had rode wangen van het koken en de opwinding. Frieda had geen tijd gehad om in bad te gaan. Josef kwam aanzetten met een hele, gekruide kip, hoewel Chloë had gezegd dat al haar vrienden vegetariërs waren; Dee, die gruwde van vlees, was zelfs veganistisch. Josef had ook een zelfgemaakte honingtaart meegenomen die hem aan zijn vaderland deed denken, en twee flessen wodka. Reuben had rode wijn en zachte kaas bij zich. Hij droeg zijn favoriete gilet, alsof hij op een feestje was. Jack kwam laat en met lege handen aanzetten, en was misschien al een beetje aangeschoten, dacht Frieda. Hij droeg een strakke, kanariegele broek en twee sjaals om zijn hals. Zijn haar had hij korter laten knippen dan anders, maar als om dat te compenseren had hij een baardje laten staan. Dat was feller oranje dan zijn hoofdhaar en zo nu en dan streek hij erover. Hij ging op de kruk zitten, half tussen en half achter Frieda en Josef, waardoor hij steeds naar voren moest buigen om eten aan zijn vork te prikken. Frieda was zijn begeleider geweest en hij had groot respect voor haar; hij had haar ook bij vorige zaken geholpen. En toen Chloë en hij samen wat hadden, had Frieda dat dan ook vreemd en ingewikkeld gevonden.

Helemaal aan de andere kant van de tafel hadden ze het over reizen. Chloë was overdreven opgewekt. Om de zoveel tijd flitste haar blik naar Jack. Sinds het uit was tussen hen, was hun relatie ongemakkelijk: de ene keer leek er hoop te zijn, de andere keer konden ze elkaar niet luchten of zien.

'Heb jij gelezen over dat onderzoek waaruit blijkt dat vrouwen eerder een geloof aanhangen dan mannen?' vroeg Jack ineens aan Frieda.

'Nee. Wat interessant.'

'Ik heb geloof,' zei Josef. Hij klopte op zijn borst. 'We allemaal zin aan het leven moeten geven.' Hij verhief zijn stem. 'Mee eens, Chloë?'

'Wat zeg je?'

'Heb jij geloof?'

'Ik heb kíp,' zei Reuben. 'Wil iemand daar aan de andere kant een stukje? Kip is eigenlijk een groente.'

'Sorry, Josef,' zei Chloë. Ze keek hem stralend aan: ze had altijd een zwak voor hem gehad. 'Ik ben ongelovig.'

'Weet je hoe kippen gehouden worden?' vroeg de jongen naast Chloë. Hij had een kaalgeschoren hoofd en prachtige, dicht bij elkaar staande, bruine ogen.

'Geloof is iets raars,' zei Jack. 'Mensen zeggen dat ze bepaalde dingen gewoon weten, maar iets wat niet bewezen kan worden, kun je niet weten. Dat kun je alleen geloven.'

'Maar ik eet wel aangereden wild.'

'Je bent stil, Frieda,' zei Reuben. 'Hoe gaat het met dat krankzinnige meisje?'

'Het is geen meisje meer – en ik weet nog niet zo zeker of ze wel krankzinnig is. In elk geval niet in de zin die jij bedoelt.'

'Chloë heeft me verteld wat je doet,' zei de jongen met het kaalgeschoren hoofd. 'Het klinkt geweldig interessant. Je houdt je bezig met de zaak-Hannah Docherty, toch?'

'Hoe weet je dat?' vroeg Frieda.

'Ach, zo moeilijk was 't niet om dat uit te vogelen,' zei Chloë. 'Een en een is twee.'

'Er zijn heel veel dominees die na tientallen jaren van hun geloof vallen,' zei Jack. Hij nam een slok van Josefs wodka en schonk vervolgens wijn in zijn lege glas. 'Dat is toch heel pijnlijk – dat je leven gestoeld is op iets waarin je niet meer gelooft?'

'Frieda,' zei Chloë, 'je kunt er toch wel íéts over vertellen? We zullen er heus niet met anderen over praten.'

Frieda keek naar haar nichtje. Ze leek opgewonden en een beetje gespannen. 'Ik ga morgen naar een fan van haar,' zei ze. 'Om een beter beeld te krijgen van hoe Hannah vroeger was. Erin Brack. Yvette kwam haar tegen op internet.'

'Erin Brack.' Myla, een vriendin van Chloë die vrijwel de hele avond niets had gezegd, haalde haar laptop uit de schoudertas die aan haar stoel hing en typte de naam in. 'Er kunnen er nooit veel zijn die zo heten. Eens kijken.'

'Ik bid,' zei Josef tegen Jack, terwijl hij hun glazen weer vulde met wodka. 'Als ik twijfel, ik bid meer. Nu is het tijd voor honingtaart. Iedereen bord bijhouden, alsjeblieft.'

'Maar wat is bidden anders dan praten tegen jezelf?' vroeg Reuben. Glimlachend keek hij iedereen aan en stond op. 'Ik ga achter een sigaret roken. Gaat iemand met me mee?'

Josef en Dee, de veganist, gingen met hem mee. Jack pakte een stuk taart en keek ernaar. 'Praten tegen jezelf,' mompelde hij. Daarna nam hij een hap. Kruimels vielen op zijn schoot. 'Dat is niet genoeg.'

'Hebbes. Erin Brack. Kijk. Ze heeft een blog.'

Chloë en de jongeman bogen zich naar het scherm.

'Ze is gek,' zei Chloë na een paar tellen. 'Ik zou maar goed uitkijken als ik jou was, Frieda.'

'Ze schrijft in elk geval heel veel,' zei de jongeman, terwijl hij naar beneden scrolde. 'Zo te zien werkt ze haar blog elke dag bij.'

'Waar gaat die over?' vroeg Frieda.

'Complottheorieën, heb ik de indruk,' antwoordde hij. 'Een voorbeeld: "Doelbewust chemicaliën in het water stoppen om onvruchtbaarheid te bewerkstelligen." '

'En ze heeft een verzameling,' zei Chloë.

'Wat voor verzameling?'

'Geen idee. Ze heeft het alleen steeds over "mijn verzameling".'

'Soms noemt ze die haar "archief",' zei Chloë, die zich daarna omdraaide om haar mobiel op te nemen.

'En "moordparafernalia",' zei Myla.

Reuben, Josef en Dee kwamen weer terug; hun haar was vochtig van de regen. 'Tijd om op te stappen,' zei Reuben.

'Maar we hebben net taart gekregen.'

'Dat was mam,' zei Chloë. Ze stopte haar telefoontje terug in haar zak. 'Ze was heel boos. Ze wilde weten waarom je haar niet hebt uitgenodigd.'

'Ik heb helemaal niemand uitgenodigd. Dat heb jij gedaan.'

'Dat ziet zij anders.'

'Wat zou jij doen, Frieda?' vroeg Jack, terwijl hij opstond en zijn jas aantrok.

'Hoe bedoel je?'

'Wat zou jij doen als je een dominee was die van zijn geloof is gevallen?'

Frieda keek hem aan. Ze knikte even. 'Dan zou ik mijn werk als dominee opgeven.'

'Ook als je parochianen nog wel geloofden? Dan zou je ze toch nog steeds kunnen blijven bijstaan?'

'Ik weet waar je naartoe wilt, Jack. Dit gaat helemaal niet over dominees.'

Jack werd knalrood. 'Waarom zeg je dat?'

'Als je niet meer gelooft in wat je doet, hoef je er niet mee door te gaan, hoor.'

'Mag ik een keer langskomen om erover te praten?'
'Je hebt mijn toestemming niet nodig.'
'Ik zit met mezelf in de knoop.'
'We zitten allemaal met onszelf in de knoop,' zei Reuben, die zijn jas al aanhad en het glas wijn van Frieda leegdronk. 'Dat is des mens.'

Toen de laatste gast weg was, deed Frieda de deur dicht en begon op te ruimen. Ze dacht aan de verzameling van Erin Brack. Moordparafernalia. Wat zouden dat zijn, vroeg ze zich af.

15

Frieda zocht op haar plattegrond op waar ze moest zijn en besloot er via een omweg heen te gaan. Ze nam de trein naar Erith, iets ten oosten van Londen. Vanaf het station liep ze via de hoofdstraat en een woonwijk naar de zuidoever van de Theems. Aan haar rechterhand zag ze in de verte, aan de andere kant van een met struiken begroeid moerasland de Dartford Bridge liggen, als een geometrische figuur tegen de achtergrond van een grauwe aquareltekening. Auto's en vrachtwagens reden er traag en geruisloos overheen. Pal aan de overzijde van de rivier zag ze een ratjetoe van pakhuizen, geparkeerde auto's en opgestapelde containers, als de blokken van een blokkendoos, en langs de oever ontgonnen land, geëgaliseerd grijs zand en bruine aarde, klaar voor de bouw van een fabriek, loods of huizen. Daarachter braakland en velden met aan de horizon een torenspits. Dit waren de rafelranden van Londen, half verlaten industriegebied, half verpest platteland. Frieda hield ervan.

Ze sloeg links af en liep langs de oever stroomopwaarts, richting Londen. Vijfenzeventig kilometer meer naar het westen voerde het Thames Path langs rustige, landelijke en lommerrijke oevers, door charmante dorpjes, langs miljonairshuizen met keurig onderhouden gazons en door middeleeuwse stadjes als Henley en Windsor. Maar hier was het anders. Dit was de benedenloop van de Theems ten oosten van Londen, een gebied dat was verwaarloosd dan wel liefdeloos behandeld: verminkt, misbruikt als stortplaats of ondoordacht bebouwd. Frieda kwam hier wel vaker, meestal op een heldere, koude winterdag als ze wilde uitwaaien om haar hoofd leeg te maken. Er waren wel ongerepte stukjes natuur en vogelbroedplaatsen, maar zelfs die groene enclaves voelden postindustrieel, haast postapocalyptisch. Het waren met sloten en dijken doorkliefde, moeizaam op de zee of rivier veroverde moerassen.

Ontwikkelaars en politici hadden het gebied Thames Gateway gedoopt, maar die naam – Theemspoort – was vaag en verwarrend. Was die poort een toegang of een uitgang? Frieda had weleens een praatje gemaakt met fietsers en wandelaars, oude echtparen, jonge vrouwen met buggy's, inwoners van Greenhithe, Dartford, Purfleet en Belvedere. Sommige waren hartelijk, andere op hun hoede en argwanend, soms zelfs op het vijandige af. Ze hadden het gevoel dat ze werden verdreven of werden opgezadeld met mensen van elders: immigranten en de verschoppelingen van Londen. Zelfs de enorme industriële gebouwen – de cementfabriek en waterzuiveringsinstallatie – stonden ten dienste van de hoofdstad, maar waren daar niet gewenst. Dit was een van de plekken waar Frieda naartoe ging als ze wilde nadenken over Londen. Dit was de plek die Londen wilde vergeten, uitbannen, uitwissen.

Frieda kwam langs een groot parkeerterrein van een supermarkt, een half gesloopt pakhuis en een terrein dat door drie bulldozers werd leeggeruimd en geëgaliseerd. Aangekomen bij de waterzuiveringsinstallatie liet ze de rivier achter zich en liep langs de installatie. Doorn- en braamstruiken maakten het pad vrijwel onbegaanbaar. Het kwam uit bij een onlangs aangelegde weg. Ze bekeek de schets die ze van de route had gemaakt, sloeg rechts af, en na een paar minuten was ze in Oldbourne Drive. Het was als een plein waaraan één zijde ontbrak. De huizen waren hooguit vijf jaar oud maar oogden nu al uitgewoond, al waren ze nog niet verweerd. Er ontbraken dakpannen en de verf op de raamkozijnen bladderde. De voorgevels zagen eruit alsof ze door een kind waren getekend: een deur en garage op de begane grond, twee ramen op de eerste verdieping en een groter raam op de tweede. De straat liep om een speelplaatsje heen met een wip en knalrode metalen bankjes. Frieda liep naar nummer 63 en belde aan.

Het huis zag er verlaten uit en was een van de weinige zonder auto op de oprit, maar ze hoorde geschuifel en toen ging de deur open.

'Frieda Klein.'

Het klonk zo luid en enthousiast dat Frieda opgelaten om zich heen keek om te zien of iemand het had gehoord. Maar er was niemand. Hoewel er huizen, auto's en een speelpleintje waren, voelde het toch verlaten.

Erin Brack was langer dan Frieda, en fors, zonder dik te zijn. Ze was gewoon stevig en indrukwekkend. Ze had donkere krullen, droeg een bril met een bruin montuur en was gekleed in een bruin-wit gestreepte trui, zwarte spijkerbroek en witte sneakers.

'Fijn dat je tijd voor me vrij wilde maken,' zei Frieda.

'Kom binnen, kom binnen.'

Erin trok Frieda zowat het huis in. Er hing een muffe geur, een mengeling van vocht en oude kookluchtjes, maar ook van schoonmaakmiddelen en luchtverfrisser, wat het er echter niet beter op maakte. Frieda liep achter haar aan naar de huiskamer aan de achterkant van het huis.

'Sorry voor de troep,' zei Erin. Ze gebaarde naar de stapels kranten op de vloer, op de trap en op alle andere plekken waar ze maar konden liggen. 'De schoonmaakster heeft vandaag vrij. Dat is trouwens een grapje. Ik heb geen schoonmaakster. Ga zitten.'

Frieda keek om zich heen. Dat Erin Brack geen schoonmaakster had, was wel duidelijk. Er stonden een fauteuil, een bank en een houten keukenstoel, maar plek om te zitten was er niet. Overal lagen papieren, tijdschriften en kranten. En er stonden ook overal borden, mokken en glazen. Het bloemetjesbehang op de muur ging vrijwel geheel schuil achter uitgescheurde krantenpagina's, plattegronden en foto's. Er waren portretten bij van glimlachende jongens en meisjes. Even hoopte Frieda dat het familiefoto's waren, een twijfelachtig teken van normaliteit, van een sociaal leven, maar Erin volgde haar blik en noemde een voor een de namen. Het waren de lachende gezichten van jonge mensen die niet wisten wat het lot voor hen in petto had.

'Ik had gedacht dat je op je werk zou zijn.'

'Ik ben met ziekteverlof.'

'Wat vervelend.'

'Al vier jaar.'

'Dat klinkt ernstig.'

'De artsen kunnen niet vinden wat het is,' zei Erin. 'Ik heb verschillende symptomen. Ik heb al jarenlang last van mijn rug. En ademhalingsproblemen. En ik lijd aan stemmingswisselingen. Het is lastig om er een etiket op te plakken. Maar daar weet je alles van.'

Frieda reageerde niet.

'Maar genoeg over mij. Wil je thee? En ik kan ook even koekjes gaan kopen.' Toen ze zag dat Frieda vertwijfeld om zich heen keek, zei ze: 'Maak je maar geen zorgen. Ik was wel een paar mokken af. Je móét thee met me drinken. Ik heb je zoveel te vertellen.'

'Natuurlijk,' zei Frieda. 'Thee zou lekker zijn. Maar geen koekjes. Ik wil graag met je praten over Hannah Docherty.'

'Ik wil het ook over andere dingen hebben. Ik weet veel over je. Ik wil de zaak-Robert Poole met je bespreken. Boven heb ik een dik plakboek over hem. Maar eerst ga ik thee zetten, loop maar even mee.'

Frieda liep Erins keuken in, maar deinsde onmiddellijk terug. Ze wist niet wat het ergste was: wat ze zag of wat ze rook. 'Ik blijf wel in de huiskamer.'

Terwijl ze wachtte, kreeg ze een sms'je van Yvette waarin stond dat het haar was gelukt drie mensen op te sporen die in het kraakpand hadden gewoond waar Hannah in de weken voor de moorden onderdak had gevonden. Ze zou Frieda de volgende ochtend oppikken en dan zouden ze hen een voor een opzoeken. Frieda had net een berichtje teruggestuurd toen Erin Brack met twee mokken de kamer in kwam. Was ze echt lang genoeg weggeweest om het water aan de kook te brengen? Ze gaf Frieda een mok met een doodshoofd. 'Ik dacht dat je dat wel grappig zou vinden.'

'Even over Hannah Docherty,' zei Frieda.

'Natuurlijk,' zei Erin. 'Ik vind het super spannend. Maar ik zal eerst even ruimte vrijmaken zodat je kunt zitten.' Ze tilde een stapel kranten van de bank en gooide die op een andere stapel. 'Het ziet er misschien chaotisch uit...' Frieda mompelde iets beleefds. '... maar ik weet precies waar alles ligt. Er zit een systeem in.'

Frieda ging op de bank zitten. Voor haar stond een lage tafel. Ze schoof een paar stapels papieren opzij, zodat ze de mok kwijt kon. Ze tikte ertegenaan en streek met haar vinger over de rand. Ze deed er van alles mee, behalve eruit drinken. 'Ik heb gehoord dat je een verzamelaar bent,' zei ze.

'Op bescheiden schaal. Als een misdaad me interesseert, wil ik er alles over weten. Evenveel als de politie. Soms weet ik zelfs meer.' Erin duwde nog meer kranten opzij, zodat ze naast Frieda kon zitten. Ze schoof dicht naar haar toe en zei samenzweerderig: 'Toen ze Hannah Docherty als dader hadden aangewezen, wilden ze haar zo snel mogelijk achter de tralies hebben. Hoe het echt was gegaan kon ze niet schelen. Ik vind het zo spannend dat jij erbij betrokken bent. Maar dat vind jijzelf ook, hè?'

'Heb je toevallig ook dingen verzameld die van de Docherty's waren?'

'Ik beschouw mezelf als conservator.'

Frieda had zoiets al vermoed, maar nu wist ze het zeker. 'Oké. Ben je dan vlak na de moorden soms naar het huis van Seamus Docherty gegaan en heb je daar vuilniszakken weggehaald met spullen die hij had meegenomen uit het huis van zijn ex?'

'Ja. Drie volle zakken die hij net had buitengezet. Het interesseerde ze niet wat er was gebeurd.'

'Ze?'

'Iedereen. De politie, de familie, zelfs haar zogenaamde vrienden niet. Ze wilden dat Hannah de bak in zou draaien, wilden haar vergeten. Ik heb geen dingen gestolen, ik heb ze gered. Weet je, je kunt heel veel over mensen te weten komen aan de hand van wat ze weggooien.'

'Wat heb je gevonden?'

'Van alles en nog wat. Brieven, spulletjes uit het huis, foto's, schoolrapporten. Dat soort dingen. Later heb ik ook nog de hand weten te leggen op spullen die direct uit het huis in Dulwich kwamen.'

'Zoals?'

'O, alles wat ze maar weggooiden. Het trotst ben ik op een teddybeer die volgens mij van Hannah was. Stel je voor. Ik heb haar dat nog geschreven, maar ze heeft nooit geantwoord. Ze hebben mijn brief vast onderschept.'

Frieda zweeg even. Dit was belangrijk. 'Zou ik die spullen mogen bekijken?'

'Natuurlijk,' zei Erin Brack vrolijk. 'Ik zou me vereerd voelen.'

'Zou het nu kunnen?'

'Dat is een beetje problematisch.'

O, o, dacht Frieda. 'Problematisch? Hoe dat zo?'

'Dit huis is voor mij als een museum. Het houdt het midden tussen een museum, een bibliotheek en een opslag, en dan woon ik hier ook nog eens. Ik zei al dat er een systeem zit in de wijze waarop ik spullen opberg. Dat doe ik alfabetisch. Maar ik ben niet altijd consistent. Soms orden ik ze onder de voornaam en soms onder de achternaam, maar dat weet ik dan niet meer.'

'Maar je kunt me wel laten zien waar ze liggen?'

'Geen enkel probleem.'

'Nu?'

'Zodra je je thee ophebt.'

Frieda tuurde in haar mok. Er dreef iets in. Het kon een theeblaadje zijn, maar ook iets anders. 'Nu meteen?'

'Goed dan,' zei Erin. 'Boven heb ik twee kamers waar ik spullen bewaar.'

Frieda keek om zich heen. 'Bewaar je hier dan geen spullen?'

'Niet echt. Een paar. Maar hier liggen voornamelijk spullen die nog opgeborgen moeten worden.'

Frieda liep achter haar aan naar boven. Erin deed de klink van een deur naar beneden en duwde ertegenaan.

'Is er iets?' vroeg Frieda.

'Hij is een beetje vol.'

'Wat is een beetje vol?'

'De kamer.' Ze ademde zwaar. 'Soms vallen de stapels om tegen de deur. Wil jij het eens proberen?'

Frieda duwde ook tegen de deur. Hij ging een paar centimeter open, maar meer ook niet.

'We moeten er samen hard tegenaan duwen,' zei Erin. 'Samen. Ik tel tot drie. Een, twee, dríé.' Tegelijkertijd gaven ze zo'n douw tegen de deur dat hij verder openging. Aan de andere kant klonk gekletter en viel er iets kapot. De spleet was nu zo groot dat Erin zich naar binnen kon wurmen. Frieda volgde haar voorbeeld. Doordat de gordijnen dicht waren, kon ze aanvankelijk haast niets zien. Ze zag alleen contouren.

'De lichtschakelaar zit naast de deur.'

Frieda tastte de muur af en vond de schakelaar. Door het plotselinge felle licht moest ze met haar ogen knipperen. Er stonden zoveel stapels op de grond dat die haast niet meer was te zien. Net als beneden lagen overal kranten en tijdschriften, maar dan nog meer, sommige in stapels, andere op de plek waar ze waren neergeworpen of neergevallen. Er stonden ook spulletjes. Het leek wel een vlooienmarkt en het was te veel om in één keer te overzien. Frieda zag een vogelkooi in een zinken teil; verschillende elektrische apparaten die op een hoop lagen: een radio, een klok en een mixer, verder nog een fietswiel zonder band, en veel en veel meer.

'Heeft dit allemaal te maken met de zaak-Docherty?' vroeg Frieda vertwijfeld.

'Nee. Dit zijn de spullen die bij de eerste helft van het alfabet horen.'

'Hebben ze allemaal met moordzaken te maken?'

'De meeste wel. Maar ik wil graag dat je ook naar een paar andere dingen kijkt.'

'Niet nu.'

'Het zal wel een beetje overweldigend zijn de eerste keer.'

Frieda knikte.

'Nu we elkaar hebben leren kennen, zal ik erdoorheen gaan en er dingen voor je uit opdiepen.'

'Fijn.' Frieda draaide zich om en baande zich een weg naar de deur. Het zou lastiger worden dan ze had verwacht. Ze liep naar beneden en wachtte bij de voordeur. Ze had hier niets meer te doen.

Erin stond achter haar. 'Heb je soms een assistente nodig?'

'Hoe bedoel je?'

'Ik heb altijd al hetzelfde willen doen als jij.'

'Dit is eenmalig,' zei Frieda snel. 'Maar je zou me al geweldig helpen als je me dingen kunt laten zien waar ik misschien iets aan heb.'

'Daar zul je nog van staan te kijken,' zei Erin. 'Er zijn dingen die de politie nooit heeft geweten.'

'Waarom heb je dat niemand verteld?'

'Niemand was erin geïnteresseerd. En ik vertel het nu aan jou.'

'Dingen zoals?'

'Dat heb ik toch gezegd. Ik zal door de spullen heen gaan. Ze ordenen. En dan kun je weer langskomen om ze te bekijken.'

'Prima,' zei Frieda. Ze wist niet of ze blij of verbijsterd moest zijn. 'Laat me maar weten wanneer je klaar bent.' Ze viste een visitekaartje uit haar zak en gaf het aan Erin.

Erin keek ernaar en glimlachte. 'Ik heb over de zaak-Dean Reeve gelezen,' zei ze.

'Ja, dat heeft in de kranten gestaan.'

'Ik denk dat je gelijk hebt.'

'Hoe bedoel je?'

'Ik denk ook dat hij niet dood is. Volgens mij loopt hij nog steeds ergens rond. Ik weet dat niemand je gelooft. En ik weet hoe het is om niet geloofd te worden. Maar ik geloof je wel. Misschien is dat een troost.'

'Dank je.'

Frieda draaide zich om en ging weg. Ze liep terug naar de rivier. Daar aangekomen leunde ze tegen de reling en keek naar het water dat een uur eerder door Londen had gestroomd.

16

Jason Brenner stond boven aan hun lijstje. Hij woonde in Forest Hill. Bij een rotonde sloeg Yvette een doodlopend weggetje in. Ze stapten uit de auto en keken om zich heen. Er stond een rijtje van zes grof gepleisterde huisjes. Frieda maakte zich een voorstelling van hoe ze eruit hadden gezien toen ze net waren gebouwd: nette, keurige arbeidershuisjes aan de rand van een veld of bos. Ze moesten als een toevluchtsoord hebben gevoeld om aan Londen te ontsnappen. Zelfs nu was de weg nog steeds niet geplaveid. Er lag alleen grind en hier en daar wat beton. Inmiddels was Fern Close aan alle kanten omsloten. Tegenover de rijtjeshuizen stond de muur van een pakhuis. Aan het einde van de weg was een afrastering, en aan de andere kant een houtzagerij. Het eerste huisje was dichtgemetseld met betonblokken. In de voortuin van het achterste stond een vervallen caravan, ernaast een verroeste auto zonder banden. Brenner woonde in het een-na-laatste huis. Het zag er verlaten uit, maar iemand had wel de moeite genomen twee kapotte ruiten dicht te maken met karton.

Het was halftien 's ochtends, maar Jason Brenner zag eruit alsof ze hem wakker hadden gemaakt. Hij had alleen een spijkerbroek aan. Het was een grauwe, regenachtige dag en toch scheen het licht pijn te doen aan zijn ogen. Aanvankelijk reageerde hij afwerend, maar toen Yvette haar legitimatie had laten zien en Frieda gedreigd had dat ze hem mee zouden nemen naar het politiebureau en dat zijn huis zou worden doorzocht, liet hij hen binnen en nam hen mee naar boven. Ze gingen naar de achterkamer, waar alleen twee oude leunstoelen stonden en een laag glazen tafeltje. Hoewel er vieze borden en glazen stonden en er bierblikjes rondslingerden, voelde de kamer niet bewoond.

'Ik ben zo terug,' zei Jason.

Hij banjerde de kamer uit en even later hoorden ze stromend water en geproest. Frieda en Yvette keken naar de stoelen en bleven staan. Frieda tuurde uit het raam. Achter het huis was een autoshowroom waar een merk werd verkocht dat ze niet kende.

'Dit is maar vijf minuten van het huis van de Docherty's,' zei ze. 'Maar het voelt als een totaal andere wereld.'

'Daar moet je mee ophouden,' zei Yvette.

'Waarmee?'

'Met dreigen mensen voor ondervraging mee te nemen naar het bureau. Op een gegeven moment krijgt iemand je door en schakelt hij een advocaat in.'

'Ik wilde je niet in verlegenheid brengen.'

'Dat kan me niet schelen. Maar ik kan een berisping krijgen of zelfs worden ontslagen.'

Toen Jason terugkwam, kon Frieda hem goed bekijken. Het was te zien dat hij ooit knap was geweest, ook al was daar wel een groot voorstellingsvermogen voor nodig. Hij was zo mager dat zijn geprononceerde jukbeenderen door zijn bleke, perkamentachtige huid dreigden te steken. Zijn donkere haar was lang en vuil. Hij had een vlassig baardje, waar zijn huid doorheen schemerde. Hij had nog snel een stoffig, bruin vest met een rits aangetrokken en zwarte werkschoenen waar hij met blote voeten in was gestapt en die hij niet had gestrikt. Hij raapte een jas op van de grond, tastte in de zakken en haalde er een pakje sigaretten en een aansteker uit. Hij stak een sigaret op.

'Je hebt Hannah Docherty gekend,' zei Frieda.

'Lang geleden.'

'Natuurlijk. Ze zit ook al heel lang vast,' zei Yvette.

'Zullen we ergens heen gaan?' vroeg Frieda. 'Voor koffie of thee?'

Jason haalde zijn mobiel uit zijn broekzak en keek ernaar. Frieda vond het haast een komisch gezicht. Hij bezat niets, maar had wel een smartphone. Hij schudde zijn hoofd. 'Ik heb een afspraak.'

'Dan zullen we proberen het zo kort mogelijk te houden.' Yvette had een houding aangenomen die Frieda vertrouwd was geworden: voeten iets uit elkaar, handen op de heupen, kin omhoog en wenkbrauwen gefronst. 'Je was een goede bekende van Hannah.'

Hij lachte even. 'Een goede bekende?'

'Jullie waren bevriend,' verbeterde Frieda. 'Je was zelfs haar vriendje.'

'We trokken veel met elkaar op.'

'Je hebt tijdens de rechtszaak geen getuigenis afgelegd,' zei Frieda.

'Dat is me nooit gevraagd.'

'Een zeer goede vriendin van je werd beschuldigd van moord. Wilde je haar dan niet helpen?'

'Ik ben niet het type om te getuigen over iemands karakter.'

'Kun je iets vertellen over Hannahs relatie met haar ouders?'

'Tja. Die was niet goed. Ze was van huis weggelopen. Ze woonde samen met ons in dat huis van een vriend.'

'En die vriend was Thomas Morell.'

'Tom, ja. Klopt.'

'Zie je hem nog weleens?'

'We hebben geen contact meer.'

'Dat weet ik,' zei Yvette.

'En met Shelley Walsh?' vroeg Frieda.

Jason lachte sloom, wat Frieda een onbehaaglijk gevoel gaf. 'Shelley. Dat klopt. Met haar heb ik ook geen contact meer.'

'Jammer,' zei Yvette. 'Vrienden van vroeger zijn belangrijk.'

'We zijn uit elkaar gegroeid.'

'Door de moorden?' vroeg Frieda.

'Dat soort dingen gebeurt gewoon.'

'Oké, maar toen dít gebeurde, toen een hele familie werd vermoord, waar alle kranten vol mee stonden, dacht je toen dat Hannah het had gedaan?'

'Doet het er iets toe wat ik denk?'

'Je trok met haar op. Je was met haar bevriend. Je had seks met haar. En nu zit ze al dertien jaar in de gevangenis. Heb je daar geen mening over?'

Zijn gezichtsuitdrukking veranderde en hij deed een stap naar voren. 'Wat moeten jullie verdomme van me? Als jullie in die zaak willen duiken, doe dat dan, maar vraag verdomme niet wat ik ervan vind.'

'Goed dan,' zei Frieda. 'Ik zal specifieker zijn. Ze kon het niet goed vinden met haar ouders. Weet jij waarom?'

'Omdat ze een puber was. Omdat ze haar kort wilden houden. Omdat ze omging met mensen als ik.'

'Nog een andere reden?'

'Vlak nadat ze van huis was weggelopen, hadden ze ruzie. Haar moeder en stiefvader zeiden dat ze geld van ze had gestolen.'

'En was dat zo?'

'Weet ik niet.'

'Jullie woonden onder één dak. Je ging met haar naar bed. Dat moet ze je toch hebben verteld?'

'Misschien heeft ze een of twee keer wat gejat.' Hij haalde zijn schouders op. 'We hadden niks te eten.'

'Wé,' zei Frieda. 'Dus ze stal voor jullie allemaal?'

'Dat heb ik niet gezegd.'

'En je zei dat ze een of twee keer wat had gejat. Dat betekent dat er geld in huis was.'

'Natuurlijk betekent het dat.'

'Veel geld?'

'Dat heb ik niet gezegd.'

'En dat wisten jullie allemaal.'

'Dat is bullshit.'

'Hadden jullie in die tijd problemen met de politie?'

'Problemen?' Hij trok zijn wenkbrauwen overdreven hoog op. 'Ze kwamen altijd en eeuwig langs met een of andere smoes.'

Frieda stond bij het raam en keek naar buiten. 'Er is iets met deze plek,' zei ze. 'Dat gevoel had ik ook al toen we hier het weggetje op kwamen rijden.'

'Er is wel meer dan iets mee aan de hand,' zei Jason. 'En niks goeds.'

'Nee, ik bedoel met de vorm, met de richting. Die doen me aan iets denken.'

'Dat komt door de rivier.'

'Welke rivier?' vroeg Yvette. 'Er is hier helemaal geen rivier.'

'Die is er wel, je kunt hem alleen niet zien,' zei Jason. 'Hij loopt onder de grond, onder het weggetje en het parkeerterrein.'

'Nu je het zegt,' zei Frieda. 'Ik had het me niet gerealiseerd.'

'Grappig. Ik ken maar één ander die geïnteresseerd was in die vervloekte rivier die niemand kan zien en waar niemand iets van weet.'

'Hannah?'

'Ze had het er vaak over. Ze wist er alles van. Ze kon niet geloven dat er een ondergrondse rivier was die helemaal van Upper Norwood naar de Theems stroomde en dat niemand daarvan wist. Ik vond dat nooit zo bijzonder.'

'Hoe heet hij?' vroeg Yvette.

'De Effra.'

'Als je weet hoe hij heet,' zei Frieda, 'dan moet je er toch wel een beetje in geïnteresseerd zijn.'

Jason schudde zijn hoofd. 'We gingen vaak naar Effra Road in Brixton. Hannah vertelde dat die naar de rivier was genoemd. Daarom weet ik de naam.'

'Mis je haar?'

'Ik hou me niet bezig met het verleden.'

'Je ziet eruit alsof je het de afgelopen jaren moeilijk hebt gehad. In zekere zin bijna net zo zwaar als Hannah.'

'Je weet helemaal niets over mijn leven.'

'Denk je niet dat iemands woonomstandigheden iets zeggen over zijn leven? En je zou geen drugs moeten spuiten, al helemaal niet als je hepatitis hebt. Dan mag je helemaal geen drugs gebruiken of drinken.'

Toen Jason zijn rechterhand hief, deed Yvette een stap naar voren, maar hij wees alleen maar naar Frieda. 'Waar haal je het lef vandaan om hier te komen en mij de les te lezen? Ik sta niet voor mezelf in als je daarmee doorgaat.'

'Pas op je woorden,' zei Yvette.

'Want anders?'

'Wat dacht je? We zouden de boel hier overhoop kunnen halen. Ik weet zeker dat we wel wat vinden.'

'En wat dan nog? Ik heb eerder in de bak gezeten. Dat doet me niks.'

Frieda keek naar Yvette. 'Heb jij een visitekaartje?'

Met een zucht van afkeuring gaf Yvette haar een kaartje. Frieda krabbelde er haar eigen e-mailadres en telefoonnummer op en gaf het aan Jason.

'Wat deed het met je toen een vriendin van je de gevangenis in ging?' vroeg ze. 'Je bent niet in actie gekomen.'

Jason keek naar het kaartje. 'Ik voelde helemaal niets.'

'Het is waarschijnlijk mosterd na de maaltijd,' zei Frieda, 'maar als je nog iets te binnen schiet, bel dan dat nummer.'

In de auto zweeg Yvette even voordat ze de motor startte.

'Wat een klootzak,' zei ze.

'Vind je?'

'Hij wist van het geld. Hij heeft geen enkel moreel besef – wat het meisje is overkomen waarmee hij naar bed is geweest, zal hem een rotzorg zijn.'

'Maar hoe zit het nou met dat geld?' vroeg Frieda. 'Interesseert het hem niet of heeft hij het zelf gestolen? Of hebben ze het samen gedaan? Of zit het heel anders?'

'Als er al geld was, en hij heeft dat gejat, dan kan het nooit veel zijn geweest, want nu heeft hij geen nagel meer om aan zijn kont te krabben.'

'Klopt.'

'En Hannah Docherty laat hem koud,' zei Yvette. Ze leek boos.

'Misschien denkt hij dat ze het gedaan heeft en dat ze daarom niet beter verdient. Bovendien, waarom zou hij iets vertellen aan twee wildvreemden die dertien jaar na dato ineens opduiken? Maar misschien heeft hij het ons wel op een andere manier duidelijk gemaakt.'

'Hoe bedoel je?'

'Door zijn uiterlijk, door het leven dat hij leidt. Door wat hij zichzelf aandoet.'

'Waarom begon je over hepatitis? En het spuiten van drugs? Stond dat in het dossier?'

'Je hebt toch wel die littekens van injectienaalden in zijn arm gezien, toen hij ons binnenliet?' zei Frieda.

'Nee, eerlijk gezegd niet.'

'En dan dat uitgemergelde lijf en dat gele oogwit. Het was vrij duidelijk.'

'Ja, maar dat heeft niets te maken met verdriet hebben om zijn vriendin. En dat hij er als dertiger zo uitziet, komt gewoon doordat hij al als twintiger ongezond geleefd heeft.'

'Kom, we gaan kijken hoe de anderen er tegenwoordig uitzien.'

Tom Morell zag er totaal anders uit dan Jason Brenner en het was nauwelijks voor te stellen dat de twee ooit vrienden waren geweest. Hij was vrij klein, mollig, en had een grote dos bruin haar en een breed gezicht. Hij droeg een zwarte broek en een grijs colbertje, met daaronder een fel, geruit overhemd. Ze hadden afgesproken bij de woningcorporatie in Peckham waarvoor hij werkte. Hij bood hen koffie aan, en leek teleurgesteld toen ze dat afsloegen. Frieda zag op zijn overvolle bureau een foto van een stralende vrouw met in haar armen een kindje, dat onmiskenbaar van hem was.

'Fijn dat u met ons wilt praten,' zei ze, terwijl ze tegenover hem ging zitten.

'Dat is wel het minste wat ik kan doen. Ik schrok best wel toen u zei dat het over Hannah ging.'

'Waarom?'

'Ik heb in geen jaren over haar gepraat. Maar toen het net was gebeurd, had ik het over niets anders. Ik bleef er maar over doorgaan. Ik weet nog dat ik in een kroeg ooit met een dronken kop het hele verhaal heb verteld aan een wildvreemde die even bezopen was als ik. Het leek wel alsof ik het niet kon geloven totdat ik het van me af had gepraat.'

'Maar later sprak u er niet meer over.'

'Op een dag besefte ik dat ik het leuk vond om het verhaal te vertellen. Alsof het me bijzonder maakte dat ik in hetzelfde huis had gewoond als het meisje dat haar familie had vermoord. Ik maakte er haast een show van om interessant over te komen, om er status aan te ontlenen. Vanaf dat moment hield ik mijn mond. Ik heb het er soms nog wel over met Trudi – mijn vrouw.' Hij knikte naar de vrouw op de foto. 'Zij kende Hannah ook en was toen vaak bij ons in het kraakpand. Maar we hebben het er steeds minder over. Het is een soort droom geworden. Niet vaag, juist te helder, onwerkelijk. Maar ik ratel maar door over mezelf. Wat is er gebeurd?'

'Er zijn vragen gerezen over de wijze waarop het onderzoek is uitgevoerd,' zei Yvette.

'Ik zou niet weten wat ik daarover zou kunnen vertellen. Ik heb maar één keer – nee, twee keer – met de politie gepraat. De eerste keer was met een agente, een jonge vrouw die helemaal van de kaart was, wat ik van een agente helemaal niet had verwacht. En een keer met de man die de leiding had – hoe heet hij ook alweer?'

'Sedge?'

'Ja, die. Hij deed nogal grimmig tegen me. Ik heb een verklaring afgelegd, maar ik denk niet dat ze daar veel aan hadden. Op de bewuste avond was ik de stad uit.'

'We zijn vooral geïnteresseerd in de bredere context,' zei Frieda.

'Zoals?'

'Vertel eerst eens over dat kraakpand.'

Tom Morell keek triest. 'Tegen de tijd dat Hannah bij ons kwam wonen, was het al vreselijk. Helemaal niet wat ik voor ogen had toen we begonnen. Ik wilde een commune oprichten, waar iedereen welkom en iedereen gelijk was, waar we allemaal naar draagkracht aan zouden bijdragen en anderen met problemen zouden helpen. U kent dat wel. Maar het pakte heel anders uit, ook al ging het het eerste jaar best goed. We hadden een woning gekraakt die al een eeuwigheid leegstond en aardig vervallen was. En toen kreeg de vrouw met wie ik er was komen wonen iets met een ander en gingen ze allebei weg. Tegen die tijd woonden Jason en Shelley er ook. Hebt u die al ontmoet?'

'We hebben alleen Jason Brenner gesproken.'

'Hoe gaat het met hem?'

'Zijn gezondheid is niet al te best,' zei Yvette.

'Het was geen gemakkelijke figuur om mee samen te wonen,' zei Tom Morell. Hij keek van Yvette naar Frieda. 'Met deze informatie wordt toch niets gedaan, hè?'

'We zijn niet geïnteresseerd in zijn drugsverslaving, als u dat soms bedoelt.'

'Oké. Hij gebruikte heroïne en hij dronk. En om zijn verslaving te kunnen betalen, stal hij. Hij was apathisch, maar kon soms ook agressief zijn. En toch vielen vrouwen op hem, hoewel hij geen enkele moeite voor ze deed. Grappig eigenlijk.' Hij haalde even zijn schouders op. 'Ik was altijd aardig, redelijk en attent, maar naar mij keken ze niet om, terwijl Jason... die hoefde maar met zijn vingers te knippen. Ze zullen hem wel knap hebben gevonden.'

'Ik heb begrepen dat hij iets met Hannah had.'

'Volgens mij had zij iets met hem. Hij deed niet aan relaties. Hij neukte vrouwen alleen maar. Sorry.'

'Maakt niet uit.'

'Hij had iets met Hannah, die beter verdiende, en met andere vrouwen die hij meenam naar huis, en met Shelley, die meestal stoned was. Ze kon er enorm over tekeergaan, niet dat ik haar dat verwijt.'

'Shelley?'

'Ja. Ze schreeuwde vaak. Maar Jason was het een rotzorg. En Hannah... Ach, ik weet het niet.'

'U mocht haar.'

'Ik weet nu niet precies meer wat ik toen van haar vond. Dat komt door wat er is gebeurd, dat zit in de weg. Maar ik mocht haar. En Trudi mocht haar ook.'

'Dus toen ze ervan beschuldigd werd haar familie te hebben vermoord, was u daar kapot van.'

'Ik kon het niet geloven. Ik bedoel: niet dat ik ontkende wat er was gebeurd, maar dat Hannah het had gedaan, dat ging er bij mij niet in. Ze was aardig. Dat is een stom woord, maar ze was gewoon aardig.'

'Iedereen die we gesproken hebben zegt dat ze woedend en verward was.'

'Zou kunnen. Maar niet erger dan Jason of Shelley of al die anderen die bij ons over de vloer kwamen. Ze was gewoon een kind dat niet wist wat ze met zichzelf aan moest.'

'Ze stal,' zei Yvette.

'O ja?'

'Volgens Jason Brenner stal ze van haar ouders.'

'Zou kunnen.' Plotseling boog hij naar voren. 'Ik ben naar de rechtszitting geweest,' zei hij. 'Ik zat op de publieke tribune.'

'Hoe was dat?' vroeg Frieda.

'Ze zag er heel hulpeloos uit. Ze wekte afschuw bij me op, maar tegelijkertijd had ik medelijden met haar.'

'U zei dat u er na het gebeuren obsessief over sprak,' zei Frieda, 'maar hield u toen dingen achter?'

Tom Morell keek haar aan en werd rood. 'Waarom vraagt u dat?'

'Soms vertellen we een verhaal net zo lang tot het onze versie van de werkelijkheid is geworden. Ik ben nieuwsgierig naar wat u achterwege gelaten hebt.'

Hij keek haar een tijdje strak aan en zei daarna abrupt: 'Ik heb seks met haar gehad.'

'Met Hannah?'

'Ja. Toen ze van streek was vanwege die verdomde Jason Brenner. Een paar dagen voor de moorden.'

'En waarom hebt u dat weggelaten uit uw verhaal?'

'Ik hield mezelf voor dat ik geprobeerd had haar te troosten.

Maar ik wilde dat het meer was dan dat.'

'Maar zij niet?'

'Helemaal niet. Ik was gewoon die dikke gast die voor iedereen spaghetti maakte. Ik krijg er nu nog de rillingen van. Ik had seks met haar en zij huilde in mijn armen, en een paar dagen later bracht ze haar familie om.' Hij keek naar Frieda. 'Ik heb het Trudi nooit verteld. Het leek taboe.'

'Wat is er met de krakersgroep gebeurd?' vroeg Yvette na een korte stilte.

'Die is uit elkaar gevallen. Hoelang het duurde voordat dat gebeurde, weet ik niet, want ik ben er nooit meer terug geweest. Ik kon het niet aan. Voor mij was het een experiment om te kijken hoe je goed kon leven – en moet je kijken waar het op uit is gedraaid. Misschien is dat voor een deel ook mijn schuld.'

'Dat lijkt me niet,' zei Yvette.

'Ik heb nu een dochtertje.' Hij keek naar de foto op zijn bureau.

'Ze is schattig.'

'Ik heb me heilig voorgenomen dat ik haar zal beschermen. Niet dat Hannahs ouders liefdeloos waren. Misschien hebben ze haar juist wel te veel beschermd, zoveel dat ze het beklemmend vond. Hoe kan een aardig kind ineens veranderen in een brute moordenares?'

'Dat is een goede vraag,' zei Frieda.

Er zijn verschillende bezoekregelingen in Chelsworth Hospital. Patiënten met een speciale status mogen al dan niet onder begeleiding in de tuin wandelen. Maar meestal vindt het bezoek plaats in de bezoekersruimte, waar het bezoek gefouilleerd kan worden. De bezoeker en patiënt zitten tegenover elkaar aan een tafel en er wordt goed in de gaten gehouden dat er geen fysiek contact is. Onder bijzondere omstandigheden mogen familieleden een patiënt opzoeken aan zijn bed.

Maar voor professor Hal Bradshaw geldt een speciale regeling. Aan de balie moet hij zijn telefoon, portefeuille, horloge, sleutels, twee pennen en een aantekeningenboekje inleveren.

'Zoals afgesproken,' zegt de verpleger met het postuur, de tatoeages en de houding van een uitsmijter.

'Heb ik geen pasje nodig?'

De verpleger schudt zijn hoofd. 'U gaat maar naar één plek. Ik breng u ernaartoe en breng u weer terug.'

Bradshaw wordt door het deel van het pand geleid dat eruitziet als het landhuis dat het ooit is geweest, vervolgens door het deel dat doet denken aan een ziekenhuis met tralies en sloten, en daarna door lange gangen naar een kamer zonder ramen, met grijs linoleum, kale pastelgroene wanden, en met vier kunststof stoelen als enig meubilair. Hij neemt plaats en de verpleger pakt een andere stoel en zet die tegen de muur. Als hij erop gaat zitten, lijkt de stoel te klein voor hem. Ze zwijgen. Bradshaw kijkt naar zijn pols, maar hij heeft zijn horlo-

ge niet meer om. Normaal gesproken zou hij nu zijn mobiel pakken en zijn mail checken, maar ook zijn mobiel heeft hij moeten afgeven en zonder mobiel voelt hij zich bijna naakt.

Eindelijk gaat de deur open en komt Mary Hoyle het vertrek binnen, begeleid door een andere verpleger. Hij gebaart naar een stoel en Mary Hoyle gaat zitten. De verpleger neemt schuin achter haar plaats, zo dichtbij dat hij haar kan aanraken. Of haar in bedwang kan houden. Hal Bradshaw kijkt haar aan. Hij heeft de foto's gezien. Een paar vage kiekjes van toen ze klein was. De typische politiefoto na haar arrestatie. De sensationele waarop ze gelukzalig kijkt en die genomen zijn tijdens haar moordzucht en die in alle kranten hebben gestaan; ze worden nog steeds gebruikt bij artikelen over 'onnatuurlijke' moordenaressen. Maar Bradshaw heeft eindeloos onderhandeld en gemarchandeerd om haar ook in levenden lijve te mogen zien.

Ze ziet eruit als een schooljuf. Ze draagt een grijze broek en een pastelgroen T-shirt. Haar haar is kort, jongensachtig geknipt, en haar ogen zijn opvallend blauw en schitteren als edelstenen. Bradshaw moet aan een oud bijgeloof denken: dat de ogen van een dode het laatste beeld registreren dat hij gezien heeft. Even vraagt hij zich af wat deze ogen hebben gezien. Ze lacht naar hem, alsof ze hem een grap vertelt, alsof ze zich er allebei van bewust zijn hoe absurd de situatie is.

'En? Gaat u me helpen hier weg te komen?'

'Ik heb je geval bekeken,' zegt Bradshaw. 'Het ziet er veelbelovend uit. Natuurlijk moet ik je wel eerst psychisch onderzoeken.'

Haar glimlach wordt wat droef. 'Iedereen wil me steeds maar weer onderzoeken, ook lichamelijk. Om me te kunnen bepotelen.'

'Ik weet zeker dat we elkaar kunnen helpen.'

'Hoe zou ik u in godsnaam kunnen helpen, dokter Bradshaw?'

'Noem me toch alsjeblieft Hal.'

'Zoals in het liedje?'

'Welk liedje?'

'Laat maar zitten. Hal. Hoe zou ik je kunnen helpen?'

'Jouw geval is interessant. Er zijn ik weet niet hoeveel woorden aan gespendeerd, maar niemand heeft het echt goed beschreven.

Naar mijn mening. Als mij dat wel lukt, zal dat je helpen. Er zal uit blijken dat je inzicht hebt verkregen. Dat je bent gegroeid. Dat het veilig is om je vrij te laten.'

'Davy heeft het gedaan,' zegt Mary Hoyle. Ze lacht hem poeslief toe. 'Ik was nog maar een tiener toen ik hem leerde kennen. Ik was helemaal in zijn ban.'

Bradshaw glimlacht geruststellend, maar herinnert zich tegelijkertijd de rechtbankverslagen; de twee hadden elkaar over en weer beschuldigd. Maar hij had ook het psychiatrisch rapport gelezen dat de rechter had gevraagd. Eén zin in het bijzonder staat hem nog bij: 'Zonder haar was hij niets.'

'Daarom wil ik regelmatig langskomen om met je te praten, en als we vooruitgang boeken, is dat alleen maar gunstig voor je verzoek om voorwaardelijke vrijlating.'

'Ik weet zeker dat we vooruitgang kunnen boeken,' zegt Mary Hoyle. 'Daarvoor zitten we toch hier? Om vooruit te gaan?'

'Klopt.'

'Ik wil best met je praten.'

'Dat is geweldig, Mary. Echt positief.'

'Maar mag ik je nog wel iets vragen?'

'Ga je gang.'

'Ken je Frieda Klein?'

Bradshaw is zo van zijn stuk gebracht dat hij even geen woord kan uitbrengen. 'Hoe heb je over haar gehoord?' vraagt hij uiteindelijk.

Ze lacht weer. Haar glimlach heeft iets boeiends, houdt een belofte van geheimzinnigheid en intimiteit in.

'We hebben hier een fantastische bibliotheek. We kunnen van alles lezen: literatuur, geschiedenis, porno.' Geamuseerd kijkt ze naar Bradshaws gezichtsuitdrukking. 'Misdaadverhalen. De enige boeken die we niet mogen lezen zijn boeken over misdaden die zijn gepleegd door mensen die hier in de inrichting zitten. Er zijn dan ook geen boeken over mij hier. Ik neem aan dat jij die wel hebt gelezen.'

'Ik heb ze ingekeken,' zegt Bradshaw niet op zijn gemak.

'Er zijn er ook een of twee over Hannah Docherty en die hebben we hier ook niet.'

'Wie is Hannah Docherty?'

'Ik heb in verschillende boeken over Frieda Klein gelezen. Eentje ging over een ontvoerd meisje.'

'En wat dan nog?' zegt Bradshaw, die er niet blij mee is dat ze op een ander onderwerp zijn overgestapt.

'En nu is ze geïnteresseerd in Hannah Docherty.'

Bradshaw kijkt haar ongelovig aan. 'Frieda Klein houdt zich bezig met iemand die hier in de inrichting zit?'

'Ze is hier geweest. Dat is alles wat ik erover weet.'

'Wat krijgen we nou? Waarom is ze in haar geïnteresseerd?'

'Dat weet ik niet,' zegt Hoyle. 'Verder weet ik niets. Kijk eens.' Ze strekt haar armen voor zich uit. 'Wat zie je?'

'Dat weet ik niet precies,' zegt Bradshaw op zijn hoede. 'Wat zou ik moeten zien?'

'Niets. Geen tattoos. En kijk eens naar mijn gezicht. Geen piercings. Ik kies geen partij. Ik laat me niet meeslepen. Maar we zijn hier als één grote familie en ik doe mijn best zo veel mogelijk bij te dragen aan het welzijn van die familie. Mensen weten dat ze bij mij aan kunnen kloppen. Maar Hannah Docherty heeft haar familie vermoord. En nu doet ze onze familie hier kwaad. Sommigen vinden dat maar niks.'

Bradshaw denkt even na. 'Dat klinkt als het type waar Frieda's belangstelling naar uitgaat. En wanneer Frieda Klein op het toneel verschijnt, gebeuren er vaak nare dingen. Ze heeft ooit mijn huis afgebrand.'

'Ze heeft je huis afgebrand?'

'Niet persoonlijk. Maar zij was er wel verantwoordelijk voor.'

'Interessant,' zegt Mary Hoyle.

'Dat is helemaal niet interessant,' zegt Bradshaw, terwijl hij gaat staan.

Hij wil haar een hand geven, maar de verpleger achter haar schudt zijn hoofd. 'Geen lichamelijk contact,' zegt hij.

17

De laatste patiënt die Frieda de volgende ochtend zag was Maria Dreyfus. Het ging slechter met haar. Haar angst drong door tot de sessie zelf. Het hele idee om in therapie te gaan boezemde haar angst in.

'Ik heb met vriendinnen gepraat,' zei ze.

'Dat is altijd goed,' zei Frieda.

'Nee, dat is het niet. Het is net alsof je tien klokken hebt die allemaal een andere tijd aangeven. Rob, mijn man, vindt dat ik meer moet bewegen, zoals ik je al heb verteld. Dat doe ik tegenwoordig. Als het ook maar even kan, ga ik wandelen. Sommige vriendinnen zeggen dat ik mijn eetpatroon moet veranderen, dat ik geen gluten en koolhydraten mag. Een andere zweert bij prozac. Weer een andere beweert dat het komt doordat we allemaal halverwege de vijftig zijn. Dat het overgaat, net als slecht weer. Dat ik gewoon geduld moet hebben. Wat denk jij?'

'Ik denk dat we deze gesprekken kunnen benutten om erachter te komen wat *jíj* vindt dat het beste voor je is.'

'Het idee pillen te gaan slikken staat me eigenlijk tegen. Vroeger vond ik dat ik geen chemicaliën in mijn hersenen moest stoppen om een ander mens te worden. Maar tegenwoordig heb ik het gevoel dat ik liever een ander zou zijn.'

'Medicatie werkt bij sommige mensen. Maar het is geen wondermiddel.'

'Therapie vind ik meer iets voor anderen. Andere mensen

kunnen denk ik wel de oorzaken van hun pijn en hun slechte gewoonten achterhalen. Maar voor mezelf geloof ik er niet in.'

'Waarom niet?'

'Omdat ikzélf het probleem ben.'

'Ga door.'

'Ik weet niet hoe ik het moet uitleggen. Ik kan me niet voorstellen dat ik dit gevoel niet zou hebben. Als je dat gevoel weghaalt, ben ik mezelf niet meer.'

'Wie zou je dan zijn?'

'Dat weet ik niet.'

'Je zegt dat je niet wilt veranderen.'

'Ik kan het me gewoon niet voorstellen. Het zou zijn alsof je het zout uit de zee haalt, het bloed uit je lijf.'

'Je laat je beheersen door angst.'

'Ik bén die angst.'

Frieda belde Erin Brack.

'Hé, Frieda, hoe gaat het?'

Met Erin Brack praten gaf Frieda het gevoel dat ze in gesprek was met een vrolijke zatladder terwijl ze zelf broodnuchter was. Ze was zich er echter van bewust dat ze Erin niet mocht beledigen. 'Prima,' zei ze. 'Ik vroeg me alleen af of ik de spullen van de Docherty's nog steeds mag lenen.'

'Natuurlijk. Maar ik waarschuw je: je hebt wel een bestelbus nodig.'

'Die zal ik regelen.'

'En een krachtpatser.'

'Die regel ik ook. Wanneer kan ik langskomen?'

'Ik heb bijna alles al voor je klaarliggen. Volgende week? Donderdag?'

'Prima,' zei Frieda.

'Ik verheug me er nu al op om er met jou over te praten.'

'Mooi.'

'Ik heb een paar theorieën.'

'Ik verheug me er nu al op om die te horen.'

'Ik zou niet weten waarmee ik u zou kunnen helpen,' zei Shelley Walsh toen ze Frieda en Yvette snel haar twee-onder-een-kapwoning binnenliet voor iemand hen zou zien.

'Heeft brigadier Long al uitgelegd waarom we hier zijn?' vroeg Frieda.

'Zou u alstublieft uw schoenen uit willen doen? Ik hoop dat u me niet pietluttig vindt, maar ik heb net de vloer schoongemaakt en het is zo nat buiten.'

Frieda bukte zich en deed haar schoenen uit. Yvette staarde Shelley Walsh ongelovig aan. 'Mijn schoenen?'

'Als u het niet erg vindt. En de jassen aan die haken daar.'

Ze wachtten tot Yvette omstandig de dubbel gestrikte veters van haar schoenen had losgemaakt.

'Zullen we naar de keuken gaan? En ik heb niet veel tijd voor u. Een paar minuten maar. Ik heb dan wel geen werk, maar dat wil niet zeggen dat ik het niet druk heb. Mijn man klaagt altijd dat ik van geen ophouden weet!' Shelley lachte ineens stralend.

'Dat is prima,' zei Frieda. 'We blijven ook maar een paar minuten.'

De keuken was als een laboratorium waar nog nooit een experiment was uitgevoerd. Glimmende koperen pannen die aflopend in formaat boven het fornuis hingen; een spiksplinternieuw ogende keukenmachine; houten lepels in een roze kan die wel een boeket leken. En Shelley Walsh zelf zag er al even onberispelijk uit. Ze was klein en slank. Haar donkerblonde haar zat in een paardenstaart. Ze droeg een smetteloze, ongebleekte spijkerbroek en een blauwe trui met daaronder een witte blouse. Haar nagels waren keurig verzorgd en lichtroze gelakt; ze had lipgloss op en haar wenkbrauwen had ze geëpileerd tot dunne boogjes die haar een wat verbaasde uitdrukking gaven.

'Wat kan ik voor u doen?' Ze vouwde haar handen samen en liet ze op de tafel rusten. Haar blik was neutraal, maar ze leek behulpzaam te willen zijn.

'Zoals u weet, doen we opnieuw onderzoek naar de zaak-Hannah Docherty,' zei Frieda behoedzaam.

'Wat merkwaardig.'

‘We willen u alleen een paar vragen stellen over toen u Hannah kende, vlak voor de moorden.’

‘Echt kénnen deed ik haar niet.’

‘Jullie waren vriendinnen.’

‘Zo zou ik het niet willen noemen.’

‘Hoe dan wel?’

‘Ik kwam haar weleens tegen,’ zei Shelley Walsh aarzelend. ‘Ja. Ik kwam haar weleens tegen.’ Alsof ze zelfs daar niet helemaal zeker van was.

Frieda hoorde Yvette naast zich snuiven.

‘Jullie leerden elkaar kennen toen jullie vijftien waren.’

‘Als u het zegt. Het is zo lang geleden.’

‘Volgens het dossier dat ik heb gelezen gingen jullie de drie jaar daarop veel met elkaar om.’

‘Dat lijkt me te sterk uitgedrukt. Hannah kende mensen die ik ook kende. Tegenwoordig zie ik die niet meer. Ik was nog heel jong,’ zei ze handenwringend.

‘Jullie woonden samen.’

Ze staarde Frieda strak aan, daarna keek ze naar Yvette en lachte even gespannen. ‘Ik denk dat dat een verkeerd beeld oproept.’

‘Toen Hannah ruzie kreeg met haar moeder en stiefvader en van huis wegliep, kwam ze terecht in het kraakpand waar u woonde. Samen met Jason Brenner en Thomas Morell, onder anderen.’

‘Ja, maar heel kort.’

‘Tot ze werd aangeklaagd voor moord op haar familie.’

‘En schuldig werd bevonden. Schuldig aan de moorden.’

‘Inderdaad. U was drie jaar bevriend met haar en de laatste weken voor haar arrestatie woonde u samen.’

‘Woonden we onder één dak is een betere omschrijving.’

‘Wat deed u indertijd?’ vroeg Yvette.

‘Ik?’

‘Ja.’

‘Ik zie niet in wat… maar goed, ik zat…’ Ze zweeg even om naar woorden te zoeken.

Frieda zag dat ze haar handen samenkneep. 'Ik zat in een overgangsperiode.'

'Een overgangsperiode tussen wat?'

'Tussen school en, nou ja, dít.' Ze haalde haar handen uit elkaar en gebaarde naar het lege aanrecht, de glimmende potten en pannen en de rest van de keuken waar ze haar tijd schrobbend en boenend doorbracht.

'Die overgangsperiode was vrij chaotisch, hè?' vroeg Frieda vriendelijk.

Shelley Walsh keek haar strak aan. 'Ik zou niet weten waarom dat voor u van belang is.'

'Dat is het ook niet. Niet om de reden die u denkt. De meeste mensen hebben wel een periode dat ze niet weten wat ze met zichzelf aan moeten.'

'Er werden veel drugs gebruikt,' zei Yvette, die een cynisch genoegen leek te putten uit het gesprek.

'Ik weet niet waarom u zulke vervelende vragen stelt.'

'Omdat het om een vervelende zaak gaat.'

'En daarom wil ik er niets mee te maken hebben. Helemaal niets.' Ze keek Frieda aan. 'Het is lang geleden en ik heb het achter me gelaten. Alles.'

'Dat zal niet meegevallen zijn.'

'Ach.'

'We willen graag meer weten over Hannah,' zei Frieda. 'Daarom zijn we hier. Jullie waren allemaal jong en zaten in een roerige fase van het leven. Hoe was het daar, in dat kraakpand?'

'Een puinzooi.'

'Een puinzooi op het emotionele vlak, bedoelt u?'

'O nee, ik bedoel écht een puinzooi, het was overal een zooi. Er werd nooit afgewassen, schoongemaakt of iets weggegooid. U had de wc moeten zien.' Ze huiverde en lachte schel. 'Ik weet niet hoe ik het daar heb uitgehouden.'

'Oké. Het was een chaos en er werden veel drugs gebruikt.' Shelley reageerde niet, maar staarde naar haar handen, die ze weer vouwde en op tafel liet rusten. 'En waarschijnlijk hadden jullie niet veel geld.'

'Niet veel, nee,' mompelde Shelley.

'U, Hannah, Thomas Morell en Jason Brenner woonden daar en jullie hadden veel aanloop. En de politie was zeer geïnteresseerd in wat zich daar afspeelde.'

'Meer valt er niet over te zeggen. Na – je weet wel – ben ik weggegaan en ben ik bij een fitnesscentrum gaan werken, waar ik mijn man heb ontmoet. Na drie jaar verkering zijn we vijf jaar geleden getrouwd en hier zit ik dan. Hier zit ik dan,' herhaalde ze. 'We willen graag een kindje. Zo snel mogelijk.'

'Toen Hannah en u samenwoonden, hoe was toen haar geestesgesteldheid?'

Shelley Walsh keek vragend. 'Hoe bedoelt u?'

'Hoe was haar gemoedstoestand?'

'Een hoop ellende.'

'Ze was één hoop ellende?'

'Nee, ze zorgde voor een hoop ellende.'

Heel even leek het alsof ze een masker afzette. Haar ogen schitterden fel.

'Ga door.'

'Er valt niet veel meer over te vertellen. Ze was boos.'

'Op haar ouders?'

'Op iedereen.' Frieda herinnerde zich dat Hannahs vader zijn dochter ook boos had genoemd, net als Sebastian Tait, de stropdassen makende buurman van de Docherty's. 'Ze stampvoette door het huis. Ja, ze stampvoette.'

'Als ik me niet vergis had ze seks met Jason Brenner.'

'Ik zou het niet weten.'

'En u ook.'

'O!' Het was een ongecontroleerde uitroep van protest en walging. Frieda moest aan de graatmagere, ongewassen man met smerige nagels in zijn gore huis denken en vergeleek hem met deze cleane, paniekerige, knappe vrouw.

'Heeft hij u laten zitten voor Hannah?'

'Nee. Hou op.'

'Of deed hij het met jullie allebei? Hoe dan ook moet het pijnlijk voor u zijn geweest, stel ik me zo voor.'

'Ik wil er niet over praten.' Ze knipperde een paar keer met haar ogen. 'Ik ben veranderd. Ik heb tegenwoordig een goed, fatsoenlijk leven. Ik wil niet aan hem denken. Ook niet aan haar. Ik wil er helemaal niet meer aan denken. Waarom vallen jullie me lastig met dit soort vragen?'

'Ik weet dat het moeilijk is aan dit soort dingen terug te moeten denken.'

'Volgens mij is het tijd dat u weggaat. Echt. Ik heb niets meer te zeggen. Ik weet niet eens waarom u alles weer oprakelt.'

'Jullie gingen weleens naar Hannahs huis.'

'Wat zegt u?'

'Jason Brenner heeft dat verteld,' zei Yvette. 'Als er niemand was.'

'Daar weet ik niets meer van.'

'Om te stelen.'

'Wat wilt u van me? Waarom is dat nu nog van belang? Ik was toen nog jong, en nu is Hannah gek en is ze opgesloten – terecht overigens – en ik heb het allemaal achter me gelaten en ben doorgegaan met mijn leven. Dat viel niet mee. Ik had niemand bij wie ik kon aankloppen voor hulp. Vergeleken met mij had Hannah het gemakkelijk en ik heb niemand vermoord.'

'Had u dan geen familie?'

'Mijn moeder – maar die kon niet eens voor zichzelf zorgen, laat staan voor een kind. Waarom denkt u dat ik in dat smerige kraakpand woonde? En toen de groep uit elkaar viel, liet ze me stikken, ze was onvindbaar. Ik stond er helemaal alleen voor.' Ze trok haar paardenstaart wat strakker. 'Zo'n moeder zal ik nooit worden.'

'Mooi zo. Maar u bent wel naar Hannahs huis geweest.'

'Soms. Een paar keer. En wat dan nog? Het was toch Hannahs huis? We hebben niet ingebroken. En wat we meegenomen hebben zouden ze toch niet missen, want ze waren stinkend rijk, ze hadden zoveel dat ze niet wisten wat ze ermee aan moesten. Van wat zij in een maand uitgaven aan designerkleding en wijn, moesten wij het een jaar doen. Ze lieten het geld gewoon rondslingeren. Ze vroegen erom om bestolen te worden.' Eventjes leek ze dertien jaar jonger en spuwde ze woorden uit die ze waarschijnlijk van Jason Brenner had overgenomen. Daarna zei ze rustiger tegen Frieda: 'Ik droom soms nog over dat kraakpand. En als ik dan wakker word, ben ik misselijk en voel ik me smerig. Zo smerig dat ik onder de douche ga. Midden in de nacht. Om alles van me af te spoelen.'

'Wat droomt u dan?'

'Dat weet ik niet. U kunt zich geen voorstelling maken van hoe het was.'

'Hoe het was om te horen dat uw huisgenote haar familie had vermoord, bedoelt u?'

'Ze is een beest. En dan druk ik me nog vriendelijk uit. Een beest.'

'Achtte u haar in die tijd in staat om zoiets te doen?'

'Ze haatte haar moeder en haar stiefvader.'

'Dat is niet hetzelfde.'

'Ik weet het niet. Ik weet niet meer wat ik toen vond. Ik weet helemaal niets.'

'Haatte ze haar broertje ook?'

'Rory?' Opnieuw had Frieda de indruk dat Shelley Walsh niet meer zo overdreven defensief was. 'Hannah was dol op Rory en hij was dol op haar. Hij was heel schattig en jong voor zijn leeftijd. Het arme joch.' Haar toon werd weer hard. 'Ze moet toch krankzinnig zijn geweest om zoiets te doen?'

'Ik neem aan dat u niet bij haar op bezoek bent geweest,' zei Frieda.

'Waarom zou ik dat in godsnaam doen?'

'U hebt helemaal geen contact meer met haar gehad?'

'Ik wil haar nooit meer zien en nooit meer iets over haar horen.'

'En Jason Brenner en Thomas Morell, ziet u die nog wel?'

'Dat hoofdstuk heb ik afgesloten. Maar Tom was aardig. Vriendelijk. Ik weet niet wat hij in dat huis deed.' Ze keek even op de klok aan de muur. 'U moet nu gaan. Misschien komt Jerry vroeg thuis. Dat gebeurt soms.'

'Uw man weet niets van deze episode uit uw leven?'

'Natuurlijk niet en ik hoop dat hij het nooit te weten krijgt ook. Waarom zou ik het hem vertellen? Ik ben veranderd. Vroeger was ik een heel ander iemand.'

Toen ze opstond, volgden Frieda en Yvette haar voorbeeld. Terwijl Yvette moeizaam haar schoenen strikte, zei Shelley bij de voordeur: 'Sorry dat ik u geen koffie heb aangeboden. Maar op het moment laat ik cafeïne en alcohol staan. Voor het geval ik in verwachting raak.' Ze legde haar hand met de keurig verzorgde nagels op haar platte buik. 'Je wilt niets doen wat schadelijk is voor een ongeboren kindje, toch? Je kunt niet voorzichtig genoeg zijn.'

18

'Ik heb over je gelezen,' zei Chloë.

'O, god,' zei Frieda. 'Staat er iets in de kranten?'

Een keer of twee in haar carrière was het Frieda overkomen dat kranten hun pijlen op haar hadden gericht en over haar hadden geschreven en foto's van haar hadden geplaatst. Vreselijk had ze dat gevonden.

Chloë antwoordde niet meteen. Ze boog naar voren en schonk zichzelf nog een mok thee in. 'Wil jij ook nog?' vroeg ze.

'Nee, dank je.'

Chloë nam een slok. 'Je hoeft je geen zorgen te maken.'

'Als mensen dat zeggen, maak ik me echt zorgen.'

'Nee, echt, het is niets om je druk over te maken. Ik heb over je gelezen op de blog van die vrouw.'

Heel even wist Frieda niet wie Chloë bedoelde, maar toen snapte ze het. 'Ach, ja,' zei ze vermoeid. 'Erin Brack.'

'Ze heeft het de hele tijd over je.'

'Ik ben maar één keer bij haar langs geweest.'

'Maar je werkt met haar samen.'

'Zo zou ik het niet willen noemen,' zei Frieda. 'Ik heb haar nodig. Ze verzamelt spullen, snuffelt in vuilniszakken.'

'Het lijkt me een eng mens.'

'Ik ben bij haar thuis geweest. Het was bizar.'

'Zij is geobsedeerd, maar jij niet. Jij bent wetenschapper.'

'Dat klinkt als kritiek.'

'Je zegt steeds dat je het nooit meer zult doen,' zei Chloë. 'En dan doe je het toch weer. Maar daar hebben we het al over gehad.'

Frieda wilde net reageren toen ze zag dat Chloë naar iets keek boven haar schouder.

'Stonden die eerst niet andersom?'

Frieda draaide haar hoofd. Chloë keek naar de schoorsteenmantel. 'Wat?'

'Stond de fles niet links van de spiegel en de vaas rechts?'

'Zou kunnen.'

'Ik weet zeker dat er iets veranderd is. Grappig dat je je dingen herinnert waarvan je niet eens wist dat je ze wist.'

'Misschien heb je gelijk. De geest werkt eigenaardig,' zei Frieda. 'Dat je dingen weet zonder ze te weten, je dingen herinnert zonder ze te herinneren.'

'Misschien heeft je schoonmaakster het gedaan.'

'Ik heb geen schoonmaakster.'

'Of een vriend. Of een minnaar.'

Frieda wierp Chloë een boze blik toe, waarop Chloë haar uitdagend aankeek en weigerde sorry te zeggen. De stemming was veranderd. Chloë dronk haar thee op en zei dat ze een afspraak had.

Zodra Chloë weg was, zette Frieda haar laptop aan en tikte een zoekopdracht in: 'Erin Brack. Frieda Klein.' Binnen een paar tellen zat ze op een website die Crimescene heette. Op de pagina stond politietape afgebeeld met daarop de woorden: 'Crime scene: klik hier'. Frieda klikte erop en ging vervolgens naar de blog. De laatste update was van de vorige dag:

> Mocht iemand geïnteresseerd zijn (grapje! Ik wéét dat jullie allemaal geïnteresseerd zijn): Frieda Klein is nu volledig betrokken bij de zaak-Hannah Docherty. (Lees hier, hier en hier wat ik eerder over Frieda heb geschreven.) Niet iedereen weet het, maar ik heb een archief aangelegd over Docherty, waarin boeiende dingen zitten. Jarenlang ben ik een soort roepende in de woestijn geweest over Hannah, maar daar komt binnenkort verandering in. Ik ben zaken aan het ordenen, zodat Frieda het archief met haar

speciale expertise kan bekijken. Over precies een week zijn we zover. Dan draag ik het over en wordt het echt spannend.
Ik vind het zo opwindend en zo'n eer om met Frieda samen te werken. Ik beloof dat jullie de eersten zijn die het horen als er mysterieuze ontwikkelingen zijn. Volg deze blog! ☺☺

Frieda vloekte zacht. Ze pakte haar telefoon, maar bedacht zich. Ze wachtte een volle minuut om tot bedaren te komen. Ze kon Erin Brack wel killen. Toen belde ze.

'Wat geweldig je weer aan de lijn te hebben.'

'Ik heb je blog gelezen.'

'Fantastisch.'

'Ik zat te denken,' zei Frieda. 'Zou ik vandaag al kunnen komen? Met een bestelbus?'

'We hadden toch volgende week afgesproken?'

'Er is haast bij. Ik neem mee wat ik kan.'

'Maar ik heb nog niet alles geordend.'

'Dat is niet erg. Ik kom vanmiddag.'

'Goed.'

Frieda wilde al ophangen toen haar iets te binnen schoot. Ze ving een glimp op van haar zichzelf in de spiegel aan de muur. Ze had ooit ergens gelezen dat medewerkers van callcenters voor een spiegel moeten oefenen om glimlachend gesprekken te voeren. Glimlachen was te veel gevraagd, maar ze probeerde wel zo vriendelijk mogelijk te klinken. 'Het was aardig wat je over me geschreven hebt,' zei ze.

'Ach, het was geen moeite.'

'Nee, nee. Het is hartstikke goed wat je al die jaren hebt gedaan, dat je materiaal hebt veiliggesteld. Maar ik zou je dankbaar zijn als je niet onmiddellijk schrijft over wat er gebeurt.'

'Heb ik iets verkeerds gedaan?'

'Nee, nee, helemaal niet,' zei Frieda in een poging haar gerust te stellen. Ze had het gevoel dat ze een peuter tot bedaren moest brengen die elk moment in een driftbui kon ontsteken. 'Ik ben geen deskundige, maar...'

'Dat ben je wel.'

'Nee, echt niet, maar als we zoiets gaan ondernemen, lijkt het me verstandig om discreet te zijn. We moeten geen slapende honden wakker maken. Begrijp je?'

'Ja, Frieda. Ik begrijp het volkomen.'

'Je snapt natuurlijk dat ik je hiervoor betaal,' zei Frieda.

'Ik snap níét,' zei Josef.

'Ik huur jou met je bestelbus in.'

'Vandaag ik ben vrij.'

'Ik kan het declareren als onkosten. Ik betaal je niet uit eigen zak.'

Josef keek weifelend. 'We zien.'

Ze waren door de Blackwall Tunnel en Woolwich gereden en waren nu in Thamesmead.

'Veel gebouwd,' zei Josef hoofdschuddend. Ze kwamen langs een huis waarvan de voorgevel helemaal beschilderd was met de St George-vlag.

'Hoe is het thuis?' vroeg Frieda.

Weer schudde Josef zijn hoofd. Hij zweeg.

'Heb je contact met je vrouw? En je zoons?'

'Dat probeer ik.'

'Hoe gaat het met ze?'

'Soms goed, soms niet goed.'

'Je zou ze kunnen laten overkomen.'

'Is moeilijk.'

De enige stem die de rest van de rit klonk was die van de tomtom, die Josef door Plumstead, Abbey Road en Belvedere dirigeerde. Toen Frieda die laatste naam ineens op een bord zag, bedacht ze dat Belvedere ooit een prachtige aanblik moest hebben geboden. Dat deed het op een bepaalde manier nog steeds, maar daar zou degene die de naam had bedacht het waarschijnlijk niet mee eens zijn.

Zodra Josef voor Oldbourne Drive 63 parkeerde, werd er al opengedaan, alsof Erin Brack voor het raam op de uitkijk had gestaan. 'Zo'n grote bestelbus was volgens mij nou ook weer niet nodig,' zei ze. 'Het is geen verhuizing.'

'Dit is de enige die ik kon regelen,' zei Frieda.

'Het maakt ook niet uit,' zei Erin. 'Ik heb water opgezet voor thee.'

'Sorry, maar we hebben haast.'

Toen ze naar binnen gingen, hoorde ze Josef zijn adem inhouden en daarna iets mompelen in het Oekraïens. Ze keken elkaar aan.

'Ik ben in *purdah*,' zei Erin.

'Wat zeg je?'

'Ik ben offline. Als een trappistenzuster.'

'Ik bedoelde alleen dat je niet over déze zaak mocht praten.'

'Mensen zijn wel nieuwsgierig naar wat er aan de hand is, ze willen weten waarom ik niets van me laat horen.'

'Het beste antwoord daarop is inderdaad zwijgen.'

'Dat is misschien makkelijk voor jóú, maar mijn lezers verwachten dat ik dingen meld.'

Erin ging hun voor naar boven. In Frieda's ogen zag alles er precies hetzelfde uit als de vorige keer. Alleen ging de deur misschien iets gemakkelijker open.

'Als jij de spullen aanwijst,' zei Frieda, 'dan halen wij ze weg.'

Het was veel, maar het waren voornamelijk papieren, aantekeningenboekjes en foto's. Erin had ze in vuilniszakken gestopt, waarvan er één aan de zijkant gescheurd was. Verder waren er kleren, een pennendoosje en schoenen, die samen in twee andere vuilniszakken zaten. En er was nog een oude, bruine koffer. Frieda tilde hem op. Hij zat helemaal vol. 'Hoe kom je hieraan?'

'Die stond ergens bij het vuil. En ik was er eerder dan de vuilniswagen.'

'Hoe wist je dat die buitengezet zou worden?'

'Het is net zoiets als vogels kijken,' zei Erin. 'Of astronomie, of vissen.'

'Mag het eigenlijk?'

'In principe wel,' zei Erin. 'Maar het is een grijs gebied. Het hangt ervan af waar de spullen zijn achtergelaten.'

'En waar was deze achtergelaten?'

'Dat weet ik niet meer.'

‘Wat zit erin?’

‘Dat weet ik niet. Hij zit op slot. Volgens mij is hij zo open te breken. Daar ben ik alleen nog niet aan toegekomen. Spannend, hè? Misschien zit daar wel de aanwijzing in die je nodig hebt.’

Frieda keek naar de koffer en vroeg zich af wie hem op slot had gedaan. Het voelde niet goed. Zelfs hier in het huis van Erin Brack zijn voelde niet goed. Maar was wat Erin deed eigenlijk wel zo anders dan wat zijzelf deed? Ze had zelf wel ergere dingen gedaan dan spullen meenemen voor de vuilniswagen langskwam. Ze gaf de koffer aan Josef.

Sommige dingen – een bureaulamp en een nietmachine – nam ze niet mee.

‘En dan heb ik dit nog,’ zei Erin. Zwaar hijgend graaide ze in een hoek en haalde een teddybeer tevoorschijn. Hij miste één oog en zag er versleten uit, zoals alle knuffeldieren die jarenlang zijn rondgezeuld en mee naar bed genomen. ‘Waarom zou iemand dit nu weggooien?’ vroeg Erin. ‘Vind je dat niet verdacht?’

Frieda deinsde achteruit. Ze wilde hem niet eens aanraken. ‘Misschien was het te pijnlijk,’ zei ze. ‘Soms is het belangrijk om dingen weg te gooien. Om niet gek te worden.’

‘Dan heb ik mazzel gehad,’ zei Erin.

19

Frieda bekeek de spullen die ze hadden opgehaald niet onmiddellijk. Het was zoveel. Josef en zij hadden alles naar haar werkkamertje op zolder gesjouwd en daar had ze het laten staan voor later. De volgende dag had ze vier patiënten en een vergadering in The Warehouse. Toen ze achter in de middag thuiskwam, was het al bijna donker.

Ze deed haar jas uit en haar sjaal af en hing ze aan de haak in het halletje, daarna maakte ze de veters van haar schoenen los en aaide ze de poes. Het antwoordapparaat in de hal knipperde, maar ze luisterde het niet meteen af. Ze ging naar de keuken, waar ze de kat te eten gaf en de waterkoker aanzette. Pas toen ze thee had, luisterde ze naar de berichten. Het waren er vijf, waarvan drie van Erin Brack.

In het eerste bericht ademde ze zwaar voordat ze samenzweerderig fluisterde: 'Frieda? Frieda? Met mij.' Daarna volgde een lange stilte, alsof ze wachtte tot Frieda zou opnemen. 'Frieda? Ik bel over onze gemeenschappelijke vriendin.' Het tweede bericht begon halverwege een zin: 'vond ik dat ik moest zeggen…' en eindigde met het geluid van iets wat viel en een gesmoorde kreet. 'Sorry van daarnet,' zei ze in het derde bericht. 'Ik wilde alleen zeggen dat je je moet verdiepen in de aardrijkskundeleraar van de jongen. Dat is alles. Ik noem geen namen, maar de áárdrijkskundeleraar! Oké?'

De aardrijkskundeleraar. Welke aardrijkskundeleraar? Ze

dronk haar thee op en ging naar haar werkkamertje boven. De vuilniszakken met kleren stonden samen met de koffer in een hoek, de dozen stonden op haar bureau. Ze haalde er stapels papieren, aantekeningenboekjes en rekeningen uit. Later zou ze alles gedegen moeten bekijken, wist ze, maar nu zocht ze spullen van Rory's school. Ze vond zijn wiskundeschrift, dat voor een derde vol was, en een blauw schrift met een slappe kaft waarin verhalen stonden, slordig geschreven met een balpen en vol doorhalingen. Dit was ook maar halfvol en het laatste verhaal was niet af. Ze legde het opzij en probeerde niet te denken aan de foto van Rory op zijn bed, niet te denken aan zijn hoofd en zijn schedel. Iets dieper in de doos vond ze zijn laatste schoolrapport, niet meer dan twee aan elkaar geniete groene velletjes. Aardrijkskunde stond bijna onder aan het eerste velletje: 'Rory heeft dit trimester hard gewerkt en hij begrijpt het principe van duurzaamheid zeer goed. Zijn diagrammen zijn wat slordig.' Ze keek naar de naam: Guy Fiske.

Op internet vond ze niet veel mensen die Guy Fiske heetten en toen ze 'aardrijkskundeleraar' en 'Groot-Brittannië' toevoegde, bleef er nog maar één over. In 2013 was Guy Fiske (61) veroordeeld wegens herhaald kindermisbruik. Hij had tien jaar gevangenisstraf gekregen. Terwijl Frieda de talloze verslagen las over zijn misbruik van leerlingen die aan hem waren toevertrouwd, voelde ze zich steeds beroerder worden en werd ze verdrietig. Meer dan twintig jaar lang had hij zich aan minderjarigen vergrepen. Een van hen was zelfs pas elf geweest, de anderen tussen de dertien en vijftien. Het waren allemaal jongens. Vijf van hen, die inmiddels volwassen waren, hadden tegen hem getuigd. Ze zag ook een foto van Fiske: peper-en-zoutkleurig haar, een hoog voorhoofd en een kleine kin, onschuldig ogend – maar ja, hoe ziet een pedofiel eruit?

Frieda zag dat een van de mannen – Jem Green, een zevenentwintigjarige dj bij een lokaal radiostation – uit de anonimiteit was getreden. Er was een filmpje van hem waarin hij voor het Preston Crown Court stond: een forse man, met donker, glad achterovergekamd haar en een kort getrimd baardje, die kalm over de gebeurtenissen sprak die tot de rechtszaak hadden geleid. Hij zei dat hij besloten had zijn verhaal naar buiten te brengen om anderen die hetzelfde was overkomen aan te sporen dat ook te doen. 'Dit is een goede dag in mijn leven,' zei hij. Zijn gezicht betrok even; zijn mondhoeken gingen naar beneden alsof het hem moeite kostte zijn emoties te beteugelen. 'Ik heb het gevoel dat er eindelijk iets tot rust is gekomen.'

Dat was een jaar geleden. Als Jem Green nu achtentwintig was, was het vrijwel zeker dat hij samen op school had gezeten met Rory, die zesentwintig zou zijn geweest als hij nog had geleefd. Green moest ook samen met Hannah op school hebben gezeten. Frieda volgde de links en na drie keer klikken had ze zijn e-mailadres op zijn werk gevonden. Ze bleef een hele poos op haar werkkamer zitten voor ze hem een kort, zorgvuldig geformuleerd mailtje stuurde. Vervolgens belde ze Yvette. Die was zo te merken niet blij met het telefoontje.

'Stoor ik?'

'Zeg nou maar gewoon waarvoor je belt.'

'Ik wil weten waar een zekere Guy Fiske vastzit en ik wil hem zo snel mogelijk spreken.'

'Is dat alles?'

'Is het dan zo simpel?'

'Ik bedoelde het sarcastisch.'

'Als het een probleem is, zeg het dan gewoon.'

'Natuurlijk is het een probleem. Waar gaat het om?'

'Die Fiske was de aardrijkskundeleraar van Rory. Hij zit een straf van tien jaar uit wegens kindermisbruik.'

Er viel een lange stilte.

'Ik heb een pesthekel aan dat soort zaken,' zei Yvette.

'Weet ik.'

'Je vraagt je af of Rory ook is misbruikt.'

'Ja.'

'Maar waarom? Wat maakt het uit, behalve dat het een vreselijk idee is? Een jochie dat misschien misbruikt is door zijn leraar en vervolgens wordt vermoord door zijn zus. Wat word je daar wijzer van?'

'Het zal toch echt uitgezocht moeten worden.'

'Oké. Ik zal erachteraan gaan.' Haar stem had het vijandige ondertoontje verloren. Ze klonk alleen nog gelaten.

'Dat waardeer ik enorm, Yvette.'

Frieda had lang gebadderd, en daarna een Griekse salade gemaakt en een glas rode wijn ingeschonken. Terwijl de regen tegen de ruiten sloeg, zat ze met de kat aan haar voeten aan de keukentafel, maar ze kwam niet tot rust. Even voor elven trok ze uiteindelijk haar wandelschoenen en jas aan en ging naar buiten. Ze liep door verlaten achterafstraatjes en meed de doorgaande wegen, waar het altijd druk was, tot ze City Road overstak en uitkwam bij Bunhill Fields Burial Ground. Ooit was het een Saksische begraafplaats geweest, een stortplaats voor beenderen uit het knekelhuis en dierlijke botten van Smithfield, een pestkerkhof, en vervolgens de ongewijde begraafplaats voor andersgelovigen en non-conformisten. Hier lagen de puriteinse prediker John Bunyan en de schilder William Blake. Rusteloze geesten waarvan nu slechts oude beenderen onder vochtige aarde restten.

Het regende zachtjes toen Frieda tussen de dicht op elkaar gepakte grafstenen liep, die schots en scheef stonden als een omvallend bos, als een instortende stad. In de verte was verkeersrumoer te horen; hier was het stil, behalve het gespetter van de regen op de boomkruinen en het geritsel van de wind in de struiken. Ze bleef staan bij een grote steen die in het donker voor haar opdoemde. Ze was nat en had het koud en er spookten allerlei gedachten door haar hoofd. En beelden. Rory in zijn Lord-of-the-Ringspyjama. Zijn ingeslagen schedel. Hannah met haar bont en blauwe gezicht en de schittering in haar ogen. Aan de rand van haar gezichtsveld zag ze iets: een vos die laag boven de grond vrijwel geruisloos tussen de grafstenen sloop. Ze keek hem na en ging terug naar huis.

Thuis droogde ze haar haar en trok ze een kamerjas aan. Ze was nog steeds niet moe en ging naar haar werkkamertje. Het voelde alsof iedereen sliep behalve zij. Er zaten nieuwe berichten in haar inbox; één daarvan was van Jem Green. Ze klikte erop. *Hoi Frieda. Altijd in voor een gesprek. Bel me maar.* Hij had zijn telefoonnummer eronder gezet. Ze keek hoe laat hij zijn mailtje had verstuurd en zag dat dat om 02:27 was, maar een paar minuten geleden, en daarom pakte ze haar telefoon.

'Met Jem.' Er zat een echo in de verbinding; zijn stem resoneerde.

'Met Frieda Klein. Bel ik ongelegen?'

'Jij bent snel. Nee, helemaal niet. Ik ben een nachtdier. Jij blijkbaar ook.'

'Soms.'

'Zeg het eens, wat kan ik voor je doen?'

'Vind je het vervelend om over het verleden te praten?'

'Dat heb ik een jaar geleden verwerkt. Zeg maar wat je wilt weten.'

'Ik weet niet of je me kunt helpen. Misschien niet. Ik probeer alles te weten te komen over Rory en Hannah Docherty.'

'O, ja, dat. Ik herinner me ze nog.'

'Je hebt samen met ze op school gezeten?'

'Denk je dat Rory misschien ook misbruikt is door Fiske? Of Hannah?'

'Met die mogelijkheid moet ik rekening houden.'

'Waarom? Wat bereik je ermee?'

'We willen ons ervan vergewissen dat Hannahs veroordeling deugdelijk was.'

'Jezus! Meen je dat echt?'

'Ik verdiep me in de zaak. Dat is alles.'

'Maar wat heeft Fiske daarmee te maken?'

'Misschien niets.'

'Rory en Hannah Docherty.' Hij zweeg even. Toen hij weer sprak, klonk hij rustiger. Frieda zag hem voor zich, achterovergeleund in zijn stoel en luisterend naar de regen. 'Ik zat twee klassen hoger dan Rory, en twee klassen lager dan Hannah, dus ik kende ze eigenlijk niet. Ze was op school al berucht – ik bedoel, al voor ze landelijk berucht werd. Ze was goed in sport en won de ene prijs na de andere. Maar later is ze ontspoord.'

'Ontspoord?'

'Ze deed het eerst heel goed op school, maar toen kelderden haar cijfers. Ik weet nog dat ze een keer onder invloed op school verscheen.'

'Dronken?'

'Zoiets. En ze richtte zichzelf niet alleen ten gronde, ze wilde ook dat iedereen het zag. Maar ik weet vrijwel zeker dat Fiske niets te maken heeft met wat er met haar is gebeurd. Zover ik weet was hij alleen geïnteresseerd in jongens.'

'En Rory?'

'Ik weet het niet. Het was wel het type waar hij op uit was.'

'Hoe bedoel je?'

'Stil, bangelijk. Naderhand zeiden mensen dat hij was gepest.'

'Met naderhand bedoel je nadat hij was vermoord?'

'Ja. Fiske pikte er de gedweeë jongens uit.'

'Maar jij past niet in dat beeld.'

'Toen wel, neem dat maar van mij aan. Je praat nu met mijn nieuwe persoonlijkheid, daar heb ik jaren aan gewerkt. Hoe doe ik het?'

'Dat moet jij vertellen: hoe gaat het met je?'

'Meestal goed, maar soms denk ik dat ik altijd dat angstige, vernederde jongetje zal blijven dat zich verschuilt achter de stoere façade die ik heb opgetrokken.'

'Je hebt toch wel hulp gehad, hoop ik?'

'Ja. Maar het beste wat ik heb gedaan is dat ik gestopt ben met drinken en dat ik tegen hem heb getuigd.'

'Daar was moed voor nodig.'

'Daarna schaamde ik me niet meer. Wat er op school gebeurde, was vreselijk. Niemand durfde zijn mond open te doen. Ik hoop dat Rory Docherty niet een van de slachtoffers is geweest. Dat zou helemaal verschrikkelijk zijn, toch?'

'Alles was verschrikkelijk.'

Guy Fiske zat tegenover Frieda. Hij liet zijn handen op tafel rusten; ze waren glad en roze en de nagels waren keurig geknipt. Hij was klein, had dun, grijs haar, bolle wangen, bruine ogen en een trieste blik. Zijn houding was beleefd en verontschuldigend.

'Ik krijg nooit bezoek,' zei hij.

'Ik ben hier om meer te weten te komen over een jongen die van 1999 tot 2001 uw leerling was, in de eerste en tweede klas.'

'Ik wil u graag helpen,' zei Guy Fiske op zijn hoede. Hij knipperde een paar keer met zijn roodomrande ogen. 'Ik weet alleen niet of mijn herinneringen zo ver teruggaan.'

'Deze jongen zult u zich denk ik wel herinneren. Het gaat om Rory Docherty.'

'O Róry! Het arme joch. Vreselijk, vreselijk was dat.'

'We doen opnieuw onderzoek naar de zaak-Docherty. Misschien is er sprake van onregelmatigheden.' Frieda was zich ervan bewust dat haar opmerking niet veel zei.

'Ik snap het.'

'Wat snapt u?'

'U wilt weten of...' Hij stokte en keek haar met zijn bruine ogen aan. Frieda wachtte. 'Met Rory,' zei hij. 'Rory Docherty. Hij had rossig haar.'

'Klopt.'

'Waarvoor denkt u dat een gevangenis dient?' vroeg hij. 'Wat is de bedoeling ervan?'

'Zullen we ons beperken tot Rory Docherty?'

'Alleen om te straffen? Of denkt u dat mensen hun leven kunnen beteren?'

'Hebt u Rory op een of andere wijze belaagd?'

'Want zelfs aardige, progressieve mensen die denken dat je de gevangenis in gaat als... boetedoening, dat is het woord... zelfs die trekken een grens bij mensen als ik. Mij is geen vergiffenis gegund. Dat is niet erg christelijk, toch?'

'Meneer Fiske...'

'Guy. Noem me toch Guy. Of kunt u het niet opbrengen om een pedofiel bij zijn voornaam te noemen? Waarschijnlijk wilt u mij ook geen hand geven, hè?' Hij leunde achterover, en tot Frieda's opluchting wendde hij eindelijk zijn hoofd af, waardoor ze verlost was van de zachte blik in zijn bruine ogen. 'Wilt u weten wat er met Rory is gebeurd?'

'Ja.'

'Niets. Maar wat voor zin heeft het om u dat te vertellen? U gelooft me toch niet.'

'Inderdaad, waarom zou ik u geloven?'

'Ik heb niets meer te verliezen, dus waarom zou ik liegen?'

'Misschien onbewust. Omdat het soms heel moeilijk is om voor jezelf toe te geven wat je hebt gedaan. Dat weigert onze geest soms gewoon.'

'Ik heb hem echt nooit aangeraakt,' zei hij traag, waarop Frieda zich onwillekeurig afvroeg of hij voor zich zag dat hij hem aanraakte. Of zich dat herinnerde. 'Ik snap trouwens niet waarom u het vraagt. Wat doet het er nog toe? Hij is dood.'

'Het maakt wel degelijk uit.'

'Gelooft u mij?'

'Zo eenvoudig ligt het niet. Hebt u Hannah ooit in de klas gehad?'

'Nee.'

'Zeker weten?'

'Zoiets zou je nooit vergeten. Ik zou het nog heel goed weten als ik een meisje in de klas had gehad dat haar hele familie heeft uitgemoord.'

Frieda dacht dat er verder niets meer te zeggen viel, maar hij ging door.

'Hij leek jong voor zijn leeftijd. Het was een moederskindje – en ik had altijd het idee dat zijn moeder toch anders was dan je op het eerste gezicht zou denken.'

'Deborah Docherty? Waarom?'

'Stille wateren hebben diepe gronden.'

'Wat wilt u daarmee zeggen?'

'Rory aanbad haar.'

'Ze was zijn moeder.'

'Hij aanbád haar.'

'Zoals u het zegt klinkt het luguber.'

'Ik zeg het alleen maar.'

'Je hebt bezoek.'

Bij het horen van de stem deed Hannah Docherty haar ogen open en draaide haar hoofd. Haar hals deed zeer. En haar keel. In haar hoofd hoorde ze een vaag, zoemend geluid. Voor haar doemde een gestalte op. Ze knipperde met haar ogen tegen het felle licht.

'Je hebt bezoek.' De stem klonk luid, schraapte tegen haar oren. 'Merkwaardig. Jarenlang komt er niemand langs, en dan komen er ineens een paar tegelijk. Vanwaar die belangstelling?'

Hannah liet zich gedwee meevoeren naar beneden. Ze zette de ene voet voor de andere; ze stond niet stevig op haar benen. De tl-buizen flikkerden, ramen gleden voorbij – omlijstingen die een glimp boden op natte struiken en op een bos met kale takken in de verte. Gras. Bomen. Lucht. Regen. Vroeger hield ze van regen. Zachte, schone regen, die de wereld zuiverde. Vroeger.

Iemand botste hard tegen haar op, waardoor ze wankelde. Ze hoorde gegniffel opklinken.

'Hé,' zei de bewaker; zijn stem weerkaatste tegen de muren. 'Kijk waar je loopt, meid.' Hij loodste haar naar links. 'Hier gaan we naar binnen. Ga zitten. Zul je je een beetje gedragen?'

Even later hoorde ze een deur open- en dichtgaan, voetstappen en het geschraap van een stoel die naar achteren werd getrokken. Een man ging tegenover haar zitten. Zijn onderarmen rustten op de tafel en hij boog zich naar voren. Zijn gezicht was vertrokken tot een grimas; zijn mond maakte vreemde bewegingen. Hij noemde haar naam.

'Hannah,' zei hij. 'Hannah, herinner je je mij nog?'

Hannah staarde hem aan. Ze zag hem het ene moment vaag, dan weer scherp. Hij tilde zijn hand op en liet hem vallen. Hij sprak te snel: zijn woorden buitelden over elkaar heen, waardoor ze er geen touw aan vast kon knopen.

'Hannah,' zei hij weer. 'Ik ben Tom. Tom Morell. Herinner je je mij nog? We woonden in hetzelfde kraakpand. Vroeger. Het spijt me dat ik niet eerder ben gekomen.'

Hannah reageerde niet. Ze keek verward.

'Ik was bang,' zei hij. 'Daar komt het op neer. Maar ik ben je nooit vergeten. Ik wilde alleen maar zeggen dat ik het allemaal heel erg vind. Heel erg.'

Over zijn wang stroomde water. Regen buiten, regen binnen. Ze stak haar vinger uit om het aan te raken.

'Voorzichtig,' hoorde ze iemand achter zich zeggen.

'Snap je wat ik zeg? Hannah? Hoor je me? Herinner je het je nog?'

Herinneren? Zijn woorden kaatsten in haar schedel heen en weer. Zijn gezicht bewoog. Ze sloot haar ogen. Herinneren.

De volgende keer dat Hal Bradshaw Mary Hoyle opzoekt, voelt het alsof ze oude vrienden zijn die meteen hun vertrouwelijkheid hervinden. De twee verplegers daarentegen kijken verveeld en chagrijnig. Een van hen zit vlak bij haar en houdt haar constant in de gaten.

'Nou, wat vind je van me?' vraagt Hoyle.

'Ik hoopte dat we kunnen samenwerken. Mensen vinden je fascinerend. Ik dacht dat we misschien zouden kunnen samenwerken aan een boek.'

'Dat wil ik best.'

'Echt? Dat zou fantastisch zijn.'

'Als ik hier weg ben.'

'Ik hoopte dat we meteen konden beginnen. Dat zou bevorderlijk kunnen zijn voor je zaak.'

'Misschien wel, maar misschien ook niet. Daar valt niets over te zeggen.' Ze klinkt ineens vastberaden, maar haar gezicht ontspant zich. 'Je hebt mijn vraag niet beantwoord.'

'Ik heb met dokter Styles gesproken. Ze zegt dat je geweldig vooruitgaat.'

Er valt een stilte.

'Maar?' zegt Hoyle.

'Mensen hebben een zeer uitgesproken mening over jou, zowel hier als hierbuiten. Ik bedoel...' Bradshaw aarzelt. Hij weet niet precies hoe hij het moet zeggen. 'Die kinderen vermoorden. En dat ook nog filmen...'

'Ik heb het gevoel dat ik niet degene ben die dat heeft gedaan. Ze waren ook van oordeel dat ik niet in staat was om terecht te staan. Maar in de sessies met dokter Styles heb ik erkend dat ik verantwoordelijk ben voor wat er is gebeurd.'

'Ja, ja, natuurlijk,' zegt Bradshaw. 'Maar er zijn ook mensen die hardnekkig blijven ontkennen. Jij had het laatst bijvoorbeeld over Hannah Docherty.'

'O, ja? Dat kan ik me niet meer herinneren.'

'Ze was laatst betrokken bij een geweldsincident.'

'Ik zit in de isoleer. Ik krijg dat soort zaken niet te horen.'

Achter haar klinkt gesnuif, afkomstig van de potige verpleger die tegen de muur zit.

'Waarom doet u dat?' vraagt Bradshaw.

'Jij krijgt wél dingen te horen,' zegt de verpleger.

'Iemand heeft me verteld dat men hier het idee heeft dat jij om een of andere reden de pest aan Hannah Docherty hebt. En dat je haar te grazen wilde nemen.'

'Waarom zou ik de pest aan iemand hebben?' vraagt Mary Hoyle.

'Het heeft allemaal te maken met respect,' zegt de verpleger. 'En met gebrek aan respect.'

'Ik ben degene die beschermd moet worden. Daarom zit ik nu ook in de isoleer en zie ik niemand. Wat kan ik eraan doen dat Moss zulke dingen over me zegt?'

'Het is maar de mening van één man,' zegt Bradshaw.

'Ah! Dus het was inderdaad Moss.'

'Dat heb ik niet gezegd,' zegt Bradshaw. 'En het doet er ook niet toe.'

'Moss. Die zou dat soort dingen niet moeten zeggen.'

20

Frieda probeerde haar vriendin Sasha één keer per week te zien. Ze was zwaar depressief geweest en kwetsbaar. Frieda maakte zich zorgen om haar. Maar Sasha kon niet altijd en Frieda vond dat ze zich niet mocht opdringen. Deze zaterdagochtend, toen ze theedronken in Frieda's woonkamer, was het bijna een maand geleden dat ze elkaar voor het laatst hadden gezien. Een halfjaar geleden was Sasha kortstondig opgenomen in een psychiatrische inrichting waar ze zware medicatie had gekregen. Frieda probeerde haar niet het gevoel te geven dat ze onder een vergrootglas lag, maar ze kon het niet laten te kijken hoe het met haar ging. Het was een observatie die ze vroeger als arts ook altijd deed. Kijken hoe het haar en de nagels eruitzien, hoe schoon en verzorgd de patiënt is, of er tekenen van onrust zijn.

Iemand die Sasha voor het eerst zou zien, zou vinden dat ze er niet goed uitzag. Haar lange, blonde haar zat in de war, onder haar ogen zaten donkere wallen van vermoeidheid. En ze kon haar handen geen moment stilhouden: ze liet haar mok draaien op tafel, streek met haar hand door haar haar. Het was nat en winderig en telkens als de regen tegen het raam striemde, kroop Sasha ineen alsof het haar pijn deed. Maar Frieda was gerustgesteld. Het ging beter met Sasha. Ze was responsiever, alerter.

'Waarom heb je Ethan niet meegenomen?' vroeg Frieda.

'O, maar je wilt hier toch niet een hummel van vier hebben rondrennen die van alles kapotmaakt?'

'Een van de belangrijkste regels in het leven is dat je nooit iets moet bezitten waarvan je het erg zou vinden als een hummel van vier het kapotmaakt,' zei Frieda.

'Hij zou geheid iets vinden,' zei Sasha. 'Maar daar gaat het niet om. Het gaat prima met ons. Maar soms voel ik mensen naar me kijken en denken: is hij wel veilig bij haar? Zou ze hem niks aandoen of vergeten hem eten te geven? En ik werk weer. Een paar dagen per week.'

'Dat is goed.'

'Het is vermoeiend. En Ethan is vermoeiend. Daarom is hier met z'n tweetjes zitten...' Ze keek op. 'Het is goed.'

'Wat is goed?'

'Ik heb Ethan niet alleen thuisgelaten. Ik heb een vrouw in dienst genomen. Mariana. Ik ben zo ongeveer mijn hele salaris aan haar kwijt, maar ze helpt me met Ethan. En met andere dingen. Je hoeft je echt geen zorgen om hem te maken.'

'Ik maakte me ook geen zorgen. Hoe gaat het trouwens met je therapie bij Thelma?'

'Ik denk dat ze niet tevreden over me is.'

'Ik weet zeker dat dat niet waar is.'

'Ik zou ook niet tevreden zijn, als ik haar was. Ik wou dat het weer was als vroeger, dat ik gewoon met jou kon praten.'

'Je kunt ook met mij praten,' zei Frieda. 'Dat doe je nu toch ook?'

Sasha trommelde met haar vingers op tafel, alsof ze pianospeelde. 'Het is eigenlijk ook wel logisch dat je niet naar een therapeute kunt gaan die door jouw toedoen bijna is vermoord. Dat werkt niet.'

'Jij hebt nooit iets verkeerds gedaan,' zei Frieda. 'Helemaal niets. *Jíj* bent niet degene die me bijna had vermoord. En ik ben niet je therapeute, omdat ik je vriendin ben. Het is beter om met iemand te praten die geen deel uitmaakt van je leven. En je ziet er beter uit, Sasha, echt.'

'Ik weet niet of dat door de therapie komt of door die pillen. Ik ben niet helder in mijn hoofd.'

'Wat slik je?'

Sasha haalde een klein bruin plastic flesje uit haar zak en gaf het aan Frieda. 'Grappig,' zei ze. 'Ik heb tijdens mijn master onderzoek gedaan naar SSRI's. Ik had er altijd mijn twijfels over. Ik wist niet of ze echt werkten of dat het om een placebo-effect ging. Maar na alle verschrikkingen van het afgelopen jaar slik ik ze toch maar. Ik zou alles slikken.'

Frieda wilde reageren, maar toen werd er aangebeld. Ze keken elkaar aan.

'Mocht je een surpriseparty hebben georganiseerd,' zei Sasha, 'daar ben ik niet voor in de stemming.'

Frieda stond op. 'Dit is ook een goed teken,' zei ze. 'Je hebt je sarcasme weer terug.'

Toen ze opendeed, kreeg ze een schok, als een doffe dreun. Op de stoep stonden twee agenten in uniform en een man in pak.

'Dokter Frieda Klein?' vroeg de man in pak.

'Ja,' zei ze langzaam. 'Ja, dat ben ik.'

'Ik ben hoofdinspecteur Waite.'

'Ken ik u?'

'Of u me kent? Waarom vraagt u dat?'

'Ik heb in de loop der jaren veel politiemensen ontmoet,' zei Frieda.

'U bent arts,' zei Waite.

'Ik ben opgeleid tot arts, maar ik ben psychotherapeute.'

'U bent psychotherapeute,' zei Waite. 'En u komt zoveel politiemensen tegen dat u ze zich niet meer allemaal kunt herinneren?'

'Precies.'

'Daar komen we later nog wel een keer op terug.'

'Sorry,' zei Frieda, 'maar is er iets gebeurd?'

'Mogen we even binnenkomen?'

'Als u me iets te vertellen hebt, doe dat dan meteen, alstublieft.'

'We willen even met u praten, en het lijkt me beter om dat binnen te doen.'

'Ik begrijp niet waarom u zo geheimzinnig doet.'

'Alstublieft,' zei de hoofdinspecteur, terwijl hij een stap naar voren deed, waardoor hij bijna tegen haar aan stond.

Frieda had het idee dat hij haar fysiek probeerde te intimideren en haar instinct zei haar dat ze hem weg moest duwen. Maar dat deed ze niet, omdat ze wist dat daar waarschijnlijk alleen maar nog meer ellende van zou komen. 'Goed dan.'

Ze ging opzij en de drie politiemensen liepen de zitkamer in, die ze helemaal leken te vullen. Sasha keek geschrokken. 'Wat is er aan de hand?'

'Dat weet ik niet.'

Waite keek naar Sasha. 'Zou u ons even alleen willen laten?'

'Oké.' Sasha stond op. 'Ik wilde toch al weggaan.'

'Je hoeft helemaal niet weg,' zei Frieda.

'Waarschijnlijk is het toch beter,' zei Waite.

'Wat bedoelt u?' vroeg Frieda. 'Waar gaat dit over?'

'Zal ik Karlsson bellen?' vroeg Sasha.

'Wie is Karlsson?'

'Wat gaat u dat aan?' vroeg Frieda.

'Dat is een rechercheur,' zei Sasha. 'En een vriend van Frieda.'

'Het is vast niets.' Frieda legde een hand op Sasha's arm. 'Maak je maar geen zorgen. Ik bel je straks wel.'

Frieda keek bezorgd naar Sasha, die haar jack aantrok en met de rits friemelde alsof het een of andere nieuwe uitvinding was. Toen ze haar jas dicht had, gaf ze Frieda een knuffel. 'Ben je weer ergens bij betrokken?'

'Dat weet ik niet,' zei Frieda.

'Ik dacht dat je dat niet meer zou doen.'

'Het blijft me maar achtervolgen.'

Sasha zag er klein en kwetsbaar uit, toen ze de deur uit liep.

'Gaat het wel goed met uw vriendin?' vroeg Waite.

'Nee.'

'Mogen we gaan zitten?'

De twee agenten in uniform trokken twee eetkamerstoelen onder de tafel vandaan, zetten die naast elkaar tegen de muur en gingen zitten. Waite koos een plek aan de tafel en gebaarde naar Frieda dat ze tegenover hem plaats moest nemen.

'Mooi huis,' zei hij. 'Psychotherapeuten verdienen blijkbaar meer dan politiemensen.'

'Vijftien jaar geleden was dit een achterbuurt.'

'Maar nu een toplocatie in hartje Londen. Slimme zet.'

'U had me iets te vertellen.' Frieda moest haar best doen om kalm te blijven.

'Ik heb uw naam opgezocht in het systeem. Ik verwachtte hooguit een snelheidsovertreding of een parkeerbon te vinden. Maar het was een hele waslijst.'

'Volgens mij begrijpt u het niet helemaal. Als u iets te vertellen hebt, vertel het me dan. En als u iets te vragen hebt, vraag het me dan.'

Waite boog naar voren en plantte zijn ellebogen op tafel. Zijn gezicht was nu heel duidelijk te zien. Zijn donkere haar was achterovergekamd, maar was zo dun dat zijn schedel erdoorheen schemerde. Het was hoog tijd dat hij het liet knippen en zich er eindelijk bij neerlegde dat hij kaal begon te worden. 'U kent een zekere Erin Brack.'

Het duurde even voor Frieda reageerde. Dit had ze niet verwacht. 'Is dat een constatering of een vraag?'

Waite fronste, keek even naar de twee agenten en toen weer naar Frieda. 'Weet u, als ik respectabele burgers zoals u tegenkom, willen ze meestal graag meewerken. Ze willen goede burgers zijn. Maar oké. Zet maar een vraagteken achter mijn zin. Kent u een zekere Erin Brack?'

'Ik ben maar twee keer bij haar langs geweest.'

'In verband waarmee?'

'Sorry, ik wil echt geen ongehoorzame burger zijn, of hoe u het ook noemt, maar zo werkt het niet. Als u een misdrijf onderzoekt, moet u me vertellen wat er is gebeurd. U kunt niet zomaar vragen komen stellen.'

'Waarom niet? Omdat u uzelf dan misschien zou verraden?'

'Omdat het rechtssysteem nu eenmaal zo werkt.'

'Daar lijkt u veel van te weten.'

'Daar noopten de omstandigheden me nu eenmaal toe. Voor mij had het niet gehoeven.'

'Met omstandigheden bedoelt u bijvoorbeeld die keer dat u op de vlucht was? Of al die keren dat u op een plaats delict bent aangetroffen?'

'Ja, precies. Als u wilt dat ik uw vragen beantwoord, zult u me eerst moeten vertellen waar het over gaat.'

'Goed dan, dokter Klein. Gisteren is er brand geweest in het huis van Erin Brack.'

'Ach nee.'

Waite vervolgde zijn verhaal alsof ze niets had gezegd. 'Toen de brand was geblust, is er een lichaam aangetroffen. Van de bewoonster, Erin Brack.'

Frieda staarde Waite aan. 'Is ze dood?'

'En of.'

Frieda liet haar handen op tafel rusten en staarde er een tijdje naar voordat ze vroeg: 'Was de brand een ongeluk?'

'Dat wordt onderzocht, maar we denken van niet. En toen we haar telefoongegevens bekeken, hebben we gezien dat ze de afgelopen dagen meerdere gesprekken heeft gevoerd.'

'Ja, ze heeft me gebeld.'

'Waarover?'

Heel even kreeg Frieda geen woord over haar lippen. Ze dacht aan de zielige, onbeholpen, hopeloos bezeten Erin Brack. Wat had ze van het leven gewild? En wat was er met haar gebeurd? Frieda dwong zich antwoord te geven. 'Ze had een blog. Daar is te lezen wat ze heeft gezegd.'

'We weten dat ze een blog had. Dat is het eerste waar we naar gekeken hebben. Maar we willen het uit uw mond horen. Waar had u het over tijdens die gesprekken?'

Het kostte Frieda moeite om helder te denken, ook al begreep ze niet precies waarom. Ze had Erin Brack nauwelijks gekend en had haar een irritante lastpak gevonden. Het idee dat haar iets zou kunnen gebeuren, was nooit bij haar opgekomen.

'Ik kan uw vragen niet beantwoorden,' zei ze langzaam.

'Wat zegt u?'

'U hebt me heel goed gehoord.' Frieda keek naar Waites gezicht, dat nu een afstandelijke belangstelling uitdrukte. Het was een uitdrukking die iemand anders misschien angstaanjagend zou hebben genoemd.

'Dit is niet...' Waite viel stil. Hij leek moeite te hebben om te verwoorden wat het niet was. 'Niet vrijblijvend. We zijn van de politie. Dit is een ondervraging.'

Frieda haalde een aantekeningenboekje uit haar zak. Ze schreef iets op een velletje, scheurde het eruit en gaf het aan Waite. Hij keek ernaar. 'Wie is dit?'

'Bel hem,' zei Frieda. 'Hij zal het u uitleggen.'

'Wat moet dit voorstellen? Moet ik een vriend van u bellen?'

'Bel dat nummer nou maar.'

'Als u onze vragen niet beantwoordt, moet ik u arresteren.'

'Op grond waarvan?'

'Het belemmeren van de rechtsgang. Dat kunnen we dan aan uw dossier toevoegen.'

'Bel dat nummer nou maar. En beslis daarna of u me dan nog steeds wilt arresteren.'

Waite stond op en keek haar boos aan. De andere twee politiemensen stonden ook op.

'Ik heb een beter idee. We sluiten u eerst op, en daarna beslis ik of ik dat nummer bel.' Hij knikte naar de agenten. 'Voer haar af. En als ze tegenspartelt, sla haar dan in de boeien. Verzet bij arrestatie noemen we dat.'

Jimmy Moss is op afdeling vier, een van de beveiligde afdelingen, waar hij een bed opmaakt. Hij buigt zich voorover om een weerspannig, strak onderlaken over de hoek van het matras te trekken. Hij hoort hen niet en hij ziet hen niet. Een klap op zijn achterhoofd en hij zakt door zijn knieën, een klap in zijn maag en hij valt op de grond. Zijn knie wordt door iets geraakt, dat voelt en hoort hij, een geluid van iets wat versplintert. Het lijkt niet met hem te maken te hebben. Dan is zijn gezicht aan de beurt: zwart voor de ogen, bloed en losse tanden in zijn mond. Daarna stilte en pijn die naar hem toe drijven, als donkere donderwolken.

21

Geknars van grendels die werden verschoven. Zelfs de witte celdeur klonk boos toen hij openging. Frieda lag op het bed, met haar rug tegen de stenen muur. Jock Keegan kwam de cel binnen. Hij keek inschattend om zich heen alsof hij de cel vergeleek met andere waar hij was geweest.

'Sorry,' zei Frieda. 'Ik heb ze gevraagd Levin te bellen.'

'Als u denkt dat ik dit grappig vind, vergist u zich.'

'Ik vind het ook allesbehalve grappig. En het spijt me. Zoals gezegd heb ik ze gevraagd Levin te bellen.'

'Dat hebben ze ook gedaan. Maar ik vond dat hij zijn tijd beter kon gebruiken dan helemaal hier naar dit gat te komen.'

'Thamesmead,' zei Frieda.

'Hoe het ook heet, ik heb er een uur over gedaan om hier te komen.'

'Ik had gehoopt dat het met één telefoontje te regelen was.'

'Eén telefoontje?' Hulpeloos hief hij zijn handen. 'Ik heb van meet af aan gezegd dat ik niet wist waarom Levin u erbij wilde halen. "Ze heeft een gave," zei Levin. "Het zal allemaal discreet gebeuren," zei Levin. "Ze kan in alle stilte wat werk voor ons doen."'

'Ik heb er niet om gevraagd.'

'Ik heb uw dossier gelezen. Ik heb te maken gehad met beroepscriminelen die minder tijd in voorarrest hebben gezeten dan u.'

‘Ik heb ze gevraagd Levin te bellen, omdat ik dacht dat hij dit kon regelen. Als dat niet kan, zeg het dan gewoon, dan verzin ik zelf wel iets.’

‘Ik begrijp niet waarom u niet wilt meewerken aan een moordonderzoek.’

Frieda keek om zich heen. ‘Worden we hier afgeluisterd?’

‘Ik zou het niet weten,’ zei Keegan. Maar hij ging naast haar op het bed zitten en vroeg fluisterend, met zijn gezicht slechts een paar centimeter van het hare: ‘Wat is er aan de hand?’

‘Erin Brack had materiaal over de zaak,’ zei Frieda. ‘Ik denk dat dat de reden is dat ze is vermoord.’

‘Dat klinkt ernstig,’ zei Keegan. ‘Dat moet de politie te horen krijgen.’

‘En ik heb het.’

‘Hoe bedoelt u?’

‘Ik heb het op de dag voor haar dood bij haar opgehaald.’

‘Om wat voor materiaal gaat het?’

‘Spullen die ze uit vuilnisbakken heeft gevist. Ik heb het nog niet echt goed bekeken.’

Keegan keek geërgerd, maar ook peinzend. ‘Hoe weet u dan dat er bewijsmateriaal bij zit?’

‘Ik achtte de kans klein. Ik was er niet zeker van. Maar nu wel.’

‘Hoe dat zo?’

‘Omdat Erin Brack is vermoord. Ze heeft in haar blog geschreven dat ik contact met haar had gezocht. Ze zei dat ze bewijsmateriaal had en dat ze dat aan mij zou geven. Even later is ze vermoord en is haar huis in brand gestoken.’

‘Vertel dat dan aan de politie.’

Frieda schudde haar hoofd. ‘Nu denkt iedereen dat de bewijzen die Erin Brack had, zijn vernietigd. Ik zou het materiaal pas over een paar dagen ophalen en dat heeft ze geschreven in haar blog. Niemand weet dat ik het heb. En dat is mooi. Als ik het de politie vertel, ligt het morgen op straat. Dat gaat altijd zo. Over twee dagen staat het in alle kranten.’

‘Dat klinkt cynisch.’

'Het is me eerder gebeurd. Ik heb tijd nodig,' zei Frieda. 'Een paar dagen. Zonder dat ik de politie op mijn nek heb. Hoe krijg ik dat voor elkaar?'

Keegan stond op en ijsbeerde door de cel. Toen kwam hij tot een beslissing. 'Goed dan,' zei hij.

Waite zat tegenover Frieda. Links van haar stond een digitale recorder. Op het front zat een schermpje. Frieda zag zichzelf, gefilmd van achter Waites schouders, en kijkend naar het schermpje.

'Let daar maar niet op,' zei Waite. 'Het is voor uw eigen bestwil.'

'Het maakt me niet uit.'

'Ik heb begrepen dat u nu wel een verklaring wilt afleggen.'

'Ja.'

'Vanwaar die ommezwaai?'

'Sorry, maar de dood van Erin Brack was zo'n schok voor me dat ik van slag was.'

'Zoals posttraumatische stress?' Hij verhulde zijn sarcasme niet.

'Zoiets.'

'Wat was de aard van uw relatie met Erin Brack?'

'Moordonderzoeken waren voor haar een soort hobby. Ze wist dat ik geïnteresseerd was in de zaak-Hannah Docherty.'

'Geïnteresseerd in welke zin?'

'Ik ben psychotherapeute. Ik heb Hannah opgezocht om te kijken hoe haar geestesgesteldheid was.'

'En hoe was die?'

'Slecht. Ze heeft herhaaldelijk in de isoleer gezeten. Herhaaldelijk en lang.'

'Wat hebt u met Erin Brack besproken?'

'Niet veel. Ze wilde over de zaak praten. Maar daar kon ik niet veel over vertellen.'

'Ze heeft in haar blog geschreven dat ze met u samenwerkte.'

'Dat was overdreven. Ik heb haar twee keer gezien. En dan ook nog kort.'

'Ze heeft u meerdere keren gebeld. Waar had u het over?'

'Er hangt een sfeer van glamour rond grote moordzaken. Mensen hebben er een fascinatie voor. Het is bijna net zoiets als met beroemdheden.'

'Heeft ze u iets belangrijks verteld?'

'Nee.'

'Heeft ze u iets belangrijks gegeven?'

'Ze zei dat ze dat zou doen. Maar toen ging ze dood.'

'Ze is vermoord. Kunt u een reden bedenken waarom iemand haar zou willen vermoorden?'

'Nee.'

'U hield zich allebei bezig met een moordonderzoek.'

'Nee, dat deden we geen van beiden. En we werkten ook niet samen. Die arme Erin Brack was bezeten, excentriek en een beetje eenzaam, maar ze vormde voor niemand een bedreiging.'

Er viel een lange stilte. Vervolgens drukte Waite op de knop van de recorder. Frieda zag de reflectie van haar eigen gezicht op het schermpje. Ze oogde afstandelijk, rustig en gereserveerd.

'Dan zijn we klaar.'

'Mooi.'

'Ik begrijp nog steeds niet waarom u mijn vragen aanvankelijk niet wilde beantwoorden en vervolgens mij uw vriend laat bellen – een man die de juiste contacten blijkt te hebben – en als zijn medewerker dan helemaal hiernaartoe komt, bedenkt u zich en beantwoordt u mijn vragen wel, maar vertelt u eigenlijk niet veel. En dat begrijp ik niet.'

'Zoals ik al zei, ik was van slag.'

'Dat is het 'm nu juist. U lijkt me niet iemand die zo snel van slag raakt. Dus hoe zit het nu werkelijk?'

'Ik dacht dat het verhoor beëindigd was.'

'U weet dat inmenging in een politieonderzoek een ernstig misdrijf is?'

'Ik heb u alles verteld wat ik weet.' Frieda stond op.

'Dit is geen spelletje,' zei Waite. 'Er is een vrouw vermoord.'

'Waarom praat u dan met mij?'

Voor ze zich omdraaide en wegliep, zag ze nog net een angstaanjagende uitdrukking op Waites gezicht.

'Die verpleger,' zegt Hal Bradshaw.

'Welke verpleger?' vraagt Mary Hoyle.

'James Moss. Hij is aangevallen en ernstig verwond.'

'Er lopen hier gevaarlijke figuren rond. Soms ben ik blij dat ik in de isoleer zit.'

'Maar de laatste keer had je het nog over hem.'

'O ja?'

'Ja.'

'Als Moss dingen over mij vertelt, zal hij dat waarschijnlijk ook over anderen doen.'

'Wat doet het met je, nu je weet wat er met hem is gebeurd?'

'Mijn therapie heeft geholpen. Ik weet nu dat geweld nooit de oplossing is.'

'En Hannah Docherty?'

'Wat is er met haar?'

'Is zij nu veilig?'

Als Hal Bradshaw aan Mary Hoyle denkt, ziet hij haar blauwe ogen voor zich, die prachtige, expressieve, onbevangen ogen. Nu richt ze die op hem.

'Ik kan alleen voor mezelf spreken,' zegt ze. 'Ik weet niet wat anderen vinden dat ze verdient.'

22

Keegan zei dat hij de opdracht had gekregen haar onmiddellijk naar Levin te brengen, maar Frieda had erop gestaan dat hij haar thuis zou afzetten. Zonder haar jas uit te trekken ging ze linea recta naar haar studeerkamertje. Eerst wrikte ze de kleine bruine koffer open. Die zat vol dameskleding waar een muffe geur van ouderdom uit opsteeg. Ze bekeek de verschillende lagen kleding, maar zag niets verdachts. Ze deed de koffer weer dicht en schoof hem onder haar bureau. Vervolgens pakte ze een opengereten vuilniszak en hield hem ondersteboven zodat de inhoud kletterend en ritselend op de grond viel: dossiermappen, papieren en prullaria, zelfs wat sieraden. Ze deed hetzelfde met een andere vuilniszak: allerlei voorwerpen en velletjes papier tuimelden op de grond. De derde, een zachte, ronde vuilniszak liet ze staan, omdat daar alleen kleren in leken te zitten. Ze deed een stap naar achteren en aanschouwde de hoop die voor haar lag: het zag eruit als rommel en deed haar denken aan alle keren dat Chloë orde had proberen te scheppen in de chaos in haar slaapkamer en ze oude opstellen, folders, brieven, panty's met een ladder en verfrommelde tissues op een hoop had gegooid om weg te doen. Maar Erin Brack was misschien wel vermoord in verband met een aanwijzing die hier ergens tussen de afgedankte spullen van een heel gezin moest zitten.

Ze hurkte neer en pakte een oogschaduwpalet met groentinten die overgingen in bruin. Haar mobiel zoemde: het was Levin.

Ze reageerde er niet op en pakte willekeurig dingen op: rekeningen, verscheurde foto's, oude ansichtkaarten, een spiraalblok. Ze maakte een kartonnen dossiermap open: de polis van een autoverzekering. Weer zoemde haar mobieltje. Ze zag een beduimelde paperback van *The Catcher in the Rye*. De pagina's waren vochtig en beschimmeld. Een muts met een pompon. Een armband. Zwemdiploma's. Garantiebewijzen van de verwarmingsketel en vaatwasser. Een onbeschreven wandkalender. Frieda trok een handvol papieren uit de hoop: een verjaardagskaart van Hannah aan haar moeder, een valentijnskaart met een groot vraagteken en de tekst: 'Van je geheime aanbidder', een verschrompelde kastanje aan een koordje, een klavertjevier, vastgeplakt met een vergeeld stukje plakband op een stukje stijf wit papier. Misschien bevatte een van deze dingen de aanwijzing die Erin Brack met de dood had moeten bekopen, maar ook al zou dat zo zijn, dan nog was het alsof ze wel een sleutel had, maar niet het slot, zelfs niet een deur.

Met een ping verscheen er een sms'je op haar schermpje. Het was van Levin. *Kom onmiddellijk hierheen*. Ze slaakte een zucht en stopte alles terug in de zakken.

'Zo.' Levin deed zijn bril af en legde hem op tafel. In tegenstelling tot de andere keren verscheen er geen glimlachje op zijn gezicht; alles aan hem was anders. 'Erin Brack.'

'Ja.'

'Ik heb net haar website bekeken.'

'Dan weet u ongeveer hoe ze was.'

'Ik weet ongeveer wat ze dacht.'

'De ene complottheorie na de andere.'

'En toch had ze het in dit geval misschien...' Levin maakte zijn zin niet af. 'Wat denkt u?'

'Voor Erins dood dacht ik dat door de incompetentie waarmee het eerste onderzoek is uitgevoerd misschien de verkeerde persoon was veroordeeld. En nu Erin dood is – en ik weet zeker dat het om moord gaat – ben ik daarvan overtuigd. Volgens mij zit Hannah Docherty al dertien jaar in een inrichting voor ontoerekeningsvatbare criminelen, vaak in isolatie, voor een misdrijf dat ze niet heeft gepleegd. Ik geloof niet dat ze geestesziek was toen haar familie werd vermoord, alleen boos en verward, en daarna getraumatiseerd door het verdriet en de beschuldigingen. Pas later is ze waanzinnig geworden.'

Terwijl ze dat zei, moest Frieda aan Hannah denken – of liever gezegd, zag ze Hannah voor zich. Een donkere schim.

Levin knikte. 'En iemand anders is ermee weggekomen.'

'Ja.'

'En die heeft Erin Brack vermoord, omdat ze in haar verzameling misschien iets had wat hem als schuldige zou aanwijzen.'

'Ja.'

'En dat wist hij omdat ze er in haar blog over heeft geschreven.'

'Precies. Ze heeft zelfs vermeld op welke dag ik die verzameling zou ophalen.'

'Maar dat hebt u eerder gedaan.'

'Ja.'

'Dus degene die Erin Bracks huis in brand heeft gestoken, terwijl ze thuis was, denkt dat hij het bewijs vernietigd heeft.'

'Ja.'

'Dan snapt u waarom ik u zo graag wilde spreken en wat u nu te doen staat.'

'Alles nog een keer met meer aandacht bekijken.'

Afkeurend schudde Levin zijn hoofd. 'Nee, u moet die spullen zo snel mogelijk weghalen uit uw huis. Want daar zijn ze nu toch?'

'U denkt dat...'

'Natuurlijk. Iemand heeft Erin Brack vermoord vanwege die spullen.' Hij zweeg even en trommelde zacht op tafel. 'De verzameling mag dan zijn gered, maar dat betekent niet automatisch dat u ook veilig bent, want we kunnen niet publiekelijk bekendmaken dat de spullen zijn weggehaald.'

'Volgens mij weet niemand dat ik ze heb.'

'Er is altijd wel iemand die dat soort dingen weet.'

'U hebt gelijk. Ik zal ze ergens anders heen brengen.'

'Dat kunnen wij ook voor u doen.'

'Ik doe het liever zelf, dan kan ik er altijd bij. Er moet iets tussen zitten.'

Levin keek ontevreden. 'Weet u het zeker?'

'Ja.'

Hij zette zijn bril weer op. 'Ik heb het idee dat het toch geen goed plan is.'

'Mocht het verkeerd uitpakken, bied Keegan dan mijn excuses aan.'

'Weet je zeker dat hier nooit iemand komt?' vroeg Frieda.

'Natuurlijk kómen er weleens mensen.' Ze stonden op het achtererf van de meubelmakerij waar Chloë werkte. Chloë was aan het stoeien met een sleutel en een groot, verroest hangslot. 'Zoals wij nu. Tenminste, als ik de deur open krijg.'

'Maar er werkt hier niemand?'

'Het is een opslagruimte. Hij staat vol oude planken en spullen die niemand meer wil, maar die nooit zijn weggegooid. Ik vind het trouwens een beetje raar allemaal. Wat zit er nou eigenlijk in die zakken?'

Knarsend draaide de sleutel om en ging het hangslot open. Chloë haalde de metalen beugel weg en trok de dubbele deur naar buiten open. Ze gaven toegang tot een grote ruimte met een betonnen vloer. Het had iets weg van een loods; door de hoge ramen viel licht naar binnen op stapels hout en oud gereedschap. Ze zagen een grote zaag met een kapot handvat en iets wat op een stokoude mangel leek. Chloë drukte op de lichtschakelaar. Lange tl-balken gingen flikkerend aan. Nu waren ook de hoeken van de ruimte te zien: een kinderwagen zonder wielen en een porseleinen wasbak, een slordige stapel kartonnen dozen. Op een hoog schap lagen twee lege vogelnestjes.

'Ideaal,' zei Frieda. 'Het is veel groter dan ik had verwacht.'

'Welkom in Walthamstow.'

'Dus hier werk je.' Frieda gebaarde naar de werkplaats aan de andere kant.

'Het is niet zo heel veel anders dan een ziekenhuis.'

Frieda keek haar nichtje aan. Ze droeg een oude canvas

broek, die werd omhooggehouden door een brede riem, en een T-shirt met lange mouwen dat verdacht veel op een T-shirt leek dat Frieda ooit was kwijtgeraakt. Haar voeten staken in grote, versleten werkschoenen. Haar haar was kort. Op haar wang zat een vuile veeg. Ze zag er sterk en voldaan uit, alsof ze eindelijk op haar plek was.

'Op een dag kun je een bank voor me maken. Of misschien een kruk.'

'Ik denk dat ik maar begin met een snijplank. Daar ben ik goed in.'

'Is Olivia nog altijd niet blij met je beroepskeuze?'

'Dat zit in de aard van het beestje. Ze maakt nu eenmaal van alles een drama. Maar pap is echt boos. Je kent hem.' Frieda kende hem inderdaad. 'Maar dat kan me niet schelen. Het is mijn leven, niet het zijne.'

'Goed zo.'

Ze droegen de zakken en de koffer naar binnen en stapelden alles tegen een muur.

'En, vertel je me nu wat erin zit?' vroeg Chloë.

'Dat weet ik zelf niet eens echt.'

'Wat betekent dat je het me niet vertelt.'

'Het betekent dat ik het niet weet.'

'Van wie zijn ze?'

'Van iemand die dood is. Ik heb ze min of meer geërfd, maar het is te ingewikkeld om dat uit te leggen. Ik moet kijken of er niks belangrijks bij zit voor ik alles weggooi. En ik wilde niet dat ze mijn hele werkkamertje in beslag namen.'

'Je hebt nooit tegen rotzooi gekund, hè? Maar goed, ik laat je nu alleen.' Ze gaf Frieda de grote sleutel en ging weg.

Toen Chloë weg was, keek Frieda in de vuilniszakken die ze onlangs nog had leeggehaald en daarna weer volgepropt. Het was duidelijk dat ze alleen maar iets zou kunnen vinden als ze alles sorteerde – maar hoe? Hoe kon ze structuur aanbrengen in deze rommel? Er was zoveel troep en ze wist niet waar ze moest beginnen, omdat ze niet wist wat ze zocht. Ze liep naar de stapel kartonnen dozen en pakte de bovenste eraf. Daarna ging ze op haar knieën zitten, nam de spullen een voor een uit de vuilniszakken en bestudeerde ze nauwkeurig voordat ze ze in een doos stopte. Sommige dingen had ze al even bekeken toen ze alles snel had doorzocht in haar studeerkamer; de rest leek veel van hetzelfde, dingen die mensen in de loop der jaren verzamelen: rekeningen, kwitanties, schoolrapporten, certificaten, aantekeningenboekjes, een paar oude paspoorten waarvan de hoekjes waren afgeknipt, prijsopgaves voor het herstel van verzakkingen, Aidans geboortebewijs, een klein plastic fotoalbum met vakantiekiekjes, tientallen bankafschriften, verjaardagskaarten, een half pakje enveloppen, een stapeltje recepten, maar voor zover ze kon zien geen bewijzen van schulden of van grote, onverklaarbare geldsommen die waren opgenomen of gestort. Een voor een verplaatste Frieda alles van vuilniszak naar doos. Het kostte veel tijd en buiten begon het al te schemeren. Op het dak hoorde ze een paar regendruppels vallen, die daarna in kracht toenamen en neerkletterden op de golfplaten. Zou het ooit nog ophouden met regenen?

Al twee dozen vol. Ze begon aan een vuilniszak vol kleren en schudde elk kledingstuk uit voordat ze het opgevouwen in de derde doos legde. Er zat zo te zien van alles en nog wat bij: een luchtig topje, een grijze herenbroek, een trui vol vlekken, jongenssneakers met gestrikte veters, een sweatshirt, een fleurige sjaal, een geruit overhemd met een vettige kraag, een stuk of wat dassen. In sommige kleren zaten mottengaten en er steeg een schimmelige, ongewassen lucht uit op.

Als laatste begon Frieda aan de koffer. Deze kleren, waar ze eerder al even naar had gekeken, zagen er mooier uit dan die in de vuilniszak en waren waarschijnlijk allemaal van Deborah geweest. Ze waren netjes opgevouwen: twee dunne blouses, een witte en een lichtblauwe, een zwarte rok, een zwarte beha met bijpassend slipje, een vest, een leren riem, een paar doorschijnende panty's die in bolletjes waren gerold, een pakje Kleenex. Dat was alles. Frieda deed de koffer weer dicht en schoof hem tegen de muur. Toen ging ze op haar hurken zitten. Het leken allemaal gewone spullen, van een gewone familie. Alleen hun dood maakte ze ongewoon. Als er al iets bij zat, dan zag ze het niet, of nog niet.

Om twee uur 's nachts werd Frieda wakker. Ze lag met open ogen naar het donker te staren terwijl het buiten nog steeds regende. Er zat haar iets dwars. Het drong tot haar door dat ze niet aan de zaak zelf dacht, maar aan Shelley Walsh, zo fris, keurig en netjes, en zo vol onderdrukte verlatingsangst. Ze was net een kind dat vadertje en moedertje speelde, ze boende haar huis alsof haar leven ervan afhing. Misschien kon ze Hannah niet helpen, maar wie weet Shelley nog wel. Ze hoorde de strenge stem van Thelma Scott die haar waarschuwde: 'Pas op dat je niet weer de reddende engel gaat spelen.'

Toen Shelley Walsh de volgende dag de deur opendeed en Frieda zag staan, betrok haar gezicht. 'We hebben al gepraat,' zei ze.

'Ik zou graag nog een keer met je praten. Mag ik trouwens je zeggen?'

'Maakt mij niet uit.' Shelley keek op haar horloge. 'Mijn man kan elk moment thuiskomen.'

'Dan kunnen we maar beter opschieten.'

'Je bent zelf een vrouw,' zei Shelley. 'Dan snap je toch wel hoe het voor mij is geweest? Ik ben een nieuw leven begonnen. Ik ben nu iemand anders.'

'Hannah Docherty is dat niet gelukt.'

'Niet iedereen is er sterk genoeg voor.'

'Mag ik nog binnenkomen?'

Shelley keek weer op haar horloge. 'Tien minuten. En eigenlijk zou ik dit helemaal niet moeten doen. Je mag best tegen me praten, maar ik ga ondertussen wel gewoon verder met koken.'

Ze nam Frieda mee naar de keuken, waar een uitgebreide maaltijd werd klaargemaakt, groenten, snijplanken, pannen in verschillende stadia van gebruik. Shelley begon een ui te snijden. 'Vraag me maar niet wat ik aan het maken ben en zeg gewoon wat je te zeggen hebt. Je wilt waarschijnlijk nog wat meer weten over vriendjes en drugs.'

'Nee.'

Shelley stopte met snijden. Ze hield haar linkerhand op en keek ernaar. Ineens kleurde haar vingertop rood en druppelde er bloed uit.

Frieda keek om zich heen, pakte toen een keukenrol, scheurde er een vel af en gaf het aan haar. 'Gaat het?'

'Laat me nou maar.' Ze wikkelde het papier om haar vinger.

'Dat gebeurt mij ook heel vaak,' zei Frieda, hoewel dat niet zo was.

'Het zou niet zijn gebeurd als jij hier niet was geweest. Ik probeer aan te veel dingen tegelijk te denken.'

'Ik ben zo weer weg. Ik wil je nog een paar dingen vragen.'

Shelley keek Frieda niet aan. Ze ging verder met uien snijden. 'Zo komt vast overal bloed op.'

'Weet je wat ik in de loop der jaren heb gemerkt?'

'Nee, dat weet ik niet, en ik wil het ook niet weten.'

'Als er een simpele, snelle manier is om een zaak op te lossen, dan gebeurt dat ook. Zelfs als er losse eindjes overblijven, dingen die niet helemaal kloppen. En het zijn juist die dingen die me interesseren. Daarom kan ik het niet loslaten.'

Shelley keek nog steeds niet op. *Hak hak hak.*

'Ik moet steeds denken aan dat huis waar jij en Hannah woonden,' vervolgde Frieda. 'Ik probeer me daar een beter beeld van te vormen.'

'Ik dacht dat je zei dat het niet over vriendjes en drugs ging.'

'Vertel me eens iets over Tom Morell.'

'Tom Morell?'

'Die woonde daar toch ook?'

'Ik weet wie je bedoelt, maar wat moet ik zeggen? Hij was… Nou ja, hij was er gewoon. De hele tijd.'

'Hoe was hij?'

'Aardig.'

'Dat is zo'n woord waar ik altijd moeite mee heb.'

'Wat is daar nou mis mee? Iemand kan toch gewoon aardig zijn?'

'Het is ook nietszeggend. Weinig verhelderend.'

'Nou, dat spijt me dan.' Shelleys stem klonk hoog en sarcastisch. 'Wat moet ik dan zeggen? Hij was beleefd en dik en hing altijd om ons heen. Zo beter?'

'Veel beter. Kon hij goed met Hannah opschieten?'

Shelley klakte met haar tong. 'Hoe moet ik dat nou weten?'

'Omdat je erbij was.'

'Ik hield me niet met Tom Morell bezig.'

'Maar als je nu aan hem terugdenkt.'

'Hij vond haar leuk. Waarschijnlijk meer dan dat.'

'Meer dan leuk.'

'Je weet wel. En hij was ook zo'n jongen die mensen graag helpt. Misschien dacht hij dat hij haar kon helpen.' Shelley was gestopt met uien snijden. Ze legde het mes neer en veegde met haar pols langs haar ogen. 'Ik weet niet waarom hij dacht dat Hannah eerder hulp nodig had dan ik.'

'Hoe bedoel je?'

'Hannah kon altijd nog terug naar huis. Ze zat er gewoon voor haar lol. Ik niet. Waarom wilde niemand mij helpen?' Ze knipperde snel een paar keer met haar ogen. Er speelde een onrustig lachje over haar gezicht.

'Wilde je moeder je niet helpen dan?' vroeg Frieda vriendelijk. 'Ik bedoel, voordat ze uit je leven verdween.'

'Ze is niet "verdwenen". Ze is vertrokken, weggegaan. En weet je wat? Opgeruimd staat netjes.'

Frieda wilde weer over Hannah beginnen, maar bedacht zich toen ze naar Shelley keek, die haar tranen probeerde te bedwingen terwijl ze de uien in de pan schoof. Ze hield haar schouders stijf en had een boze glimlach om haar mond.

'Hoe was je relatie met je moeder?'

'Ik ben op mijn vijftiende uit huis gegaan. Dat zegt genoeg, lijkt me.'

'Vertel me eens wat over haar.'

'Wil je dat ik iets over mijn moeder vertel? Over mijn moeder die is vertrokken zonder het me te vertellen, zonder zelfs maar afscheid te nemen? Waarom? Wat valt er nou te vertellen? Ik wil een heel andere moeder worden. Ik zal voor mijn kind zorgen en het beschermen.'

'Ze heeft jou niet beschermd?'

'Ik woonde een tijdje in een kraakpand en gebruikte drugs.'

'Hoe was ze? Omschrijf haar eens voor me.'

'Ze was een ramp. Ze had geen enkele zelfbeheersing. Ze was onverantwoordelijk, dat is het woord.'

Ze zette de pan op het fornuis en deed het gas aan. Nadat ze wat olie in de pan had gedaan, begon ze verwoed met een houten lepel door de uien te roeren.

'In welke zin?'

Shelley pakte een aubergine en draaide hem om in haar handen. Haar kleine, mooie gezicht drukte afschuw uit. 'Ze dronk,' zei ze.

'Was ze alcoholiste?'

'Zelfs op dagen dat ze niet dronk, kwam ze vaak niet eens haar bed uit. Ze bleef daar de hele dag liggen, met de gordijnen dicht. Als ik 's ochtends naar school ging, was ze niet meer dan een vage bult onder het dekbed. En als ik thuiskwam, lag ze er nog steeds. Het was thuis een puinhoop, het stonk er.' Ze trok haar neus op.

'Was ze depressief?'

'Ze was in elk geval iets.'

'Ook toen je nog klein was?'

'Ik ben de knoflook vergeten. Mijn hele systeem klopt niet meer. Zo wordt het niks.'

'Shelley?'

'Toen ik nog op de basisschool zat, was ze anders. Dan wachtte ze me op bij het hek en hield ze onderweg naar huis mijn hand vast en soms aten we brood met jam en las ze me verhaaltjes voor. Dat herinner ik me nog.' Haar zorgvuldig opgemaakte gezicht verzachtte even.

'Maar later veranderde ze.'

'Ja. Maar dat is allemaal verleden tijd.' Ze pakte een plat knoflookteentje en een kleiner scherp mes en probeerde onhandig het schilletje eraf te halen, maar het verband van keukenpapier zat haar daarbij in de weg.

'Zal ik je even helpen?' vroeg Frieda.

'Nee.'

'En je vader?'

'Hoezo, mijn vader?'

'Was hij ook in beeld?'

'Ik weet hoe hij heet, maar dat is het wel zo'n beetje. Ze zijn niet lang bij elkaar geweest – net lang genoeg om mij te krijgen, en toen ging hij weg. Af en toe waren er wel andere mannen. Niet dat er ooit iemand is gebleven. Er was ook nooit iemand van wie ik had gewild dat hij bleef. Maar als je wilt, kun je de knoflook wel pellen. Ik pers hem nooit, ik snij hem altijd heel fijn.'

Frieda pakte het mes en het teentje knoflook. 'Dus het was jij en je moeder?'

'Ja, alleen wij tweeën.' Shelley begon ineens schril te lachen. 'Echt een gelukkig gezinnetje.'

'Het klinkt niet fijn.'

'Waarom vraag je er dan naar?' Shelley roerde woest door de uien. 'Waarom kom je alles oprakelen?'

'Ik wil je echt niet onnodig van streek maken.'

'Doe dat dan ook niet. De knoflook moet bij de uien. Alsjeblieft.'

'Je bent op je vijftiende uit huis gegaan.'

'Ik dacht ineens, ik hoef dit niet meer te pikken. Bovendien zou ze me toch niet missen, leek me zo.'

'En, heeft ze je gemist?'

Shelley gooide een bordvol dobbelsteentjes courgette en paprika in de pan. Ze hield haar rug kaarsrecht. Haar paardenstaart zwaaide toen ze zich naar Frieda omdraaide.

'Het was al te laat.'

'Dus ze heeft wel geprobeerd je weer naar huis te halen?'

'Ze heeft geprobeerd me een schuldgevoel aan te praten.'

'Voelde je je schuldig?'

'Waarom zou ik? Ze was een slechte moeder. Ze huilde en zei dat ze zou veranderen, maar dat had ze al zo vaak gezegd, en ze zei ook dat ze er niks aan kon doen, maar dat geloof ik niet. Want neem mij nou. Ik heb ook een rotjeugd gehad, maar ik ben toch goed terechtgekomen. Ik heb een baan gezocht, ik ben met een nette man getrouwd die ik gelukkig probeer te maken. Ik werk hard.’ Ze gebaarde naar de glanzende keuken waarin alles een vaste plaats had.

‘Maar ze maakte zich dus wel zorgen om je?’

‘Dat moet je aan haar vragen. Als je haar kunt vinden.’

‘Wanneer heb je haar voor het laatst gezien?’

‘Ik woonde toen al niet meer bij haar. Ik weet het niet.’

‘Is ze ooit officieel als vermist opgegeven?’

‘Ze werd niet vermist. Ze was er gewoon opeens niet meer. Hoe dan ook, ik zou het niet weten, want zoals ik zei: ik woonde daar toen niet meer.’

‘Er moet toch iemand zijn geweest die zich zorgen om haar maakte?’

‘Waarom? Zoveel vrienden had ze niet meer.’

‘Heb je ooit geprobeerd haar te vinden?’

‘Zo hoort dat niet te gaan. Zij heeft ook nooit geprobeerd om mij terug te vinden, haar eigen dochter. Waarom zou ik me dan wel druk om haar moeten maken? Maar hoe dan ook, dat was een ander leven. Ik was iemand anders. Ik wil er niets meer mee te maken hebben. Helemaal niets. Als ze op de stoep stond, zou ik niet eens opendoen.’

‘Oké.’

‘En als ik wel open zou doen, zou ik heel koel en beleefd zijn en doen alsof ik haar niet eens herkende.’

‘Hoe zou je het vinden als ik eens probeer om haar op te sporen, of tenminste…’

‘Als ze haar verontschuldigingen zou aanbieden, zou ik die niet eens accepteren. Ik zou zeggen: het is te laat om nog te doen alsof het je wat kan schelen. Voor mij hoeft het niet meer.’

‘Denk je dat ze ooit bij je op de stoep zal staan?’

‘Natuurlijk niet.’ Weer dat onnatuurlijke, hoge lachje, alsof er met een mes op de rand van een glas werd getikt. ‘Ik ben alleen maar haar dochter.’

Ze trok het keukenpapier van haar vinger. ‘Het bloedt nog steeds,’ zei ze op beschuldigende toon.

‘Dat spijt me,’ zei Frieda.

Shelley liep met haar mee naar de voordeur, niet als een gastvrouw, maar meer alsof ze zeker wilde weten dat Frieda echt wegging. Toen Frieda naar buiten liep, raakte Shelley nog even haar schouder aan. 'Je hebt Jason ontmoet,' zei ze. 'Hij was toen mijn vriendje. We gebruikten samen drugs, we jatten samen en we woonden samen in dat smerige kraakpand. Ik ben daaraan ontsnapt. Dat is toch niet iets om me rot over te voelen?'

'Maar toch voel je je ergens rot om,' zei Frieda. 'En trouwens, hou die vinger goed schoon. Die snee ziet er akelig uit.'

23

Joe Franklin was weer weg, met zijn nieuwe kapsel en zijn schone witte overhemd. Hij had een wankel gevoel van herstel uitgestraald waardoor Frieda extra voorzichtig met hem was geweest. Nu was Maria Dreyfus aan de beurt. Ze kwam de kamer in alsof ze werd opgejaagd door de wind.

'Ik wou dat ik in God geloofde,' zei ze, nog voor ze goed en wel zat.

'Waarom wil je dat?'

'Omdat ik dan kon bidden.'

'En wat zou je precies zeggen in je gebed?'

'Alsjeblieft. Alsjeblieft alsjeblieft alsjeblieft.'

'Help me alsjeblieft?'

'Dat weet ik niet. Gewoon alsjeblieft.'

'Bescherm me alsjeblieft?'

'Misschien.'

'Waar zou hij je tegen moeten beschermen?'

'Tegen mezelf natuurlijk.' Ze keek Frieda boos aan. 'Wat natuurlijk niemand kan. Ik ben niet gek. Mijn hoofd doet pijn van het denken. Ik heb zo'n rotnacht gehad; ik kan het niet van me afzetten. Weet je, soms sla ik mezelf gewoon om niet meer te hoeven voelen. Zo.' Abrupt gaf ze zichzelf een klap boven op haar hoofd en maakte toen een snuivend geluid, dat ook een lach kon zijn.

'Dat moet je niet doen,' zei Frieda.

'Waarom niet?'

'Je bent hier om te praten, niet om jezelf pijn te doen.'

'Praten doet ook pijn, op een andere manier.'

'Toch ben je hier om te praten, of om te zwijgen als je wilt, maar niet om jezelf te slaan.'

'Sorry. Ik weet niet waarom ik dat deed – het was nogal stom en theatraal.' Er viel een stilte. Ze keek Frieda strak aan. 'De laatste tijd haat ik het om mensen in de ogen te kijken. Wanneer vrienden me aankijken, word ik onrustig en krijg ik zin om tegen ze te gaan schreeuwen. Ik kan hun blik gewoon niet verdragen. Misschien zou het hier beter gaan op een sofa, dan heb ik niet steeds het gevoel dat je ogen bij me naar binnen dringen.'

'Ik heb geen sofa.'

'Nou ja, dat zou ik waarschijnlijk ook weer vervelend vinden. Ik zou dan vast het gevoel krijgen dat ik toneelspeelde. Of ik zou gewoon in slaap vallen. Ik ben zo moe. Weet je, ik praat tegen je in mijn hoofd. Ik vertel je dan dingen die ik je in levenden lijve waarschijnlijk nooit zal vertellen.'

'Wat voor dingen?'

'Daar trap ik heus niet in.' Ze haalde beide handen door haar haar. 'Nou ja, waarom ook niet? Oké. Bijvoorbeeld, soms ben ik zo kwaad op mijn man dat het voelt alsof ik in brand sta. Of ik word misselijk. Ik kan misselijk worden van woede.'

'Ga verder.'

'Het is iets lichamelijks, een fysieke afkeer gewoon. Ik weet ook niet waarom. Zelfs toen hij een verhouding had, voelde ik dat niet. Het is net alsof hij me iets heeft aangedaan, me heeft verraden. Misschien heeft het nog iets met die verhouding van hem te maken, misschien heb ik die woede toen onderdrukt en komt hij er nu eindelijk uit. Maar zo voelt het niet. Die verklaring lijkt me te simpel, te voor de hand liggend.'

Het was voor het eerst dat Maria Dreyfus zo vrijuit praatte, zonder eerst af te wegen wat de consequenties waren van wat ze zei, zonder zichzelf te censureren voordat de woorden haar mond uit kwamen.

'Toen ik jong was, dacht ik dat de wereld voor me open lag,' vervolgde ze. 'Ik was brutaal, hoopvol. Ik nam risico's. Mannen werden verliefd op me – ik bedoel geen massa's mannen, maar genoeg om te weten dat ik aantrekkelijk was. Ik voelde me machtig. Het is net alsof ik die macht in de loop der jaren ben kwijtgeraakt, zonder het zelfs maar te beseffen. En moet je mij nu zien, een vrouw van middelbare leeftijd. Mijn kinderen zijn het huis uit, ik word grijs, en mijn man vraagt zich af wat ik heb. Ik begrijp gewoon niet hoe die jonge vrouw van toen is veranderd in deze hier. Aangetast. Volgens mij is dat het woord.' Ze wreef over haar intelligente gezicht. 'Alsof de verfijning weg is. Afgebrokkeld, weggekwijnd. Ik ben alleen nog maar een onzuiver instrument. Ik had niet verwacht dat het zo zou lopen... met mijn leven.'

Frieda liet de woorden even bezinken. Toen vroeg ze: 'En daar geef je je man de schuld van?'

'Misschien. Dat is natuurlijk niet eerlijk. Het is gewoon een huwelijk. Best een goed huwelijk zelfs, als ik het vergelijk met die van mijn vriendinnen. Ik geloof dat ik wel van hem hou. Ik geloof ook dat hij van mij houdt – hij zou dat in elk geval wel zo noemen. Maar ik heb het gevoel dat hij me niet meer zíét. Ik zie mezelf ook niet meer.'

'Je voelt je onzichtbaar.'

'Alsof ik niet herkend word. Misschien heeft iedereen dat gevoel wel. Misschien hoort dat wel bij ouder worden. Misschien heb ik er moeite mee om aan die nieuwe fase te wennen, komt mijn paniek daaruit voort, en voelt het over een paar maanden allemaal heel gewoon aan. Dat zeggen mensen toch: ook dit zal voorbijgaan? Ik zeg het ook tegen anderen. Maar misschien...' Ze stopte.

'Misschien?'

'Misschien wil ik niet dat het voorbijgaat omdat dat betekent dat ik accepteer dat dat het leven is: alleen maar een geleidelijk proces van verlies.'

Ze begon te huilen; ze maakte er geen geluid bij en probeerde ook niet haar tranen te bedwingen of weg te vegen. Ze stroomden over haar wangen als een rivier die een steile heuvel af loopt, terwijl ze Frieda aankeek, en Frieda kalm terugkeek. Na een tijdje boog ze zich naar voren om een tissue te pakken uit de doos op het lage tafeltje tussen hen in en depte voorzichtig haar ogen.

'Nou.' Ze glimlachte. 'Dat was onverwacht.'

Toen Frieda Flora Goffin belde, de buurvrouw van de Docherty's, wier man ze een paar dagen eerder had gesproken, zei die dat ze liever op neutraal terrein wilde afspreken. 'Dat voelt fijner.'

'Goed.'

'De Corner Bar. Die is vlak bij ons huis. Mijn man komt ook mee. Ik zal ervoor zorgen dat ik voor deze ene keer op tijd van mijn werk wegga. En ik heb de jongens gevraagd om een halfuurtje later te komen. Vier vliegen in één klap.'

Frieda was vroeg en ging aan een grote tafel bij het raam zitten. Ze vroeg om een glas kraanwater en dronk het op terwijl ze naar buiten keek. Er reed een witte bestelbus voorbij die ze herkende. Ze knipperde met haar ogen. Maar dat was Josefs auto. Wat deed hij hier? Ze herinnerde zich dat hij had verteld dat hij wat klusjes voor Emma Travis zou doen, maar daar was het een beetje aan de late kant voor. Ze fronste.

Ze zag Sebastian Tait langs het raam lopen, lang en slungelig; zijn vrouw leek heel klein naast hem en ze kon hem maar met moeite bijbenen. Ze verdwenen uit haar blikveld. Een paar seconden later stonden ze bij haar tafel. Flora Goffin had een bos krullen en een spits gezicht vol sproetjes. Onder de regenjas die ze uittrok, droeg ze een linnen pak dat er duur uitzag, en als ze praatte, zwiepten haar oorhangers alle kanten uit. Sebastian stond achter haar. Hij moest minstens dertig centimeter langer zijn dan zijn vrouw, dacht Frieda.

'Wat een hondenweer,' zei Flora Goffin. Ze had een hese stem en een Schots accent.

'Zo,' zei Sebastian, terwijl hij een grote leren tas op de grond zette, zijn jas uittrok en de regendruppels eraf schudde. 'Wat wil je drinken? We mogen elkaar nu toch wel tutoyeren?'

'Prima, maar ik betaal,' zei Frieda. 'Ik zal een fles wijn bestellen. Rood of wit?'

Het duurde een paar minuten voordat Sebastian Tait ermee

akkoord ging dat zij betaalde, maar hij stond erop om zelf de wijn uit te kiezen. Terwijl hij bij de bar met een ernstig gezicht iets tegen de barman zei, keek Flora Goffin geamuseerd toe. Ze wendde zich tot Frieda.

'Je snapt vast wel dat het heel raar voor ons is om weer in het verleden te duiken.'

'Natuurlijk.'

'Ik weet niet wat je precies van ons verwacht. Ik weet eigenlijk helemaal niet waar je mee bezig bent. Misschien kun je me dat eerst uitleggen.'

Ze leunde iets naar voren, alsof ze een ondervrager was, en keek Frieda scherp aan toen die in het kort begon te vertellen waar ze mee bezig was. Toen ze wilde zeggen wat ze deed, onderbrak Flora haar.

'Ik weet wat je doet. Ik heb je gegoogeld. Er is vrij veel over je te vinden. En mijn secretaresse weet alles over je.'

'Wat er op internet te vinden is klopt niet allemaal.'

'Ik heb er weleens over gedacht om Hannah op te zoeken,' zei Flora.

Die opmerking kwam zo onverwacht dat Frieda zich erdoor overvallen voelde. 'Maar dat heb je nooit gedaan.'

'Ik wist niet waarom ik dat zou doen. Ik wist niet wat ik dan zou moeten zeggen. Hoe dan ook, ik begrijp het nog steeds niet helemaal. Waarom zouden wij je kunnen helpen?' Haar stem kreeg een scherp randje.

Sebastian kwam terug van de bar, pakte een stoel en zette zijn lange benen in scherpe hoeken neer.

'De wijn komt eraan,' zei hij. 'Een lekkere Soave.'

'Ik vroeg Frieda net wat ze precies van ons verwacht.'

Aarzelend keek Frieda van de een naar de ander.

'Het is niet alleen dat de zaak slecht is onderzocht. Ik geloof ook niet dat Hannah Docherty schuldig is.'

Sebastian sloeg zijn benen anders over elkaar. Frieda zag dat hij een van zijn zelf ontworpen dassen droeg. Zijn gezicht was bleek en ingevallen.

'Wat?'

Er viel een ongemakkelijke stilte toen de barman een fles witte wijn en drie glazen op tafel zette, samen met een schaaltje groene olijven. Zwijgend keken ze toe terwijl hij de fles ontkurkte. Hij hield de fles een paar centimeter boven een glas en keek hen vragend aan.

'Ik schenk zelf wel in.' Sebastian Taits stem klonk schor. Hij zag er geschokt uit. 'Zet maar op tafel.'

'Hoezo?' vroeg Flora zodra de barman was verdwenen; ze had een felle blik in haar ogen. 'Waarom denk je dat?'

'Dat is moeilijk uit te leggen.'

'Niemand heeft er ooit aan getwijfeld dat zij het was. Helemaal nooit.'

'Maar ik wel.'

'Ben jij de enige die dat denkt?' vroeg Flora. 'Of zijn er meer die er zo over denken?'

'Ik ben in elk geval degene die dat probeert uit te zoeken.'

'In je eentje?' vroeg ze met een kort knikje naar Frieda. 'Vergeet niet dat ik over je heb gelezen.'

'Grotendeels in mijn eentje,' zei Frieda. 'Maar die hele zaak roept grote vraagtekens op, en het gaat mij om het volgende: jullie buren, jullie vrienden, mensen met wie jullie op vakantie gingen, zijn vermoord en hun dochter Hannah – die jullie ook heel goed kenden – zit al dertien jaar in een inrichting voor een misdrijf dat ze misschien niet eens heeft gepleegd.'

'Echt? Ik bedoel, echt?' Dat was Sebastian, die zijn wijnglas in zijn lange dunne handen hield. Hij sprak half fluisterend.

'Daar probeer ik achter te komen,' zei Frieda. 'Is er iets, maakt niet uit wat, dat jullie me kunnen vertellen over Aidan en Deborah, of over Hannah, of zelfs over Rory, iets waarvan jullie denken dat ik het moet weten, iets wat de politie al die jaren geleden over het hoofd heeft gezien? Wat dan ook.'

Ze keek van de een naar de ander. Ze zag dat Sebastian snel even een korte blik op zijn vrouw wierp. De regen gutste over het raam naar beneden en de wijnbar stroomde vol met mensen die kwamen schuilen.

'Het waren onze vrienden,' zei Flora toen. 'Maar weet je, mensen blijven altijd een raadsel voor je. Zij waren een raadsel, en na hun dood helemaal. Vooral Deborah.'

'In welke zin?'

'Ze was niet echt open.'

Vanuit haar ooghoek zag Frieda Sebastian glimlachen.

'Waar was ze dan niet open over?'

'Als ik had ontdekt dat ze een spion was, zou me dat niet hebben verbaasd.'

'Je stond altijd nogal vijandig tegenover haar,' merkte Sebastian welwillend op, terwijl zijn blik naar buiten gleed.

'Onzin. Ze was mijn vriendin.'

'Tussen vriendinnen kan soms sprake zijn van rivaliteit,' zei hij. Hij keek Frieda aan. 'Ja, toch?'

'Mannen denken dat graag van vrouwen,' zei Flora.

'Jij had er alle reden toe,' zei hij. 'Laten we dat niet vergeten.'

'Zullen we het weer hebben over waar het om gaat?' vroeg Flora.

'Waar gaat het dan over?' Sebastian nam een slok wijn en boog zich toen naar voren om een olijf te pakken.

'Over Hannah,' zei Frieda.

'Altijd als we het over haar hebben, en dat is niet vaak, is het net alsof ze dood is,' zei Flora. 'We spreken in de verleden tijd over haar. Is jou dat ook opgevallen?' Ze keek Sebastian aan.

'Misschien is dat de gemakkelijkste manier om ermee om te gaan,' zei Frieda. 'Maar kunnen we nog even op mijn vraag terugkomen? Is er iets wat de politie over het hoofd kan hebben gezien, naar jullie weten?'

'Flora?' Sebastian keek zijn vrouw met opgetrokken wenkbrauwen aan.

'O, allemachtig, zeg.' Ze zette haar glas met een klap neer op tafel. 'Hou op.'

'Wat?'

'Gewoon ophouden.' Ze wendde zich tot Frieda. 'Wat mijn lieve echtgenoot eigenlijk probeert te zeggen, is dat ik...' Ze stopte abrupt en Frieda zag dat ze rood werd in haar gezicht en hals. 'Dat ik even iets met Aidan heb gehad.'

'Wanneer?'

'Dat weet ik niet meer precies.'

'Van juli 1999 tot januari 2000,' zei Sebastian. 'Wat een behoorlijk lange tijd is. Voor even iets.'

'Je hoeft niet zo moralistisch te doen,' zei Flora. 'Dat past niet bij je.' Ze wierp hem een boze blik toe. Van haar blos waren alleen nog twee rode vlekken op haar wangen over.

'Je hebt gelijk.' Sebastian stak zijn handen op als in overgave. 'Je hebt natuurlijk helemaal gelijk.'

Frieda had het eigenaardige gevoel dat hij genoot van deze publiekelijke onthulling.

'Waarom is er een einde aan gekomen?' vroeg ze aan Flora.

'Gewoon. Dat zat er altijd al in.' Ze schudde haar hoofd. 'Nee, dat klopt niet helemaal. Aidan was altijd erg vrolijk, erg energiek, maar ineens werd hij lethargisch, depressief zelfs.'

'Wie wist ervan?'

'Dat hij depressief was?'

'Nee. Dat jullie...' Frieda aarzelde. Het leken helemaal de verkeerde woorden. 'Iets hadden.'

'Ik.' Weer dat merkwaardige lachje van Sebastian.

'Wist Deborah het?'

'Waarschijnlijk wel,' zei Flora. 'Ik weet wel bijna zeker dat ze het wist. Maar ze heeft nooit iets gezegd en deed altijd erg vriendelijk tegen me. Maar ik ben er gewoon altijd van uitgegaan dat ze het wist.'

'En Hannah?'

'Nee. Beslist niet. Die kan dat niet geweten hebben.'

'Rory?'

'Nee.'

'Zijn jullie met ruzie uit elkaar gegaan?'

'Het ging heel beschaafd, op het gênante af. We bleven elkaar gewoon zien. We dronken nog steeds samen een borrel en spraken over het tuinhek met elkaar, dat soort dingen. De kinderen bleven ook bevriend, tenminste, Rick en Rory. Hannah had zich toen al teruggetrokken in haar eigen wereld.'

'Heb je enig idee of Aidan na jou nog een verhouding heeft gehad?'

Flora keek haar verbaasd aan. 'Dat is nooit bij me opgekomen. Ik zag hem niet zo vaak meer en ik dacht eigenlijk dat hij niet zo lekker in zijn vel zat, misschien ongelukkig was, maar ik heb nooit het idee gehad dat er een andere vrouw was.'

'Misschien heeft hij dat jou wel niet verteld,' zei Sebastian met een glimlach.

'Ik heb er nooit iets van gemerkt, jij wel, Sebastian?'

'Ik? Nee.'

'Hebben jullie ook niets aan Deborah gemerkt?'

'Dat hield ons toen niet echt bezig.'

'Dus over hun persoonlijke leven in dat laatste jaar weten jullie niet veel?'

'Niet echt.'

Flora onderdrukte een kreet toen er twee jongemannen langs het raam liepen. Toen ze hun ouders achter het glas zagen zitten, bleven ze ineens stilstaan en staken overdreven en tegelijkertijd gegeneerd hun hand op.

'Daar heb je Saul en Rick,' zei Sebastian Tait. Hij stond op. 'Ik zal nog wat wijn bestellen.'

'Ik hoef niet meer,' zei Frieda.

'Nu maar rood, lijkt me. En nog wat van die olijven. En daarna zullen we je met ze alleen laten. Dit soort dingen bespreek je niet zo gemakkelijk in een groep.'

Flora's gezicht klaarde op toen haar zoons naar de tafel kwamen lopen. Frieda gaf eerst Saul een hand. Hij was net als zijn vader lang en mager en had een langgerekt, schrander gezicht. Toen begroette ze Rick, de arts. Hij was klein en donker en straalde een rusteloze energie uit. Hij trok een stoel bij, en de broers gingen naast elkaar zitten. Flora liep naar Sebastian aan de bar en Frieda zag dat hij even een hand op haar onderrug legde, een gebaar van verontschuldiging, of misschien van verzoening.

Rick kwam meteen ter zake. 'De Docherty's,' zei hij. 'Dit is zo bizar. Je weet gewoon niet hoe bizar dit is. Toch, Saul?'

Saul knikte.

'Waren jullie close?'

'Ik was heel close met Rory toen we nog klein waren. We deden alles samen. Ik bracht hem altijd in moeilijkheden. Ik heb hem een keer overgehaald om snoep te jatten. Toen hij dood was, wilde ik het liefst verhuizen. Ik vond het vreselijk om daar te blijven wonen, naast het huis waar het allemaal was gebeurd. Het was alsof ik er niet aan kon ontsnappen.'

'Ik wilde jullie iets vragen, maar het is nogal pijnlijk en naar,' zei Frieda. 'Herinneren jullie je Guy Fiske?'

Rick hield beide handen op alsof hij die suggestie al op voorhand wilde afwijzen. 'Nee,' zei hij. 'Ik weet wat je wilt zeggen. Fiske heeft heel veel verschrikkelijke dingen gedaan. Maar dat niet. Vast niet.'

'Sorry,' zei Frieda. 'Maar ik vraag me af hoe je dat kunt weten. Rory had wel les van hem.'

'Mij heeft hij nooit aangeraakt,' zei Rick. 'En echt, ik zou het hebben geweten als hij Rory iets had aangedaan. Toch?'

'Dat weet ik niet.'

'En anders had Rory wel iets gezegd. Op z'n minst tegen zijn moeder.'

Saul luisterde aandachtig. Hij leek zenuwachtig en triest. Frieda herinnerde zich dat zijn vader hem had omschreven als een brave leerling, een nerd, die door Hannah in bescherming was genomen.

'Hadden Hannah en Rory een goede band?' Ze vroeg het aan Saul, maar het was Rick die antwoordde.

'Rory aanbad haar. Hij was verlegen. Hij had het niet gemakkelijk op school. En ik hielp hem ook niet echt. Thuis was ik zijn beste vriend, maar op school liet ik hem links liggen. Mooie vriend, hè? Dat is iets wat ik nooit meer kan goedmaken, al durf ik het tegenwoordig wel onder ogen te zien. Maar Hannah beschermde hem wel. Je moest haar niet tegen je krijgen. In het ziekenhuis kom ik ook weleens zulke mensen tegen. Ze had een kort lontje, ze wist nooit wanneer ze moest ophouden, of hoe. Ik denk dat dat die avond ook is gebeurd. Ze kon gewoon niet stoppen.' Hij wreef over zijn gezicht. 'Het is heel moeilijk om daaraan te denken,' zei hij. 'Het is ons niet zelf overkomen, maar het heeft toch ons leven bepaald, als je snapt wat ik bedoel.'

Frieda knikte. Sebastian kwam terug met twee extra glazen en een fles rode wijn, die hij voorzichtig op tafel zette. Hij gaf Saul een klopje op zijn schouder en liep toen weer weg. Frieda keek naar Saul.

Toen hij haar blik ving, zei hij: 'Ik ken niemand die zo aardig was als Hannah.'

'O?'

'Ze haatte wreedheid. Ze haatte pestkoppen.'

'Ze is veroordeeld voor het vermoorden van haar hele familie.'

'Ze zeiden dat ze gek was.'

'Heb je weleens gedacht dat ze dat op het laatst misschien ook wel was?'

'Ongelukkig. Boos. De weg kwijt. Zeker niet gek. Maar ik moet me vergist hebben. Het is de enige logische verklaring.' Hij zweeg. Frieda zag dat hij moeizaam slikte. Ze wist dat hij haar iets wilde vragen. 'Ben je bij haar geweest?' vroeg hij.

'Ja.'

'Redt ze het een beetje?'

'Nee.'

Ze zag zijn nerveuze gezicht vertrekken.

'Ik had zelf bij haar op bezoek moeten gaan. Ga je nog een keer naar haar toe?'

'Ja.'

'Wil je dan tegen haar zeggen dat Saul aan haar denkt? Dat hij haar niet is vergeten?'

'U weer.' Het was de jongere verpleger, potig en nors en met borstelige wenkbrauwen. Er hing een geur van tabak en zweet om hem heen.

'Inderdaad.'

'U had niet gezegd dat u zou komen.'

'Dat hoef ik niet te zeggen. Ik heb toestemming.'

'Ze is nu niet in staat om bezoek te ontvangen.'

'Dat beoordeel ik zelf wel. Ik weet wat er hier gebeurt.'

'Ik zou maar een beetje op mijn woorden passen, als ik u was.'

'En u moet weten – iedereen die hier een zorgplicht heeft tegenover Hannah moet dat weten – dat ik jullie in de gaten hou.'

Later die avond, toen Frieda in bed lag te lezen, ging haar mobieltje.

'Hallo?' Er klonk gegrinnik en gesnuif aan de andere kant van de lijn. Op de achtergrond hoorde ze mensen lachen. 'Met wie spreek ik?'

'Jason. Jason Brenner. Hannahs oude vriend.' Hij klonk dronken of stoned. Zijn stem sleepte.

'Waarom bel je? Is er iets wat je me over haar wilt vertellen?'

'Ja. Je zei dat ik je moest bellen als ik me iets belangrijks herinnerde.'

'Zeg het maar.'

'Ik herinnerde me dat ze me altijd moest pijpen van me.' Het gelach op de achtergrond zwol aan. 'Ben je daar nog? Ze vond het niet leuk maar ze deed het toch. Dat is me wat. Ik heb me laten pijpen door een massamoordenaar.'

Frieda hing op.

Het duurde uren voordat ze in slaap viel en het was nog donker toen ze plotseling wakker werd, waakzaam en met een gevoel van opwinding. Het was alsof iemand haar had wakker geschud of dat ze wakker was geworden van een geluid. Maar ze was alleen, in de kamer was het stil, en buiten hoorde ze alleen de wind en in de verte verkeersgedruis. Toch wist ze dat ze ergens wakker van was geworden. Van een gedachte, een idee, een herinnering.

Ze trok haar dekbed op tot aan haar kin, sloot haar ogen en probeerde na te denken, zich te concentreren, zich het te herinneren, de vorm vast te houden die zich net buiten haar blikveld bevond en weer dreigde op te lossen in de duisternis. Maar toen, in een flits, wist ze het. Ze keek op de wekker naast haar bed en zag dat het bijna drie uur was. Ze hield zich voor dat het geen zin had om nu te gaan; in die paar uur voordat het licht werd zou er niets veranderen, maar ze wist ook dat ze niet meer zou kunnen slapen, niet met deze glimp in haar hoofd.

Dus verliet ze om halfvier haar huis. Terwijl ze naar Marylebone wandelde, had ze geen oog voor de flatgebouwen, de hotels, de rijtjeshuizen. Zoals altijd waren er mensen op straat, taxi's, het geraas van verkeer op Euston Road. Om tien voor vier nam ze de nachtbus, waar verder alleen nog een jonge vrouw met hoofddoek in zat, helemaal voorin. Om halfvijf was ze in Walthamstow en stopte ze de sleutel in het zware slot van de opslagruimte. Ze deed de deur open, zocht naar de lichtschakelaar en knipperde even met haar ogen tegen het plotselinge oogverblindende licht. De natte binnenplaats achter haar glom; af en toe viel er nog een spatje regen.

Frieda ging naar binnen en gooide de deur met een klap dicht. Ze liep naar de dozen en trok die met de kleren naar het midden van de opslagruimte, pal onder het licht. Ze pakte het sweatshirt, het topje met de spaghettibandjes, de trui vol vlekken en de herenbroek eruit, en toen zag ze wat ze zocht: een in elkaar gefrommeld stukje stof met een felgekleurd dessin. Een bandana, geen sjaaltje, zoals ze eerder had gedacht.

Om kwart over zes stond ze voor het huis van Seamus Docherty. Er brandde nergens licht en alle gordijnen waren dicht, maar ze belde toch aan en toen er geen reactie kwam, liet ze de deurklopper een paar keer dwingend neerkomen. De hond blafte al. Boven ging een lamp aan en vlak daarna hoorde ze geschuifel van voeten.

'Wat is dit verdomme?' Seamus Docherty droeg een pyjamabroek en een badjas die hij met één hand dichthield. De hond stond naast hem te grommen.

'Toen u de spullen uit Deborahs huis weggooide, hebt u daar toen iets bij gestopt?'

'Wat doet u hier? Ik lag te slapen.'

'Ik wil weten of u toen ook iets van uzelf hebt weggegooid.'

'Waar hebt u het over?'

'De spullen die u hebt meegenomen en later weggegooid...'

'Ja, ik heb wel gehoord wat u zei, ik snap het alleen niet. Hoe laat is het?'

'Hebt u toen nog andere spullen weggegooid, spullen die van u waren?'

'Wat? Waarom zou ik? Ik was toen niet echt in de stemming voor een voorjaarsschoonmaak. Maar dit is belachelijk. Waarom komt u me midden in de nacht vragen of ik dertien jaar geleden misschien iets heb weggegooid? Spoort u wel?'

'Het is al zes uur geweest.'

'O, maar dan is het goed. Heel logisch allemaal.'

'Mag ik binnenkomen?'

'Waarom?'

'Ik wil u iets laten zien.'

Seamus Docherty staarde haar aan. Hij had wallen onder zijn lichtgrijze ogen en scherpe lijntjes om zijn mond; zijn hals was mager en pezig.

'Oké,' zei hij na een tijdje. 'Kom dan maar binnen. Maar wel stil zijn, ik wil niet dat Brenda wakker wordt. Ik denk dat ze minder coulant zal reageren dan ik.'

In de keuken vulde hij de waterkoker en plensde daarna wat water in zijn gezicht.

'Zo,' zei hij. 'Laat me dan maar eens zien waarom u in het holst van de nacht bij me op de stoep staat.'

Frieda haalde de bandana uit haar zak. 'Dit.'

Seamus Docherty keek er met samengeknepen ogen naar. Toen keek hij naar Frieda. 'Dus u komt hier met een sjaaltje aanzetten. En wat heeft dat met mij of met Deborah of met die hele klotegeschiedenis te maken, behalve dat...' Hij stopte.

Ze zag dat zijn handen trilden. 'Omdat het van Brenda is,' zei ze.

'Van Brenda,' zei hij.

'Ja.'

'En wat dan nog, verdomme?'

'Het zat bij de spullen die u hebt weggegooid.'

'En hoe weet u dat allemaal?'

'Hoe ik weet dat het van Brenda was?'

'Ja. Dat. En ook hoe u kunt weten wat ik dertien jaar geleden heb weggegooid, nadat mijn zoon en ex-vrouw waren afgeslacht door mijn dochter?'

'Ze draagt het op de foto die bij u in de huiskamer staat.'
'Welke foto?'
'Die van u en Brenda en Rory op een strobaal.'
'Dit is echt ongelooflijk.'
'Daarom probeer ik er nu achter te komen...'
'Hoe weet u wat ik heb weggegooid?' Hij sloeg hard met zijn hand op de keukentafel. Achter hem kookte het water.
'Daar gaat het nu niet om. Het gaat erom dat deze bandana tussen de spullen zat die u uit dat huis hebt weggehaald, spullen die u later hebt weggegooid, zoals mijn... eh... bron me heeft verteld.'
'En waarom zou dat belangrijk zijn?'
'Dat probeer ik juist vast te stellen.'
'Seamus, wat is er aan de hand?' Brenda Docherty stond in de deuropening in een geruite ochtendjas. Toen ze Frieda zag, kreeg ze een afwerende blik in haar ogen. 'Wat doet u hier?'
'Ze heeft een bandana bij zich,' zei Seamus. Hij ging aan tafel zitten en steunde met zijn hoofd op zijn hand. 'Ze zegt dat die van jou is.'
'Dat is toch zo?' Frieda hield hem op.
'Hoe komt u daaraan?' vroeg Brenda.
'Het zat bij de spullen die na de moorden uit het huis van Deborah en Aidan zijn gehaald.'
'Ik begrijp er helemaal niets van,' zei Brenda. 'Niet hoe u eraan komt, niet waarom het belangrijk is, niet wat u hier komt doen, maar ja, die was van mij. Ik heb hem aan Hannah gegeven.'
'Echt waar?'
'Ja, echt waar. Ze vond hem mooi, en toen heb ik hem aan haar gegeven.'
'Wanneer?'
'Waarom zou ik me dat in godsnaam moeten herinneren?'
'Was het vlak voor de moord op haar familie?'
'Dat weet ik niet meer.'
'Het was in elk geval nadat die foto was genomen die ik heb gezien, want op die foto draagt u hem. En ik schat dat die foto in de herfst van 2000 is genomen. Dus daarna.'

'Als u het zegt. Maar nu moeten Seamus en ik ons maar eens gaan douchen.'

'Vreemd.'

'Hoe bedoelt u, vreemd?'

'In het jaar voorafgaand aan de tragedie droeg Hannah alleen maar zwart, is me verteld. Ze was een goth. Daar past dit niet echt bij.'

'Wat wilt u daarmee zeggen?'

'Niets. Ik denk gewoon hardop.' Een golf van vermoeidheid overspoelde Frieda. 'Ik ga weer, maar mocht u zich nog iets herinneren, laat het me dan alstublieft weten.'

'Mag ik u iets vragen?' Brenda Docherty trok de ceintuur van haar ochtendjas wat strakker.

'Natuurlijk.'

'Wat wilt u eigenlijk?'

'Wat ik wil?'

'Ja. Waarom komt u alles weer oprakelen, al dat verdriet, al die verschrikkelijke dingen die we maar beter kunnen laten rusten. Wat denkt u daarmee te bereiken?'

'Ik wil graag weten wat er dertien jaar geleden in dat huis is gebeurd.'

'Wat er is gebeurd is dat een ziek en gevaarlijk meisje haar hele familie heeft vermoord. Dat is er gebeurd. Het is heel pijnlijk om dat weer op te rakelen, of u dat nu doet uit naam van de waarheid of van de gerechtigheid of wat dan ook.' Haar stem had een scherpe klank, van paniek of woede.

Frieda knikte naar haar. 'Sorry dat ik u heb wakker gemaakt,' zei ze. Ze pakte de bandana van tafel. 'Hopelijk vindt u het niet erg dat ik deze weer meeneem.'

24

Frieda boog zich naar Hannah toe zonder haar aan te raken. 'Ik ben Frieda. Ik ben al eerder langs geweest. Weet je dat nog?'

Hannah Docherty keek haar aan. Haar gezicht zat onder de blauwe plekken en was opgezwollen, één oog was alleen nog maar een spleetje. Haar haar was vet. Haar hals, boven het vormeloze donkerblauwe sweatshirt, was nog steeds smerig. In een mondhoek had ze koortsuitslag.

'Hannah, je hoeft niets te zeggen. Ik ben een vriendin.'

'Niemand. Niemand.'

'Je bent heel lang alleen geweest.' Frieda praatte zacht en duidelijk en sprak elk woord zorgvuldig uit. Ze wist niet of Hannah begreep wat ze zei. 'Dat weet ik. Je had niemand om mee te praten. Maar nu ben ik hier en kun je met mij praten als je dat wilt, maar het hoeft niet.'

Hannah gaf geen antwoord, er trok alleen even een frons over haar voorhoofd. Frieda dacht aan de foto's die ze van Hannah als puber had gezien, sterk en levenslustig, met een frisse huid, heldere ogen en glanzend donker haar.

'Ik heb wat fruit voor je meegenomen. Daar konden zelfs de bewakers niets op tegen hebben.'

Ze pakte de mandarijnen en druiven uit de plastic tas en legde ze op tafel. Hannah keek ernaar en likte haar lippen. Daarna raakte ze voorzichtig een mandarijn aan.

'Neem maar wat, als je zin hebt.'

Hannah knipperde even met haar goede oog, eerst naar Frieda, toen naar het fruit. Ineens pakte ze de tros druiven, propte hem in haar mond en begon verwoed te kauwen. Er droop sap over haar kin. Na een paar seconden stopte ze met eten en hield de verminkte tros voor Frieda op.

'Jij?' vroeg ze met haar hese, roestige stem, de stem die ze nooit gebruikte, of alleen maar gebruikte om mee te jammeren.

'Dat is heel aardig van je. Maar het is allemaal voor jou, Hannah.' Frieda pakte de bandana uit haar zak. 'Heb jij deze weleens gedragen?'

Hannah staarde ernaar en raakte hem toen met een wijsvinger aan. 'Blauw,' zei ze. 'Groen.'

'Maar heb je hem weleens gedragen?'

Hannah gaf geen antwoord.

Ze zaten een tijdje zwijgend bij elkaar. Toen zei Frieda: 'Ik moest je de groeten doen van Saul Tait.'

Hannah maakte een geluidje. Misschien een snik, dacht Frieda.

'Hij zei dat je de aardigste persoon was die hij ooit heeft gekend.' Ze wachtte even. 'Ik weet dat je je familie niet hebt vermoord.'

Hannah sloeg een hand voor haar bont en blauwe gezicht. 'Sst,' zei ze.

'Ik weet dat je je moeder en je stiefvader niet hebt vermoord. En Rory ook niet,' voegde ze eraan toe.

Hannah spreidde haar vingers wijd uit voor haar gezicht.

'Er is jouw familie en jou iets vreselijks aangedaan.'

Hannah kreunde en boog zich voorover. Haar haar viel over haar gezicht.

'Het zou helpen als je me ook maar iets over die tijd kunt vertellen,' ging Frieda verder. 'Want ik zal erachter komen wie het heeft gedaan.' Ze wachtte even en legde toen aarzelend een hand op Hannahs schouder. 'Jij was het niet. Begrijp je wat ik zeg?'

'Rory?'

'Jij hebt Rory niet vermoord.'

Hannah sloeg haar armen om zichzelf heen en begon van voor

naar achter te wiegen, een groot, gehavend schepsel met ongewassen haar vol klitten, dat een zwak klaaglijk geluid maakte. Ze straalde iets ontheemds uit. Frieda liet haar hand op haar schouder liggen en vroeg zich af wanneer iemand Hannah voor het laatst met een vriendschappelijk of troostend gebaar had aangeraakt.

'Weet je wat,' zei ze. 'Als ik nou eens je haar zou wassen?'

Hannah hief haar opgezwollen gezicht. 'Haar?'

'Ja.'

'Ik?'

'Ja.' Ze nam haar hand weg en stond op. 'Wacht even. Daar kunnen ze geen bezwaar tegen hebben.' Ze merkte zelf hoe snel ze op een afstandelijke taal was overgestapt – het personeel was 'ze' geworden, anoniem en vijandig.

Ze konden er geen bezwaar tegen hebben, maar dat hadden ze wel. Toch waren Hannah en Frieda een halfuur later in een kleine badkamer op de eerste verdieping. Hannah zat op een metalen stoel die met de rug tegen de wasbak stond. Er lag een ruwe handdoek over haar schouders en ze hield haar hoofd achterover. Het was Frieda gelukt om shampoo in een megaverpakking te bemachtigen en ook een zwarte kam waaraan wat tanden ontbraken. Ze had ook een plastic kan gevonden. Ze draaide beide kranen open en vulde de kan met water.

'Zeg het maar als het te warm is.'

Met de kan schonk ze steeds opnieuw water over het haar dat volledig in de knoop zat, en ze haalde haar vingers erdoor om de klitten te ontwarren.

Hannah slaakte een zacht kreetje.

'Te warm of te koud?'

'Nee.' Het was bijna een jammerklacht. 'Alsjeblieft.'

'Doe je ogen maar dicht. Anders krijg je er nog zeep in.'

Hannah sloot haar goede oog. Frieda spoot shampoo op haar hoofd en masseerde het in de dikke plukken haar tot het schuimde. Ze kon Hannahs schedeldak voelen en zag dat haar gekneusde gezicht en haar zware lichaam zich ontspanden. Hannah was nu eenendertig en had haar hele volwassen leven op deze plek doorgebracht, een plek waar ze was getreiterd, uitgekotst, verdoofd, geslagen en opgesloten in een cel, overgelaten aan de folteringen van haar eigen geest.

'Ik heb Jason Brenner gesproken,' zei Frieda. Onder haar vingers voelde ze Hannah verstrakken. 'Hij had het over een rivier, de Effra. Hij zei dat je dat zo'n mooi idee vond dat die er was. Herinner je je dat nog?'

Ze voelde een zwakke beweging onder haar handen. Schudde Hannah haar hoofd? Was het een ontkenning?

'Dat hebben we gemeen met elkaar,' zei ze. 'Dat we het een mooi idee vinden dat een rivier als de Effra, verborgen, toegedekt en vergeten, nog steeds onder de straten en stoepen door stroomt.'

Frieda wist niet of Hannah wel naar haar luisterde. Praatte ze soms alleen tegen zichzelf? Ze spoelde de shampoo uit het haar, herhaalde het hele proces nog een keer en duwde Hannahs hoofd toen weer recht. Ze wreef het haar droog. Daarna begon ze de klitten er voorzichtig uit te kammen; ze begon bij de punten en kon om de paar seconden bosjes haar uit de kam plukken. Ze herinnerde zich dat ze vroeger Chloë's haar ook altijd had gewassen en dat haar nichtje daar altijd bij had zitten gillen en wriemelen. Hannah zat vrij stil, maar Frieda wist niet of ze ervan genoot of het alleen maar lijdzaam onderging. Langzaam werd het haar glad en zacht.

'Ik denk dat een scheiding opzij je wel goed zal staan,' zei Frieda, denkend aan Hannahs jeugdfoto's. 'Zo.'

Ze pakte het haar in een dikke, vochtige staart en trok het elastiekje uit haar eigen haar om dat in Hannahs haar te doen.

'Wil je het zien?' vroeg ze. Ze trok Hannah uit haar stoel en draaide haar toen om naar de spiegel. De twee vrouwen keken naar Hannahs spiegelbeeld. Ze was groter en forser dan Frieda en zag er vreselijk armoedig uit in haar sweatshirt en smoezelige broek met koordje en met haar bleke gezicht.

Hannah staarde even naar zichzelf en bracht toen met een verbazingwekkend sierlijk gebaar haar hand naar haar wang, naar haar kapotte lip.

'Ik,' fluisterde ze.
'Ja, jij, Hannah.'

Frieda zat met een glas whisky bij de open haard. De wind sloeg in vlagen tegen het raam, en de vlammen wierpen vreemde schaduwen door de schemerige kamer.

Ze dacht aan Shelley Walsh, aan haar turbulente verleden en haar ordelijke heden, met op de achtergrond de moeder die nooit een moeder voor haar was geweest. Ze dacht aan Hannah Docherty, gekneusd en gekromd, en aan al die jaren die ze in een soort hel had geleefd. En terwijl ze in het vuur staarde, verschenen er ook andere beelden voor haar geestesoog: de vermiste meisjes; Mary Orton, de oude vrouw die ze niet had kunnen redden; de strijdvaardige oude journalist Jim Fearby, die was gestorven tijdens zijn bezeten zoektocht naar de waarheid; Sandy, de man van wie ze ooit had gehouden, die ze had verlaten, en die was vermoord. Zoveel mensen die ze nooit meer zou zien.

De kat kwam de kamer in en vlijde zich langs haar benen. Frieda bukte zich om hem onder zijn kin te krabben en merkte toen dat er iets ontbrak. Ze tilde de kat op schoot. Hij had zijn smalle leren halsbandje niet meer om. Ze zette de kat weer op de grond en liep eerst naar de voordeur en toen naar de achterdeur om ze te vergrendelen. Daarna bleef ze even in de stille gang naar de harde wind staan luisteren.

Hannah Docherty ligt in het donker te staren. In Westow Park rennen kinderen rond, de kleine Rory, haar moeder, een deken in het gras. Haar moeder die zich naar haar toe buigt en naar parfum, kruiden en rozen ruikt.

'Er loopt hierbeneden een verborgen rivier,' zegt haar moeder. 'Hij begint hier in het park. Als het regent, wordt het park nat, daar, onder aan de heuvel. Dat is de rivier die weer aan de oppervlakte probeert te komen.'

'Nee,' zegt Hannah.

'Ja,' zegt haar moeder. 'Lang geleden was het een stroom waar mensen langs konden wandelen en waar kinderen in konden pootjebaden, maar toen is hij toegedekt. Maar hij loopt hier nog steeds, van hier naar de Theems, kilometers verderop.'

'Waarom is hij toegedekt?' vraagt Hannah.

'Dat weet ik niet,' zegt haar moeder. 'Misschien zat hij in de weg.'

'Hoe heet hij?'

'De Effra,' zegt haar moeder. 'De rivier heet de Effra.'

Sinds die dag had Hannah nagedacht over waar de rivier heen liep en hoe hij wist waar hij heen moest. Later, toen ze als tiener door Brixton had gelopen, wiet rokend met haar vrienden, had ze als in een droom het straatnaambordje gezien: Effra Road. Het voelde alsof de rivier zich al die tijd schuil had gehouden om haar stiekem vanuit Norwood te kunnen volgen, heuvelafwaarts.

Ze was een keer op een feest in een kraakpand in Vauxhall geweest.

Het was op een van de laatste dagen voordat het pand ontruimd zou worden. Ze was over de Effra begonnen en een verlegen jongen met een bril en een lange smalle sjaal en donkere intelligente ogen had gezegd: 'Die is hier.' Ze had gevraagd: 'Hoe bedoel je, die is hier?' En toen had hij gezegd: 'Hij loopt hier onder dit gebouw door. Hij komt bij Vauxhall Bridge uit in de Theems, aan de andere kant van de weg.'

En toen de zon was opgekomen hadden de jongen en zij het feest verlaten en waren naar de nachtmerrieachtige verkeersknooppunten van Wandsworth Road gewandeld, waar ze over de reling gingen hangen, maar ze konden de plek waar de Effra op de Theems uitkwam niet vinden. Ze rookten en keken naar de binnenschepen die voorbijvoeren en naar het gebouw van MI5 boven hen. Hannah had de jongen nooit meer teruggezien en ze had de Effra nooit gevonden.

25

Bij de balie vertelde Frieda wie ze was. Een jonge agent nam haar mee naar boven, waar ze langs een kantoortuin liepen. Toen sloeg hij een hoek om en liep naar een deur aan het eind van de gang. Hij klopte aan en duwde de deur open. Achter een bureau zat een vrouw op haar toetsenbord te tikken. Ze keek fronsend op. De agent vertelde wie Frieda was.

'Oké, oké,' zei ze. 'Kom maar binnen.'

Hoofdinspecteur Isobel Sharpe leek in niets op wat Frieda zich bij een rechercheur voorstelde. Met haar bril met donker montuur en haar krullerige haar in een knotje leek ze eerder op de strenge directrice van een meisjesschool.

'U wist toch dat ik zou komen, hoop ik?' zei Frieda.

'Karlsson heeft me gebeld,' zei Sharpe.

'Hij zei dat ik u moest hebben als ik met iemand over vermiste personen wilde praten. Hij zei dat dat uw specialisme was.'

'Ik ben lid geweest van een regeringscommissie die zich daarmee bezighield.'

'Dat klinkt niet verkeerd.'

'Het was zoals met de meeste commissies. Je bent er twee jaar zoet mee en doet aanbevelingen waar vervolgens niets mee wordt gedaan. Maar wat kan ik voor u doen?'

'Ik weet niet of ik bij u wel aan het goede adres ben. Ik zoek een vrouw. Maar u bent waarschijnlijk te hoog in rang om u nog met dat soort zaken bezig te houden.'

'Ik weet bijna zeker dat ik u niet kan helpen.'

'O.'

'Maar nu u hier toch bent, kunt u net zo goed gaan zitten en me vertellen waar het om gaat.'

Frieda ging tegenover haar aan het bureau zitten en vertelde haar alles wat ze wist over Justine Walsh, wat niet veel was. Toen ze klaar was met haar verhaal, reageerde Sharpe niet meteen. Ze begon op haar toetsenbord te tikken.

'Wat doet u?'

'De nationale database.'

'Mag dat wel?'

Sharpe keek haar verwonderd aan. 'Ik ben rechercheur.'

'Maar dit is geen officieel politieonderzoek.'

'Karlsson zei dat hij voor u instond. Dus zolang u niet van plan bent een misdrijf te plegen...' Ze stopte en keek Frieda ineens onderzoekend aan. 'Dat bent u toch niet, hè?'

'Natuurlijk niet.'

'Ik heb namelijk het een en ander over u gehoord.' Ze keek wat aandachtiger naar het scherm. 'Er zijn vier Justine Walshes. Slachtoffer van huiselijk geweld in Stockport, 2012. Geboren in 1978. Nog eentje die in 1999 is veroordeeld voor winkeldiefstal.'

'Waar?'

'In Norwich.'

'Nee, dat is ze vast niet.'

'Nog eentje die in Stockwell slachtoffer was van een straatroof. Maar zij is te oud, drieëntachtig. En dan nog iets uit begin jaren negentig in Birmingham. Dus niks bruikbaars.'

'Dat had ik ook niet verwacht,' zei Frieda. 'Ze leidde een beetje een ongeregeld leven en was toen ineens verdwenen. Haar dochter heeft daarna nooit meer wat van haar gehoord. Daar wilde ik het met u over hebben. Is het tegenwoordig niet bijna onmogelijk om nog spoorloos te verdwijnen, met al die creditcards en mobieltjes en zo?'

Sharpe schoof haar stoel iets bij het bureau vandaan. Ze keek bijna geamuseerd. 'Dat denken mensen altijd,' zei ze. 'Ze vragen ons waarom we geen lijst van vermiste personen hebben, waar iedereen op staat. Gewoon een grotere computer nemen en die aansluiten op Facebook en Twitter. Voor betere ID's zorgen, voor meer beveiligingscamera's. Het punt is dat een vermissing een beetje een filosofisch probleem is. Er zijn mensen die weglopen, die verhuizen, die ontsnappen, die ergens genoeg van hebben, die op vakantie gaan en daar dan blijven. Ze worden verliefd en gaan ervandoor om opnieuw te beginnen met iemand anders, of de liefde is over en ze gaan ervandoor om aan iemand te ontsnappen. Het kan gaan om tieners die misbruikt zijn, om homo's die worden vervolgd, of om meisjes die zijn uitgehuwelijkt. Het kan gaan om mannen met een midlifecrisis, of om vrouwen die genoeg hebben van de midlifecrisis van hun man. Het kan gaan om jongeren die een jaartje op wereldreis gaan, of die zich aansluiten bij een of ander islamitisch leger, of om mensen die gewoon emigreren.'

'Ik snap wat u bedoelt.'

'En zo kan ik nog wel even doorgaan.'

'Dat hoeft niet.'

'En ergens daartussen heb je de paar mensen die echt vermist zijn: mensen die gevaar lopen, ontsnapte misdadigers, verdwaalde alzheimerpatiënten, vermiste kinderen. Dat is het probleem. Vroeger hadden we het National Missing Persons Bureau. En om redenen die ik nooit goed heb begrepen is dat toen veranderd in het UK Missing Persons Bureau. Maar de naam mag dan veranderd zijn en de software mag er anders uitzien, het probleem is nog steeds hetzelfde. We hebben ontzettend veel informatie en maar heel weinig kennis.'

'Ik vind het gewoon raar dat een volwassen vrouw, een moeder met een lastige puberdochter, gewoon ineens verdwijnt en dat er dan geen politieonderzoek volgt, dat er geen landelijke zoekactie op touw wordt gezet,' zei Frieda.

'Dat komt omdat alles wat u me over haar hebt verteld, over haar omstandigheden, over haar familiegeschiedenis, erop wijst dat ze typisch zo'n vrouw is die zomaar kan verdwijnen, een vrouw die haar oude leven achter zich wil laten. Misschien doet de politie wat navraag, maar zoiets wordt dan algauw bestempeld als een geval van verloren contact. Zo'n zaak zou niet eens in de boeken komen.'

Frieda dacht even na. Ze kreeg het gevoel dat ze niets meer kon doen. 'Karlsson vertelde dat u een expert was op het gebied van mensen opsporen. Maar zo te horen bent u meer een expert in mensen níét opsporen.'

'Ja, Karlsson heeft me ook over u verteld.'

'Dat ik bot en slechtgemanierd ben, bedoelt u.'

'Hij zei het iets vriendelijker.'

'Maar wat u dus eigenlijk zegt, is dat u niet kunt helpen.'

'Wat ik probeer te zeggen is, ten eerste, dat vermiste personen niet in één categorie zijn onder te brengen, en ten tweede, dat het, zoals u al zei, tegenwoordig veel moeilijker is om te verdwijnen dan vroeger, dus de mensen die dat wel klaarspelen, zijn dan ook heel lastig op te sporen.'

Frieda stond op. 'Dank u voor uw tijd.'

'Als ik nog iets anders voor u kan doen, belt u maar.'

Frieda keek naar Sharpe, die haar aandacht alweer op het scherm had gericht. 'Wat als ze dood is?'

Sharpe keek op alsof het haar moeite kostte om zich weer met Frieda bezig te houden. 'Wat zegt u?'

'U hebt gelijk. Justine Walsh was het soort vrouw dat graag haar leven achter zich zou willen laten. Maar ze was ook een vrouw die een nieuw leven nooit lang had kunnen volhouden. Uiteindelijk zou ze wel weer ergens zijn opgedoken, of haar geld zou opraken en dan zou ze terug zijn gekomen. Bovendien maakte ze zich zorgen om haar dochter. Ze zou hebben willen weten hoe het met haar ging.'

'Daar weet ik niets van. Wat ik wel weet is dat sommige mensen hun gezin in de steek laten en wel voorgoed.'

'Maar stel dat ze dood is?'

'U bedoelt dat ze na haar verdwijning is doodgegaan, maar nooit is gevonden?'

'Ja.'

'Als Justine Walsh dood is en haar lichaam is in al die jaren niet gevonden, dan zal dat waarschijnlijk ook niet meer gebeuren.'

'Er bestaat nog een mogelijkheid. Haar lichaam is wel gevonden, maar kon niet worden geïdentificeerd.'

'Het merendeel van de mensen die dood worden aangetroffen, wordt geïdentificeerd.'

'We weten al dat Justine Walsh niet binnen die categorie valt. En u hebt me ook verteld dat er een hele groep is waar we geen onderzoek naar kunnen doen. Dus waarom richten we ons niet op de groep die we wel kunnen onderzoeken?'

Sharpe glimlachte, bijna onwillig. 'We hadden u erbij moeten hebben in die commissie.'

'U wilt mij niet in een commissie hebben. Maar wat denkt u ervan? De vrouwen die niet zijn geïdentificeerd? Of is dat weer zo'n groep die te groot is om onderzoek naar te doen?'

Sharpe schudde langzaam haar hoofd. 'Nee, dat is helemaal geen grote groep. En je hebt er niet eens de database van de politie voor nodig. Kom eens even naast me zitten.'

Frieda trok haar stoel naar de andere kant van het bureau en ging naast Sharpe zitten, die iets intikte.

'Op welke datum is ze voor het laatst gezien?'

'Dat weet ik niet. Ergens in 2001, geloof ik.'

Nog meer getik.

'Hebbes,' zei Sharpe.

Frieda keek op het scherm, waarop een aantal kaders te zien was. Het geheel zag eruit als een in de Sovjet-Unie vervaardigde socialmediasite, met portretten in verschillende stijlen. Sommige ervan leken op tekeningen die door tieners of door talentloze straatartiesten waren gemaakt. Twee portretten leken wel van paspoppen zonder duidelijke gelaatstrekken. Een van de kaders bevatte een paar voorwerpen: een oorbel, een broche, een riem; in een ander werd alleen een stukje stof getoond.

'Waar kijk ik naar?' vroeg Frieda. 'Zijn dit de lichamen die in Londen zijn gevonden? Rond de tijd dat zij is verdwenen?'

'U snapt het niet,' zei Sharpe. 'Dit zijn ze allemaal.'

'Hoe bedoelt u, allemaal?'

'Dit zijn alle ongeïdentificeerde vrouwenlichamen die sinds 2001 zijn gevonden.'

'In Zuid-Londen?'

'In heel Groot-Brittannië.'

Frieda telde de vakjes op het scherm. 'Maar dat zijn er maar dertien. Ik dacht dat het er honderden zouden zijn.'

'Ik zei toch dat het niet vaak gebeurt. Kijk maar even. Als er eentje tussen zit die u interesseert, klik hem, ik bedoel haar, dan maar aan.'

Frieda liet haar blik over de bijschriften glijden. Vier waren er geïdentificeerd als Afro-Caraïbisch, een als oosters. 'Oosters,' zei ze. 'Ik wist niet dat die term nog gebruikt werd.'

'Tja, ik denk dat het tijd wordt dat we onze termen eens aanpassen.'

Van de overige lichamen waren er drie gevonden in Leeds, Schotland en Birmingham. Verder waren er nog drie lichamen aangetroffen in Groot-Londen, eentje in Essex en eentje waar helemaal geen vindplaats bij vermeld was. Frieda pakte de muis en klikte de laatste aan. Het lichaam was aangespoeld op een strand in het noordoosten van Schotland. Waarschijnlijk te ver weg. Van een van de lichamen die in Londen waren gevonden, lag de geschatte leeftijd tussen de achttien en dertig: te jong. Frieda klikte het lichaam in Essex aan. Gevonden op een parkeerterrein in 2010. Nog niet ontbonden. Van de twee andere lichamen werd er een omschreven als vijfendertig tot vijftig jaar oud en 'donker Europees'; de andere was vijfentwintig tot vijftig jaar oud en 'licht Europees'. Frieda klikte de donker Europese aan. Ze zag een soort pasfoto van een vrouw met een rond gezicht. Daaronder stond de tekst: 'Waarschuwing: schokkende beelden.' Frieda klikte de woorden aan, ze bevestigde dat ze boven de achttien was, en toen verschenen er nog twee foto's op het scherm. Dezelfde vrouw, maar met gesloten ogen, alsof ze lag te slapen op een wit kussen. Frieda las de begeleidende tekst. De vrouw was in 2012 aangetroffen onder een viaduct. Te laat om Justine Walsh te kunnen zijn.

'Vast een Roemeense,' zei Frieda. 'Of een Bulgaarse. Of Poolse. Of Oekraïense. En toen het hier niks werd, heeft ze er een einde aan gemaakt. En niemand die haar zoekt.'

'Zoals ik al zei, het komt niet vaak voor.'

'Ze zijn allemaal het kind van iemand geweest,' zei Frieda. 'Blijft alleen deze over.' Ze klikte op 'licht Europees', geschatte leeftijd vijfentwintig tot vijftig. Gevonden door een hond in een ondiep graf in Denton Woods, Zuid-Londen, in april 2010. Lichaam vrijwel geheel ontbonden.

'Hoe weten ze dat ze licht Europees was?' vroeg ze.

'Haarkleur.'

De bijzonderheden waren vaag: ondergoed van Marks & Spencer, donkere broek, lichte blouse. Platte leren schoenen. Geen sieraden, geen horloge, niets.

'Dit is ze,' zei Frieda.

'Het is niet gezegd dat ze het is,' zei Sharpe. 'Het is een kans van één op honderd, één op duizend.'

'Nee. Dit lijkt te kloppen. Als je in Dulwich zat en ongemerkt een lijk moest kwijt zien te raken, dan zou dat een goede keus zijn.'

Sharpe nam Frieda nieuwsgierig op. 'Het is helemaal niet goed om lang bij dit soort dingen stil te staan,' zei ze.

Frieda schudde haar hoofd. 'Die lichamelijke resten, zijn die nog ergens?'

'Hoezo?'

'Voor een DNA-test. Misschien kan er dan iemand afscheid nemen van haar moeder.'

Frieda maakte met haar mobieltje een foto van de bandana en mailde hem aan Saul Tait. *Heb je Hannah hier ooit mee gezien?*

Karlsson probeerde een roman te lezen. Meestal las hij non-fictie – biografieën, historische of wetenschappelijke boeken – en hij merkte dat het hem moeite kostte. Hij moest steeds weer een paar pagina's herlezen. Toen de telefoon ging, was hij dan ook bijna blij dat hij werd gestoord, maar dat was van korte duur.

'Mal,' bulderde de stem aan de andere kant. 'Ben jij dat?'

'Natuurlijk ben ik het.'

'Met Crawford. Wat is er verdomme aan de hand?'

Karlsson hield zijn telefoon iets van zijn oor. 'Ik kan je echt niet helpen,' zei hij zo beleefd mogelijk – de commissaris en hij verkeerden op gespannen voet sinds hij ontslag had genomen voordat ze hem hadden kunnen ontslaan. Maar na tussenkomst van Levin was hij weer in dienst genomen. 'Ik zit nog steeds thuis met mijn been in het gips. Het duurt nog wel een paar weken voordat ik weer aan het werk kan.'

'Ik heb het niet over je been. Ik heb het over dat verdomde mens.'

'Ik weet niet waar je het over hebt,' zei Karlsson, hoewel hij dat donders goed wist. Wanneer Crawford op die toon sprak, had hij het over Frieda, maar Karlsson had even tijd nodig om te bedenken wat hij zou zeggen.

'Die dokter Klein van jou. Waar is ze mee bezig?'

'Hoe bedoel je?'

'Wat moet ze met die mafkees?'

'Bedoel je Levin?'

'Hou je maar niet van de domme. Ik weet best wat er aan de hand is. Ze belemmert de rechtsgang in Thamesmead. Ze heeft die Yvonne van jou ingeschakeld...'

'Yvette. En ik ben ervan overtuigd dat ze daartoe gemachtigd is. Maar je moet niet bij mij zijn. Ik heb ziekteverlof.'

'Ik weet wat er aan de hand is, Mal, meer zeg ik niet. En zeg maar tegen dokter Klein dat ik haar in de gaten hou.'

'Dit wordt wel heel irritant,' fluisterde Shelley Walsh boos. Van het laatste woord sprak ze de drie lettergrepen afzonderlijk uit. 'Wat kom je nu weer doen? Ik zei toch dat je me met rust moest laten.'

'Dat weet ik, maar...'

'En wie is zij? En hij?'

'Dat is mijn collega Sasha Wells. En haar zoontje Ethan.'

'Je collega?' Shelley trok haar perfect geëpileerde wenkbrauwen op en keek haar met grote ogen aan. 'En haar zoontje? Wat moet haar zoontje hier? Het is al erg genoeg als je hier in je eentje komt. Wat moet iedereen wel niet denken?' Ze keek wild om zich heen, alsof er achter alle ramen buren naar haar stonden te kijken.

'Mogen we binnenkomen?' vroeg Frieda.

'Nee! Ik heb al gezegd wat ik te zeggen had. Meer dan dat zelfs. Ik wil dat jullie weggaan. Nu meteen. Anders bel ik de politie. En dat kind staat trouwens mijn planten te vertrappen.'

'De politie weet dat we hier zijn,' zei Frieda.

'Sorry?'

'Laat ons alsjeblieft even binnen.'

'Dit gaat echt te ver,' zei Shelley, terwijl ze iets aan de kant ging om hen binnen te laten. 'Voeten vegen,' zei ze tegen Ethan. Hij keek haar even met zijn donkere, ernstige ogen aan en veegde toen zijn modderschoenen af aan de deurmat.

Het was elf uur 's ochtends en de keuken geurde naar de cake die in de oven stond.

'Ik bied jullie echt geen koffie aan, want ik wil dat jullie zo weer weggaan,' zei Shelley.

'Mag ik melk?' vroeg Ethan.

'Melk?' Shelley keek het jongetje aan alsof hij Chinees sprak.

'We gaan straks wel ergens melk drinken,' zei Sasha tegen Ethan. Ze legde een hand op zijn hoofd.

'Alleen als je "alstublieft" zegt,' zei Shelley.

'Alstublieft.'

Ze schonk melk in een groot glas, bijna tot aan de rand, en gaf het aan Ethan. Terwijl hij de melk opdronk, keek hij haar over de rand van het glas strak aan.

'Dank je,' zei Sasha met haar zachte, heldere stem. 'Wat een mooie keuken is dit. Ik wou dat mijn keuken er zo netjes uitzag.'

'Ik beschouw het als mijn taak om het hier netjes te houden.'

'Ik denk dat we je moeder hebben gevonden,' zei Frieda.

Shelley legde haar hand eerst op haar borst en toen op haar hals. 'Hoe bedoel je, gevonden? Ik wil niet dat ze gevonden wordt. Het kan me niet schelen. Dat heb ik je al gezegd. En waarom ben je op zoek gegaan? Hoe durf je!'

'Shelley, luister. Als het je moeder is, dan is ze dood.'

'Mijn moeder?'

'Misschien.'

'Waarom vertel je me dat?'

'Omdat je het moet weten. In Zuid-Londen is een ondiep graf gevonden met het lichaam van een vrouw, en we denken dat het Justine Walsh zou kunnen zijn. Daarom zijn we hier.'

'Wanneer is ze gevonden?'

'In april 2010.'

'Dat is vier jaar geleden. Het kan iedereen wel zijn. Wie zegt dat het het lichaam van mijn moeder is?'

'We willen een DNA-onderzoek doen,' zei Frieda. 'Jouw DNA vergelijken met dat van haar.'

'Waarom zou ik dat willen? Als ze in 2010 is gevonden, dan wil dat zeggen dat ze negen jaar lang niet de moeite heeft genomen om contact met me op te nemen.'

'Het lichaam lag er al veel langer.'

'Hoeveel jaar?'

'Dat weet ik niet.'

'Negen?'

'Dat zou kunnen.'

'Ik begrijp het niet.'

De oven bliepte.

'Zal ik even naar je cake kijken?' vroeg Sasha.

'Het zijn koekjes. Ze was gewoon vermist.'

'Pas als we weten of het echt je moeder is, kunnen we gaan uitzoeken wat er is gebeurd,' zei Frieda. 'Sasha is genetica. Ze is meegekomen om DNA bij je af te nemen, als je dat goedvindt.'

Sasha zette het bakblik met de koekjes op het aanrecht en knikte naar Shelley. 'Het duurt maar vijf tellen,' zei ze. 'Het is heel simpel. Ik neem alleen maar met een wattenstaafje wat slijm uit je mond. Ik heb hier een formulier dat je moet ondertekenen, waarin je toestemming geeft.' Ze pakte een formulier uit haar leren koffertje.

Shelley keek ernaar. 'En dan weten jullie of zij het is?'

'Ja.'

'Hoelang duurt dat?'

'Een paar dagen,' zei Sasha.

'Maar als ik het nou niet wil weten?'

'Mag ik een koekje?' vroeg Ethan.

'Waarom zou je dat niet willen weten?' vroeg Frieda.

'Ik weet het niet.'

'Misschien is het toch prettiger voor je om zekerheid te hebben,' zei Frieda.

'Het gaat goed met me,' zei Shelley. 'Met mijn leven. Mijn man weet helemaal niets over die tijd.'

'Heb je nooit bedacht dat hij je misschien wel had willen helpen, als hij het had geweten?'

'Maar ik ben niet meer dat meisje van toen.'

Ze pakte de pen en hield hem boven het formulier. Toen, alsof ze ineens grote haast had, zette ze haar handtekening eronder en gaf het terug aan Sasha. 'Neem maar een koekje,' zei ze tegen Ethan. 'Pak er maar zoveel je wilt. Neem ze allemaal maar. Wij eten nooit koekjes. Ik weet eigenlijk niet waarom ik ze bak.'

Sasha trok dunne rubberhandschoenen aan. Ze pakte een klein verzegeld plastic zakje uit haar koffertje en haalde er een wattenstaafje uit. 'Ik strijk hier even mee over de binnenkant van je wang, over je tandvlees en onder je tong,' zei ze tegen Shelley. 'Oké?'

Shelley knikte. Toen ze haar ogen stijf dicht en haar mond wijd opendeed, zag ze er opeens uit als een klein kind.

'Klaar,' zei Sasha na een paar seconden. 'Dank je wel.' Ze stopte het wattenstaafje in een doorzichtig buisje en trok haar handschoenen uit.

'Dat was alles?'

'Dat was alles.'

'Mooi. Dan kunnen jullie nu weer gaan.'

'Ik zal Yvette bellen en kijken wat zij nog kan doen,' zei Frieda tegen Sasha toen ze weggingen.

Ze kreeg een mailtje van Saul Tait: *Het is maf, maar ik herinner me inderdaad dat Hannah dat droeg. Ze bond er haar haar mee in een paardenstaart als ze ging hardlopen. Dat weet ik nog heel goed.*

Dus dat was dat. Ze was weer terug bij af met de verzameling.

26

De volgende middag was Frieda in The Warehouse. Ze ontving patiënten en woonde een vergadering bij over outreach-projecten. Daarna had ze een afspraak met Jack, en om klokslag vijf uur stak hij zijn hoofd om de deur. 'Ben ik te vroeg?'

'Je bent precies op tijd.'

'Heb je het niet druk?'

'Kom nou maar binnen, Jack.'

Hij droeg een rode duffelse jas met een gestreepte sjaal en was flink verkouden; zijn stem klonk hees en hij pakte continu papieren zakdoekjes uit zijn jaszak om zijn neus te snuiten. 'Ik neem een tijdje onbetaald verlof,' verkondigde hij.

'Wil je iets speciaals gaan doen?'

'Nadenken.'

'Over of je wel verder wilt gaan als therapeut?'

'Ben je boos?'

'Waarom zou ik boos moeten zijn?'

'Teleurgesteld dan?'

'Ik ben je moeder niet, Jack.'

'Je lijkt ook totaal niet op mijn moeder.'

'Dus je gaat nadenken.'

'Ik wil weten of het probleem is dat ik therapeut ben of dat ik ík ben. En dan zit ik nog met het probleem van wat voor alternatieven ik heb.' Hij haalde zijn vingers door zijn warrige haren. 'Misschien word ik wel tuinman.'

'Hou je van tuinieren?'

'Ik heb het nooit gedaan, behalve die keer dat ik van jouw moeder onkruid moest wieden.'

'Wat niet zo goed uitpakte.'

'Tuinmannen maken de wereld mooier.'

'Sommige tuinmannen misschien.'

'Hoe dan ook.' Zijn gezicht klaarde op. 'Ik heb zes weken vrij, dus ik kan je helpen.'

'Waarmee?'

'Met je zaak.'

'Dat is heel aardig van je, maar...'

'Zeg maar wat ik moet doen.'

Frieda dacht even na. 'Het ligt ingewikkeld. En ik weet niet of het wel veilig is.'

'Dat maakt me niet uit.'

'Dat is dan dom van je.'

Er werd op de deur geklopt. Reuben stak zijn hoofd om de deur. 'Mag ik binnenkomen?' Hij trok een stoel bij en ging zitten. 'Waar hebben jullie het over?'

'Jack neemt onbetaald verlof,' zei Frieda.

'Voor Frieda's zaak,' zei Jack.

'Ja.' Reubens ogen glansden. 'Onweerstaanbaar, hè? Bijna te mooi voor woorden.'

Frieda keek hem onderzoekend aan. 'Hoe bedoel je?'

'Gewoon: een boze puberdochter, een dominante moeder, een vader die ergens anders woont, een charmante stiefvader die diens plaats heeft ingenomen. En het kleine broertje... als een lam naar de slachtbank. Ik zou er zo een lezing over kunnen houden.'

'Ja,' zei Frieda bedachtzaam. 'Het is inderdaad te mooi voor woorden.'

'Wat wil je daarmee zeggen?'

'Ik zit te denken aan de dingen die niet kloppen – of juist te precies kloppen.'

Reuben pakte een leeg vel papier van het bureau en een pen uit zijn zak. 'Wat voor dingen zijn dat?'

'Weet je zeker dat je dit wilt doen?'

'Absoluut.'

'Oké. Ten eerste: de plekken waar de lijken lagen, daar begrijp ik niks van. Of beter gezegd, de volgorde waarin de moorden zijn gepleegd. De moordenaar is langs Rory's kamer gelopen, heeft Aidan gedood, maar Deborah nog niet. Vervolgens heeft hij minstens een uur zitten wachten en toen pas Rory en zijn moeder vermoord. Waarom zou iemand dat doen?'

'Uit wreedheid? Om ze te zien lijden?' opperde Jack.

'Zou kunnen.'

'Ten tweede?'

'Ten tweede: Rory is in bed aangetroffen, in zijn pyjama. Maar zijn bloed lag ook in de hal en op de trap. Als hij niet in bed is vermoord, waarom zou je dan willen doen alsof dat wel zo is? En als hij wel in zijn bed is vermoord, hoe komt het dan dat zijn bloed ook beneden is gevonden?'

Reuben en Jack keken elkaar aan, maar zeiden niets.

'Ten derde: al die moorden voelen anders aan. Er is geen samenhang. Rory lag op zijn buik, met zijn schedel ingeslagen. Afschuwelijk. Aidan is vrij netjes vermoord, als je dat zo kunt zeggen. Zijn dood zag er opzettelijk en berekenend uit. En Deborah is op een meedogenloze manier doodgeslagen.'

'Het zou een uiting van woede kunnen zijn,' zei Jack. 'Of van haat.'

'Dat is de meest voor de hand liggende verklaring. Ten vierde: waarom waren Hannahs met bloed besmeurde kleren zo gemakkelijk te vinden? Ten vijfde: waarom had ze zo'n eigenaardig alibi?'

'Wat was dat alibi?'

'Ze zei eerst dat ze met haar stiefvader had afgesproken. Maar later veranderde ze dat en zei ze dat haar moeder was gekomen in plaats van haar stiefvader.'

'Getraumatiseerde mensen kunnen in de war raken,' zei Reuben.

'Dat weet ik. Maar ik heb er een raar gevoel bij.'

'Verder nog iets?'

'Seamus Docherty. Hij is Hannahs vader, Deborahs eerste man. Hij sprak er op een vreemde manier over, vond ik. Ik wil hem graag nog een keer spreken. Verder vind ik het een heel bizar toeval dat de moeder van Hannahs huisgenote Shelley, Justine Walsh, rond dezelfde tijd vermist raakte. Ik geloof dat we haar lichaam nu hebben gevonden en dat betekent dus dat er een vierde persoon is vermoord. En een vijfde, als we de dood van Erin Brack meerekenen. Dat arme mens.' Ze keek naar Reuben, die was gestopt met schrijven. 'Ze is vermoord omdat iemand dacht dat ze een bewijsstuk had dat naar hem kon leiden.'

'Wat dan?'

'Dat weet ik niet. Maar als ze het had, dan heb ik het nu.' Ze wendde zich tot Jack. 'En dat is iets waar jij me mee zou kunnen helpen.'

'Goed.'

'Het zal behoorlijk saai zijn en zou je weleens veel tijd kunnen gaan kosten. Maar ik heb iemand nodig die me kan helpen alles wat ik bij Erin Brack heb opgehaald te sorteren en in categorieën onder te brengen.'

'Dat kan ik wel. Wat voor categorieën?'

'We – ik bedoel jij zou kunnen beginnen met uit te zoeken wat van wie is geweest. Welke spullen van Hannah, Rory, Deborah of Aidan zijn. Natuurlijk zullen er overlappingen zijn.'

'En daarna?'

'We zouden een tijdlijn voor elk van hen kunnen opstellen, een beschrijving maken van hun laatste weken of maanden. Misschien komt daar iets uit, of misschien ook niet.'

'Maar jij bent daarbij?'

'Soms, niet de hele tijd. En nog iets. De spullen staan in een opslag in Walthamstow, waar Chloë werkt. Is dat een probleem?'

Jack bloosde. 'Waarom zou dat een probleem zijn?'

'Ik zal ook nog even aan Chloë vragen of ze het goedvindt.'

27

Frieda zat in haar spreekkamer aantekeningen van een sessie uit te werken toen haar telefoon ging. Ze zag Yvettes naam op het schermpje staan.

'Ja?'

'Hallo? Spreek ik met Frieda?'

'Ja, natuurlijk spreek je met mij. Wat is er?'

'De uitslag is binnen.'

'En?'

'Ik weet niet of het goed of slecht nieuws is. Ik weet niet precies wat je dacht te...'

'Zeg het nou maar gewoon.'

'Het is geen match.'

Er viel een lange stilte. Frieda wist niet wat ze moest zeggen.

'Frieda? Ben je daar nog?'

'Ik bel je straks wel terug, Yvette. Ik moet nadenken.'

'Waarom?'

'Straks.' Frieda verbrak de verbinding. Omdat ze zich ineens opgesloten voelde, stond ze op, trok haar jas aan en liep naar buiten. Ze wandelde naar Regent's Park. Ze wilde haar hoofd leegmaken, gras en bomen zien. Maar toen ze op Euston Road stond te wachten tot ze kon oversteken en naar het verkeer keek, naar de bussen en vrachtwagens die de stoep onder haar voeten deden trillen, bedacht ze zich. Wat een rotstraat was het ook. Ze bleef nog even staan kijken naar een jonge vrouw op een fiets, die er bijzonder kwetsbaar uitzag en bijna leek te worden verzwolgen door een enorme cementwagen die haar inhaalde.

Frieda draaide zich om en ging naar huis, waar ze meteen doorliep naar haar studeerkamertje op zolder. Ze trok een la open en vond algauw wat ze zocht: een envelop. De kam – de kam waarmee ze Hannah Docherty's haar had gekamd – zat er nog in.

Ze pakte haar mobiel. 'Yvette. Ik wil dat je nog een test voor me doet.'

'Dat kan zo echt niet doorgaan.'

'Eentje maar, dan is het klaar.'

'Ik zal kijken wat ik voor je kan doen.'

'Ik kom er meteen aan.'

De dag daarna was het zaterdag, en Frieda bracht het weekend in een soort luchtledigheid door. Hoewel ze van plan was geweest om naar Walthamstow te gaan en nog eens naar de spullen van Erin Brack te kijken, kon ze zich er niet toe zetten. Ze ging wel naar Sasha, zoals ieder weekend, en ze namen Ethan mee naar Clissold Park om te voetballen. Daarna gingen ze ergens koffiedrinken. Sasha vroeg hoe het met de DNA-test was afgelopen en Frieda zei dat ze het nog niet precies wist. Sasha keek haar bevreemd aan, maar vroeg niet verder. De rest van de dag was Frieda alleen. Ze had het gevoel alsof ze in een droom zat. Ze had iets in gang gezet, en de rest was onbelangrijk tot ze wist hoe het verder zou gaan. Op zondag ging ze met Reuben wandelen op Hampstead Heath, in het ruige gedeelte waar je het gevoel had dat je niet meer in Londen zat – je zag geen enkel gebouw meer, zelfs de Shard niet. Je hoorde ook geen verkeer, je zag alleen de condensstrepen van vliegtuigen in de lucht. Reuben vroeg hoe het ging en Frieda zei alleen maar: 'We moeten afwachten.'

Op maandagmiddag, vlak na vieren, werd er bij Malcolm Karlsson aangebeld. Omdat het hem moeite kostte om op te staan en hij heel langzaam liep, ging de bel nog een keer voordat hij bij de deur was.

'Ik kom al, ik kom al,' riep hij. Toen hij opendeed, zag hij Frieda en Yvette op de stoep staan. 'Wat doen jullie hier?'

'Hoe gaat het met je been?' vroeg Frieda.

'Nog steeds gebroken. Maar wat is er?'

'We wilden het jou als eerste vertellen,' zei Frieda.

'Want het slaat nergens op,' vulde Yvette aan.

Toen Frieda Karlsson terug naar zijn stoel wilde helpen, weerde hij haar af, waardoor hij bijna viel. Yvette greep hem nog net op tijd beet, met als gevolg dat ze bijna met z'n tweeën onderuitgingen.

'Je wordt duidelijk al wat mobieler,' zei Frieda, toen hij eindelijk zat.

'Oké,' zei Karlsson. 'Wat hadden jullie me te vertellen?'

'Het gaat over de zaak-Docherty,' begon Frieda.

'Frieda had een idee,' zei Yvette. 'Ze heeft gekeken naar de ongeïdentificeerde vrouwenlichamen van de afgelopen dertien jaar.'

'Waarom?'

'Justine Walsh, de moeder van Shelley Walsh, is verdwenen rond de tijd van de Docherty-moorden.'

'Wie is Shelley Walsh?'

'Ze was een vriendin, een kennis, van Hannah Docherty. Een paar jaar na de moordpartij is er in een bos in Zuid-Londen, dus niet al te ver weg, een vrouwenlichaam gevonden. We hebben een DNA-test laten doen om te kijken of het Justine Walsh was. Ze was het niet.'

'En jullie zijn helemaal hiernaartoe gekomen om me dat te vertellen?'

'Het was Deborah Docherty.'

Karlsson keek de twee vrouwen aan. Yvettes ogen straalden van opwinding. Frieda leek lichtelijk nieuwsgierig. 'Ik snap het niet,' zei hij.

'Frieda had DNA-materiaal van Hannah Docherty. Dat was een match met dat van het lichaam.'

'Maar het lichaam van Deborah Docherty is bij hen thuis aangetroffen,' zei Karlsson. 'Samen met de lichamen van haar man en zoon.'

'Nee,' zei Frieda. 'Het lichaam van Deborah Docherty is negen jaar later gevonden in Denton Woods, in verregaande staat van ontbinding.'

'Maar dat lichaam in het huis dan?'

'Dat is de politie nu aan het onderzoeken,' vertelde Yvette. 'Ze doen een nieuw DNA-onderzoek.'

'Maar we weten al wat de uitslag zal zijn,' zei Frieda.

'De moeder van dat meisje?' opperde Karlsson.

'Inderdaad. Justine Walsh.'

Karlsson leunde achterover. 'En wat betekent dat?'

'Het betekent dat de zaak-Hannah Docherty heropend wordt,' zei Frieda. 'En dat de politie nu kan doen wat ze al van meet af aan hadden moeten doen. Mijn taak zit er in elk geval op.'

Er viel een stilte. Karlsson en Yvette keken elkaar even aan.

'Wat is er?' vroeg Frieda.

'Ik heb je dat nog nooit horen zeggen, dat je het werk aan de politie overlaat,' zei Karlsson.

'Wat wil je dan dat ik doe? Zelf mensen gaan ondervragen?'

Karlsson glimlachte. 'Dat is wel je werk, hè? Maar misschien stelt het onderzoeksteam jouw speciale talenten minder op prijs dan ik. Maar ben je dan echt niet benieuwd naar wat er is gebeurd?'

Frieda schudde haar hoofd. 'Het enige wat ik wil, is dat Hannah Docherty vrijkomt. De rest is bijzaak. Ik heb gedaan wat ik kan.'

'Weet jij wie het onderzoek leidt?' vroeg Karlsson aan Yvette.

'Daar ben ik zo achter.'

'Mooi. En hou Frieda op de hoogte.' Tegen Frieda vervolgde hij: 'Dus jij gaat je weer bezighouden met je eigen werk, Yvette met dat van haar, en ik ga mijn best doen om weer te leren lopen. Eind goed, al goed.'

Na het bezoek aan Karlsson ging Frieda meteen door naar Levin en Keegan. Het was vroeg in de avond, en Keegan schonk drie glazen whisky in. De twee mannen luisterden zwijgend toe terwijl Frieda vertelde wat er was gebeurd.

'Ik vond dat ik het u moest vertellen,' zei ze, nadat ze was uitgesproken.

Geen van beide mannen zei iets. Levin keek naar zijn whisky, waar hij nog geen slok van had genomen. Keegan dronk zijn glas leeg en schonk zichzelf bij.

'Dus daar komt het zo'n beetje op neer,' zei Frieda.

Keegan nam nog een slokje whisky. 'Goed. Heel goed.'

'Wat? De whisky?'

'Dat u naar de ongeïdentificeerde lichamen bent gaan kijken. Dat was heel goed.'

'Het leek mij nogal voor de hand liggend.'

'Ja, achteraf. Maar er is een scherpe geest voor nodig om alle losse eindjes aan elkaar te knopen.'

'Dat is aardig van u om te zeggen, want we zijn het lang niet altijd met elkaar eens geweest.'

'Ik probeer het alleen maar te begrijpen,' zei Keegan, alsof Frieda niets had gezegd. 'Deborah Docherty lag dus niet op de plaats delict, waar ze wel had moeten liggen. Ze lag ergens anders.'

'Ja, het is erg vreemd.'

'En die andere vrouw, Justine Walsh, lag in het huis van Deborah Docherty. In de slaapkamer van Deborah Docherty. En Hannah Docherty heeft haar geïdentificeerd als haar moeder.'

'Dat klopt. Maar u hebt zelf gezien hoe dat lichaam was toegetakeld. Bovendien heeft Hannah Docherty haar geïdentificeerd op de plaats delict, toen ze zelf in shock moet zijn geweest. Als je dan een vrouw in het bed van je moeder ziet liggen, een vrouw die het nachthemd van je moeder aanheeft, dan denk je al snel dat het je moeder is.'

'Maar hoe is dat dan gebeurd?'

'Daar hebben we de politie voor,' zei Frieda. 'Om dat soort vragen te beantwoorden.'

'Dat is ze de eerste keer ook niet gelukt.'

'Nou ja, dan hebben ze nu een herkansing.' Frieda stond op.

'Ik hou niet zo van afscheid nemen, maar dit lijkt mij toch wel een echt afscheid.'

Keegan stond op en gaf haar een hand. 'Misschien tot ziens,' zei hij.

'Ik zou niet weten waarom,' zei Frieda.

'Je weet maar nooit.'

Frieda zette haar onaangeroerde glas op de tafel. 'U hebt helemaal niets gezegd,' zei ze tegen Levin.

Hij keek haar aan. 'Ik dacht dat u het moeilijker zou vinden om er een punt achter te zetten.'

'Hoe bedoelt u?'

'Het onderzoek is nog niet eens begonnen. Hannah Docherty zit nog steeds vast.'

'We zullen zien.'

Toen Frieda wegging, had ze het gevoel dat ze ergens aan ontsnapte. Hoewel het regende, besloot ze te gaan lopen. Eenmaal thuis trok ze haar kleren uit en ging in bad. Daarna voelde ze zich gezuiverd, bevrijd.

Er volgden twee drukke dagen. Ze zag patiënten, ze ging naar The Warehouse en had het met Reuben over een uitbreiding van haar takenpakket. Ze sprak met Chloë af dat ze binnenkort naar de opslagruimte zou komen om alle spullen op te halen. Ze handelde een stapel achterstallige post af. Ze ruimde het huis op. Ze gooide wat oude kleren weg. Toen ze op donderdagochtend, na haar sessie met Maria Dreyfus, haar telefoon aanzette, zag ze dat Yvette had gebeld en ze belde meteen terug.

'Ik was net naar je op weg,' zei Yvette.

Zelfs aan die paar woorden kon Frieda al horen dat ze vreemd klonk. 'Je hebt slecht nieuws.'

'Ik wacht buiten op je.'

'Kom maar naar dat koffietentje op de hoek,' zei Frieda.

Ze gaf Yvette het adres van Number 9 en liep er toen zelf heen. Ze bestelde alvast twee koffie. Net toen die voor haar werden neergezet, kwam Yvette binnen, met rode wangen en een opgewonden blik in haar ogen.

Ze ging tegenover Frieda zitten. 'Doe mij maar thee,' zei ze, maar toen zag ze de koffie staan. 'O, koffie is ook goed.'

'Ze zetten de zaak stop,' zei Frieda.

Yvette keek haar verbaasd aan. 'Van wie heb je dat gehoord?'

'Wat kan het slechte nieuws anders zijn?'

Yvette schoof ongemakkelijk heen en weer. 'Dat kan toch van alles zijn?'

'Wie heeft de leiding over het onderzoek?'

'Dat doet er niet toe. Je kent hem toch niet.'

'Hoe heet hij?'

'Dat zeg ik niet.'

'Waarom niet?'

'Omdat je dan misschien wel iets gaat doen, zoals hem uitschelden of een mep verkopen. Dat zou niet de eerste keer zijn.'

Frieda keek langs Yvette heen naar buiten. Ze had inderdaad zin om iets te doen. Iemand een mep geven zou een idee zijn. Zo kalm mogelijk vroeg ze: 'Maar waarom hebben ze de zaak in vredesnaam stopgezet? Nu ze weten dat dat lichaam in het bos Deborah Docherty was?'

'Hij...' Yvette stopte. 'Of zij. Oké, het is een hij. Hij zei dat er niet echt iets was veranderd.'

'Hoe kan hij dat nou zeggen? En dat lichaam dan?'

'Ik geef alleen maar door wat hij heeft gezegd. Ik heb hem maar heel kort gesproken, en dat was alleen omdat Karlsson hem dat had gevraagd. Hij zei dat de vingerafdrukken van Hannah Docherty op de plaats delict zijn gevonden. Dat haar verklaring tegenstrijdig bleef. Dat ze nog steeds een motief had.'

'Maar het was niet haar moeder die dood in huis is aangetroffen. Het was Justine Walsh. Haar moeder lag in dat graf in het bos.'

'Rechercheur... Ik bedoel, hij zei dat het bewijs vooral stoelde op het feit dat Hannah Justine Walsh heeft geïdentificeerd als haar moeder. En je zult moeten toegeven dat daar wat in zit, Frieda – dat jij dat lichaam hebt gevonden, maakt het er in zekere zin nog erger op voor Hannah, als dat überhaupt nog kan. Waarom zou ze zeggen dat die vrouw in huis haar moeder is als ze de moordenaar niet was?'

'Omdat ze in shock was. Omdat het logisch was om ervan uit te gaan dat dat verminkte lijk haar moeder was.'

'Je hoeft mij niet te overtuigen.'

'Zeg me dan wie het is, dan ga ik hem wel overtuigen.'

'Dat doet er niet toe. De zaak is gesloten.'

'Wat deed Justine Walsh in het huis van de Docherty's?' vroeg Frieda.

'Wil je nou echt dat ik antwoord op die vraag geef?'

'Het is een vraag die de politie zal moeten beantwoorden. Waarom is zij in dat huis vermoord, terwijl de bewoonster ergens anders is vermoord?'

'Je houdt altijd van die losse eindjes,' zei Yvette. 'Vragen die onbeantwoord blijven.'

'Je maakt je er wel erg gemakkelijk vanaf.'

'Zo gaan die dingen nou eenmaal. Sommige dingen zullen we nooit te weten komen.'

'Dat ben ik niet met je eens.'

Frieda werd ontzettend moe. Het begon allemaal weer van voren af aan.

28

'U weer.' Levin knipoogde naar Frieda op die onheilspellende manier van hem.

'Ja, ik. U wist ervan, hè?'

'Wat wist ik?'

'U wist dat ze die zaak nooit zouden heropenen.'

'Laten we het erop houden dat ik niet echt verrast ben.'

'Hoe kunt u nu zo kalm blijven?'

'Ben ik dat dan?' Hij nestelde zich wat gemakkelijker in zijn stoel. 'Nou ja, waarschijnlijk is dat ook wel zo.'

'U laat dit gewoon gebeuren?'

'De echte vraag is: laat u dit gebeuren? Maar op die vraag weet ik het antwoord al.'

'En dat is?'

'Natuurlijk laat u dit niet gebeuren.'

'Voelt u dan geen enkele verantwoordelijkheid?'

'Dat is een interessante vraag.' Fronsend pakte hij een zakje uit zijn jaszak en keek er ietwat verbaasd in. 'Wilt u soms ook een toffee?'

'Nee.'

'Slecht voor de tanden, hè? Maar nee, ik voel me niet verantwoordelijk voor deze zaak. Een mens kan kiezen waarvoor hij zich verantwoordelijk voelt, en u hebt voor Hannah gekozen.'

'Ik zou dat nauwelijks een keuze willen noemen.'

'O nee?'

'Ik kan haar toch niet in die inrichting laten wegkwijnen?'
'Ik snap het.' Hij klonk vriendelijk en lichtelijk bedroefd.
'Dat gaat gewoon niet.'
'Maar u staat er nu alleen voor. Dat begrijpt u toch wel?'
'Ja.'
'Als het helpt, kunt u wel wat langer gebruikmaken van de diensten van brigadier Long.'
Frieda dacht even na. 'Ik denk niet dat zij daarop zit te wachten.'
Hij stopte een toffee in zijn mond. 'U alleen dus.'

Haar mobieltje ging.
'Hallo, met Frieda.'
'Spreek ik met Frieda Klein?'
Het was een vrouwenstem. Frieda had het idee dat ze de stem eerder had gehoord, maar ze kon hem niet meteen plaatsen. 'Ja.'
'U spreekt met Emma Travis, van Oakley Road 54. Het oude huis van de Docherty's,' voegde ze er ten overvloede aan toe.
'O ja, nu weet ik het weer. Wilde u me ergens over spreken?'
'Nou, niet echt.'
'Weet u soms iets waarvan u dacht dat het mij verder zou kunnen helpen?'
'O, nee.' Emma Travis klonk nerveus. 'Daar gaat het helemaal niet om.'
'Sorry. Wat kan ik dan voor u doen?'
'Ik vroeg me af... Nou ja, ik probeer Josef te pakken te krijgen.'
'O.' Frieda dacht aan die avond dat ze Josefs bestelbus langs had zien rijden toen ze wat met Flora Goffin en Sebastian Tait had gedronken. Haar vermoeden werd bewaarheid en ze trok een grimas. 'Heeft u zijn nummer nodig?'
'Nee, dat heb ik wel. Hij is al een paar keer bij me geweest,' zei ze. 'Voor wat klusjes in huis,' voegde ze er snel aan toe.
'Maar wat wilt u dan van mij?'
'Hij neemt zijn telefoon niet op.'
'Aha.'

'Dus ik vroeg me af of u hem niet kunt zeggen dat hij mij moet bellen.'

'Ik kan hem zeggen dat u dat hebt gevraagd.'

'Dank u. Het gaat om de dakgoten. De dakgoten en nog wat andere dingetjes.'

'Oké.'

'Zegt u hem dat hij me moet bellen.'

Deze keer sprak Frieda Sedge niet in de Bear, met het weidse uitzicht op de bruine Theems, maar bij hem thuis in Romford. Hij was met tijdelijk verlof gestuurd. 'Een nette manier om te zeggen dat ze van me af willen,' had hij aan de telefoon gezegd met een niet al te overtuigende lach. Hij woonde in een jarendertighuis dat iets van de weg stond. Door het raam aan de voorkant kon ze de serre aan de achterkant zien, met daarachter een groot gazon. Toen hij de voordeur opendeed, rook ze boenwas en lelies. Het was in huis netter dan ze had verwacht. In de gang hingen de jassen keurig op rij boven een minstens zo keurig rijtje schoenen. Naast de schoenen stonden twee tennisrackets en een golftas vol clubs.

Zelf zag Sedge er een stuk minder netjes en verzorgd uit. Hij had een stoppelbaard en zijn geruite overhemd zat scheef dichtgeknoopt. Zijn handdruk was stevig.

Hij had koffiegezet en ze gingen in de serre zitten. Het gazon was bedekt met een dikke laag herfstbladeren. 'Dat ik met verlof ben, wil nog niet zeggen dat ik me ineens met de tuin bezighoud,' zei hij.

'Wat doet u dan wel?'

'Mijn vrouw, Laurie, vindt dat ik wat vaker de deur uit moet, golfen, met vrienden afspreken, of anders een kamer schilderen.'

'Maar daar hebt u geen zin in.'

Hij hield zijn mok in zijn grote handen en staarde somber naar buiten. 'We hebben geen kinderen. Ik heb alleen Laurie en mijn moeder. Mijn werk was mijn leven. Misschien heb ik fouten gemaakt, maar ik was een harde werker. Dat zal iedereen beamen. Ik verwacht van mijn mensen dat ze hard werken, maar zelf werk ik nog harder.'

'Dus u bent niet gaan golfen en u doet ook niets aan de tuin. Wat hebt u dan wel gedaan?'

Hij keek haar heel kort aan. 'Nou, ik heb natuurlijk veel nagedacht over de puinhoop die ik ervan heb gemaakt. Wat een van de redenen is waarom ik niet kan gaan golfen en een beetje met mijn vrienden aan de bar kan hangen. Ik kan er gewoon niet omheen. Ik zal altijd de rechercheur blijven die een identificatie heeft verprutst.'

'Het is aardig van u dat ik mocht komen, gezien de omstandigheden.'

'Omdat u dat van die lijken heeft ontdekt, bedoelt u?'

'Ja.'

'U bent zo'n beetje de enige die ik nog wil zien. Ik heb het gevoel dat ik met u kan praten zonder me te hoeven verdedigen. Eigenaardig, hè?' Hij nam een slok koffie. 'Maar wat wilt u precies van me?'

Frieda had een lijstje gemaakt met vragen die ze hem wilde voorleggen, maar het leek haar beter om haar aantekeningenboekje in haar jaszak te laten zitten, want daarmee zou ze alleen maar benadrukken wat hij allemaal kwijt was. 'Allereerst zou ik willen weten wat u dacht toen u hoorde dat de vermoorde vrouw in het huis van de Docherty's niet Deborah Docherty was.'

'Wat ik dacht?' Hij lachte schamper. 'Die vraag is niet zo moeilijk te beantwoorden. Ik dacht: shit. Ik dacht: o god, nee, alsjeblieft niet. En: nu kan ik het verder schudden. En: hoe moet ik mijn mannen ooit nog onder ogen komen?' Hij keek Frieda met glanzende ogen aan.

'Maar wat dacht u over de zaak?'

'O. Sorry. U vindt vast dat ik te veel met mezelf bezig ben. Wat ik over de zaak dacht? Waarschijnlijk dat het onmogelijk was, dat er een of andere idiote fout was gemaakt. Want natuurlijk was het Deborah Docherty. Ik bedoel, ze lag in haar eigen bed, samen met haar vermoorde man, en haar vermoorde zoon lag in de kamer ernaast, en ze was geïdentificeerd door haar eigen dochter. Hannah Docherty had haar geïdentificeerd! Dus ze moest het gewoon zijn.'

'Maar dat is niet zo.'

'Nee. En ik weet eerlijk gezegd niet wat ik ervan moet denken. Ik bedoel, dat Hannah Docherty haar hele familie vermoordt, valt nog te begrijpen. Ze was kwaad en ze lag met zichzelf overhoop en ging met de verkeerde mensen om. Maar waarom zou ze die andere vrouw vermoorden?' Hij schudde zijn hoofd.

'Wat weet u van Justine Walsh?'

'Niets, behalve dan wat ik de afgelopen paar uur te horen heb gekregen.'

'U weet dat haar dochter, Shelley Walsh, een huisgenote van Hannah was?'

'Ja.'

'Maar Shelley hebt u nooit ontmoet?'

'Vast wel. Ik ben natuurlijk in dat kraakpand geweest. Dat weet ik nog goed. God, wat een zwijnenstal. De politie hield het pand al in de gaten. Maar ik kan me haar niet herinneren, hoewel het raar zou zijn als ik haar in het kader van het onderzoek niet had gesproken.'

'Uit de verslagen blijkt dat u één keer met haar gesproken hebt.'

'Nou, ziet u wel?'

'Wist u dat haar moeder rond de tijd van de moorden is verdwenen?'

'Ik geloof van niet,' zei Sedge langzaam. Er verscheen een frons op zijn voorhoofd toen hij het zich weer probeerde te herinneren. 'Maar ik kan me vergissen. Het is behoorlijk lang geleden.' Hij nam nog een slok koffie. 'Die vriend van haar heb ik wel gesproken. Hoe heette hij ook alweer?'

'Jason Brenner.'

'Ik heb minstens twee keer met hem gesproken. Wat een engerd.'

'Zo noemde Malik hem ook.'

De voordeur werd met een klap dichtgeslagen en er viel iets kletterend op de grond. 'Ben?'

'Ik ben hier,' riep hij. 'Ik heb bezoek.'

Laurie Sedge was een opvallende verschijning. Ze was lang,

had blond haar en ging uitbundig gekleed.

'Ik ben naar de markt geweest. Druk dat het er was. Trouwens, ik ben Laurie. Leuk dat Ben eens bezoek krijgt.'

Even dacht Frieda dat Laurie zich zou bukken om haar een kus te geven. Ze gaf haar snel een hand. 'Frieda Klein,' zei ze.

Laura trok haar wenkbrauwen op en tuitte haar lippen. 'O, mijn god. Maar dan weet ik wie u bent.'

'Alsjeblieft, niet doen,' zei Sedge.

'Het komt door u dat hij in de problemen zit en nu zitten jullie hier gezellig samen koffie te drinken.'

'We bespreken de zaak,' zei Sedge. 'Ik dacht dat je na de markt meteen door zou gaan naar je werk.'

'Wat valt er nog te bespreken?' Ze wendde zich tot Frieda. 'Mijn man is de beste rechercheur van het hele land. Hij heeft onderscheidingen gekregen voor betoonde moed. Hij is een goed mens. Hij heeft één fout gemaakt, en moet je nu zien... Dat is toch niet eerlijk?'

'Laurie. Het is in orde.'

'Hoe kan het nou in orde zijn?'

'Ik weet dat het moeilijk is,' zei Frieda. Ze vond de hartstocht waarmee Laurie haar man verdedigde wel charmant. 'Maar ik ben hier niet om fouten op te rakelen.'

'Waarom bent u hier dan wel?' Haar stem haperde, alsof ze bijna moest huilen.

'We nemen de zaak nog eens door,' zei Sedge.

Zijn vrouw pakte een papieren zakdoekje uit haar zak en snoot haar neus. 'Het is echt vreselijk geweest,' zei ze tegen Frieda.

'We hebben het er straks nog wel over,' zei Sedge tegen haar.

Ze knikte en liep enigszins verloren de kamer uit.

'Sorry,' zei Sedge tegen Frieda. Hij pakte zijn mok op.

'Ik kan het haar niet kwalijk nemen.'

'Waar waren we gebleven?'

'We hadden het over Jason Brenner.'

'O ja. Hij was al vaker met de politie in aanraking geweest. Voornamelijk vanwege drugs.'

'U vroeg een paar minuten geleden waarom Hannah Justine

Walsh zou vermoorden. Is dat niet een reden om ons af te vragen of ze haar wel hééft vermoord?'

Ben Sedge, die net een slok koffie wilde nemen, staarde Frieda verbluft aan. 'Wat?'

'Misschien was het Hannah helemaal niet.'

'U bedoelt dat ze Aidan en Rory heeft vermoord, maar dat Justine door iemand anders vermoord is?'

'Misschien heeft ze wel helemaal niemand vermoord.'

Zijn blik was bijna komisch te noemen.

'Even voor alle duidelijkheid. U beweert dat ik niet alleen fout zat met dat lijk, maar ook met de moordenaar?'

'Is dat zo'n rare gedachte?'

Hij stond op, liep naar het raam en legde zijn voorhoofd tegen het glas.

Ze hoorden de voordeur open- en weer dichtgaan.

'Nou?' vroeg ze.

'Natuurlijk is dat een rare gedachte. Meer dan raar. Het is bespottelijk.'

'Waarom?'

'Waar bent u mee bezig? Moet u me eens zien. U hebt mijn carrière al om zeep geholpen, en nog steeds kunt u de zaak niet laten rusten. U moet en zal me door de modder sleuren.'

'Het gaat niet om u.'

'O nee? Nou, dat zie ik anders.'

'Het gaat om Hannah.'

'Die haar hele familie heeft vermoord.'

'Weet u dat zeker?'

'Verdomme, natuurlijk weet ik dat zeker.' Hij wreef over zijn voorhoofd. 'Jezus,' mompelde hij bij zichzelf. 'Ziet u dan niet dat het helemaal nergens op slaat wat u zegt?'

'Hoezo?'

Zijn gezicht verstrakte. Frieda zag aan hem dat hij een besluit nam, want meteen daarna leek zijn lichaam iets te ontspannen, en haalde hij zijn schouders op. 'Oké. Als u dan per se wilt weten hoe ik erover denk... Hannah was agressief en boos. Ze had ruzie met haar moeder en stiefvader. Haar alibi sloeg nergens op. Haar kleren zaten onder het bloed. Dat de vermoorde vrouw niet haar moeder was, wil nog niet zeggen dat zij de moord niet heeft gepleegd. Ze heeft het lichaam zelf geïdentificeerd. Waarom zou ze dat doen als ze onschuldig was?'

'Dat wilde ik u nog vragen. U was degene die wilde dat zij de lichamen zou identificeren, toch?'

'Klopt.'

'Waarom was dat? Waarom hebt u een getraumatiseerde jonge vrouw de lichamen van haar eigen familie laten identificeren?'

'Omdat ze een naast familielid was. En bovendien kun je dan zien hoe mensen reageren.'

'En er zo misschien de dader uit pikken?'

'Precies.'

'En hoe reageerde Hannah?'

'Ze keek alleen maar. Ze leek idioot kalm, hoewel ze later compleet over de rooie ging.'

'Hoe interpreteerde u dat? Verdriet? Shock?'

'Ik weet het niet.'

'En toen zei ze dat de vrouw in bed haar moeder was.'

'Daar was ze heel stellig over.'

'En u geloofde haar.'

Ben Sedge glimlachte gespannen. 'Precies zoals u zegt, ik geloofde haar. Ter verdediging kan ik aanvoeren dat volgens mij de meeste mensen haar zouden hebben geloofd. Want waarom zou iemand daarover liegen?'

'Omdat ze in shock was misschien?'

'Hoor eens. Het maakt eigenlijk weinig uit, hè? Het is wel duidelijk dat ze haar moeder later ook heeft vermoord. Of eerder. Wie zal het zeggen?'

'U denkt dat ze haar moeder heeft vermoord en haar toen ergens heen heeft gereden om haar daar te begraven? Had ze eigenlijk een rijbewijs?'

'Hannah? Dat weet ik niet. Ze was achttien, dus het zou kunnen. Maar daar zijn we zo achter. Dat moet u maar aan degene vragen die de zaak nu leidt.'

'Ik ben ervan overtuigd dat u allang weet dat de zaak niet wordt heropend.'

'Inderdaad, hoewel ze me nog niet hebben gevraagd om weer aan het werk te gaan. Mijn zaak is nog onbeslist. En natuurlijk heropenen ze die zaak niet, want wat heeft dat nu voor zin? Het maakt het er alleen maar erger op voor Hannah. Een vierde moord, en ze heeft toch al levenslang.'

Yvette had precies hetzelfde gezegd. Frieda knikte. 'Zij mogen de zaak dan wel niet heropenen, maar ik ga verder met mijn onderzoek.'

'U?'

'Ja.'

'Waarom?'

'Omdat ze volgens mij helemaal niemand heeft vermoord.'

'Ondanks alle bewijzen.'

'Ja, ondanks alle bewijzen.'

'Waarom denkt u dat?'

Omdat ze hem niets over Erin Brack kon vertellen, zei ze alleen maar: 'Dat gevoel heb ik.'

'Gevoel,' herhaalde hij.

'Ja.'

'Dus u beweert dat u het gevóél hebt dat ik er niet alleen een puinhoop van heb gemaakt, maar dat ik ook verantwoordelijk ben voor een onrechtmatige veroordeling.'

'Daar komt het wel op neer.'

Ben Sedge keek haar strak aan. Frieda probeerde te raden wat hij dacht. Hij was niet boos volgens haar. Hij leek eerder nieuwsgierig en misschien ook onder de indruk, hoewel met tegenzin. Toen keek hij weer naar buiten, waar het was gaan miezeren. 'Het gaat alweer regenen,' zei hij. 'Raakt het water in de hemel dan nooit op? Het is net als mensen die huilen. Ik heb mensen weleens zo erg zien huilen dat ik me afvroeg of er nog wel genoeg vocht in hun traanbuizen zat. Wat wilt u in godsnaam van me?'

Frieda kwam bij hem staan. 'Misschien kunt u me helpen.'

'U hebt wel lef.' Hij klonk eerder bewonderend dan vijandig.

'Als u deze zaak opnieuw zou moeten onderzoeken, met deze nieuwe bewijzen, hoe zou u het dan aanpakken?'

'Ik ben wel de laatste aan wie u dat zou moeten vragen.'

'U was daar. U weet hoe het eruitzag, hoe het rook, hoe het voelde.'

'Zoals ik al zei, het is erg lang geleden.'

'Maar sommige dingen zullen u toch nog levendig voor de geest staan? Het was geen alledaagse zaak.'

'Nee.' Hij klonk somber. 'Het was een gruwelijke zaak. Sommige mensen van mijn team hebben daarna psychologische hulp nodig gehad.'

'U niet.'

'Het rare is dat ik me de reacties van mijn team beter herinner dan die van mezelf. Ik herinner me dat er iemand moest overgeven. Ik had het gevoel dat ik sterk moest zijn, om iedereen op de been te houden.'

'Wat zou u nu doen, als u mij was? Waar zou u naar op zoek gaan?'

'U meent het nog ook, hè? U vraagt mij serieus om u te helpen mijn eigen reputatie nog verder te beschadigen.'

'Ik zie dat anders.'

'Het recht zal zegevieren en dat soort dingen, bedoelt u?'

'Zoiets, ja.'

Sedge wreef over de stoppeltjes op zijn wang. 'Het eerste wat dan natuurlijk bij me opkomt, is dat Justine Walsh en Aidan Locke waarschijnlijk een verhouding hadden. Want waarom zou ze anders bij hem in bed liggen?'

Frieda knikte.

'Dus ik zou moeten uitzoeken of dat echt zo was. En mocht dat het geval zijn, dan zou ik me afvragen wie daar zo woedend over was dat hij ze heeft vermoord.'

'En Rory dan?'

'Een geval van pech. Hij moest dood omdat hij daar was.'

'En Deborah?'

'Ja, ik moet toegeven dat dat raar is. Maar weet u? Elke zaak kent zo zijn rare dingen, dingen die niet kloppen.'

'Dit is niet alleen maar raar, dit is een extra moord.'

'Ik weet het. Maar wat ik bedoel is dat u een patroon probeert te ontwaren in een rommelig geheel. Terwijl het misschien gewoon een rommelig geheel is. Mijn rommelige geheel, dat geef ik toe. Hoe dan ook, ik zou allereerst met mensen gaan praten die Aidan Locke en Justine Walsh hebben gekend.'

'Dank u. Verder nog iets?'

'Ja.' Ze hadden allebei naar buiten staan kijken, maar nu draaide hij zich naar haar om. 'Sluit niets uit.' Hij stak een hand op toen ze iets wilde zeggen. 'Sluit niet op voorhand uit dat het toch Hannah Docherty was. Ik bewonder uw lef en vasthoudendheid. Maar is het weleens bij u opgekomen dat u het misschien bij het verkeerde eind hebt?'

'U bent ervan overtuigd dat Hannah schuldig is?'

Sedge stopte zijn handen diep in zijn zakken en trok zijn schouders op. 'U hebt het over "gevoel",' zei hij na een tijdje. 'Ik weet wat u bedoelt. Ik heb er zelf soms ook last van. Maar een rechercheur moet zijn gevoel opzijzetten, je mag je blik er niet door laten vertroebelen.'

'Maar u hebt het gevoel dat Hannah het heeft gedaan?'

Hij knikte. 'Er hing iets van gevaar om haar heen,' zei hij. 'Het was bijna alsof ik het kon ruiken.'

'Misschien was het wel de geur van verdriet.'

Onverwacht glimlachte hij naar haar. Er verschenen lachrimpeltjes om zijn ogen. Hij leek tegelijkertijd geamuseerd en enigszins van slag. 'Tja, dat soort dingen kun je natuurlijk uitleggen zoals je wilt. U bent de psychologe. Maar wat ik zei, sluit niets uit. Want geloof me, zij heeft ze vermoord.'

Reuben had haar voicemail ingesproken. Hij vroeg of ze hem zo snel mogelijk kon terugbellen.

'Reuben?'

'Kunnen we ergens afspreken?'

Iets in zijn stem weerhield haar ervan om te vragen waarom, of zich er met een smoesje vanaf te maken.

'Goed. Waar?'

'We zouden een eindje kunnen gaan wandelen.'

Het regende en hij had een hekel aan wandelen.

'Ben je in The Warehouse?'

'Nee, op de Heath.'
'Ik zie je bij de muziektent.'
'Goed.'
'Ik ben er over een halfuur.'

Het was rustig op de Heath. Er waren een paar mensen die hun hond uitlieten en wat joggers die door de druilerige regen renden. Frieda zag Reuben meteen staan, in zijn dandyachtige jas. Zijn grijze haar was nat.

Ze legde een hand op zijn arm. 'Wat is er?'

'Ik heb een knobbeltje in mijn nek.'

'Laat eens zien.'

Hij deed zijn zachte sjaal af en legde voorzichtig twee vingers op de huid vlak onder zijn oor. 'Hier.'

'Laat me eens voelen.'

Ze legde haar vingers op de plek. 'Doet het pijn?'

'Nee.'

'Je moet naar je huisarts, Reuben.'

'Denk je dat het ernstig is?'

'Ik denk dat je ernaar moet laten kijken.'

'Denk je dat ik kanker heb?'

'Het is een knobbeltje. Het voelt niet als een klier. Je weet net zo goed als ik dat het onschuldig kan zijn, maar misschien ook niet. Je moet ernaar laten kijken.'

Hij knikte, met zijn blik op de grijze lucht.

'Waarom bel je je huisarts niet nu meteen?'

'Het is waarschijnlijk niks.'

'Staat het nummer in je mobiel?'

Hij knikte.

'Maak een afspraak. En als je meteen kunt komen, lopen we er samen naartoe. En anders gaan we even ergens een kop koffie drinken.'

Terwijl hij belde, ging ze met haar rug naar hem toe staan en keek naar de honden en de hardlopers en de regen.

'Ik kan er morgenvroeg terecht,' zei hij. Hij liet zijn telefoon weer in zijn zak glijden.

'Mooi.' Ze stak een arm door de zijne. 'Dan gaan we nu koffiedrinken.'

'Ik heb ook een knobbeltje in mijn oksel.'

'Dan is het maar goed dat je naar de dokter gaat.'

'Dat zal dan wel.' Hij knikte somber. Er druppelde water uit zijn haar.

'Ik ben blij dat je het me hebt verteld. Kom, dan gaan we.'

29

Frieda was gewend dat Shelley Walsh haar begroette met een blik van ergernis of zelfs van afschuw. Deze keer niet. Toen Shelley de deur opendeed, zag Frieda het gezicht van een vrouw die haar moeder voor de tweede keer had verloren. Hoewel ze zich net als anders keurig had opgemaakt, was haar gezicht zo bleek dat haar huid bijna wit leek.

'Waarom ben je het me niet zelf komen vertellen?'

'Sorry,' zei Frieda. 'Ik heb je adres doorgegeven aan de politie.'

'Je had zelf moeten komen.' Hoewel Shelley kortaf deed, klonk ze eerder verdrietig en verslagen dan boos.

'Mag ik binnenkomen?'

Zonder iets te zeggen deed Shelley een stap opzij. Frieda wist inmiddels waar alles was: de theepot in het kastje, de mokken aan haakjes, de theelepeltjes in de la naast het fornuis. Ze schonk thee in en ging met Shelley in de serre zitten, die uitkeek op een tuin die even ordelijk en netjes was als het huis. Frieda nam een slok thee en wachtte tot Shelley iets zou zeggen.

'Waarom ben je eigenlijk niet zelf gekomen?' vroeg Shelley na een tijdje. 'Vond je het makkelijker om het door iemand anders te laten opknappen?'

'Je leek nooit erg blij om me te zien,' zei Frieda. 'Bovendien is het het werk van de politie. Ik dacht dat ze je wel wat vragen zouden willen stellen.'

'Zo te merken voelden ze zich opgelaten,' zei Shelley. 'Het waren twee jonge politieagenten, een man en een vrouw, en volgens mij waren ze het liefst meteen weer weggegaan. Maar toen ze me vertelden wat er aan de hand was, begon ik te huilen en vragen te stellen en wartaal uit te slaan. Dat maakte het alleen nog maar erger. Voor hen, bedoel ik.'

'Hebben ze jou nog vragen gesteld?'

'Nee. Ze wachtten tot ik was uitgehuild en zijn toen weggegaan.'

'Sorry.'

'Waarom zeg je steeds sorry?' vroeg Shelley. Iets van haar oude scherpte kwam terug. 'Je hebt het al uitgelegd. Je hebt het aan de politie overgelaten. Het was niet jouw verantwoordelijkheid.'

'Ik vind het heel erg voor je dat je moeder dood is, en het spijt me dat je het op die manier moest horen.'

'Graag gedaan.' Shelley zweeg even. 'O nee. Dat zeg je als iemand je bedankt. Wat zeg je eigenlijk als iemand zich bij je verontschuldigt? Waarschijnlijk zou ik iets moeten zeggen als: "Het geeft niet. Het maakt niet uit."'

'Heb je het er met je man over gehad?'

'Ik heb hem verteld dat ze haar lichaam hebben gevonden. Dat moest ik wel. Ik heb nog even overwogen om hem niks te vertellen, maar dat was onmogelijk.'

'Je kunt nu de begrafenis regelen,' zei Frieda. 'Dat is goed. Het is belangrijk om afscheid te nemen.'

'Zo eenvoudig gaat dat niet. Dat zei de politie. De begrafenis is al geweest, hoewel ze toen niet wisten dat het mijn moeder was. En het was trouwens een crematie. En de as is verstrooid.'

'Je kunt nog steeds een soort herdenkingsdienst houden.'

'Ik heb al heel lang geleden afscheid van haar genomen. Hoe vaak kan een mens dat doen?'

'Ze was een afwezigheid. Dat kan moeilijk zijn. Nu heb je iets tastbaars.'

Shelley keek naar haar thee en draaide haar mok rond tussen haar handen. Frieda zag dat ze moed aan het verzamelen was voor wat ze wilde zeggen.

'Praten mensen met jou over dat soort dingen? Ik bedoel, dat is toch je werk?'

'Wat voor dingen?'

'Nou gewoon. Een vader of moeder verliezen.'

'Ja, natuurlijk. Vaak zelfs.'

'Denk je dat het zou helpen? Voor iemand als ik?'

'Heb je vriendinnen met wie je kunt praten?'

'Natuurlijk heb ik vriendinnen. Maar ik weet niet of het wel de geschikte personen zijn om zoiets mee te bespreken.'

'In dat geval zou ik je aanraden om er met een professional over te praten.'

Shelley hief haar hoofd en keek Frieda aan. 'Ik zat aan jou te denken.'

'Er zijn twee redenen waarom ik dat niet voor je kan doen. Ten eerste is ons contact inmiddels persoonlijk geworden. Met een therapeut praten is anders dan praten met een vriendin. Heel anders zelfs. Het moet een buitenstaander zijn. Maar ik zou wel een intakegesprek met je kunnen voeren, en daarna kunnen we dan samen beslissen wie voor jou een geschikte therapeut zou zijn.'

Shelley keek bedrukt. 'Je wilt het vast niet omdat ik niet zo aardig tegen je deed toen je hier de eerste keer kwam.'

'Dat heeft er niets mee te maken. Ik heb je net uitgelegd waarom.'

'Je zei dat er twee redenen waren.'

Frieda aarzelde. Ze wist niet goed hoe ze dit moest zeggen. 'Heeft de politie je ook verteld dat ze de zaak niet zullen heropenen?'

'Ze hebben me helemaal niks verteld.'

'Zoals je weet is Hannah voor alle moorden veroordeeld. Maar nu de vrouw op de plaats delict je moeder blijkt te zijn, en ze Hannahs moeder ergens anders hebben gevonden, komt alles in een ander daglicht te staan. Toch denkt de politie nog steeds dat Hannah de dader is. Dat ze haar eigen moeder heeft vermoord en ook die van jou.'

'En jij gelooft dat niet?'

'Het is ingewikkeld. Ik zou er nader onderzoek naar willen doen. En als ik dat doe, kan ik niet tegelijkertijd jouw therapeut zijn.'

'Ik snap het niet. Je denkt dus dat Hannah haar familie vermoord heeft, maar dat iemand anders mijn moeder heeft vermoord.'

'Niet helemaal. Ik weet gewoon niet wat er is gebeurd, en daarom vind ik dat dat uitgezocht moet worden.'

'Hannah was lastig.'

'Veel meisjes op die leeftijd zijn dat.'

'Maar jij denkt het beter te weten dan de politie.'

'Shelley, het gaat erom dat jij met iemand moet praten over je jeugd, over wat je toen voelde, over wat er allemaal tussen jou en je moeder is voorgevallen, en ook over wat je voelt nu je weet dat ze dood is.'

'En dat kan niet met jou?'

'Nee. Want een therapeut stelt een heel ander soort vragen dan die ik je zou willen stellen.'

'Wat voor vragen dan?'

Frieda keek naar buiten. Achter het gazon zag ze een eekhoorn over een houten hek rennen en toen in de tuin van de buren verdwijnen. 'Op dit moment zou ik je maar een of twee dingen willen vragen. Maar die zijn misschien wel te pijnlijk voor je, en als dat zo is, moet je dat gewoon zeggen.'

'Vraag maar.'

'Heeft de politie je verteld waar het lichaam van je moeder gevonden is?'

'In het huis van de Docherty's.'

'Om precies te zijn, in de slaapkamer van de Docherty's.'

'Ja, dat zeiden ze.'

'En wat dacht je toen je dat hoorde?'

'Ik dacht dat het heel erg was dat mijn moeder dus niet zomaar was verdwenen, maar dat ze was vermoord en dat niemand dat wist.'

'Dat is niet wat je dacht, dat is wat je voelde. Maar wat denk je dat je moeder daar deed?'

Shelley hapte naar adem alsof ze was gestoken. 'Vraag je dat soort dingen ook aan je patiënten?'

'Ik zei al dat ik je best wil helpen, maar niet als therapeut. Wat denk je dat je moeder in hun slaapkamer deed?'

'Hoe moet ik dat nou weten? Ze vertelde me dat soort dingen niet.'

'Wat voor dingen?'

'Je probeert me zover te krijgen dat ik zeg dat mijn moeder een verhouding had.'

'Nou, had ze dat?'

'Wat heeft het nou voor zin om me dat te vragen?'

'Jij bent haar dochter.'

'Oké dan, het antwoord is nee. Ik denk niet dat mijn moeder een verhouding had met Hannahs vader.'

'Hannahs stiefvader.'

'Nou ja, met wie dan ook.'

'Je denkt niet dat je moeder iemand was die iets met een getrouwde man zou beginnen.'

Shelley zag er ineens vermoeid uit, en Frieda vroeg zich af of ze niet te ver was gegaan.

'Je snapt niet hoe mijn moeder was.'

'Leg het me dan uit.'

'Ik heb je al verteld dat ze een puinhoop van haar leven had gemaakt. Ik denk gewoon dat ze de energie niet had voor een verhouding. Niet in die periode van haar leven.' Shelley keek laatdunkend. 'Ik kan me voorstellen dat ze zich door iemand liet neuken...' Ze leek zelf te schrikken van het woord en knipperde een paar keer met haar ogen. 'Maar niet dat ze een echte verhouding zou beginnen, want daarvoor moet je afspraken maken, je aan iemand binden. Als ik terugdenk aan mijn moeder, zie ik haar languit op de bank liggen, met een slome blik. Of ik zie haar met dat ongekamde haar van haar door huis scharrelen en tegen me schreeuwen... Net een gekkin. Of ik zie haar huilen en zich verontschuldigen, met uitgelopen mascara op haar wangen. Of ik zie haar voor me zoals ze was als ze een goede dag had, en dat was eigenlijk nog erger, want dan kreeg ik weer een beetje hoop, terwijl ik best wist dat het niks te betekenen had. Dat was mijn moeder.' Shelleys stem beefde. 'Compleet hopeloos. Natuurlijk had ze geen verhouding.'

'Maar toch is ze dood aangetroffen in het bed van de Docherty's, naast Aidan.'

'Het slaat helemaal nergens op. Volgens mij kende ze de Docherty's niet eens. Ik ging dan wel met Hannah om, maar dat onze ouders met elkaar zouden omgaan... Weinig kans.'

'Wat deed ze daar dan?'

'Je vraagt het op een toon alsof ik daar op de een of andere manier verantwoordelijk voor ben. Misschien wilde ze Hannah vragen waar ik was en werd Hannah kwaad. Ik ken Hannah, ik bedoel, ik kende haar, dus dat lijkt me het waarschijnlijkst.'

'Dus Hannah heeft jouw moeder vermoord,' zei Frieda. 'En daarna haar familie.'

'Hou op. Je zei dat ik het moest zeggen als ik geen vragen meer wilde beantwoorden, en dat is nu.'

Frieda stond op. 'Ik vind het moedig van je dat je met me wilde praten. En echt, Shelley, als ik nog iets over je moeder ontdek, zal ik het je laten weten.'

Shelley keek Frieda recht aan. 'Waarom zou ik dat willen weten?'

Toen Frieda vlak bij Seamus Docherty's huis was, ging de voordeur open en kwam Docherty naar buiten, met zijn hond aan de riem.

'U weer,' zei hij. 'U lijkt wel een stalker. Ik heb geen tijd, ik moet de hond uitlaten.'

'Ik loop wel met u mee,' zei Frieda.

'Dat lijkt me niet zo'n goed idee. En dat is een beleefde manier om te zeggen: nee.'

'Ik kan ook terugkomen met een agent.'

'Ik heb de politie al gesproken. Ze hebben me verteld dat ze het lichaam van Deborah hebben gevonden en ik heb ze al gezegd wat ik te zeggen heb.'

'Ik ken andere politieagenten. En dan zou het knap vervelend worden. Dan zou u mee moeten naar het bureau om daar een verklaring af te leggen. Hebt u dat weleens gedaan? Weet u wel hoelang dat duurt?'

'Oké. In elk geval bent u nu op een fatsoenlijk tijdstip gekomen. Ik hoop dat u me kunt bijhouden.'

'Het duurt niet lang.'

Terwijl ze de straat uit wandelden die op de Heath uitkwam, vertelde Seamus haar over zijn hond. Hij zei dat het een vuilnisbakkenras was, het gezondste ras blijkbaar, zei hij. En zo kreeg hijzelf tenminste ook nog een beetje lichaamsbeweging. Bij de Heath aangekomen, liepen ze Kite Hill op. Boven aan de heuvel bleven ze staan en keken uit over Londen.

'Het is allemaal zo veranderd sinds ik hier ben komen wonen.' Hij wees naar de hoge gebouwen. 'Die waren er toen nog niet. Ik denk dat er over tien jaar nog eens vijftig bij zijn gekomen.'

'U hebt precies op het goede moment gekocht,' zei Frieda.

'Ik weet niet goed of ik dat als een beschuldiging moet opvatten of niet.'

'Het is gewoon een constatering.'

'Tja, we zouden het ons nu niet meer kunnen veroorloven om hier een huis te kopen. Het is hier een en al bankiers en boeven. Tenminste, ik denk dat het boeven zijn.'

'Volgens mij zou u zich het huis nu ook nog kunnen veroorloven. Ik weet hoeveel u geërfd hebt na de dood van Deborah en Rory.'

Yvette had dat voor haar uitgezocht. De nalatenschap bedroeg meer dan tweeënhalf miljoen pond, en dat was dertien jaar geleden.

Seamus keek haar aan. 'Ja,' zei hij zacht. 'Mijn ex-vrouw en mijn zoon waren dood. Mijn dochter werd ontoerekeningsvatbaar verklaard en levenslang opgesloten in een inrichting. En ik werd rijk. Maar ik zou er al mijn geld voor overhebben om mijn zoon terug te krijgen. Wat wilt u eigenlijk van me? Ik neem aan dat het deze keer niet om een bandana gaat.'

'Het moet als een verrassing zijn gekomen,' zei Frieda.

'Wat?'

'Dat uw ex-vrouw niet in huis is vermoord. Dat haar lichaam pas onlangs is gevonden.'

'Ik doe heel erg mijn best om daar niet aan te denken.'

'Maar u bent met haar getrouwd geweest.'

'Daarom wil ik er dus niet aan denken.'

'Het was Justine Walsh die dood is aangetroffen in de slaapkamer van de man van uw ex. Is dat ook iets waar u niet aan probeert te denken?'

'Ik heb Justine Walsh nooit gekend. Het was voor het eerst dat ik haar naam hoorde.'

'Ze was de moeder van een vriendin van Hannah.'

'Dat heeft de politie me verteld.'

'Sommige mensen zullen denken dat Justine Walsh een verhouding had met Aidan Locke.'

Docherty bukte zich om de riem los te maken. De hond rende weg en begon meteen tegen een zwarte labrador te blaffen, zonder erop af te gaan. 'Sammy is een watje,' zei hij.

'Vertel me nog eens wat over Deborah. Beschrijf haar voor me.'

'Debs was...' Seamus staarde in de verte, zoekend naar een woord. 'Anders,' zei hij toen.

'Op welke manier?'

'Anders dan de meeste vrouwen. Ze was eigenlijk heel bijzonder. Zo zag ze er niet uit, maar ze was het wel.' Hij knikte, alsof hij zijn eigen woorden wilde bevestigen. Toen Frieda niet meteen reageerde, vervolgde hij na een poosje: 'Er hing iets onpersoonlijks om haar heen. Alsof ze de mensen van een afstandje bekeek. Als Aidan een verhouding had, dan denk ik dat ze daar met minachting op zou hebben gereageerd, of misschien zelfs wel geamuseerd, op een neerbuigende manier.'

'Maar ze zou geen dreigementen hebben geuit of jaloers zijn geweest?'

Seamus schudde langzaam zijn hoofd. Hij leek gebukt te gaan onder zijn gedachten. 'Dat denk ik niet.'

'Hield ze van hem?'

'Van Aidan? Waarschijnlijk wel. Ze koesterde hoge verwachtingen van hem. Maar ze zou nooit iemand vermoorden uit jaloezie.'

Zijn woorden kwamen vreemd op haar over. 'Kunt u zich voorstellen dat ze iemand wel om een andere reden zou kunnen vermoorden?'

'Ze liet zich niet zo gauw meeslepen door gevoelens.'

Frieda keek om zich heen. Het was druk op de heuvel. Ze zag hardlopers en mensen met honden. Vooral mensen met honden. Sommigen hadden er zes of zeven bij zich, allemaal aan de riem. 'Het moet een erg moeilijke tijd voor u zijn geweest. Wie vermoordt er nou een heel gezin?'

'Nou, iemand als Hannah dus.'

'Of iemand die er baat bij heeft als het hele gezin dood is, of zo goed als. En dan bedoel ik u natuurlijk.' Frieda zweeg even. 'Ik probeer het alleen maar door de ogen van de politie te bekijken.'

Hoewel ze had verwacht dat Docherty kwaad zou worden of het gesprek zelfs zou afkappen, reageerde hij vrij kalm. 'Ik ben toen ondervraagd. Maar ze zijn tot de conclusie gekomen dat ik zoiets nooit zou doen.'

'De zaken staan er nu anders voor. Uw ex-vrouw is op een andere plek vermoord. En begraven.'

'Zoveel anders is dat niet. Ze blijft dood.'

'Wist Hannah dat u en Deborah met elkaar naar bed gingen?'

'Volgens mij denken kinderen liever helemaal niet na over het seksleven van hun ouders.'

'Ik bedoel niet toen jullie nog getrouwd waren. Na jullie scheiding. Toen jullie allebei al een nieuwe relatie hadden.'

Hij draaide zich naar haar om. Hij knipperde een paar keer met zijn ogen en leek opeens een stuk minder kalm. Frieda kon zien dat hij snel probeerde te denken.

'Waarom zegt u dat?' vroeg hij.

'U lijkt behoorlijk goed te weten wat uw ex-vrouw dacht, wat ze zou doen. En het komt vrij vaak voor dat mensen met hun expartner naar bed gaan. Dat kan heel troostend zijn, geruststellend, of juist verleidelijk.' Toen Docherty niet meteen iets zei, voegde ze eraan toe: 'Ik heb gelijk, hè?'

Hij slikte een keer. Toen hij antwoordde, was alle ironie uit zijn stem verdwenen. 'Het was het jaar na onze scheiding en heel onverwacht. Alsof onze liefde plotseling weer tot bloei kwam. Ik was al met Brenda, en zij met Aidan. Niemand heeft het ooit geweten. Ons laatste afscheid.'

'Was het eenmalig?'

'Nee. Maar het is maar een paar keer gebeurd, in de loop van een maand, een maand waarin ik dacht dat ik gek werd. En toen zijn we ermee gestopt en hebben we het er ook nooit meer over gehad. De gevoelens ebden weg en het was alsof het nooit was gebeurd.'

'Maar u hebt het nooit aan de politie verteld.'

'Het was niet relevant.'

'Dat maken zij wel uit.'

'Misschien was het verkeerd om niks te zeggen, maar het was iets intiems. En ik wist dat het onvermijdelijk was dat Brenda het te weten zou komen als ik het eenmaal aan de politie had verteld.'

'Hield u nog steeds van haar?'

Hij aarzelde. Zijn blik gleed over de horizon. 'Ik weet niet of ik die vraag wel kan beantwoorden. Zelfs toen ik haar haatte, voelde ik me nog steeds met haar verbonden. Ik was jarenlang met haar getrouwd geweest. Ze was de moeder van mijn kinderen. Maar dat wil niet zeggen dat ik haar terug wilde of dat ik niet van Brenda hield. Brenda maakt me gelukkig, een gevoel dat ik bij Debs nooit heb gehad. Ze was te hard, te koppig. Ze had eeuwig kritiek op me, ze wilde eigenlijk een andere man van me maken.'

'U zegt dat niemand het wist.'

'Dat is ook zo.'

'Hannah ook niet?'

'Nee. Waarom zou ze?'

'Omdat ze uw dochter is.'

Seamus haalde zijn schouders op. 'Als ze het had geweten, had ze echt haar mond niet gehouden.'

'Brenda dan?'

'Nee!'

'Iets heel anders. Guy Fiske was Rory's aardrijkskundeleraar.'

'Ja, en?'

'U weet best waar ik op doel.'

'Hou op. Mijn zoon is vermoord. Wilt u soms beweren dat hij ook nog misbruikt is?'

'Ik probeer erachter te komen wat er is gebeurd.'

'Ik zal u vertellen wat er is gebeurd: Hannah heeft mijn zoon en ex-vrouw vermoord. En nu ook nog een andere vrouw.'

'Ik weet niet of dat wel zo is.'

'Wie kan het anders zijn geweest?' Hij aarzelde even. 'U denkt toch zeker niet dat ik Debs en mijn zoon heb vermoord?'

'Ik heb geen theorieën. Ik stel alleen vragen. Zoals bijvoorbeeld wat voor soort kleren Hannah droeg in de maanden voorafgaand aan het drama.'

'Wat maakt dat nou uit?'

'Doe me een plezier en probeer het u te herinneren.'

'Ik weet het niet precies meer, maar haar kleren waren altijd een beetje smoezelig en kapot, eigenlijk gewoon lelijk. Alsof ze er iets mee wilde laten zien.'

'Wat voor kleur?'

'Zwart. Altijd en eeuwig zwart of donkerbruin. Maar dat weet u al. U had het er de laatste keer nog over toen u met die bandana kwam aanzetten.'

'Inderdaad. Maar de kleren die ze kennelijk droeg tijdens de drie, inmiddels vier moorden, de kleren die onder het bloed zijn teruggevonden, waren een bloemetjesjurk en een vest. Vindt u dat ook niet raar?'

'Ik weet het niet. Misschien trek je wel speciale kleren aan als je besluit om je hele familie te vermoorden.'

'Wanneer had u voor het laatst iemand uit het gezin gesproken?'

'Dat heb ik de politie toen al allemaal verteld. Debs belde me een paar avonden voor haar dood en zei dat ze iets met me wilde bespreken.'

'Maar u weet niet wat?'

'Waarschijnlijk over de vakantie. Het was die tijd van het jaar.

Ik zou met Rory naar Cornwall gaan, en als Hannah dat wilde, kon ze ook mee.'

'Weet u zeker dat ze u daarover wilde spreken?'

'Het is jaren geleden. Natuurlijk weet ik het niet zeker meer.'

Frieda liet hem achter op de heuvel. Ze liep niet terug naar Hampstead, maar in tegenovergestelde richting. Iedere straat die ze nam, leek te zijn geblokkeerd of in een cirkel te lopen, waardoor ze steeds weer uitkwam bij het begin. Ze pakte haar mobiel en belde Jack.

'Kom naar de opslagruimte,' zei ze toen hij opnam. 'Er moet iets te vinden zijn.'

30

In de schemering van de namiddag en met de regen die uit een laaghangende bruine lucht naar beneden kletterde, maakte de meubelwerkplaats een deprimerende indruk. Frieda en Jack moesten om grote plassen heen lopen om de deur van de opslagruimte te bereiken. Frieda stak de sleutel in het roestige hangslot en trok aan de dubbele deuren, die krakend opengingen. Ze deed de lampen aan. In het flikkerende tl-licht keek ze naar de spullen die tegen de muur en op de schappen stonden. Hoewel de betonnen vloer hier en daar nat was doordat er regen naar binnen was gesijpeld, was de Docherty-verzameling droog.

'Wauw,' zei Jack toen hij de ruimte in liep. De regen roffelde op het golfplaten dak. Op één plek lekte het; druppels vielen met een metaalachtig ping-geluid op een oude kinderwagen. Jack was doorweekt en zijn haar lag plat tegen zijn schedel. Hij zag er jonger uit dan anders, magerder. 'Wat is het hier koud. Ik zal in het vervolg een extra trui moeten meenemen. En een thermoskan.'

'Ik zal je laten zien wat we hebben, en dan maken we daarna een plan van aanpak,' zei Frieda.

Ze trok de drie kartonnen dozen en de koffer weg van de muur en opende ze. Ze gingen er op hun hurken bij zitten. Frieda kon het haast niet opbrengen om alles nog een keer door te nemen, al die stapels papier, kwitanties, nota's, aantekeningenboekjes, foto's met ezelsoren, certificaten, rapporten, oude paspoorten, verzekeringspasjes en bankafschriften, al die oude kleren die naar verval stonken, al die rommel van mensen die al heel lang dood waren...

'Wauw,' zei Jack weer, maar deze keer klonk hij onzeker, verbijsterd. Hij pakte een lege chipszak, en toen een sok met een hiel die bijna door was. 'Het ligt allemaal door elkaar.'

'Ja, daar hebben we het al over gehad. Ik zou graag willen dat je er vier stapels van maakt: Deborah, Aidan, Hannah, Rory. En dan waarschijnlijk nog een vijfde stapel voor de dingen die je daar niet kwijt kunt.'

'Zoals deze hier.' Jack hield de sok op.

'Gaandeweg zal het steeds makkelijker worden. Die sok bijvoorbeeld, die is waarschijnlijk van Rory. Dat zie je aan de maat.'

'En wat zoek ik precies?'

'Dat weet ik niet. Iets wat nergens bij past, wat raar voelt. En zodra je alles hebt gesorteerd, moet je de spullen nog een keer doornemen en proberen er een soort chronologie in aan te brengen.'

'Oké.'

'Maar misschien valt er wel niks te vinden, Jack.'

'Dat begrijp ik.'

Toen ze een geluid hoorden, draaiden ze zich om. Chloë stond in de deuropening, afgetekend tegen het gordijn van regen achter haar. Ze droeg een leren jack, stevige laarzen en ze had een hoed op die ze diep over haar ogen had getrokken. Jack bromde wat en knikte.

'Ik wilde net weggaan. Hoe gaat het hier?' vroeg Chloë.

Frieda stond op. 'We zijn net begonnen. Jack heeft een poosje vrij en gaat me helpen met het sorteren van al die rommel.'

Chloë liet haar blik over de verzameling glijden. 'Dat zijn die spullen waar je het over had, van iemand die dood is?'

'Ja.'

'Waarvan je zei dat je ze wilde doornemen om te kijken of er niks waardevols bij zat?'

'Ja.'

'Nou, ik zie zo wel dat er niks waardevols bij zit. Tenzij je naar bewijsmateriaal zoekt of zo. Want dit gaat over Hannah Docherty, hè?'

'Chloë, alsjeblieft.'

'Dat toontje ken ik. Ik ben geen klein kind meer, hoor.'

'Dat weet ik.'

Chloë ging op haar hurken naast Jack zitten en keek naar de stapel kleren. 'Wat zoeken jullie eigenlijk?'

'Dat weten we niet,' zei Jack. Naast Chloë zag hij er mager en bleek uit.

'Hoe herkennen jullie het dan als jullie het vinden?'

'Dat weten we ook niet.'

'Leuke manier om je vrije tijd door te brengen.'

'Ik doe het om Frieda te helpen,' zei Jack.

'Die kleren zijn mooier.' Chloë pakte de lichtblauwe blouse uit de koffer. 'Ik vraag me af waar ze heen ging.'

'En wie "ze" was,' zei Frieda. 'Want volgens mij zijn deze kleren niet van Hannahs moeder.'

Ze keek naar het etiket op de zwarte beha: 90C. Uit de dossiers die ze bij Levin thuis had doorgenomen, had ze opgemaakt dat Deborah Docherty maat 85B had. Ze vermoedde dat de kleren van Justine Walsh waren.

'Ik wil anders wel helpen,' zei Chloë tegen Jack.

Hij keek haar aan. 'Jij?'

'Ik werk hier aan de overkant, dus dat is handig.'

'En je werk dan?'

'Ik heb toch lunchpauzes? En ik stop vaak al vroeg met werken. Het is toch gezellig?' Ze klonk vriendelijk, maar misschien ook een beetje sarcastisch.

Frieda wist niet goed wat ze ervan moest denken.

Chloë klopte Jack speels op zijn schouder, waardoor hij bijna omviel. 'Net als vroeger.'

Die avond kwam Josef bij haar langs met een fles wodka. Frieda schonk voor zichzelf een glas whisky in. Ze gingen bij de haard zitten, met de luiken dicht tegen het akelige weer.

'Ik ben gebeld,' zei ze.

'Ja?'

'Door Emma Travis.'

'O.' Hij sloeg de wodka achterover en veegde met zijn pols zijn mond af. Zijn bruine ogen glansden zacht.

'Josef...'

'Eenzame vrouw, Frieda.'

'Precies. Eenzaam en kwetsbaar.'

'Wat kan ik doen?' Josef schudde droevig zijn hoofd.

'Ze wil dat je haar belt. Over de dakgoten, zei ze.'

Josef keek haar ernstig aan en schonk zichzelf toen nog wat wodka in. Hij wreef zo hard over de stoppeltjes op zijn kin dat Frieda geschraap hoorde. 'Zal ik foto van mijn zoons laten zien?' vroeg hij.

'Graag.'

'Van hun moeder.' Josef pakte zijn mobiel, tikte een paar keer op het schermpje en gaf het toestel toen aan Frieda.

Ze keek naar de twee lange, donkere jongens die naar de camera lachten, de ene broer had zijn arm om de schouders van de andere geslagen. 'Leuke jongens,' zei ze. 'En ze zien er ook gelukkig uit, ondanks alles wat er aan de hand is.'

'Aan de hand is?' vroeg Josef met een bezorgde blik.

'In het land, bedoel ik. In Oekraïne.'

'O ja. Ja, gelukkig.' Josef dronk zijn glas leeg. 'Gelukkig. Ver van mij.'

'Heb je daar moeite mee?'

'Slechte tijden, Frieda, slechte tijden. Dit is niet goed. Ik ben de vader.'

'Dat weet ik.'

'Ik maak me zorgen.'

'Ja, natuurlijk. Zijn ze nog steeds in Kiev?'

'Ja.'

'Zou je ze hiernaartoe willen halen?'

Josef schudde langzaam zijn hoofd. Zijn grote bruine ogen keken somber. 'Ze hebben al nieuwe vader.'

'Stiefvader. Jij bent hun vader.'

'Ze zijn mannen nu,' zei hij. 'Geen jongens. Volwassen.'

'Heb je het gevoel dat je hun jeugd hebt gemist?'

'Gaat te snel,' zei hij. Hij kwam bij haar stoel staan en pakte zijn mobiel uit haar hand. 'Kijk. Ik zal jaar geleden laten zien.'

Met zijn dikke wijsvinger begon hij door de foto's te scrollen. Terwijl Frieda naar de beeldenstroom keek, was het ineens alsof zich iets in haar geest probeerde te boren, iets groots en scherps.

'Hier,' zei Josef. 'Eén jaar. Jongens toen. Nu mannen.'

'Dat moet heel pijnlijk zijn,' zei Frieda zacht. Het kostte haar moeite haar aandacht bij Josef en zijn zoons te houden. 'Spreek je ze nog wel?'

'Skype. Maar gaat slecht. Zij geen zin, ik ver weg. Alleen maar herinnering, terwijl zij wonen in oorlogsland.'

'Heb je ze weleens gevraagd of ze niet hier willen komen wonen?'

Er was iets. Iets wat ze had gezien. Er ging een deur open in haar geest; een deur naar de duisternis.

'Iedere keer. Iedere keer vraag ik.'

Josef ging weer zitten en schonk nog wat wodka in. 'Leven is moeilijk,' zei hij met een zucht. Toen klaarde zijn gezicht opeens op. 'Ik ga Reuben helpen met schuur maken in tuin.'

'Wil Reuben een schuur?'

'Zegt hij.'

'Dat kan ik me nauwelijks voorstellen. Josef, ik zag net een foto, toen je aan het scrollen was.'

'Ja?'

'Daardoor moest ik aan iemand denken.'

'Welke?' Hij pakte zijn telefoon en klikte de foto's weer aan.

'Foto's van dat huis waar je vorig jaar aan hebt gewerkt.'

'Toen jij was gevlucht?'

'Ja.'

Frieda dacht even aan die vreselijke zomer, toen het lichaam van Sandy uit de Theems was opgevist, met doorgesneden keel. Omdat ze haar als hoofdverdachte hadden beschouwd, was ze op de vlucht geslagen en had ze geprobeerd de echte moordenaar op te sporen. Ze had een tijd in naargeestige buurten van Londen tussen berooide mensen gewoond. En toen ze eindelijk de waarheid had ontdekt, was die duister geweest, als een diepe valkuil.

'In Belsize Park,' zei hij. 'Mensen met te veel geld.'

'Mag ik die foto's eens zien?'

Hoewel Josef verbaasd leek, gaf hij haar toch zijn telefoon.

Frieda keek naar een diepe tuin die was veranderd in een bouwplaats, met in de verte drie mensen, naast de keukendeur, een van hen met een helm op. Ze stonden met hun rug naar haar toe, maar toch... Het was hoe hij zijn schouders hield. Haar maag draaide zich om en haar keel kneep samen.

Ze scrolde naar andere foto's. Een muur waar een gat in was geslagen. Nog een, en toen een stuk van een verbouwde zolder. Vervolgens een groepje bouwvakkers dat theedronk. Daar. Zou het? Zou het echt?

'Frieda,' zei Josef. 'Frieda.'

Ze scrolde naar de volgende foto, en toen verscheen hij in beeld. Recht van voren. Het was hem. Onmiskenbaar. Roerloos staarde ze naar hem. Een stevige gestalte, met brede schouders. Kort en inmiddels grijzend haar. Bruine ogen met kleine pupillen. Dat geamuseerde lachje. Ja, dat lachje herinnerde ze zich nog. En ze wist met absolute zekerheid dat hij naar haar lachte, in de wetenschap dat ze de foto ooit te zien zou krijgen. Hij had voor haar geposeerd. Dean Reeve, haar boze geest.

Ze legde de telefoon op tafel, met de foto naar boven. 'Die man.'

'Marty? Was een maat van me. Hij heeft me toen geholpen.'

Frieda herinnerde zich dat Josef het over ene Marty had gehad; dat hij met hem had samengewerkt; dat hij voor Josef was ingevallen als Josef haar moest helpen; dat hij erbij was geweest toen de politie Josef in de tuin had ondervraagd en had ontdekt dat hij Frieda kende. En ze herinnerde zich ook dat die Marty op Ethan, Sasha's zoontje, had gepast toen Sasha ziek was. Ethan was dol op hem geweest. Marty. Frieda voelde het bloed in haar aderen kloppen, in haar polsen, in haar hart.

'Waar is hij nu?' vroeg ze.

Josef spreidde zijn handen. 'Weg.'

'Waarheen?'

‘Dat weet ik niet, Frieda. Frieda? Wat?’

‘Je hebt geen idee waar hij is?’

‘Hij zegt hij is vrij. Klus gedaan, en dan weg.’

Frieda draaide de telefoon om, met de foto naar beneden. Ze dwong zichzelf Josef aan te kijken, hoewel ze zijn gelaatsuitdrukking eigenlijk liever niet wilde zien. ‘Dat is Marty niet,’ zei ze. ‘Dat is Dean.’

Josef opende zijn mond, maar er kwam geen geluid uit.

‘Dean Reeve,’ ging Frieda verder.

‘Nee,’ zei Josef. ‘Nee. Helemaal fout, Frieda.’

‘Jij kunt er niks aan doen.’

‘Dat is Marty. Hij zegt zelf.’

‘Het is Dean.’ Frieda wendde haar blik af en staarde naar de vlammen. Ze praatte tegen zichzelf, niet tegen Josef. ‘De man die Joanna Teale heeft ontvoerd toen ze nog een heel klein meisje was en die haar heeft gehersenspoeld en later met haar is getrouwd. De man die Matthew Faraday heeft ontvoerd en hem zou hebben vermoord. De man die de studente Kathy Ripon heeft vermoord, die zijn eigen tweelingbroer heeft vermoord en het bed in is gedoken met de vrouw van de vermoorde man. De man die Beth Kersey heeft vermoord om mij te redden, die uit wraak het huis van Hal Bradshaw in de fik heeft gestoken, die mijn verkrachter heeft gemarteld en vermoord. De man die me stalkt en me beschermt en mijn leven probeert te beheersen. De man van wie iedereen denkt dat hij dood is. Dat is Dean.’

Josef stond op. ‘Hij mij bedriegen, zeggen dat hij vriend is,’ zei hij. ‘Zeg maar. Ik zal alles doen.’

‘Hij is hierbinnen geweest, Josef.’

‘Hier? Wanneer?’

‘Ik had steeds al het gevoel dat er iemand binnen was geweest en wat spulletjes had verplaatst. Hij wil dat ik het weet, of dat ik het vermoed.’

‘Maar hoe?’

‘Misschien heeft hij de sleutels uit jouw jas gepakt en ze laten namaken.’ Toen Josef niet reageerde, zei ze: ‘Dat zou toch kunnen?’

'Verdomme, is heel slecht, Frieda.'

'Ja.'

'Jij moet weg hier.'

'Ik sla niet weer op de vlucht. Maar ik moet wel alle sloten laten vervangen. Ken jij toevallig een slotenmaker die zo laat nog langs zou kunnen komen?'

'Ja, mijn vriend Dritan uit Polen. Hij heeft winkel in Mare Street. Maar hij komt als ik vraag.'

Bij het horen van de woorden Mare Street flitste er een herinnering door haar heen, maar ze duwde die weg voor later.

'Mooi. En wil je me die foto sturen? Ik zal Karlsson vragen wat we moeten doen.'

'We krijgen hem weg,' zei Josef. Hij hield de fles wodka op alsof hij een eed aflegde en nam toen een slok.

'Denk je?' Frieda nam een slokje en wachtte tot de whisky niet meer in haar keel brandde. Ze had het merkwaardige gevoel dat ze niet meer in contact stond met haar omgeving, alsof alles op een afstandje gebeurde. Eigenlijk had ze al die tijd al geweten dat het Dean was die zich stiekem toegang verschafte tot haar huis, die uit haar mokken dronk en boven in haar laden tussen haar privéspulletjes rommelde, die naar haar bed keek, de lakens aanraakte en zijn handen over haar kleren liet glijden. Ze huiverde. Hoe kon je jezelf beschermen tegen iemand die er niet echt was? Hoe kon je iemand te pakken krijgen die een spookverschijning leek?

Dritan arriveerde met twee grote linnen tassen. Hij gaf Josef een hand en de twee mannen sloegen elkaar op de rug. Pas toen wendde hij zich tot Frieda. Hij was klein en donker en had dunne vingers, een verweerde kop en bijna zwarte ogen.

'Fijn dat u zo laat nog wilde komen,' zei Frieda.

Hij haalde zijn schouders op. 'Josef vroeg het. Zei het, bedoel ik.'

'Alle sloten moeten vervangen worden, zowel op de ramen als op de deuren.'

'Hoe veilig wilt u het hebben?'

'Wat raadt u me aan?'

'Dubbelformaat Avocet ABS-cylinder, voor- en achterdeur.'

'Zijn die goed?'

'Ze zijn klopsleutelproof.'

'En dat is belangrijk?'

'U moet weten dat de meeste cilindersloten maar twee cilinders hebben, die tegelijkertijd opengaan, maar de Avocet...'

'Ik neem ze.'

'Hoeveel sleutels?'

'Twee.' Eén voor haar en eentje om aan Karlsson te geven, dacht ze. Verder zou er niemand een sleutel krijgen.

'Voor de ramen stangen en boven en onder uitzetijzers. Oké?'

'Ik heb geen verstand van sloten. Ik wil alleen dat u dit huis zo veilig mogelijk maakt. Dat had ik al veel eerder moeten laten doen.'

'Het is niet goedkoop.'

'Maar het kan wel snel?'

'Als Josef me helpt, zijn we om twaalf uur vannacht wel klaar.'

Frieda zette thee voor de mannen en belde toen Karlsson. Ze kreeg zijn voicemail, maar ze sprak geen berichtje in. Daarna ging ze naar haar slaapkamer en keek om zich heen. Wat had hij allemaal aangeraakt? Wat had hij hier gedaan? Dit huis was haar veilige holletje, haar toevluchtsoord, haar plek om alleen te zijn, en nu was Dean Reeve hier geweest. Ze trok het dekbed, het onderlaken en het kussen van bed en smeet alles in een hoek van de kamer. Ze kon het bed natuurlijk opnieuw opmaken, maar ze wilde het dekbed en het kussen niet meer gebruiken. Ze waren besmet. Ze pakte de slaapzak die Chloë soms gebruikte van de kleerkast en rolde hem uit op het matras. Ze keek naar haar kleren die aan de stang hingen. Hij wist wat ze had, wat ze droeg. Ze liep weer naar beneden, pakte in de keuken een rol vuilniszakken en ging terug naar haar slaapkamer. Zonder er echt naar te kijken trok ze alle kleren van de hangertjes en legde ze op de stapel beddengoed. Ze trok de bovenste la open en gooide al haar ondergoed weg. Hetzelfde deed ze met haar T-shirts uit de tweede la en daarna ook met haar truien. Ze stopte al haar toiletspullen in een vuilniszak. Haar parfum. Haar sjaaltjes. Ze nam haar ochtendjas van het haakje aan de deur en gooide die ook weg, net als haar pantoffels. Ze pakte de handdoeken uit de badkamer, haar tandenborstel, haar washandje.

In de keuken haalde ze haar hele koelkast leeg en gooide alles in een vuilniszak, zonder acht te slaan op de verbaasde blikken van Dritan en Josef. De melk ging door de gootsteen. Ze stopte alle mokken en kopjes en glazen in de vaatwasmachine en zette hem aan. Ze liep naar haar zolderkamertje. Morgen zou ze haar laptop laten checken om te kijken of hij hem niet had gehackt. Ze pakte haar schetsboek en bladerde het door. Zou hij ze hebben bekeken? Ze dacht aan haar tekening van de Hardy Tree op het kerkhof van St Pancras, met zijn bovengrondse wortels tussen de grafstenen. Een paar dagen geleden had ze gemerkt dat de tekening weg was. Dean had hem meegenomen. Eindelijk voelde ze woede in zich opborrelen. Hij zou hier niet ongestraft mee wegkomen.

Terwijl de mannen nog steeds druk bezig waren en het geluid van boren en hamers het huis deden trillen – hoewel de deadline van twaalf uur al lang was overschreden – liep Frieda door de regen naar de grote supermarkt in Holborn, die dag en nacht open was. Ze kocht ondergoed, een tandenborstel en tandpasta, handdoeken, en op de kleine sportafdeling ook nog een joggingbroek en een sportsweater met lange mouwen. Daar moest ze het tot morgen maar mee doen. Ze kocht ook melk, brood, boter, een pot jam en een grote fles whisky. Er waren maar twee andere klanten, die een beetje doelloos heen en weer liepen door de gangpaden. Hun voetstappen echoden door de zaak.

Weer thuis pakte ze een glas uit de vaatwasmachine, schonk er nog een bodempje whisky in en deed er een heel klein beetje water bij. Ze nam het glas mee naar de huiskamer, maar was te ongedurig om te gaan zitten. De adrenaline kolkte door haar lichaam. De kat lag in de stoel te slapen. Ze proefde turf en afwasmiddel terwijl ze langzaam van de whisky dronk, maar haar hoofd bleef ijzig helder.

'Klaar,' zei Josef vanuit de deuropening.

'Fijn. Dank jullie wel. Hoeveel krijgen jullie van me?'

'Ik stuur wel een rekening,' zei Dritan. 'Met speciale korting voor de vriendin van Josef.'

'En het is nu goed beveiligd allemaal?'

'Het zijn echt de allerbeste sloten.'

'Dus er kan niemand meer binnenkomen?'

'Iemand die dat echt wil, hou je niet tegen. Maar deze sloten zorgen wel voor vertraging. Meer kan ik u niet beloven.'

'O.'

'Ik kan morgen anders wel een alarminstallatie aanleggen, als u wilt. Met in iedere kamer een camera.'

'Denkt u dat dat veel uitmaakt?'

'Wel iets. Maar u weet net zo goed als ik dat een alarm op de raarste momenten afgaat, vooral als je een kat hebt. Bovendien komt de politie vaak niet eens kijken. De keuze is aan u. Het is maar net hoe bang u bent.'

'We zijn allemaal bang,' zei Josef.

'Ik zeg alleen maar dat je goede beveiliging hebt en slechte, maar dat volledige beveiliging niet bestaat. Als je echt wilt, kun je ieder slot openkrijgen, ieder huis in komen.'

'Geen alarminstallatie. Geen camera's,' zei Frieda. 'Ik wil niet dat hij mij nog meer in zijn macht krijgt.'

31

Om halfacht de volgende ochtend stond Frieda al bij Karlsson op de stoep. Ze klopte aan en wachtte, zich afvragend of hij nog in bed zou liggen. Maar algauw hoorde ze het getik van krukken, gevolgd door een geluid alsof er iets met veel kabaal op de grond viel en toen een vloek. De deur ging open.

'Frieda!'

'Sorry. Ik weet dat het nog vroeg is.'

'Geeft niet. Kom binnen. Koffie?'

'Heel graag.' Ze was de hele nacht aan het schoonmaken geweest, ze had het bad en de koelkast geboend en al haar serviesgoed en bestek afgewassen.

Ze liep achter Karlsson aan naar de keuken. 'Zal ik anders even koffiezetten?'

'Nee. Ik raak er al aan gewend alles met die rotkrukken te moeten doen. Ik ben in geen tijden meer gevallen.' Hij liet zijn blik over haar joggingbroek en sweater glijden. 'Wat zie jij er ongewoon sportief uit. Ben je hiernaartoe komen rennen?'

'Ik heb mijn kleren weggegooid.'

'Een voorjaarsschoonmaak. Zonder voorjaar.' Hij gebaarde door het raam naar de doorweekte tuin.

'Al mijn kleren.'

'Waarom?'

'En mijn lakens en handdoeken.'

'Wacht even.' De koffiemolen maakte een hoop kabaal. 'Zo. Wat is er dan aan de hand?'

Ze keek naar hem terwijl hij kokend water op de koffie schonk, vervolgens wat melk opwarmde en die in een klein kannetje goot. Hij deed alles heel precies en veegde met een vaatdoekje de druppeltjes op die hij had gemorst. Om de een of andere reden vond ze zijn omzichtigheid een beetje treurig. Hij gaf haar haar koffie en ging toen op een stoel zitten, met zijn ingegipste been uitgestrekt voor hem.

Frieda pakte haar mobiel uit haar zak en zocht de foto die Josef haar had gestuurd. Ze liet hem aan Karlsson zien. Zijn mond vormde een rechte streep terwijl hij ernaar keek.

'Is dat wie ik denk dat het is?' vroeg hij na een tijdje.

'Dean, ja.'

Hij legde de telefoon tussen hen in op tafel. 'Weet je dat honderd procent zeker?'

'Ja.'

'Niet zijn broer?'

'Het is Dean.'

'Wanneer is die foto genomen?'

'Acht à negen maanden geleden.'

'Hoe kom je eraan?'

'Hij heeft afgelopen zomer samen met Josef aan dat huis in Primrose Hill gewerkt. Hij noemde zich toen Marty. Josef beschouwde hem als een vriend en ze hebben samen voor Ethan gezorgd toen Sarah was ingestort.'

'Ik ben daar nog geweest,' zei Karlsson, bijna onhoorbaar.

'In dat huis?'

'In de tuin. Ik ben daar geweest. Ik denk dat ik hem heb gezien.'

'Jij kunt er niks aan doen.' Dat had ze ook zo tegen Josef gezegd.

Karlsson bedekte het mobieltje even met zijn hand en pakte het toen weer op, alsof hij het beeld daarmee had weggetoverd.

'Josef had reservesleutels van mijn huis. Waarschijnlijk heeft Dean die laten namaken.'

'Heeft hij je sleutels?'

'Dat maakt niet uit. Gisteravond heb ik meteen een slotenmaker laten komen om alle sloten te vervangen. Maar hij had mijn sleutels, ja. Ik wist gewoon dat er iemand in mijn huis was geweest, aan mijn spullen had gezeten. Hij wil dat ik het weet.'

'Oké,' zei Karlsson. 'Oké.'

'Die glimlach op de foto. Die is voor mij bestemd.'

'We moeten iets doen.'

'Maar wat?' vroeg Frieda. 'Officieel is hij dood. Niemand zal me geloven. Ze zullen weer zeggen dat ik paranoïde ben.' Ze stopte abrupt. 'Jij gelooft me toch wel, hè?'

'Ja, natuurlijk.'

'Gelukkig. Maar wie moet ik nou om hulp vragen? Wie kan hier een einde aan maken?'

Karlsson sloot kort zijn ogen. 'Zat dat stomme been van me nou maar niet in het gips,' zei hij toen. 'Maar we weten in ieder geval dat hij in Londen is.'

'Of is geweest.'

'Je kunt niet in je huis blijven, Frieda.'

'Denk je dat hij me ergens anders niet zou vinden? Ik ben daar net zo veilig als waar dan ook. Bovendien heb ik geen zin om nog een keer op de vlucht te slaan.'

'We moeten zorgen dat die zaak heropend wordt.'

'Denk je dat Crawford daar toestemming voor zal geven?'

'Hij zal wel moeten. En jij moet dit aan Levin vertellen.'

'Dat had ik ook al bedacht.'

'Hij heeft veel meer macht dan ik. Hij kan dingen in werking zetten.'

Levin zat in hemdsmouwen en bretels achter een bureau vol dossiers. In de kleine haard brandde een vuurtje, op de schoorsteenmantel stond een karaf rode wijn. Frieda bedacht dat hij erin slaagde om iedere ruimte om te toveren tot een herensociëteit, en blijkbaar was hij ook te beleefd om iets te zeggen van haar hardloopkleren en wandelschoenen.

'Ik heb uw hulp nodig.'

'Dat was niet de afspraak.'

'Dit heeft niets met de Docherty's te maken.'

'Vertel.'

Frieda begon te vertellen. Aan Levins gezicht was niet te zien wat hij dacht. Om de zoveel tijd zette hij zijn bril af, draaide hem rond in zijn handen en schoof hem daarna voorzichtig weer op zijn neus. Ze liet hem de foto van Dean zien.

'Een ogenblikje,' zei hij.

Hij verliet de kamer en kwam terug met Keegan, die een vermoeide indruk maakte.

'Frieda heeft een probleem,' zei Levin. 'Vertel het hem maar.'

Ze vertelde het hele verhaal nog een keer. Keegan ijsbeerde door de kamer en keek haar de hele tijd kwaad aan. Op een dag zou hij van alle opgekropte woede nog een hartaanval krijgen, dacht ze. Maar het kon ook zijn dat zij de enige was die hem boos maakte.

Toen ze klaar was, zei hij echter niets. Hij bestudeerde de foto op haar mobieltje aandachtig. Daarna bekeek hij de foto's van Dean Reeve die Levin inmiddels op zijn computerscherm had staan.

'Vraag me alstublieft niet of ik het wel zeker weet,' zei Frieda.

'Ik kan aan u zien dat u het zeker weet. Maar dat betekent natuurlijk nog niet dat u gelijk hebt.'

'Ik heb gelijk.'

'Ik heb een vriend.'

'Wat wilt u daarmee zeggen?'

'Ik heb met hem samengewerkt in de Met. Hij spoort mensen op.'

'Mensen als Dean?'

'Wie dan ook. Hij lijkt wel een beetje op u.'

'Ik weet niet goed wat u daarmee bedoelt.'

'Net als u kan hij zich als een pitbull ergens in vastbijten.'

'Tja.'

'Ik kan hem wel vragen of hij er eens naar wil kijken.'

'Graag. Dank u wel.'

Keegan bromde wat en haalde laatdunkend zijn schouders op.

'Ik meen het. Dank u wel. Na al onze meningsverschillen.'

'Die houden we heus wel.'

Frieda ging naar een warenhuis waar ze een zwarte lange broek, drie blouses, een dunne grijze trui en wat ondergoed kocht. Er was een gedachte die ze had weggestopt en nu weer tevoorschijn haalde. Mare Street. Het leek een eeuwigheid geleden dat Yvette haar had verteld dat, volgens Malik Gordon, een van de agenten die met Ben Sedge naar het huis van de Docherty's was gegaan zo over haar toeren was geraakt van de moordpartij dat ze bij de politie was weggegaan en een bloemenzaak was begonnen in Mare Street.

Frieda nam de bus. Ze stapte uit bij Dalston Lane en liep verder langs het kanaal. Een paar jaar geleden was het nog een achterbuurt geweest, maar nu zag ze overal jongemannen met baardjes en ronde brilletjes, jonge vrouwen in vrolijke kleren, en cafés waar je veganistisch kon eten. Na vijf minuten kwam ze bij een bloemenzaak, Jane's Blooms. Ze liep de koele, vochtige winkel in. De zaak stond vol emmers met geurige en felgekleurde bloemen. Toen ze de deur dichtdeed, klingelde er een belletje en de jonge vrouw achter de toonbank, die rozen met lange stelen had staan tellen, keek op.

'Kan ik u helpen?'

'Is dit de enige bloemenzaak in Mare Street?'

'Voor zover ik weet wel.'

'Ik zoek de vrouw die de zaak is begonnen.' Ze zocht in haar geheugen naar de naam die ze in het politiedossier had zien staan toen ze dat in het kantoortje bij Levin thuis had zitten lezen. Het leek jaren geleden. 'Jane Farthing. Is ze er?'

'Ja, ze is bezig met de bloemen voor een begrafenis. Verwacht ze u?'

'Nee, maar ik hoef haar maar heel kort te spreken.'

Jane Farthing kwam uit een ruimte achter de winkel lopen, ondertussen haar handen afvegend aan een groot schort. Ze had bruine krullen, sproetjes op haar neus en een beroepsmatig vriendelijke glimlach. 'Ja?'

'Ik ben Frieda Klein. Ik hoopte het even met u te kunnen hebben over iets wat heel lang geleden is gebeurd, toen u nog bij de politie zat.' Ze zag dat zich over Janes wangen en hals een blos verspreidde. 'U hoeft niet te schrikken. Ik doe opnieuw onderzoek naar de zaak-Docherty en iemand vertelde me dat u daarbij betrokken was.'

'De Docherty's, ja.' Ze fronste. 'Bent u journaliste?'

'Ik werk als consultant voor de politie.'

'Consultant? Wat houdt dat in?'

'Dat ik vragen stel over het onderzoek.'

'Ik wil daar niets meer mee te maken hebben.' Jane keek naar de jonge vrouw die vlak bij hen stond.

'Dat weet ik.'

'Ik verkoop tegenwoordig bloemen. Iets verderop zit een politiebureau. Steeds als ik politieauto's met loeiende sirenes voorbij zie racen, ben ik zo blij dat ik geen agente meer ben. Ik wil niet over de Docherty's praten. Ik wil niet aan ze denken.'

Na een korte aarzeling zei Frieda: 'Volgens mij is Hannah Docherty onschuldig.'

Jane Farthing keek haar aan. Toen zei ze: 'Loop even mee naar achteren. Dan kan ik onder het praten verder met de bloemstukken.' Ze knikte naar de jonge vrouw. 'Hou jij de boel hier even in de gaten?'

De ruimte achter de winkel stond ook vol met bloemen, takken en potten en vazen in verschillende maten. Een muur werd in beslag genomen door een aanrecht en in het midden stond een lange tafel, vol kniptangen en bindgaren. Jane ging aan tafel zitten. Ze pakte wat distels en lelies en legde ze voor zich neer. 'Ik heb een hekel aan lelies,' zei ze. 'Maar mensen willen ze altijd in rouwboeketten.'

'Ik heb er ook een hekel aan,' zei Frieda, denkend aan de tijd dat Dean haar lelies stuurde.

'Waarom denkt u dat ze onschuldig is?' Jane sneed een stukje van een steel af. 'Er bestond nooit enige twijfel over.'

'Dat zegt iedereen steeds.'

'Ik ben niet degene aan wie u het moet vragen.'

'Waarom niet?'

'Weet u dat dan niet? Ik wilde mijn hele leven al bij de politie, en bij mijn allereerste moordzaak stortte ik in. Ik was echt vastbesloten om het me allemaal niet aan te trekken. Als vrouw moet je nog stoerder zijn dan de anderen. Maar ik ontdekte dat ik niet stoer was. Ik ging eraan onderdoor. Ik had steeds flashbacks en dan moest ik overgeven en huilen.'

'Het was ook een extreme zaak.'

'U moest eens weten.'

'Kunt u me er iets over vertellen?'

'Zodat ik weer nachtmerries krijg?'

'Bent u in therapie geweest?'

'Ik heb één keer counseling gehad. Compleet zinloos. Volgens mij was die vent nogal godsdienstig. Hij had het steeds over het kwaad, en ik geloof niet in het kwaad. Tot op dat moment niet tenminste. Gelooft u erin?'

'Nee.'

'Ik denk niet dat u iets aan mijn herinneringen hebt. Want die zijn niet chronologisch. Ze hebben geen vorm. Ze bestaan uit een geur, die gruwelijke zoete geur die je niet uit je neusgaten krijgt. Verrot, smerig, maar ook bijna een etensgeur. Het is een geur die je kunt proeven en daarna heb je het gevoel alsof je vergiftigd bent. En ze hebben ook een kleur. Donkerrood, zwart bijna. Overal bloed. Er zat bloed op het plafond en op de muren. Plakkerig donker bloed.' Ze sneed van nog wat stelen een stukje af. Frieda zag dat haar handen een beetje trilden. 'Met stukjes erin. Stukjes lichaam. Snapt u? Overal van die kleine stukjes, net een of andere vieze stoofpot. En die jongen in zijn pyjama. En zij. Zij was het ergst. Ik wil zoiets nooit meer zien: wat haat kan aanrichten… De vader en de broer waren nog herkenbaar. Maar zij… God. Er was een oog, maar op de verkeerde plek en verder niets, alleen maar botten en vlees. Je kon nergens meer aan zien dat ze ooit een mens was geweest. Hannah moet haar moeder echt hebben gehaat. Alleen denkt u dus dat Hannah het niet heeft gedaan.'

Het verraste Frieda dat ze zo schrok van Jane Farthings verslag. Haar herinneringen leken nog zo rauw. Het was alsof ze net de kamer uit was gekomen waar het was gebeurd en nu meldde wat ze had gezien en gevoeld. En geroken.

'In zekere zin heb ik gewoon pech gehad,' zei Jane, terwijl ze doorging met snijden.

'Hoezo?'

'Toen we bij het huis aankwamen, stond de voordeur open. Ik wist gewoon dat er iets mis was en was als eerste in de slaapkamer.' Haar ogen leken niet meer gefocust, het was alsof ze slaapwandelde. Frieda wist niet of het wel goed voor haar was om alles op te rakelen, maar tegelijkertijd wilde ze ook horen wat ze te vertellen had. 'Heel raar, eerst deed ik precies wat ik moest doen, wat ik geleerd had. Ik gaf het door aan het bureau en daarna kon ik ineens niets meer. Ze waren er ook zo snel. De fotograaf was toevallig in de buurt voor een andere zaak. Hij was er al na een paar minuten. Denk ik. Sedge was woest.'

'Waarom?'

'Omdat ik de fotograaf er als eerste bij had gelaten. Dat mag pas nadat de forensische dienst is geweest. Anders wordt de plaats delict verstoord. Ik kon gewoon niet meer helder denken. Het voelde alsof ik onder water zat en alles heel langzaam en ver weg gebeurde. Wekenlang heb ik nog gedacht dat het in me zat. De geur, het bloed. We waren allemaal in shock, we deden maar wat.'

'Hebt u Hannah gezien?'

'Ja, toen ze de lichamen identificeerde. Ik zal haar nooit vergeten.'

'Vertel.'

'Ze leek onwerkelijk. Ze was lang en sterk en ze had van dat lange, woeste haar en ze had iets glazigs over zich. Maar alles leek toen onwerkelijk.'

'Wat bedoelt u daarmee?'

'Als je thrillers leest of naar politieseries kijkt, is een misdrijf iets wat je kunt oplossen, wat je kunt snappen. Maar dit was alsof je in de hel was.'

'En daarom kon u niet bij de politie blijven.'

'Precies.' Jane Farthing liep naar het aanrecht en spoelde haar handen af onder de kraan. 'En daarom kan ik u niet helpen het te begrijpen, want ik begreep het toen zelf niet. Ik had alleen het gevoel dat ik in een heel diepe put keek, en ik wist dat ik moest stoppen met kijken, want anders zou ik er nog in vallen.'

'Ik ben blij voor u dat u nu een bloemenzaak hebt.'

'Het is misschien een beetje een cliché.' Ze glimlachte ineens. 'Dat ik mezelf probeer te genezen met mooie dingen. Maar ik kon niks anders bedenken.'

Voordat Frieda wegging kocht ze een pot hyacinten, een paar bossen narcissen en een papieren molentje voor Ethan. Toen ze terugliep door Mare Street, met het molentje dat ronddraaide in de wind, dacht ze aan wat Jane Farthing haar had verteld. Wie had Justine Walsh zo erg gehaat dat haar gezicht onherkenbaar verminkt moest worden? Waarom had ze naast Aidan in bed gelegen, met het nachthemd van Deborah Docherty aan? En Hannah? Ze dacht ook aan de laatste woorden die Ben Sedge tegen haar had gezegd: Sluit niets uit. Want geloof me maar, zij heeft ze vermoord.

Op haar voicemail stond een berichtje van Tom Morell. Hij klonk geheimzinnig en sprak fluisterend.

'Er was nog iets. Het heeft waarschijnlijk niks te betekenen. Maar Hannah zei iets, die avond waar ik u over vertelde.' Op de achtergrond riep een vrouw hem en Tom Morell eindigde met de woorden dat Frieda hem moest bellen.

Wanneer Hal Bradshaw het parkeerterrein op loopt, ziet hij dokter Julia Styles staan, vlak bij zijn auto, alsof ze op hem wacht.

'Wat denkt u van haar?' vraagt ze.

'Indrukwekkend. Interessant.'

'Kiest u nu partij voor haar?'

'Ik ben wetenschapper. Ik kies geen partij.'

'Maar u wilt een boek over haar schrijven.'

'Met haar. Over haar.'

'En op de hoorzitting zult u het woord voeren, voor haar.'

'Ik zal mijn bevindingen voorleggen. Is dat een probleem?' Hij wacht, met zijn autosleutel in de hand. 'Luister, de vraag die we ons moeten stellen is of we vrouwen als Mary Hoyle een tweede kans moeten geven.'

Styles schudt haar hoofd. 'De vraag is of ze het niet nog een keer zal doen.'

32

'Mal!' Commissaris Crawfords stem klonk hartelijk, maar zijn ogen stonden kil. 'Ga zitten. Geef dat been van je wat rust. Vertel, wat was er zo urgent dat het niet kon wachten?' Met een nadrukkelijke blik op zijn horloge zei hij: 'Ik heb vijf minuten voor je.'

Karlsson haalde diep adem. 'Dean Reeve is weer opgedoken. Ik kan het bewijzen.'

Zonder acht te slaan op Crawfords woedende gezicht pakte hij de map uit zijn aktetas en trok er de fotokopieën van de foto's van Josefs mobiel uit.

'Laat dat.' Crawford stak zijn hand in de lucht alsof hij een verkeersagent was. 'Ik waarschuw je, Mal. Niet doen.'

'Dit is belangrijk.'

'Hou op. Ik waarschuw je. Dit is al veel te ver gegaan.'

'Dit is Dean Reeve.' Karlsson hield het vel papier voor Crawford op.

'Daar zit zij achter, hè? Niet te geloven. Na alles wat je door haar hebt moeten doorstaan.'

'Ik vond het mijn plicht om het je te vertellen.'

'En het is mijn plicht om je te vertellen dat je je boekje te buiten gaat. En nu ingerukt.'

'Als je je vergist en ze ontdekken dat je bewijs van tafel hebt geveegd, zul je misschien...'

'Is dat een dreigement?'

'Ik wijs je er alleen op dat het ernstige gevolgen kan hebben.'

'Jezus, Mal.' Crawford pakte de foto en bestudeerde hem. 'Dean Reeve had toch een tweelingbroer?'

'Ja.'

'Die bij zijn vrouw is weggelopen?'

'Hij wil dat we dat denken.'

'Moet je jezelf nou eens horen. Zo meteen ga je me nog vertellen dat er nog nooit iemand op de maan is geland. Hij is weggelopen bij zijn vrouw. Nou, dat lijkt me dan duidelijk. Dit is die broer. Of een andere klootzak die toevallig een beetje op Dean Reeve lijkt. Maar we weten allebei dat er van Dean Reeve alleen nog maar een hoopje as over is.'

'Maar...'

'Dat was het. Je tijd is om. Ga naar huis. Voordat ik een rothumeur krijg.'

Frieda deed de deur open. Op de stoep stond een haar onbekende man. Hij leek een jaar of veertig, had kort bruin haar, donkere ogen en een behoedzame blik. Hij droeg een blauw windjack, een donkere broek en sneakers. Een voormalig sportman, dacht Frieda. Of misschien had hij in het leger gezeten.

'Ik ben Stringer,' zei hij. 'Bruce Stringer.'

'Sorry, maar waar gaat het over?' vroeg Frieda.

'Keegan heeft me gestuurd.'

Nadat Frieda hem had binnengelaten, schonk ze een kop koffie voor zichzelf in. Stringer wilde alleen een glas water, dat hij op het tafeltje naast zijn stoel zette en verder niet meer aanraakte. Hij haalde een aantekeningenboekje en een pen uit zijn zak. 'Ik weet niet precies waar het om gaat,' zei hij. 'Keegan zei dat u me dat wel zou vertellen. U wordt lastiggevallen. En u wilt die persoon vinden. Klopt het tot dusver?'

'Het is een beetje moeilijk uit te leggen.'

'Ik wil van u horen wat u weet. Namen. Een adres. De vraag is: wat wilt u?'

Frieda reageerde niet meteen. Ze dacht aan het berucht moeilijke moment tijdens de therapie. Iets, een of andere angst of depressie, maakte deel uit van het leven van de patiënt. Opeens moesten ze dat 'iets' benoemen, het hardop zeggen, er een vorm aan geven, er een verhaal van maken. Waar moest ze beginnen?

'Ik ben bij de politie betrokken geraakt naar aanleiding van de ontvoering van een jongetje, Matthew Faraday. De ontvoerder was Dean Reeve. Het bleek dat hij jaren daarvoor ook al een klein meisje had ontvoerd, Joanna Vine.'

'Ik heb het dossier gelezen.'

'Dan zal het u niet ontgaan zijn dat de politie ervan uitgaat dat de man dood is.'

'Hij heeft zichzelf opgehangen.'

'En u zult waarschijnlijk ook gelezen hebben dat een of andere maffe psychotherapeute beweert dat Dean Reeve zijn dood in scène heeft gezet en dat hij nog steeds vrij rondloopt.'

'En u denkt dat hij u te grazen wil nemen?'

'Het ligt wat ingewikkelder.'

'Dat heb ik ook in het dossier gelezen. U bent meer dood dan levend aangetroffen op de plek waar ook twee dode vrouwen werden gevonden. Vermoord.'

'Die vrouwen hebben een naam. Mary Orton en Beth Kersey.'

'De politie dacht dat u Beth Kersey uit zelfverdediging had gedood. Maar u beweerde dat u dat niet had gedaan. U zei dat Dean Reeve de moordenaar was.'

'Inderdaad.'

'Dat lijkt me een merkwaardige manier om wraak te nemen.'

'Zoals ik al zei, het ligt ingewikkeld. Maar als u me niet gelooft, zoek ik wel iemand anders.'

'Die vindt u niet, anders zat ik hier niet.'

'Goed, dat is waar. Maar dat neemt niet weg dat u dit niet hoeft te doen.'

'Keegan heeft het me gevraagd. Dat is voor mij voldoende. Nou ja, dat is niet het enige. Ik heb vijftien jaar bij de politie gezeten. Sommige daders worden opgepakt en opgesloten, andere niet. Soms is het zand erover, en soms niet. Maar deze zaak voelt anders aan. Wat is dat met die man? Voelt u zich bedreigd door hem? Wilt u dat hij wordt opgepakt? Wilt u hem ontmoeten? Wat moet hij van u?'

'Ik weet wat ik wil – ik wil dat hij gevonden wordt, en dat hij gevangen wordt gezet zodat hij geen kwaad meer kan aanrichten. Wat hij wil, weet ik niet. Hij voelt als iets wat in mijn hoofd zit, als iets wat alleen ik kan zien. Soms doet hij me dingen aan, soms doet hij juist dingen voor me. Het is net alsof hij me berichten stuurt die ik niet kan ontcijferen. Alsof hij hier continu rondspookt.'

'Gelooft u in spoken?'

'Nee. En ik heb me echt weleens afgevraagd of het soms geen verbeelding van me is. Ik ken genoeg patiënten die denken dat vijanden het op hen gemunt hebben, vijanden die alleen zij kunnen zien. Ik heb me 's nachts in bed, als ik niet kon slapen, echt weleens afgevraagd of het zo voelt als je gek bent.'

'En?'

'Nou ja, dat soort dingen vraag je je 's nachts gewoon af als je niet kunt slapen. Ik wist sowieso al zeker dat hij bestond, maar toen zag ik ook nog eens dit.' Ze pakte haar mobiel, zocht de foto op en liet hem aan Stringer zien.

Hij keek er even naar en haalde toen zijn schouders op. 'Dat is niet echt een bewijs.'

'Of het een bewijs is of niet kan me niet schelen. Hij is het. En hij wilde dat ik het zou zien.'

'Waarom? Om u gek te maken?'

'Dat weet ik niet. Daarom ben ik met Keegan gaan praten. En het begint te escaleren. Hij is ook hier geweest.' Ze vertelde hem wat er de afgelopen weken was gebeurd, waardoor ze wist dat Reeve in huis was geweest. 'Wat denkt u, kunt u hem opsporen?' vroeg ze, toen ze haar relaas had beëindigd.

'Ik heb namen nodig.'

'Wat voor namen?'

'Van mensen die hem kennen. Van plaatsen waar hij is geweest.'

'Dat wordt moeilijk. De meeste mensen die hem kenden zijn dood of wisten niet wie hij was toen ze hem ontmoetten.'

'Geef me die namen nou maar en laat de rest aan mij over.'

'Nou, je hebt Matthew Faraday, het jongetje dat hij heeft ontvoerd. Hij heeft Reeve nauwelijks gezien en was nog heel erg jong toen. En dan heb je nog Joanna Vine, het meisje dat hij heeft ontvoerd en dat bijna twintig jaar met hem heeft samengewoond en hem heeft geholpen bij de ontvoering van Matthew. Maar ik denk niet dat zij met u zal willen praten.'

Stringer maakte aantekeningen. Frieda zag dat hij in steno schreef.

'Daar hoeft u uw hoofd niet over te breken. Ik heb alleen de namen nodig.'

'Sommige dingen liggen een beetje ingewikkeld. Hij heeft ook contact gehad met mijn schoonzus, Olivia Klein.'

Stringer keek op van zijn aantekeningenboekje. 'Contact? Hoe dan?'

'Hij heeft haar aangesproken toen ze dronken was en haar toen naar huis gebracht. Ik geloof niet dat er wat is gebeurd. Maar ze moest van mij daarna wel haar sloten laten vervangen.'

'Hij komt op me over als een dier.'

'Hoe bedoelt u dat? Wat voor dier?'

'Als een dier dat zijn territorium afbakent.'

'Zeg dat maar niet tegen Olivia.'

'Hebt u haar telefoonnummer voor me?'

'Zal ik anders met haar praten?'

'Het is beter dat ik dat doe.'

Frieda gaf hem Olivia's nummer, dat van Josef, en het laatste adres dat ze van Joanna Vine had. 'Het kan zijn dat ze nogal agressief reageert.'

'Maakt u zich daar maar geen zorgen over.'

'Waarschijnlijk is ze verhuisd.'

'Dat geeft niet. Ik heb ook andere adressen nodig.'

'Wat voor andere adressen?'

'Waar hij heeft gewoond, waar mensen wonen die hij heeft gekend.'

Frieda moest er wat oude aantekeningenboekjes op napluizen voordat ze Reeves oude adres in Canning Town had gevonden. Ze vertelde Stringer ook hoe het bejaardenhuis heette waar Reeves moeder had gewoond en was gestorven.

'Hij ging wel bij haar op bezoek,' zei ze. 'Maar ik denk niet dat iemand daar nog iets weet. Het is jaren geleden. Er werkt waarschijnlijk allemaal ander personeel.'

'We zullen zien. Was dat alles?'

Frieda dacht even na. Het was niet alles. Er was nog een naam, een naam die ze bijna niet durfde uit te spreken. Maar het moest. 'Caroline Dekker,' zei ze.

'Wie is dat?'

'Dean Reeve had een broer. Alan Dekker. Ze wisten niets van elkaars bestaan. Eerst niet tenminste. Dat lichaam dat is gevonden, van die man die zich had opgehangen, dat was Alan.'

'Zegt u.'

'Het was hem.' Ze werd ineens misselijk. 'U hebt mijn verklaring in dat dossier gelezen, hè?'

'Ja, nu u het zegt, ik geloof van wel.'

'Carrie had het heel moeilijk na Alans dood. Ze dacht dat Dean haar man was. Ze heeft een dag of wat met hem samengeleefd als zijn vrouw.' Ze zweeg.

Stringer keek op van zijn aantekeningenboekje. 'Begrijp ik u goed?'

'Ze heeft intieme betrekkingen onderhouden met de man die haar echtgenoot heeft vermoord,' verduidelijkte ze.

Ze had eigenlijk verwacht dat hij zou schrikken of iets aardigs zeggen, maar hij schreef gewoon door. 'Dus misschien zal ze u niet met open armen ontvangen. Pak haar niet al te hard aan.'

Hij sloeg zijn aantekeningenboekje dicht. 'Ik zal zien wat ik kan doen.'

'Ik heb uw nummer niet, of uw e-mailadres.'

'Ik neem wel weer contact met u op.'

'Het zal tegenwoordig wel makkelijker zijn dan vroeger om mensen op te sporen, met internet en mobieltjes en creditcards en zo.'

'Het hangt ervan af in hoeverre mensen zich verborgen willen houden. De ouderwetse manier werkt meestal het best, een beetje met mensen praten, aanknopingspunten zoeken.'

'U weet toch dat hij al meerdere mensen heeft vermoord, hè?'

'Ik spoor hem alleen maar op,' zei hij. 'Wat er daarna met hem gebeurt, hangt van u af.'
'Dat bedoelde ik niet.'

Jack nam een slok bier uit zijn flesje. 'Jij ook eentje?' vroeg hij.
'Nog even niet,' zei Frieda.
Ze keken naar de verschillende stapels papier op de vloer van de opslagruimte.
'Het is niet zoiets als naar een speld in een hooiberg zoeken,' zei hij. 'Het is gewoon een hooiberg met heel veel hooi. En het voelt alsof we het hooi alleen maar van stapel naar stapel verplaatsen.'
'Je hebt het heel goed gedaan,' zei ze.
'Ik probeerde me voor te stellen wat ze doen als er een vliegtuig is neergestort. Eerst lijkt het helemaal op niets; stukken van de romp, bedrading en weet ik veel wat nog meer. En dan brengen ze dat allemaal naar een reusachtige hangar en leggen alles waar het hoort, tot je langzaam de vorm van het vliegtuig weer begint te herkennen, en dan kun je ook zien waar het in stukken is gebroken, waar de breuklijnen lopen.'
'Zoiets hoopte ik al.'
'Ja, maar levens hebben niet zo'n vaste vorm als een vliegtuig. Je kunt de stukken net zo aan elkaar leggen als je maar wilt. Het hangt helemaal af van het verhaal dat je wilt vertellen.'
'Dat lijkt wel een beetje op therapie,' zei Frieda.
'Het lijkt op de valkuilen van therapie. Dat is altijd mijn probleem geweest. Het is zo gemakkelijk om een verhaal te maken van een leven. Het probleem is het ware verhaal, het zinvolle verhaal naar boven zien te krijgen.'
'Wat heb je tot nu toe gevonden?'
'Kom, dan geef ik je een rondleiding.' Jack liep door de opslagruimte en wees naar de verschillende stapels. 'Dat is Deborah Docherty. Dat is Hannah. Deze kleine stapel is Rory. Dit is Aidan Locke. En dan wordt het een beetje vaag. Op die stapel liggen allemaal spulletjes van het gezin. En op die stapel de dingen die totaal oninteressant lijken. Je weet wel, brochures, programmaboekjes, kaartjes van taxibedrijven. Van die dingen die onder

in een la blijven liggen omdat je ze vergeet weg te gooien.'

'We zullen toch alles moeten doornemen,' zei Frieda.

'Volgens mij heb ik alle stukjes papier wel bekeken. Ik heb er vannacht zelfs over gedroomd. Ik droomde dat jij kwam kijken en vroeg hoe ik de papieren had geordend en dat ik me dat toen niet meer kon herinneren.'

'Laten we de stapels een voor een doornemen,' zei ze. 'Vertel me wat ik zie, gewoon om me een idee te geven. Deze bijvoorbeeld.' Ze wees naar een willekeurige stapel.

Jack ging op zijn knieën zitten en pakte een pasje. 'Dit is de stapel van Aidan Locke. Volgens mij zijn het voornamelijk spullen die je in een la legt omdat je ze maar eens in de zoveel tijd nodig hebt. Dit is zijn zorgverzekeringspasje. En dit is een jaaropgave van een baan die hij ooit heeft gehad.'

'Wat voor baan?' vroeg Frieda.

Jack keek op het papier. 'Ik weet het niet. Er staat alleen de naam van de werkgever op: Benson Harcourt. Maar het was in 1995, dus waarschijnlijk doet het er niet toe. Dit is zijn papieren rijbewijs, waaruit blijkt dat zijn tweede naam Charles was. Verder een vaccinatiebewijs van een kat, uit 1997. Eentje maar, dus ik neem aan dat de kat dood is. Dan nog het trouwboekje van Locke en Docherty. Een stapel oproepkaarten voor bloeddonatie. Die bewaarde hij bij al zijn andere belangrijke papieren, dus blijkbaar was hij daar trots op. En terecht. Zijn verzekeringspasje. Een spaarbankboekje. Ik wist eerlijk gezegd niet dat die nog bestonden. En dan als laatste een notariële volmacht met betrekking tot Ronald Locke en Jennifer Locke, naar ik aanneem de ouders van Aidan.' Hij stond weer op. 'Nou, Aidan Locke, dit was je leven. Weinig bijzonders.'

Frieda ging op haar hurken zitten en rommelde wat in de stapel. 'Hij was getrouwd, hij was bloeddonor, hij had een kat. Dat is al wat.' Ze bladerde de oproepkaarten voor bloeddonatie door. 'Hij is ermee gestopt,' zei ze.

'Waarmee?'

'Met bloed geven. Twee jaar voor zijn dood. Ik vraag me af waarom.'

'O? Maar doet dat er wat toe dan?'

Frieda stond weer op en keek hem aan. 'Heb je dan helemaal niks van me geleerd? Ik heb het niet over misdrijven, maar over therapie, het leven. Alles doet ertoe.'

'Dat is nou net jouw probleem,' zei Jack met een rood hoofd. 'Jij bent niet in staat om iets als onbelangrijk te beschouwen. Niet alles is symbolisch. Zelfs Freud heeft gezegd dat een sigaar soms alleen maar een sigaar is.'

Frieda glimlachte. 'Nee, dat heeft hij niet gezegd.'

'Wel. Dat weet iedereen. Het is zijn beroemdste uitspraak.'

'Dat kan iedereen wel vinden, maar ze hebben het mis. En als Freud het had gezegd, had hij het ook mis. Maar hij heeft het niet gezegd.'

'Wedden?'

'Ik wed nooit. Vooral niet als ik gelijk heb.'

Jack pakte zijn mobieltje, liep naar een hoek van de opslagruimte en begon fanatiek iets in te tikken. Frieda, die nog wat door de papieren bladerde, hoorde hem kreunen. Ze draaide zich om. 'Nou?'

'Oké, je hebt gelijk. Misschien is Locke wel gestopt met bloed geven omdat hij was verhuisd.'

'Nee, Locke en Deborah Docherty zijn in 1996 gaan samenwonen. Daarna heeft hij nog drie jaar bloed gegeven.'

'Misschien had hij gewoon geen zin meer. Of geen tijd.'

'Het is toch iets om over na te denken.'

'Frieda, dat hij ooit is gestopt met bloed geven, kan toch onmogelijk iets te maken hebben met zijn dood, twee jaar later?'

'Heel goed.'

'Wat bedoel je daar nou weer mee?'

'Eindelijk stel je een vraag waar we misschien een antwoord op kunnen vinden.'

Niemand weet precies hoe het stanleymes Chelsworth is binnengekomen. Misschien heeft een bezoeker het meegebracht en tijdens een omhelzing doorgegeven. Of misschien heeft een verpleger het meegenomen. Of zat het verstopt in een pakketje. Of heeft een bouwvakker het vergeten. Het vleesmes komt uit de keuken. Het scalpel is uit de huisapotheek gestolen en heeft een maand onder een matras verstopt gelegen. En de stiletto? Die heeft Aggie Stretton zelf meegebracht. Hoe dan? Ze kijkt de anderen aan en begint te lachen.

'Wat denken jullie zelf?' vraagt ze.

'Ben je dan niet gefouilleerd?'

'Ja, ik ben gefouilleerd.'

Er waren sigaretten voor nodig geweest, zakjes wiet, beloften die nagekomen moesten worden, om de vier wapens te verzamelen. Met ontzag kijken ze naar de messen die op de deken liggen.

'Dat moet genoeg zijn,' zegt Aggie. 'Zelfs voor die fokking Hannah Docherty.'

33

'Ik dacht dat je me niet meer nodig had,' zei Yvette door de telefoon.

'Dat dacht ik ook. Maar ik hoopte dat je nog één ding voor me kon doen.'

'Wat dan?'

'Het patiëntendossier van Aidan Locke te pakken zien te krijgen.'

'Dat moet geen probleem zijn.' Yvette klonk opvallend inschikkelijk.

'Dank je.'

'Waar moet ik precies op letten?'

'Dat weet ik niet. Maar Aidan Locke is bijna zijn hele volwassen leven bloeddonor geweest. Met de regelmaat van de klok. En twee jaar voor zijn dood, is hij daar ineens mee gestopt. Ik vraag me af of daar een reden voor was.'

'Oké.'

'Alvast bedankt.'

'Wacht even,' zei Yvette, voordat Frieda het gesprek kon beëindigen. 'Hoe gaat het met de zaak?'

'We zitten een beetje vast,' zei Frieda. 'Maar Jack sorteert nu alle spullen die ik bij Erin Brack weg heb gehaald, dus misschien zit daar wat bij. Ze is niet voor niks vermoord.'

'En je bent er nog steeds van overtuigd dat Hannah haar familie niet heeft vermoord?'

'Ik ben ervan overtuigd dat dat niet bewezen is. Ik ben ervan overtuigd dat er dertien jaar geleden sprake is geweest van een rechterlijke dwaling, en nu gaat de politie alweer de fout in met hun weigering om de zaak te heropenen. En ik ben er ook van overtuigd dat Hannah toen nog wel geestelijk gezond was, maar dat ze psychisch ernstig is beschadigd tijdens haar verblijf in de inrichting. Het is daar een hel voor haar. En inderdaad, ik denk dat ze het niet heeft gedaan.'

'Maar geen idee wie dan wel?'

'Nog niet.'

Olivia's stem klonk hard en schril door de telefoon. 'Er is hier een man.'

'Wat voor man?'

'Hij zegt dat hij jou kent.'

'Heet hij soms Bruce Stringer?'

'Ja, die. Hij zegt dat hij het over Dean Reeve wil hebben. Ik zou niet weten waarom hij bij mij is gekomen. Ik bedoel, ik weet niet eens of ik hem wel heb ontmoet. Jij zegt van wel, maar laten we wel wezen, jij bent geobsedeerd door die man.'

'Je hebt hem echt ontmoet, Olivia.'

'Als dat al zo is, dan kan ik me daar weinig van herinneren. Ik was niet helemaal nuchter toen.'

'Dat moet je aan hem vertellen, niet aan mij.'

'Ja, maar hij stelde zo'n idiote vraag.'

'Wat dan?'

'Hij vroeg...' Olivia ging wat zachter praten. 'Ik wil het niet eens hardop zeggen.'

'Hij vroeg of je met hem naar bed bent geweest.'

'Daar komt het op neer.'

'Vertel hem nou maar alles wat je je herinnert. Je hoeft het mij niet te vertellen.'

'Natuurlijk ben ik niet met hem naar bed geweest! Zoiets zou ik me echt wel herinneren. Wat heb je hem verteld?'

'Ik heb hem alleen je naam gegeven.'

'Waarom moet je dat nou allemaal weer oprakelen, Frieda?

Dat was toen. Laat die zaak toch rusten. Ga verder met je leven.'

Frieda dacht aan het lachende gezicht dat ze op Josefs telefoon had gezien, de ogen die haar aankeken. 'Je hoeft je nergens druk om te maken,' zei ze. 'Vertel Bruce Stringer nou maar gewoon wat je je herinnert en dan is het klaar.'

Frieda schrok toen Hannah traag en scheef de kamer in kwam schuifelen. Ze probeerde zich te herinneren waar Hannah haar opeens aan deed denken, en toen wist ze het: als kind had ze een stervende das over het pad zien hobbelen, slepend met zijn bebloede achterlijf. Het had haar diep geschokt. De das had niets meer van het mooie dier gehad dat ze uit kinderboeken kende. Hij was groot en log, zijn ruwe gelige vacht was samengeklit door het bloed en hij keek boos en verslagen tegelijk. Dat was waar Hannah op leek: op een gewond dier dat op zijn laatste benen liep. Haar gezicht leek vies door de oude blauwe plekken. Toen ze zich op de stoel liet zakken die Frieda voor haar bijtrok, kromp ze even ineen.

'Waar heb je pijn?' vroeg Frieda. Daarna wendde ze zich tot de verpleger bij de deur. 'Wat is er met haar gebeurd?'

'Ze is gevallen.' De verpleger deed niet eens moeite om het geloofwaardig te laten klinken.

'Is ze ernstig gewond?'

'Wat blauwe plekken. Het is een taaie.'

'U kunt wel gaan.' Frieda richtte zich weer tot Hannah. 'Waar heb je pijn?'

Zonder een geluid te maken legde Hannah haar hand op haar ribben.

'Mag ik even kijken?'

Hannah reageerde niet.

Om Hannah de kans te geven haar handen af te weren trok Frieda heel langzaam het smoezelige T-shirt omhoog en keek naar de paarse en gele en bruine plekken op haar bovenlichaam. Ze rook zurig, naar een kelder vol oude appels. Frieda raakte de plek aan waar Hannah haar hand op had gelegd. Hannah begon meteen te kreunen. Frieda trok het T-shirt weer naar beneden.

'Misschien heb je een gebroken rib,' zei ze. 'Ik zal ervoor zorgen dat ze een goed verband aanleggen. En die blauwe plekken zullen ook wel pijn doen. Heb je pijnstillers gehad?'

'Pijn?'

'Ben je gevallen of heb je een duw gekregen?'

'Maakt niet uit,' zei Hannah. 'Iedereen is weg.'

Het overviel Frieda een beetje dat Hannah zo duidelijk sprak. 'Wat bedoel je daarmee, Hannah? Wie zijn weg?'

'Allemaal.'

'Je familie?'

'Alleen ik.'

Frieda reageerde niet meteen. Ze wist niet of Hannahs woorden iets betekenden en ze wist ook niet of Hannah wel had begrepen wat ze had gevraagd. 'Kun je me iets over je familie vertellen? Over waar jij die avond was? Die avond dat ze doodgingen. Weet je dat nog?'

'Weet ik dat nog.' Het was geen vraag, alleen een monotone herhaling.

'Je zei dat je je moeder had gesproken.'

'Ik kan het niet,' zei Hannah. Ze keek Frieda aan. Haar ogen waren donker en vurig, de pupillen enorm groot. 'Ik kan het niet.'

'Het is oké.'

'Nee.' Ze schudde zo woest haar hoofd dat haar haar voor haar gezicht heen en weer zwiepte.

'Het is al goed. Je hoeft niks te zeggen.'

Hannah sloeg haar armen om haar gehavende lichaam. 'Alsjeblieft,' zei ze.

Frieda raakte Hannahs rechterpols aan, waarop een eenvoudige tatoeage zat van een rode bloem die zich uitstrekte tot aan haar handpalm. 'Die is nieuw, hè? Maar deze herinner ik me nog, de slang.'

Hannah ging wat meer rechtop zitten en liet haar armen langs haar zij vallen. Ze keek Frieda uitdrukkingsloos aan.

'En die.' Frieda raakte de drie kruisjes bij haar elleboog aan, met de slordige rondjes erboven. 'Die herinner ik me ook.'

Hannah legde haar wijsvinger op het grootste kruis. 'Ik,' zei ze.

'Het zijn mensen,' zei Frieda. 'Natuurlijk. Nu zie ik het.' Drie slordig getekende stokfiguurtjes, naast elkaar. 'En wie is dat?' Ze raakte het middelste kruis aan.

Hannah legde haar vinger erop. 'Hij,' zei ze. Ze stootte een raar geluid uit en er rolde een eenzame traan over haar brede wang.

'O.' Frieda knikte. 'Het is Rory, hè? Je broer.'

'Rory,' zei Hannah. 'Rory.'

'Maar wie is dat dan?' Frieda raakte het derde figuurtje aan dat zo klein was dat het net een plusteken leek met een stip erboven.

'Niemand. Nooit. Allemaal weg.'

Ze sloeg haar armen weer om haar stevige lichaam en begon te wiegen, van achteren naar voren, van achteren naar voren, terwijl ze een zacht jammerend geluid slaakte en voor zich uit staarde.

Voordat Frieda wegging, liep ze nog even naar het kantoor van Christian Mendoza.

'U had een afspraak moeten maken,' zei hij.

'Ik heb geen afspraak nodig om het volgende te zeggen. Hannah is een patiënt van u, u hebt haar onder uw hoede. Ze is herhaaldelijk geslagen. Iedere keer dat ik haar zie, is ze er slechter aan toe. Ik weet niet wie daar verantwoordelijk voor is, het personeel of de andere patiënten.' Ze stak haar hand op toen hij wilde tegensputteren. 'Maar er is hier op z'n minst sprake van moedwillige veronachtzaming van haar veiligheid en haar welzijn. Daar moet een einde aan komen. Zorg ervoor dat Hannah niets meer overkomt, dokter Mendoza.'

Josef zat buiten in zijn bestelbus op haar te wachten en toen Frieda dichterbij kwam, zag ze dat hij op het stuur trommelde en meezong met de radio.

'Naar huis?' vroeg hij, toen ze instapte.

'Nee. Zou je me naar Walthamstow kunnen brengen? Ik heb Jack beloofd dat ik op de terugweg even bij hem langs zou gaan.'

In haar zak begon haar mobiel te trillen. 'Hallo?'
'U spreekt met Tom Morell. Ik heb uw telefoontje gemist.'
Frieda had twee keer een berichtje op zijn voicemail ingesproken. 'Hebt u nu tijd om te praten?' vroeg ze.
'Misschien kunnen we ergens afspreken?'
'Oké.'
Ze maakten een afspraak voor over twee dagen in Number 9. Frieda had het gesprek nog niet beëindigd, of ze werd weer gebeld.
'Yvette?'
'Ik heb het patiëntendossier.'
'En?'
'Ik denk dat ik weet waarom Aidan Locke geen bloeddonor meer was.' Ze stopte.
'O?'
'Hij heeft in 1999 chemotherapie gehad.'
'Dat verklaart een boel. Als je chemo hebt gehad, kun je geen bloed meer geven. Dus hij had kanker.'
'Zaadbalkanker. In een vergevorderd stadium. Ze hebben zijn testikels verwijderd.'
'Arme man. Was hij in remissie?'
'Voor zover ik kon zien wel.'
'Aha.'
'Ik heb haar patiëntendossier ook bekeken.'
'Dat van Deborah?'
'Ja. Niks bijzonders.'
'Dank je, Yvette.'
'Ik snap niet wat dit met zijn dood te maken heeft.'
'Misschien heeft het er ook wel niets mee te maken. Ik weet het niet.'
Frieda beëindigde het gesprek. Er zat haar iets dwars, een zwakke tinteling in haar hersenen, als een jeukende plek waar ze niet bij kon.
Josef zette haar af bij Chloë's werkplaats. Ze liep naar de opslagruimte. Jack zat in een versleten leren leunstoel en draaide zich om toen ze binnenkwam. Hij had een mok in zijn hand en

naast hem stond een thermosfles. In een hoek stond een elektrische kachel zodat het warm en droog in de ruimte was. Naast Jack lagen op een klein klaptafeltje een spel kaarten en een krant die was opengeslagen op de puzzelpagina.

'Blijf maar zitten,' zei ze.

'Koffie? Ik heb ook koekjes.'

'Ik hoef niks.'

'Of anders wijn?' Hij gebaarde naar de vierkante koeltas naast hem.

'Nog niet. Maar het is fijn om te zien dat je het hier wat gezelliger hebt gemaakt.'

'Chloë heeft me een van hun stoelen gegeven.'

'Mooi. Hoe gaat het?'

'Ik kan niet zeggen dat ik echt interessante dingen heb gevonden. Rory was dyslectisch. Ik heb net een dik rapport doorgenomen van een onderwijspsycholoog. Hannah was erg goed in tennis en veldlopen. Deborah zat in de oudercommissie van school. Aidan is een keertje bekeurd voor te hard rijden. Ze zijn een paar keer met het hele gezin op wintersportvakantie geweest. Een maand voor hun dood is er iemand van de ongediertebestrijding langs geweest omdat ze last hadden van muizen. Ik heb meerdere prijsopgaves voor een nieuwe boiler gevonden. Rory zou de dag na de moord naar een paintballfeestje gaan. En heb jij nog wat ontdekt?'

'Aidan Locke had zaadbalkanker.'

'Dat klinkt niet best. Maar helpt het ons verder?'

'Dat weet ik niet. Er is iets...'

'Wat?'

'Ik weet het niet precies.'

Jack dronk zijn mok leeg, schudde de laatste druppeltjes koffie eruit, pakte de fles wijn uit de koeltas en schonk een bodempje in. 'Proost.'

'Heb je Chloë nog vaak gezien?'

'Chloë? Ach, je weet wel.'

'Nee, dat weet ik niet.'

'Af en toe.' Hij schoof ongemakkelijk heen en weer.

'En hoe gaat het met je plannen voor de toekomst?'

'Het lijkt me wel wat om er een jaartje tussenuit te gaan, eens kijken hoe dat bevalt. Misschien ga ik wel een cursus boten bouwen volgen.'

'Echt waar?'

'Iets met mijn handen doen. Chloë zegt dat dat therapeutisch werkt.'

'Hou je dan van boten?'

'Ik ben weleens met de veerboot naar Frankrijk geweest.'

'De laatste keer dat we het erover hadden, wilde je nog tuinman worden.'

'Het is allebei buiten.'

'Hou je ervan om buiten te zijn?'

'Als het mooi weer is wel. Maar daar gaat het niet om, Frieda. Ik moet een tijdje uit mijn eigen leventje stappen. Ik heb het gevoel alsof ik in mezelf stik, als je snapt wat ik bedoel.'

'Ik snap het.'

'Mooi.'

Frieda keek door de openstaande deur naar buiten. Het werd al donker. De vuilnisbakken rammelden in de wind en er wervelden stukjes hout en ander afval over de stenen. 'Ik ga weer,' zei ze.

'Waarnaartoe?'

'Ik moet iemand spreken, hoewel ik denk dat hij niet erg blij zal zijn om me te zien.'

Brenda Docherty deed open. Ze droeg een lichtgrijs vest en een gemakkelijke wijde broek; haar grijzende haar zat verfomfaaid. 'Hij is er niet,' zei ze.

'Ik zag hem net door het raam.'

'Dan weet u dat ik eigenlijk bedoel dat u niet welkom bent.'

'Ik wil hem één vraag stellen, dan ben ik weer weg.'

Brenda sloeg haar armen over elkaar. 'Wat is er zo moeilijk te begrijpen aan de woorden "niet welkom"?'

'Waarom wil hij me niet zien? Zijn zoon en ex-vrouw zijn vermoord, zijn dochter zit in een gesloten inrichting. Erger dan dat kan niet.'

'O, het kan echt nog wel erger, namelijk als iemand als u steeds langskomt om oude wonden open te rijten.'

'Ik geloof niet dat Hannah de dader is. Het lijkt me toch wel de moeite waard om daar oude wonden voor open te rijten.'

'Dat is belachelijk.'

'Hoezo? Waarom weet u zo zeker dat zij het was?'

'Ik ben maatschappelijk werkster. Ik ken mensen zoals u.'

'En wat voor soort mensen zijn dat?'

'U bedenkt een of andere idiote theorie en dan zorgt u dat alles daarin past. Wat natuurlijk altijd lukt als je maar slim genoeg bent. U bent zo iemand die denkt dat Shakespeare niet Shakespeare is, of dat de Twin Towers helemaal niet door twee vliegtuigen zijn verwoest.'

Frieda knikte. Ze dacht aan Erin Brack en al haar complottheorieën. Toen keek ze Brenda Docherty aan; ze leek zowel bang als vijandig. 'Dit is de laatste keer dat ik hier ben,' zei ze.

'Er is geen "dit". Ik wil niet dat u binnenkomt.'

'Laat haar binnen.'

Seamus Docherty stond in de halfduistere gang, zijn magere gestalte gehuld in een badjas.

Brenda haalde haar schouders op en ging opzij om Frieda binnen te laten.

'Dank u.'

'Kom verder.' Tegen Brenda zei hij: 'Een paar minuutjes maar.'

'Wil je dat ik erbij blijf?'

'Nee.'

Frieda liep achter hem aan de huiskamer in en ging in de stoel zitten die hij haar aanwees.

Hij ging tegenover haar zitten. 'Mijn vrouw wil me beschermen.'

'Dat is begrijpelijk.'

'Ze vindt dat ik al genoeg heb geleden. Maar waarom bent u hier weer? Hebt u nog iets ontdekt?'

'Ik wilde u iets vragen. Over Deborah.'

'Zeg het maar.'

'Weet u of ze nog een kind heeft gehad?'

Zijn gezicht vertrok iets. 'Nog een kind? Nee.'

'Of Hannah? Is Hannah ooit zwanger geweest?'

'Voor zover ik weet niet. En voor zover Debs wist ook niet. Anders had ze me dat wel verteld.'

'Heeft Deborah een abortus gehad?'

'Wat gaat u dat eigenlijk aan? Ze is dood. Vermoord. Alsof dat allemaal al niet erg genoeg is.'

'Dus wel.'

Seamus slaakte een zucht. Hij wreef met zijn knokige handen over zijn knokige knieën. 'Het was heel akelig voor haar. Ze vond zichzelf te oud voor nog een kind. Het was al vrij laat in de zwangerschap.'

'Wanneer was dat?'

'Vlak voordat ze werd vermoord.'

'Het stond niet in haar patiëntendossier.'

'Ze heeft het in een privékliniek laten doen.'

'Omdat het niet Aidans kind was.'

'Wat?'

'Aidan was onvruchtbaar. Hij had chemotherapie gehad en was ook geopereerd.'

'Ik wist dat hij was geopereerd, maar dat hij onvruchtbaar was... daar heb ik eigenlijk nooit bij stilgestaan. Maar dan snap ik het.'

Ze zwegen even. Brenda was in de keuken zo luidruchtig in de weer met pannen, dat het duidelijk was dat ze wilde dat ze haar hoorden.

'Wie was de vader?'

'Dat weet ik niet.'

'Ze vertelde u dingen. In sommige opzichten zijn jullie altijd close gebleven. U wist ook van de abortus.'

'Ik weet het niet,' herhaalde hij.

'Hebt u echt geen idee?'

'Nee.'

'Was u het?'

Haar strak aankijkend herhaalde hij met nadruk: 'Nee.'

'Goed.' Frieda stond op, en hij volgde haar voorbeeld. Ze zag dat hij oververmoeid was, zijn ogen lagen diep in hun kassen. 'De vorige keer zei u dat u me niets meer te vertellen had. En nu dit. Zijn er nog andere dingen?'

'Nee.'

'Echt niet?'

'Ik wilde haar nagedachtenis beschermen.'

'Waartegen?'

'Dat weet ik niet. Stom, eigenlijk.'

'Weet Brenda ervan?'

'Nee.'

'Weet u dat zeker?'

'Ik heb het nooit aan iemand verteld.'

'Oké.'

'Nou, dag dan maar,' zei hij.

'Hannah heeft het niet gedaan.'

Er trok een schaduw over zijn gezicht. Frieda kon niet goed peilen wat het was – verdriet, angst, afweer?

'U snapt het niet,' zei hij. 'U snapt niet hoe het is om je kinderen te verliezen.'

'U hebt Rory verloren. Hannah leeft en ze is nog steeds uw dochter.'

'Voor mij is ze dertien jaar geleden gestorven. Laat het nu rusten. Laat ons met rust.'

Op weg naar buiten kwam ze Brenda in de gang tegen. Ze keek haar aan. 'Laat ons met rust,' zei ze. 'We zijn gelukkig. Ondanks alles zijn we gelukkig.'

Frieda dacht aan Hannah met haar gebroken ribben. 'Soms is dat niet waar het om draait,' zei ze.

'Laat ons met rust.'

Karlsson kwam zwierig op zijn krukken bij Frieda binnen en ging voor de open haard zitten, met zijn ingegipste been uitgestrekt voor hem. Er stonden nieuwe tekeningen op, sterretjes en hartjes, het begin van een regenboog; zijn kinderen, Bella en

Mikey, hadden hun namen eronder gezet.

'Je wordt behoorlijk behendig met die krukken.' Frieda gaf hem een glas whisky.

Karlsson klopte op het gips alsof het een deur was. 'Het voelt als een vreemd voorwerp, als iets wat niet van mij is, maar wat ik wel de hele tijd moet meeslepen. Ik kan me bijna niet meer voorstellen dat ik een paar keer per week ging hardlopen.'

'Wanneer mag het eraf?'

'Dat duurt nog weken. En dan zal mijn been een verschrompeld wit ding zijn.'

'Je zult heel veel fysio moeten doen.'

'Ik weet het. Gelukkig regent het. En dit is fijn.' Hij knikte naar het vuur. 'Precies wat ik nodig heb.' Hij hief zijn glas. 'Op de lente.'

'Op de lente.'

'Je hebt nieuwe kleren.'

'Ik vul mijn garderobe langzaam weer aan.'

'Staat je goed.' Hij zei het een beetje ongemakkelijk, zonder haar aan te kijken.

'Dank je.'

'Hoe gaat het met de zaak-Docherty?'

'Deborah Docherty had een verhouding – of is op z'n minst één keer met iemand anders naar bed geweest. We weten dat Aidan onvruchtbaar was na zijn zaadbalkanker, maar toch heeft ze vlak voordat ze werd vermoord een abortus ondergaan.'

'Maar je weet niet van wie ze zwanger was?'

'Nee.'

'Misschien heeft het er wel niks mee te maken.'

'Dat zou kunnen.'

'Misschien was het toch Hannah.' Hij zei het op vriendelijke toon.

'Iemand heeft Erin Brack vermoord. En dat kan Hannah niet geweest zijn. Ondertussen zit ze opgesloten, en iedere keer dat ik haar zie, is ze er beroerder aan toe. De tijd werkt niet in haar voordeel. Ik moet erachter zien te komen wie het wel heeft gedaan.'

'Hoe zit het met Dean?'

'Keegan heeft er een vriend van hem opgezet. Hij valt nu mensen lastig met vervelende vragen.'

'En jij moet gewoon afwachten?'

'Ja. En je weet hoe goed ik daarin ben.' Ze keek even naar Karlssons aandachtige gezicht en toen naar de vlammen. 'Alles voelt zo donker en stil. Alsof er iets op de loer ligt.'

Hannah Docherty gaat twee keer per week naar een groepstherapiesessie waarin ze nooit wat zegt. 's Middags werkt ze in de tuin; ze spit de grond om en wiedt onkruid. Ze eet in de eetzaal. Ze slaapt op een beveiligde slaapzaal. Ze valt onder een speciaal regime: ze mag geen seconde alleen zijn, ze wordt continu bewaakt.

'We krijgen haar nooit te pakken.'

'Gewoon wachten,' zegt Aggie.

34

Jack ging pas laat naar de opslagruimte. Hij was de avond ervoor uit geweest en had moeite om uit bed te komen. Hij lag lekker in het holletje onder zijn dekbed en buiten was het somber; hij hoorde dat het nog steeds regende. Het was alsof zijn ogen aan elkaar vast zaten geplakt en zijn hoofd bonkte een beetje. Maar het maakte niet uit, hij had alles al een keer doorgenomen en wist eigenlijk niet wat hij verder nog moest doen. Toch wilde hij het niet meteen opgeven, want Frieda leek ervan overtuigd dat er iets te vinden moest zijn. Hij probeerde niet aan Chloë te denken, die een paar keer per dag bij hem langskwam, nonchalant vrolijk, en op haar hurken naast hem zat terwijl hij papieren doorbladerde.

Het was halverwege de middag en al bijna weer donker toen hij de deur van de opslagruimte van het slot deed. Hij tastte naar de lichtknop, en de lampen flikkerden aan. Verbaasd knipperde hij met zijn ogen terwijl hij de ruimte in liep. Met een misselijk gevoel liet hij zich op de stoel vallen.

'Wat de fuck?' zei hij hardop. Hij kwam weer overeind, rende naar de werkplaats en riep Chloë.

'Heb jij dat gedaan?'

Frieda keek nog een keer naar het schermpje om te zien of ze zich niet had vergist. Nee, het was echt Jack.

'Wat?'

'Heb jij alles weggehaald? Jij, met Josef?'

'Waar heb je het over?'

Jack reageerde niet, maar Frieda hoorde hem zwaar ademen. Hij klonk vermoeid of gestrest.

'Waar ben je?' vroeg hij.

'Thuis.'

'Blijf daar.'

'Jack, wat...'

Maar hij had de verbinding al verbroken. Ze belde hem terug. Hij nam niet op. Hoewel ze wist dat het zinloos was, belde ze hem weer en sprak een bericht in. Zou hij meteen naar haar toe komen? Zeer waarschijnlijk wel. Ze had bij de haard gezeten met potlood en papier en geconcentreerd namen opgeschreven en die verbonden met pijltjes. Maar nu kon ze niet meer nadenken. Ze kon zelfs niet meer zitten en scharrelde wat rond in huis. Als alles al niet zo extreem opgeruimd was geweest, had ze wat kunnen opruimen, maar het enige wat ze nu kon doen, was wat spulletjes verschuiven. Ze legde nog wat hout op het vuur en keek voortdurend op haar horloge. Hoelang kon hij er nou nog over doen? Hooguit een halfuur, maar na drie kwartier was hij er nog steeds niet. Had ze hem soms verkeerd begrepen? Het was zo'n kort gesprekje geweest.

Er verstreek een uur. Hij was er nog steeds niet. Frieda keek voor de zoveelste keer op haar horloge. Het was bijna zes uur. Zou ze iets moeten ondernemen? Eindelijk werd er aangeklopt. Toen ze opendeed beende Jack langs haar heen, zonder iets te zeggen en zonder haar zelfs maar aan te kijken. Zijn leren schoudertas streek langs haar heen.

'Waar bleef je nou?'

Jack liep in de kamer te ijsberen. Hij leek net een gekooide tijger. Toen hij begon te praten, was het op een snelheid alsof hij stijf stond van de cafeïne.

'Waar ik bleef? Wil je dat echt weten? Oké. Ik heb een omweg gemaakt. Ik heb drie verschillende metrolijnen genomen en ben toen op Euston uitgestapt, omdat ik daar in de menigte kon verdwijnen. Daarom duurde het zo lang. Duidelijk genoeg voor je?'

'Jack, rustig. Wat is er?'

'Het is weg. Alles.'

'Wat is weg?'

'De spullen van de Docherty's. Toen ik er rond halfvijf aankwam om er nog eens naar te kijken, was de deur gewoon op slot. Maar toen ik naar binnen ging, stond er niks meer. Helemaal niks. Ik nam aan dat jij alles had weggehaald. Ik dacht, echt iets voor Frieda, om dat te doen zonder het me te vertellen. Maar toen ik je belde en hoorde dat jij dat niet had gedaan, ben ik daar meteen weggegaan.' Hij stopte even. 'Of was jij het wel?'

'Is echt alles weg?' vroeg Frieda verbijsterd. Het kostte haar moeite om het tot zich door te laten dringen.

'Is het soms een grap of zo? Of maakte je je plotseling zorgen en wilde je het tegen niemand zeggen? Als er iets is wat ik moet weten, zeg dat dan, want ik heb het gevoel dat ik gek word.'

'Natuurlijk heb ik dat niet gedaan.'

'Nou, dan heeft er iemand ingebroken die alles heeft meegenomen. Dus iemand wist het. En ze weten ook wie jij bent. En ik. En wij allemaal.'

'Waren er sporen van braak?' wilde Frieda weten.

'Volgens mij niet. Maar ik ben niet gebleven om dat eens goed te bekijken. Je kunt er maar op één manier binnenkomen. Wie het ook was, hij wist wat hij deed.'

'En ze hebben helemaal niets laten liggen?'

'Voor zover ik kon zien niet. Het is een regelrechte ramp.'

'Maar één ding weten we nu zeker,' zei Frieda.

'Wat dan?'

'Dat er iets belangrijks bij zat.'

'Je zegt het op een toon alsof dat goed is,' zei Jack opgewonden. 'Stel dat Chloë de inbreker had betrapt? Volgens jou is er al iemand vermoord voor die spullen.'

'Ik zeg niet dat het goed is. Ik zeg dat we nu in elk geval zeker weten dat er iets belangrijks lag. Het is duidelijk dat we nog voorzichtiger moeten zijn.'

'Nog voorzichtiger dan wat? Hoe hadden we het anders kunnen aanpakken? Wie wisten hier allemaal van?'

'Dat weet ik niet. Heb jij het iemand verteld?'

'Natuurlijk niet. Aan wie zou ik het moeten vertellen?' Jack liep nog steeds te ijsberen. 'Ik dacht dat het net zoiets zou zijn als een archief op orde brengen. Wist ik veel dat er zoiets zou kunnen gebeuren.'

'Ik wist dat ook niet.'

'We moeten de politie bellen.'

'Ga zitten,' zei Frieda. 'Doe eens rustig. Je maakt jezelf nog gek als je zo blijft ijsberen. Of anders maak je mij wel gek.'

'Oké, ik ga wel zitten.' Jack trok zijn jasje uit en ging in een stoel zitten, met zijn schoudertas op zijn knieën. Hij begon erop te trommelen, maar stopte daarmee toen Frieda hem nadrukkelijk aankeek. 'De politie dus.'

'We kunnen de politie niet bellen. Wat zouden we moeten zeggen?'

'We zeggen dat er is ingebroken, waarschijnlijk door de moordenaar van Erin Brack.'

Frieda dacht even na. 'Ik probeer me voor te stellen hoe ik dit aan de politie kan uitleggen. "Erin heeft allerlei paperassen gestolen, of in elk geval allemaal troep meegenomen die niet van haar was. Het heeft met de zaak-Docherty te maken die jullie niet wilden heropenen. Wij hadden die spullen nu, hoewel ze niet van ons zijn." Dus zelfs als het een inbraak was...'

'Verdomme, natuurlijk was het een inbraak. Ik kom er net vandaan. Alles is weg.'

'Is er schade aangericht?'

'Dat heb ik je toch verteld?' Jack werd chagrijnig. 'Ze moeten het slot hebben opengemaakt en daarna weer hebben dichtgedaan. Het waren geen kinderen die voor de lol een kraakje hebben gezet.'

'Ik twijfel ook niet aan wat je zegt. Ik zeg alleen maar wat de reactie van de politie zal zijn. Ik ken dat. Er valt helemaal niets te melden. Dus wat heeft het dan voor zin?'

'Nou, het zou toch mooi zijn als de politie die inbreker te pakken kreeg, want dat is waarschijnlijk degene die het op jou heeft gemunt.'

'Dat wil ik natuurlijk ook het liefst. Ik heb geprobeerd om die zaak door de politie te laten uitzoeken, maar dat is me niet gelukt. En nu zijn de spullen waar misschien bewijsmateriaal tussen zat ook nog weg.'

Jack mompelde wat, maar Frieda kon hem niet verstaan.

'Wat zei je?'

'Ik zei dat ik je daar misschien wel mee kon helpen.'

'Hoezo?'

Jack ging aan tafel zitten, pakte zijn laptop uit zijn tas en zette hem aan. 'Al die troep, al die papieren, al die kwitanties... Ik kwam er gewoon niet meer uit. Ik wist niet hoe ik het allemaal het beste kon rubriceren. Dus terwijl ik die spullen aan het uitzoeken was, heb ik alles op spreadsheets gezet.'

Frieda ging naast hem zitten, en hij liet haar de verschillende bestanden zien en legde uit dat ze op drie manieren gerubriceerd konden worden: op persoon, per categorie of chronologisch. Cirkeldiagrammen lieten zien hoe een dag mogelijk was verlopen, venndiagrammen toonden de elkaar overlappende vriendschappen, er waren duizelingwekkende grafieken met lijnen in vier verschillende kleuren die door elkaar zigzagden en die de handel en wandel van ieder gezinslid voorstelden. Grafieken met betrekking tot de financiën, zowel uitgaven als inkomsten, en er was zelfs een pictogram dat een beeld gaf van een gemiddelde dag van het gezin.

'Dat is fantastisch, Jack. Hoelang heb je daar wel niet over gedaan?'

'Dat weet ik niet precies. In het begin was het saai, maar na een tijdje werd het een beetje verslavend om het leven van al die personen te ontrafelen en op verschillende manieren te rubriceren en er zo allerlei verschillende verhalen van te maken.'

Frieda keek toe terwijl Jack het ene bestand na het andere aanklikte. 'Toen je naar de verschillende verhalen keek, viel je toen iets op? Iets raars? Iets wat onlogisch leek?'

Jack schudde zijn hoofd. 'Ik had voornamelijk het gevoel dat ik naar een doorsneegezin zat te kijken.'

'Dat is niet de manier om ernaar te kijken.'

'O. Sorry.'

'Nee, ik heb het niet over jou. Ik heb het over mezelf. De oplossing zal niet in het oog springen. We moeten de juiste vraag stellen, daar gaat het om.'

Frieda stond op en liep naar de keuken. Ze kwam terug met een fles wijn uit de koelkast, en twee glazen. Nadat ze de dop had losgeschroefd en de wijn had ingeschonken, gaf ze Jack een glas. 'Ik ben geloof ik niet zo goed in dank je wel zeggen. Of goed gedaan.'

Jack leek in verlegenheid gebracht en mompelde alleen maar wat.

'Ben je de naam Justine Walsh nog tegengekomen?'

'Nee,' zei hij. 'Maar als je een geheime verhouding hebt, zul je daar waarschijnlijk niet mee te koop lopen.'

'Die verhouding, ik weet het niet. Haar dochter Shelley houdt vol dat haar moeder nooit een verhouding kan hebben gehad, niet zoals haar leven er toen uitzag. En als je overspel pleegt, doe je dat dan in je eigen bed, terwijl een van je kinderen in de kamer ernaast ligt te slapen?'

'Ik niet nee. Maar als ik naga wat mijn patiënten me de afgelopen paar jaar allemaal hebben verteld, kijk ik nergens meer van op. Heb je dan een betere verklaring voor het feit dat ze in dat bed is aangetroffen, in een nachthemd?'

'Dat vind ik nog merkwaardiger eigenlijk. Als het echt overspel is, zou je dan een nachthemd aandoen? En waarom zou Justine het nachthemd van Deborah aantrekken?'

'Misschien vond Aidan Locke dat wel opwindend.'

'O, alsjeblieft. Nee, het is raar dat er geen enkel bewijs te vinden is van een geheime verhouding van Locke...'

'Nou, een vrouw in je bed hebben lijkt me toch wel een soort van bewijs.'

'Nee, er klopt helemaal niks van. Hij had zaadbalkanker gehad en was dus impotent, dan heb je toch geen minnares? En Deborah die toch zwanger is geraakt...' Toen Frieda's telefoon ging, keek ze op het schermpje. Het was een geheim nummer, en hoewel het waarschijnlijk iemand was die haar iets wilde aansmeren, nam ze toch op.

'Hij is slim, die Dean van u.'

'Met wie spreek ik?'

'Stringer.'

'Ja, daarom heeft hij zich al die jaren ook weten schuil te houden.'

'Het is moeilijker dan u denkt.'

'Niet moeilijker dan *ík* denk. Zoals u weet, heb ik hem zelf ook proberen op te sporen. Ik had daarbij hulp van vrienden, maar toch is het me niet gelukt. En u dus ook niet, begrijp ik.'

'Dat zeg ik niet. Maar hij weet hoe hij sporen moet uitwissen. Echt uitwissen. Soms is je sporen uitwissen gewoon een andere manier van sporen nalaten. Hij is anders. Maar ik heb iemand gesproken van die bouwfirma.'

'Josef bedoelt u?'

'Nee. Ik heb hem wel gesproken, maar hij kon me niet verder helpen. Maar er werkte daar ook een elektricien, Micky. Hij kende Dean ook en hij had nog een naam voor me. Zo zie je maar, hoe slim je ook bent, er is altijd iets te vinden. Ik wilde u even de stand van zaken doorgeven. De volgende keer heb ik misschien wel goed nieuws voor u.'

'De vraag is: wat doen we dan met dat goede nieuws?'

'Dat is niet mijn probleem. U hoort nog van me.'

Frieda stopte haar mobiel weer in haar zak.

'Alles in orde?'

Frieda draaide zich om naar Jack. Heel even was ze vergeten dat hij er was. 'Of alles in orde is? Nee, niet echt. Blijf zitten, dan ga ik wat te eten voor ons klaarmaken. Tenzij je nog ergens heen moet.'

'Nee, nee, lekker. Ik lust wel wat.'

Hoewel er niet veel in de koelkast lag, flanste Frieda een salade in elkaar. Ze bleek ook nog wat kaas in huis te hebben en een pak crackers die niet al te muf waren. Opeens hoorde ze Jack uit de kamer roepen. Ze ging naar hem toe.

'Ik wou je iets laten zien,' zei hij. Ze ging naast hem zitten. 'Ik zat het bestand van alle creditcardbonnetjes te bekijken. De gewone dingen, supermarkt, vakantievluchten, maar toen zag ik ook de naam van een restaurant, La Strada, Italiaans waarschijnlijk, en die kwam me bekend voor. Ik heb het uitgezocht, en Deborah blijkt er dertien keer te zijn geweest in de veertien maanden voor haar dood.'

'Tja, wat moet ik daarvan denken?' zei Frieda. 'Veel mensen hebben toch een lievelingsrestaurant?'

'Ik heb het vergeleken met de tijdlijn die ik voor Aidan heb opgesteld. Op 14 oktober heeft Deborah 62,85 pond uitgegeven in La Strada. Aidan was toen op een conferentie in Newcastle. Op 10 februari heeft ze 78 pond in La Strada uitgegeven. Misschien had ze een extra fles wijn besteld. Uit een bon van Aidan blijkt dat hij die dag benzine heeft getankt in Manchester, 's avonds, vlak na zessen.'

'Zou hij niet nog op tijd terug kunnen zijn geweest?'

'Ik heb Google Maps erbij gepakt. Nee, dat had niet gekund. Ik heb nog geen tijd gehad om alle bonnen te checken, maar er zijn er al minstens drie voor tijdstippen waarop Aidan beslist niet in Londen was.'

'Ik ga nu even de saaie pietlut uithangen,' zei Frieda. 'Maar misschien is het wel een familietraditie. Aidan is niet thuis en Deborah neemt de kinderen, of het kind, mee uiteten bij de buurt-Italiaan.'

'Ik heb het opgezocht. La Strada zit in Bermondsey, vlak bij de rivier. Dat is acht kilometer van hun huis. Niet echt vlakbij. Zou je daar op een doordeweekse dag echt met je kinderen gaan eten? Dan zoek je toch eerder iets in de buurt?'

Frieda leunde naar achteren en dacht even na. 'Wat goed van je, Jack,' zei ze. 'Je zou er je beroep van moeten maken.'

'Wie zou dit nu als beroep doen?'

'Dus we weten dat Aidan onvruchtbaar was en dat Deborah zwanger raakte en een abortus heeft ondergaan. En het lijkt er nu op dat ze een echte verhouding had, dat het niet iets eenmaligs was.'

'Dat weten we niet. We weten alleen dat ze af en toe zonder haar man in een Italiaans restaurant at.'

'Maar laten we aannemen dat ze wel een verhouding had.

Wie zou daar dan kwaad om worden?'

'Hannah Docherty.'

Frieda keek Jack fronsend aan. 'Dat was niet wat ik wilde horen.'

'Dat weet ik. Maar ik speel even de advocaat van de duivel.'

'Nou, dank je wel, maar daar ken ik er al genoeg van.'

Plotseling werd er op de voordeur gebonsd. 'Wie is dat?' vroeg Jack geschrokken.

'Dat kan ik je nu nog niet zeggen,' zei Frieda.

'Misschien is hij het wel.'

'Wie?'

'Degene die de opslagruimte heeft leeggehaald.'

'Dat lijkt me niet,' zei ze. 'Wacht hier.'

Toen ze opendeed, stond Reuben op de stoep, met een overdreven brede grijns op zijn gezicht en een fles wijn in de ene hand en een fles whisky in de andere. Hij hield de whisky voor haar op.

'Kom verder,' zei ze, terwijl ze de flessen van hem aanpakte.

Hij liep de gang in en trok zijn vochtige overjas uit. Ze zag dat hij zijn lievelingsjasje droeg, met daaronder het geborduurde gilet dat hij voor speciale gelegenheden bewaarde. De fleurige sjaal om zijn nek hield hij om.

'Kom, dan gaan we bij de open haard zitten. Jack is er ook.'

'Kom je van een feestje of zo?' vroeg Jack, met een blik op het jasje en het barokke gilet.

Reuben stond nog steeds te grijnzen. Het begon er een beetje uit te zien als een bevroren schreeuw.

Frieda hield de flessen op. 'Wat wil jij?'

Reuben wees naar de whisky. Ze schonk hem wat in en gaf hem het glas. Nog steeds grijnzend nam hij een slok. Er verschenen tranen in zijn ogen.

'Vertel,' zei Frieda.

'Je weet het toch al.'

'Ja.' Ze keek even naar Jack, die Reuben nog steeds zat aan te staren en zijn handen door zijn warrige haar haalde. 'Je hebt slecht nieuws gehad.'

'Zal ik anders weggaan?' vroeg Jack.

'Het maakt niet uit.' Reuben schonk zichzelf nog wat whisky in. 'Ik heb kanker.'

'O god, Reuben. Wat erg.'

'Kanker,' herhaalde Reuben. 'Ik. Ik!'

'Wil je ons vertellen wat de dokter zei?'

'Niet echt. Ik drink liever gewoon nog wat whisky.'

'Oké.'

Dus dat deden ze. Terwijl de avond viel, zaten ze zwijgend naar de vlammen in de open haard te kijken.

35

'Is dit een goed moment om te praten?' vroeg Yvette.

'We praten al toch?'

'Ik dacht dat je misschien iets anders aan het doen was. Of nog sliep.'

'Het is tien uur.'

'Het is zondag.'

'Zeg het nou maar gewoon, Yvette.'

'Ik heb iemand die je wil spreken.'

'Wie dan?'

'Hoofdinspecteur Ben Sedge.'

'Waarom moet dat via jou?'

'Waarom niet? Wil je soms niet dat ik erbij betrokken ben?'

'Zo bedoelde ik het niet. Zeg maar tegen hem dat hij gewoon contact met me kan opnemen als hij me wil spreken. Zo moeilijk is dat niet.'

'Ik zal het hem zeggen. Is het goed dat hij nu meteen naar je toe komt?'

'Natuurlijk is dat goed.'

'Dan zie je hem zo verschijnen.'

Frieda wilde nog vragen wat ze daarmee bedoelde en wat Sedge haar wilde vragen, maar Yvette had al opgehangen. Ze had haar gedachten nog niet op een rijtje of er werd aangebeld. Het was Sedge, in zijn eentje. Hij zag er anders dan anders uit; hij droeg sneakers, een spijkerbroek en een trainingsjack.

'Ik weet dat het zondag is,' zei hij. 'U hebt vast wel andere dingen te doen.'

Ze gebaarde hem binnen te komen. 'Ik begrijp eigenlijk niet waarom u Yvette laat bellen om te zeggen dat u me wilt spreken. U hebt mijn nummer. U kunt me gewoon bellen.'

'Zullen we ergens koffie gaan drinken?'

'Ik zet zelf wel.'

Terwijl Frieda water opzette en koffiebonen maalde, was ze zich er steeds van bewust dat Sedge door de kamer liep, dat hij naar de schilderijen aan de muur keek en voorwerpen oppakte. Ze had het gevoel dat ze onder een vergrootglas werd gelegd, en dat beviel haar niet erg.

'Leuk huis,' zei Sedge. 'Het is fijn om zo centraal te wonen. Is het lastig parkeren hier?'

'Ik heb geen auto.'

'Verstandig.'

Frieda schonk koffie in twee mokken en ze gingen op het kleine plaatsje achter het huis zitten. 's Nachts had het geregend, maar nu scheen de zon weer.

'Wat een heerlijke plek.'

Frieda nam een slokje koffie. 'Waarom hebt u me niet zelf gebeld?'

'Wilt u de lange of de korte versie?'

'Eigenlijk kan de versie me weinig schelen,' zei ze. 'Ik wil alleen de waarheid over Hannah Docherty boven water krijgen. Dat is het enige wat me interesseert.'

'Ik ben weer aan het werk, maar het interne onderzoek naar mij gaat gewoon verder,' zei Sedge, alsof hij niet had gehoord wat Frieda had gezegd. 'Maar dat weet u waarschijnlijk al.' Hij wachtte even, maar Frieda reageerde niet. 'Ik ga me niet verontschuldigen. Toen ik bij de politie ging, was alles anders. De politie onderhield vriendschappelijke betrekkingen met de mensen naar wie onderzoek werd gedaan. Soms was het zelfs moeilijk om ze uit elkaar te houden. Ze gingen naar dezelfde kroegen, dezelfde clubs. Mijn eerste baas zei altijd dat degene die zijn boekje te buiten ging gestraft zou worden. Soms was dat voldoende, maar er waren altijd wel een paar agenten die de grens overschreden. Ik denk niet dat u dat begrijpt.'

'Ik geloof van wel,' zei ze. 'Ik ben psychotherapeut. Wij hebben hetzelfde probleem.'

Sedge lachte. 'Dat betwijfel ik.'

'Het is echt zo. Therapeuten identificeren zich vaak met hun patiënten, ze willen aardig gevonden worden, ze willen bijna vrienden worden. En dan houden ze zichzelf voor de gek door te zeggen dat het goed voor de patiënt is als ze een emotionele band opbouwen met hun therapeut.'

'Dat is precies wat ik bedoel,' zei Sedge. 'Een deel van ons werk is een grijs gebied. Je praat met criminelen. Er gaat geld van hand tot hand. Je laat iemand wegkomen met een klein vergrijp in de hoop er een groter misdrijf mee op te lossen. Je sluit deals die soms moeilijk te rechtvaardigen zijn.' Hij lachte weer. 'Zo te merken geef ik u de lange versie. Maar ik wil niet de indruk wekken dat ik me tegenover u probeer te rechtvaardigen.'

'Dat hoeft u ook niet. Dat is niet de reden waarom u hier bent.'

Sedge nam haar onderzoekend op. 'U bent hier goed in.'

'Waarin?'

'Mensen aan de praat krijgen,' zei hij. 'Ik neem aan dat dat uw werk is. U zwijgt en doet zo op het eerste gezicht niet veel en dan gaan mensen u vanzelf van alles over zichzelf vertellen. Ik heb dat zelf ook weleens gedaan bij een verhoor. Je gaat de verhoorkamer in, je gaat tegenover de verdachte zitten, je zegt niks en wacht af. Mensen houden niet van stilte. Ze voelen zich er ongemakkelijk bij en gaan dan praten om die stilte te vullen, waarmee ze zichzelf verraden.'

'Er is hier nog niet echt een stilte gevallen,' stelde Frieda vast. 'Maar u hebt me nog steeds niet verteld wat u hier komt doen.'

'Ik heb contact met u opgenomen via brigadier Long omdat ik wil dat dit bezoek formeel wordt vastgelegd. Er zijn al genoeg informele gesprekken en onderzoeken geweest.'

'Mij kan het eerlijk gezegd niets schelen wat het is.'

'Maar mij wel. Zoals ik u al duidelijk heb proberen te maken, heb ik dingen gedaan die me weleens in een kwaad daglicht zouden kunnen stellen. Zelf denk ik dat ik het wel kan verantwoorden, maar je weet nooit hoe het uitpakt. Mijn meerderen hebben me met een vette knipoog te kennen gegeven dat ik best vervroegd pensioen kan aanvragen, dat ze dat zullen inwilligen en verder geen vragen zullen stellen. Maar zo makkelijk komen ze niet van me af. Ik heb nog eens over de zaak-Docherty nagedacht. Ik heb me toen aan de regels gehouden, een goede zaak opgebouwd, een veroordeling gekregen. Daar zou ik me nu makkelijk achter kunnen verschuilen, en een groot deel van mijn carrière heb ik dat ook gedaan. Ik heb nog steeds een paar oude contacten. Dus wat ik maar wil zeggen is dat als ik iets voor u kan doen...'

'Waarom zou u?'

'U bedoelt, waarom zou ik u helpen terwijl u mijn hele leven overhoop hebt gehaald?'

'Ja.'

'Ik weet het niet. Misschien om me niet zo lullig te voelen. Om mezelf in de ogen te kunnen kijken.'

'Ik heb een van uw agenten gesproken,' zei Frieda.

'Wie?'

'Jane Farthing.'

Sedge fronste geconcentreerd zijn voorhoofd. 'Ze is toch weggegaan bij de politie?'

'Na wat ze in het huis van de Docherty's had aangetroffen.'

'Het zijn wel mensen over wie je het hebt,' zei Sedge. 'Je went er nooit aan. Mensen zien dat soort dingen op tv, maar ze weten niet echt hoe het is, de geur, lichamen die nog warm zijn.'

'Dat zei Jane Farthing ook.'

'Ik snap best dat ze is weggegaan. Er zijn er veel die dat doen. Misschien wel juist degenen met nog een beetje gezond verstand.' Hij liet een stilte vallen. 'Dus. Vraag maar, als u nog iets wilt weten.'

Frieda dacht even na. 'Hebt u de buren ondervraagd?'

'Welke?'

'Sebastian Tate en Flora Goffin, van nummer 56.'

'Voor zover ik me herinner hebben we hun alleen gevraagd of ze iets gehoord of gezien hadden.'

'En?'

'Het enige wat ik kan zeggen is dat ze een belangrijke rol in het onderzoek zouden hebben gespeeld als ze inderdaad iets hadden gezien of gehoord. Hoezo? Is er iets wat ik moet weten?'

'Ze waren een interessant gezin, de Docherty's. Ze onderhielden ingewikkelde relaties met andere mensen... Ze hadden invloed op hun leven. Ze lieten een spoor na.'

'Een spoor van vernieling?'

'Als u het zo wilt noemen.'

'Maar het misdrijf zelf,' zei Sedge. 'Hoever bent u daarmee?'

'Wat bedoelt u?'

'Ik bedoel dat het zo onlogisch lijkt. De enige verklaring lijkt dat het gedaan moet zijn door een gek.'

'U doelt op Hannah?'

'Dat is een mogelijkheid. Dat zult u toch ook inzien.'

Frieda schudde haar hoofd. 'Degene die die moorden heeft gepleegd, was niet gek. Maar ja, volgens mij was Hannah ook niet gek toen.'

'Maar nu slaat het allemaal nergens meer op,' zei Sedge.

'O, jawel. Het ligt er maar aan hoe je het vertelt.'

'Zoals?'

'Ik zal u het meest plausibele scenario vertellen dat ik tot nu toe heb weten te bedenken. Misschien is het niet allemaal even accuraat, maar voor zover ik kan zien, klopt het wel. Er was iemand die de Docherty's wilde vermoorden, vreemd genoeg inclusief hun kind. Ik heb me voorgesteld hoe ik dat zou aanpakken, puur als praktisch probleem. Het is lastig om een heel gezin om te brengen, behalve als je een pistool hebt, maar zo makkelijk kom je niet aan een pistool en je komt er ook niet makkelijk weer vanaf. Bovendien maken ze veel lawaai. Dus vermoord ik Aidan ergens anders en neem hem in de kofferbak van mijn auto mee naar het huis van de Docherty's, maar daar heb ik een probleem. Deborah Docherty is er niet, maar Justine Walsh wel. Vermoedelijk kwam ze over hun probleemdochters praten en is Deborah toen op zoek gegaan naar Hannah en bleef Justine zolang op Rory passen. Maar wat moet ik doen als ik Justine daar onverwacht aantref? Ik kan de moorden niet uitstellen, want Aidan is al dood. Ik zal Justine Walsh ook moeten vermoorden. En Rory. Maar wat doe ik met het lijk van Justine? Neem ik het mee om het later ergens te dumpen? Ineens krijg ik een ingeving. Ik sleep Justines lijk naar boven en trek haar een nachthemd van Deborah aan.'

'Allemachtig, zeg,' zei Sedge. 'Dat is toch godsonmogelijk?'

'Er zijn nog een paar lastige dingen. Ik zal het gezicht van Justine zodanig moeten verminken dat ze onherkenbaar is.'

'Jezus,' zei Sedge. Hij fluisterde bijna.

'En ik moet Deborah zien te vinden, haar vermoorden en haar lijk ergens verstoppen. Ze mogen haar absoluut niet vinden. Dat zou alles verpesten.'

'Op een of andere verschrikkelijke manier klinkt het nog logisch ook.'

'Inderdaad.'

'Het hele plan staat of valt met één ding: dat Justine Walsh wordt geïdentificeerd als Deborah Docherty. Door haar dochter,' zei Sedge.

'Ja.'

'Niet om mezelf vrij te pleiten, ik weet dat ik er een puinhoop van heb gemaakt, maar als Hannah het echt heeft gedaan, dan had ze om vrijuit te gaan alleen maar hoeven zeggen dat de vrouw in bed niet haar moeder was.'

'Hannah kon niet autorijden. Hoe had ze het lijk van haar stiefvader naar huis kunnen brengen? Hoe had ze zich moeten ontdoen van haar moeders lijk?'

Sedge dacht even na. 'Die lui met wie ze toen omging. Had een van hen geen auto? Ze hadden al eerder dingen uit het huis gestolen. Misschien wilden ze alles hebben.'

'En dan meteen Rory ook maar vermoorden?'

'Honderd procent is beter dan vijftig procent.'

'Maar dit verhaal verklaart dingen die me de hele tijd al dwarszaten.'

'Zoals?'

'Waarom er zoveel tijd zat tussen de moord op Aidan Locke en die op Rory en Deborah, of op de vrouw van wie we dachten dat het Deborah was, maar die Justine bleek te zijn. Het verklaart de moord op Justine Walsh, die verder geen band met het gezin leek te hebben, behalve dan dat Shelley en Hannah in hetzelfde kraakpand woonden. Het verklaart waarom Hannahs kleren onder het bloed zaten.'

'Wat?'

'De kleren die vijf huizen verderop in een vuilniszak zijn gevonden waren inderdaad van Hannah, maar het was niet het soort kleren dat ze in die tijd nog droeg.'

'O.' Ben Sedge leek in gedachten verzonken.

'Het verklaart Hannahs bizarre alibi, iets waar ik me altijd over heb verbaasd. Ze zei dat ze een afspraak had met haar stiefvader, maar dat in plaats van hem haar moeder kwam opdagen. Vond u dat toen niet vreemd?'

'Ja, maar we dachten toen al dat ze gek was.'

'Ja. Dus ik neem aan dat degene die Aidan heeft vermoord, hem heeft gedwongen Hannah te bellen en een afspraak met haar te maken. Op die manier zou ze geen sluitend alibi hebben en kon de dader haar erin luizen.'

'Maar hoe zit het dan met haar moeder?'

'Dat weet ik niet.'

'Misschien is haar moeder wel naar haar toe gegaan nadat ze met die Justine Walsh had gesproken,' opperde Sedge.

'Omdat ze zich zorgen maakte, bedoelt u?'

'Het zou kunnen. Misschien wist ze wel waar Aidan en Hannah hadden afgesproken en wilde ze erbij zijn.' Hij glimlachte ineens. 'Maar dit is allemaal speculatie. Zo kunnen we wel tientallen scenario's bedenken.'

'Ik niet,' zei Frieda.

Sedge leunde fronsend naar voren, met een geconcentreerde blik in zijn blauwe ogen. 'Oké. Maar als we het nu eens helemaal van de andere kant bekijken? Stel dat Deborah iedereen heeft vermoord, omdat ze depressief was of zo, of omdat ze ontdekt had dat Aidan vreemdging, en dat ze gek van woede werd? En dat ze daarna zelfmoord heeft gepleegd? Toen eenmaal tot haar doordrong wat ze had gedaan?'

'En toen heeft iemand anders haar begraven?'
'Tja, dat is een probleem.'
Frieda wilde net iets zeggen toen haar telefoon ging. Met een verontschuldigend gebaar naar Sedge nam ze op. Het was Stringer. Tijdens het gesprek stonden Sedge en Frieda allebei op en liepen naar binnen.
'Ik heb nieuws.'
'Goed nieuws?'
'Interessant nieuws. Ik ben om twee uur in de King's Arms in Camden Road.'
'Kunt u het me niet meteen vertellen?'
'We zien elkaar om twee uur.' Stringer hing op.
Sedge keek haar nieuwsgierig aan. 'Is er iets gebeurd?'
'Dat ging over wat anders.'
Sedge pakte een visitekaartje uit zijn zak en schreef er wat achterop. 'Dit is het nummer van mijn privémobiel,' zei hij. 'U kunt me altijd bellen.' Hij legde het op de tafel in de huiskamer.
'Ik bel u nog,' zei ze. 'Ik wil echt graag van u horen wat u allemaal weet. Maar ik moet eerst even nadenken over wat ik precies wil vragen.'
'Ik hoor het wel,' zei Sedge.
'Ik ben blij dat u dit doet. Ik wou alleen dat u het een paar jaar eerder had gedaan.'
Sedge schudde zijn hoofd. 'Ik weet niet of we er Hannah wel mee kunnen helpen. God sta me bij als ik het toen mis had.'

Ongeveer een uur later ging Frieda op weg naar haar afspraak met Stringer. Ze liep door Regent's Park, waar het op deze zonnige en winderige zondag druk was. Ze stak de brug over het kanaal over en nam het jaagpad. In de buurt van Camden Lock werd het steeds drukker; het krioelde er van de toeristen en studenten. Frieda hield van markten, maar niet van deze. Een paar jaar geleden was hij afgebrand, en ze had eigenlijk gehoopt dat ze het zo zouden laten, maar ze hadden hem steen voor steen weer opgebouwd. Ze baande zich een weg door de groepjes punks en goths op Camden High Street en stond een paar minuten later voor de

King's Arms. Ze keek op haar horloge. Ze was vijf minuten te laat. Het was vol in de pub. Ondanks de kilte en de lucht die aan het betrekken was stonden er ook mensen op de stoep. Ze deed er tien minuten over om door de twee ruimten te lopen, langs de tafels, naar de kleine tuin aan de achterkant, en toen weer terug naar de uitgang. Stringer was er niet. Omdat het raar voelde om buiten te blijven staan, liep ze naar de bar en bestelde een glas bubbelwater van twee pond. Ze nipte ervan en drentelde toen weer een keer langzaam door de pub om nog eens op de plekken te kijken waar ze al had gekeken of Stringer er was.

Toen ze weer in de tuin stond, werd ze benaderd door een man die vroeg of ze alleen was. De blik die ze hem schonk was afdoende; hij wist niet hoe snel hij zich uit de voeten moest maken. Ze keek voor de zoveelste keer op haar horloge. Halfdrie. Weer liep ze de pub door om de gasten een voor een te bekijken. Daarna ging ze naar buiten en keek allebei de kanten uit. Geen Stringer, maar het was zo druk dat ze weinig van de straat kon zien. Ze keek naar het bord boven de pub. Hij had toch wel de King's Arms gezegd? En niet de King's Head of de Queen's Arms? En toch wel die in Camden? Het stikte in Londen van de pubs die King's Arms heetten. Nee, dit was belachelijk. Ze wist het zeker. En ze kon hem ook niet bellen, hij had haar altijd met een geheim nummer gebeld.

Ze telde de minuten, en om drie uur besloot ze dat het geen zin had om nog langer te wachten. Omdat ze er weinig voor voelde om weer de drukke markt over te moeten, liep ze de andere kant uit, naar de Outer Circle, en wandelde vandaaruit terug naar huis.

Ze had de deur nog niet opengedaan, of ze bleef staan. Ze wist niet precies waarom, maar ze had het gevoel dat er iets was veranderd – als een weersomslag, het gevoel dat er storm op komst is, of dat de storm net is gaan liggen en alles er net iets scherper of iets waziger uitziet. Ze rook iets, iets dat aan zaagsel deed denken, een vage geur of een geur die van heel ver weg werd aangevoerd. Ze keek naar het visitekaartje dat Sedge op tafel had gelegd. Het lag zo dat ze de cijfers op de kop las. Ze meende dat het kaartje andersom had gelegen toen ze wegging, maar was daar niet zeker van. Ze wist helemaal niets meer zeker. Ze had de sloten laten vervangen, maar de slotenmaker had ook gezegd dat geen enkel slot, hoe stevig of ingewikkeld ook, absolute veiligheid garandeerde. En bovendien, waarom zou er iemand bij haar inbreken om dat kaartje andersom te leggen?

Frieda had in haar leven een paar momenten gekend waarin ze een glimp had opgevangen van wat het was om je verstand te verliezen. Dit was zo'n moment.

De volle maan schijnt zo fel door de tralies van Mary Hoyles cel dat het bijna overdag lijkt. Op dit tijdstip ligt ze vaak wakker. Het is stil in Chelsworth. Het geschreeuw is tot bedaren gekomen. Ze hoort een uil roepen, of zijn het twee uilen die contact met elkaar zoeken? In het donker leeft ze in haar herinneringen, kindergezichten, kinderstemmen. Elk ervan met zijn eigen zachte lading, net als toen ze zelf kind was en aan een batterij likte. Ze denkt aan de toekomst en aan vrijheid en aan wat ze met die vrijheid kan doen. En ze denkt aan het heden. Ze denkt aan Hannah Docherty en aan wat ze haar zullen aandoen. Ze hoeft het niet te zien. Ze hoeft het niet zelf te doen. Het is voldoende dat ze zich erop kan verheugen en weet dat het zal gebeuren en dat ze, zodra het eenmaal is gebeurd, er steeds opnieuw aan terug kan denken.

Vrijheid zou fijn zijn: er zijn zoveel dingen die ze ermee zou kunnen doen. Maar de echte vrijheid zit in Mary Hoyles hoofd.

36

Walter Levin was er niet, maar Keegan wel.

'Wat is er?' vroeg hij.

'Het gaat om Stringer.'

'Wat is er met hem?'

'Hij is verdwenen.'

Keegan glimlachte. 'Dat hoort bij zijn werk.'

'Ik had gisteren een afspraak met hem in een pub, maar hij kwam niet opdagen.'

'Dat is niets voor hem,' zei Keegan, hoewel hij niet al te bezorgd klonk. 'Waarschijnlijk moest hij achter iets of iemand aan.'

'Hij zei dat hij me iets wilde vertellen en daarna heb ik niks meer van hem gehoord. Kunt u hem voor mij bellen?'

Keegan keek haar aan. 'Maakt u zich zorgen over hem?'

'Een beetje wel, ja.'

'Over hem hoeft u zich echt geen zorgen te maken. Zoals ik u al heb verteld, hij is goed in zijn vak. De allerbeste.' Hij stond op van achter zijn bureau. 'Wacht hier even op me,' zei hij, waarna hij de kamer verliet.

Jude stak haar hoofd om de deur. 'Lang niet gezien. Koffie?'

'Nee, dank je.'

Judes hoofd verdween. Frieda wachtte. Ze hoorde boven deuren open- en dichtgaan. Na ongeveer tien minuten kwam Keegan weer terug.

'Het is me niet gelukt,' zei hij. 'Maar ik blijf het proberen en zal het u laten weten zodra ik hem heb gevonden.'

'Is dit raar voor hem?'

'Bij hem is niets raar.' Aan zijn gezicht was weinig af te lezen toen hij opeens vroeg: 'U had al uw sloten toch al laten vervangen?'

'Ja, natuurlijk.'

'Mooi. Mooi.'

Het praatte altijd gemakkelijker onder het lopen. Frieda en Karlsson wandelden in een stormachtige wind door Highbury Fields.

Karlsson keek nadenkend terwijl hij zich snel op zijn krukken voortbewoog. 'Je wilt dus zeggen dat jij en Jack niks hebben gevonden.'

'Niet niks. We weten nu dat Aidan een verhouding heeft gehad met zijn buurvrouw. Dat hij na het beëindigen van die verhouding is behandeld voor zaadbalkanker en dat hij daarna onvruchtbaar was. We weten ook dat Deborah na de scheiding heel kort weer iets met haar ex heeft gehad. Tenminste, hij zegt dat het kort was. En dat ze vlak voor haar dood een abortus heeft ondergaan. Haar ex zegt dat hij niet de vader was. We gaan ervan uit dat ze kort voor haar dood een verhouding had, en niet alleen maar een paar keer seks. Maar we hebben niets gevonden wat kan verklaren waarom het huis van Erin Brack in de fik is gestoken, met haar erbij. Tussen de spullen hebben we niets aangetroffen wat in de richting van de dader wijst. Misschien hebben we alleen maar ontdekt dat het huwelijk van Deborah en Aidan op de klippen liep. Of misschien liep het niet eens op de klippen, maar hadden ze zo hun eigen regels.' Ze zweeg even. 'En toch heeft iemand Erin Brack vermoord om te voorkomen dat ik de spullen zou zien die ze had meegenomen.'

'Niet noodzakelijkerwijs.'

'Hoezo niet?'

'Dat iemand die arme vrouw heeft vermoord om te voorkomen dat je die spullen kon doorzoeken, wil nog niet zeggen dat er iets bruikbaars tussen zat.'

'Hoe bedoel je?'

'Nou, dat degene die haar huis in brand heeft gestoken alleen maar dacht dat er iets tussen zat. Dat zou al voldoende zijn geweest. Ik heb haar blogs gelezen. Een en al interessantdoenerij en suggesties dat ze misschien wel dingen wist.'

'Maar alleen in algemene bewoordingen. Is dat voldoende om iemand te vermoorden? Het is nogal een risico.'

'Toch moeten we het in ons achterhoofd houden. Het kan zijn dat Jack en jij hebben gezocht naar iets wat er domweg niet is. Maar blijkbaar was het feit dat jullie aan het zoeken waren wel van belang. Daarom zijn die spullen ook gestolen.'

'Ja,' zei ze. De wind voerde regen met zich mee. Om haar voeten wervelden doorweekte oude herfstbladeren. 'Je hebt gelijk.'

Jack belde haar. Hij zei dat hij had zitten googelen en had ontdekt dat Erin Brack vlak voor haar dood een interview had gehad met een buurtkrant.

'Het is nogal kort en onsamenhangend.'

'Stuur het me even.'

'Maar er staat niet veel in.'

'Dank je, Jack,' zei Frieda. 'Maar ik denk dat je je nu beter weer op je echte leven kunt gaan richten. Je hebt meer dan genoeg voor me gedaan.'

'Wat is mijn echte leven?' vroeg hij, zonder haar antwoord af te wachten.

Ze las het interview. Het was geschreven door een journalist die Derek Blythe heette en werd vergezeld door een kleine foto waarop Erin haar ogen half dicht leek te hebben. Erin werd omschreven als een 'kleurrijke vrouw' en een 'verzamelaarster', en van haar huis werd gezegd dat het 'propvol' was. Over de zaak-Docherty stond vrijwel niets vermeld: Blythe had zijn aandacht voornamelijk gericht op de spullen die Erin bij eb aan de oever van de rivier had gevonden.

Frieda belde de krant en maakte een afspraak met Blythe voor de volgende morgen. Daarna trok ze haar jas aan en liep naar Number 9.

Tom Morell was er al. Hij zat aan een tweepersoonstafeltje in de hoek en droeg zijn nogal sjofele tweedjasje en lompe bruine schoenen, waarvan hij de veters dubbel had gestrikt.

Nadat ze koffie voor hen beiden had besteld, ging ze bij hem zitten. 'Waarschijnlijk verdoe ik uw tijd. Maar ik wilde het liever niet over de telefoon vertellen,' zei hij.

'Dat geeft niet. Misschien verdoe ik uw tijd wel. U zei dat Hannah u iets had verteld.'

'Niet echt verteld. Ze zei iets. Toen ze huilde na... u weet wel... Het was het intiemste moment van die nacht, niet de seks, maar toen ze daarna in het donker lag te huilen en ik haar probeerde te troosten.'

'Wat zei ze?'

'Ze snikte en zei iets over dat alles op instorten stond.'

'Ze had het over haar leven?'

'Dat dacht ik. Ik bedoel, dat was toch ook zo? Maar achteraf denk ik dat ze het misschien over haar ouderlijk huis had. Ze kon dan wel zijn weggelopen, maar ze had zich er nog niet echt van losgemaakt.'

'Dus ze zei dat de boel daar op instorten stond?'

'Ja. Maar ik weet niet hoe precies. Misschien iets met haar broertje. Of haar moeder.'

Frieda dacht aan de late abortus van Deborah. Ze dacht aan Guy Fiske. Toen ze hem in de gevangenis had gesproken, had hij het over de kleine Rory gehad. Ze keek naar het ronde, sombere gezicht van Morell en probeerde zich voor te stellen hoe Hannah in het donker snikkend naast hem had gelegen en haar hart had gelucht.

'Hebt u al iets van Stringer gehoord?' vroeg Keegan door de telefoon.

'Nee. Dat heb ik u al gezegd.'

'U zei dat hij had gezegd dat hij nieuws voor u had.'

'Hij zei dat hij interessant nieuws voor me had. En u zei tegen mij dat ik me geen zorgen hoefde te maken.'

'Zei hij ook wat?'

'Nee.'

'Jammer dat u dat niet hebt gevraagd.'

'Jammer dat hij me niet vertelde dat hij zou verdwijnen.'

'Sorry,' zei Keegan. 'We staan aan dezelfde kant. Weet u wie hij had gesproken?'

'Ik weet welke namen ik hem heb gegeven. Ik weet niet of hij al die mensen heeft gesproken. Maar hij heeft wel gepraat met Josef, die vriend van me, en met mijn schoonzus, Olivia Klein. En hij zei dat hij ook een bouwvakker had gesproken die Mickey heette, en die toen ook met Dean Reeve aan die klus werkte. Verder heb ik hem gewezen op Joanna Vine, de vrouw die als klein meisje door Reeve is ontvoerd en later met hem is getrouwd. En ook op Caroline Dekker, de vrouw van zijn tweelingbroer, Alan, die hij heeft vermoord en voor wie hij zich later heeft uitgegeven. Zal ik contact met hen opnemen en vragen of ze hem hebben gesproken?'

'Goed. Laat het me weten als u iets hoort.'

'Natuurlijk. En gaat u nu weer zeggen dat ik me geen zorgen hoef te maken?'

'Nee.'

Joanna Vine was behoorlijk aangeschoten en niet erg blij om Frieda te zien. Ze zei dat Frieda iedere keer dat ze in haar leven opdook alleen maar voor ellende zorgde. Ze beschuldigde Frieda ervan dat ze haar leven had verwoest, omdat het Frieda was geweest die had ontdekt dat Dean niet alleen een klein jongetje had ontvoerd, maar jaren daarvoor ook Joanna zelf. Joanna was niet blij geweest met die ontdekking, en ze had Frieda er ook nooit voor bedankt dat die haar tegenover de politie als slachtoffer had omschreven en niet als handlangster, waardoor ze niet was aangeklaagd. Nu zat ze woest naar Frieda te gebaren, waarbij de as van haar sigaret op het tapijt viel. Haar make-up was uitgelopen en ze was dikker geworden. Frieda vond haar er doodongelukkig en verward uitzien, en heel even had ze het gevoel dat ze een glimp opving van het bange meisje dat ze ooit moest zijn geweest, het meisje dat uit haar vertrouwde leven was weggerukt en in een ander leven gestort. Dat was een last die ze altijd met zich zou blijven meedragen.

'Is er een man bij je geweest die Bruce Stringer heet?' vroeg Frieda aan haar.

'O, daar zat jij dus achter.'

'Wanneer is hij hier geweest?'

'Weet ik niet.' Ze drukte haar sigaret uit en stak onmiddellijk een nieuwe op. Haar ogen waren een beetje gelig en onder de make-up zag haar gezicht er opgezet uit. 'Ik heb hem gezegd dat hij moest oprotten.'

'Is dat het enige wat je tegen hem heb gezegd?'

'Jij kunt Dean gewoon niet uit je systeem krijgen, terwijl het logischer zou zijn als ik dat niet kon. Ik weet dat het je werk is om gekken te helpen, maar jij bent degene die niet helemaal goed bij haar hoofd is.'

'Heb je hem namen gegeven of heb je hem verteld op welke plekken Dean vroeger wel kwam?'

'Nee. Ik heb hem wel verteld dat hij kon oprotten en toen heb ik de deur voor zijn neus dichtgeslagen.'

Het volgende bezoekje verliep wat minder ruzieachtig. Frieda had Carrie Dekker al ruim drie jaar niet meer gezien en ze had ook nooit meer iets over haar gehoord sinds ze niet meer bij Jack in therapie was. Frieda had haar Jack aanbevolen, nadat Carrie had ontdekt dat haar geliefde en hulpeloze man vermoord was door Dean en dat zij Alans moordenaar in haar bed had toegelaten. Carrie had Jack graag gemogen en de therapie was goed verlopen, maar een jaar geleden had ze tegen hem gezegd dat het tijd was om aan een nieuw hoofdstuk te beginnen.

Frieda klopte aan. Het was vroeg in de avond en al donker. De regen kwam in vlagen; de takken van een hoge plataan kraakten in de wind en om de zoveel tijd piepte er een halvemaan tevoorschijn van achter de dichte wolken, om meteen daarna weer te verdwijnen.

Een hond blafte, en toen Carrie opendeed stond er een klein ruwharig bastaardhondje aan haar voeten.

'Jij,' zei ze, maar niet vijandig, hoewel ze Frieda's bloed ooit wel had kunnen drinken, omdat ze haar de schuld gaf van Alans dood.

'Ik hoop dat je het niet erg vindt dat ik zomaar langskom.'

Carrie deed een stap opzij om Frieda binnen te laten.

Frieda zag meteen dat ze het huis had laten opknappen. De kamer en suite was doorgebroken en de boekenplanken die vol hadden gelegen met Alans spullen waren verdwenen.

'Ik wilde niet meer in een museum wonen.'

'Goed zo.'

'Jack heeft me erg geholpen.'

'Dat zal ik hem zeggen. Sinds wanneer heb je een hond?'

'Een paar weken nog maar. Hij komt uit het asiel. Toen ik probeerde zwanger te raken, zei Alan altijd dat we een hond moesten nemen. Hij lijkt wel een beetje op een kind, een kind dat nooit zal opgroeien en me nooit zal verlaten.'

Frieda gaf de hond voorzichtig een klopje, en hij ging meteen op zijn rug liggen, met zijn pootjes in de lucht. Zijn staart sloeg zacht tegen de vloer. 'Ik ben hier met een reden.'

'Ja?'

'Is hier een man langs geweest? Bruce Stringer?'

'Ja, een paar dagen geleden. Hij deed nogal geheimzinnig over waar hij mee bezig was.'

'Hij zoekt Dean,' zei Frieda.

Carrie hurkte neer en aaide de buik van de hond. 'En heeft hij hem gevonden?'

'Stringer is verdwenen.'

Carrie keek Frieda even zwijgend aan. Toen vroeg ze: 'Denk je dat er iets is gebeurd?'

'Dat weet ik niet. Heb jij hem wat kunnen vertellen?'

'Ik heb hem alleen verteld hoe het toen allemaal is gegaan. Het was wel fijn om met hem te praten. Hij was niet geschokt. Hij deed niet alsof het hem wat kon schelen. Voor hem was het alleen maar een van de sporen die hij kon volgen, meer niet.'

Frieda knikte.

'Ik heb hem een paar foto's van Alan meegegeven, want ze lijken toch precies op elkaar. En ik heb hem verteld wat Alans hobby's waren, hoewel hij daar volgens mij niet erg in geïnteresseerd was. Maar ik kon hem geen namen geven, want die had ik niet.'

'Dank je,' zei Frieda.

'Bij de gedachte dat hij nog steeds vrij rondloopt, word ik gek,' zei Carrie.

Als laatste ging Frieda naar Reuben. Hij en Josef waren allebei thuis. Josef was bezig met een of andere stevige stoofschotel en Reuben rookte een sigaret en dronk rode wijn uit een groot glas.

'Ik kan nu zonder enig schuldgevoel roken,' zei hij. 'De schade is toch al aangericht. En hou je preek maar voor je.'

'Ik wilde helemaal geen preek afsteken.'

'Ik word geen stoere patiënt, hoor. Ik hoop niet dat je dat van me verwacht, want dan moet ik je helaas teleurstellen.'

'Oké.'

'Jij zou bij zoiets irritant stoïcijns blijven, maar ik niet. Ik wil niet dat ze naderhand zeggen: "Hij heeft zijn moedige strijd tegen de kanker verloren."'

'Nou, die heb je ook nog niet verloren.'

'Ze gaan dat niet zeggen omdat ik verdomme geen strijd voer. Ik ben zelf het strijdperk. Zo zit het. Vergeet dat niet. Sterven is geen moreel falen. Het is geen teken van zwakte.'

'Dat ben ik met je eens.'

'Mooi dan. Ook wijn?'

'Graag.'

Josef kwam de fles en een glas brengen. Net toen hij alles neerzette, ging zijn telefoon, die op tafel lag. Ze zag dat hij even naar het schermpje keek. Toen draaide hij het toestel om.

'Je moet het haar zeggen,' zei Frieda.

'Wat?' Josef spreidde zijn handen en zette een onschuldig gezicht op. 'Wie moet ik zeggen?'

'Je moet tegen Emma Travis zeggen dat je haar niet meer kunt zien.'

'Ik wil niet van streek maken.'

'Toch is het aardiger om het te zeggen dan om niet op te nemen.' Frieda schonk wijn in voor zichzelf en zei toen: 'Ik wilde je iets vragen. Die man die met je is komen praten, over Dean.'

'We hebben wodka gedronken.'

'Wat heb je hem verteld?'

'Ik heb hem namen verteld van andere mensen die aan huis werken,' zei Josef. 'Bouwvakkers en schilders en elektriciens.'

'Dat is alles?'

'Alles. Waarom?'

Frieda wilde hem niet vertellen dat Stringer was verdwenen. Hij voelde zich al rot genoeg over Dean. Ze tikte haar glas tegen zijn wodkaglas en nam een slok. 'Op de lente,' zei ze.

'Ik hou wel van die stormen en overstromingen,' zei Reuben. 'Het heeft iets Bijbels.'

'Daar hou je van omdat je lekker binnen zit.'

Derek Blythe was broodmager. Hij had flaporen en zag eruit als een schooljongen op leeftijd. Zijn pak was hem te groot. Hij zat achter zijn bureau in een kantoor, waar verder niemand was, op een stevige man in een glazen hokje achterin na.

'Dat is me wat,' zei hij. 'Toen ik haar sprak, had ik toch nooit kunnen denken dat ze zo kort daarna dood zou gaan.'

'U bent bij haar thuis geweest, hè?'

'Wat een bende. Het klinkt onaardig om dat te zeggen na wat er is gebeurd, maar ze was behoorlijk gestoord.'

'Hebt u lang met haar gepraat?'

'Heel lang. Het was alleen maar voor een kort artikeltje over mensen uit de buurt, dus ik had niet veel nodig, maar ik kwam er gewoon niet weg. Ik denk dat ze eenzaam was.'

'Dat denk ik ook.'

'Ik weet wel waarom u in haar geïnteresseerd bent.'

'Daar heeft ze het waarschijnlijk met u over gehad.'

'Tuurlijk. Ze was er heel opgewonden over.'

'Maar in dat artikel van u wordt daar nauwelijks gewag van gemaakt.'

'Tja, zoals ik al zei, het was maar een kort artikel en het moest over de buurt gaan.'

'Heeft ze u nog iets verteld over de zaak, iets wat u niet in het artikel heeft vermeld?'

'Ze zei dat ze in het bezit was van belangrijk bewijs, maar ze zei niet wat het was. Maar dat weet u toch allemaal al.'

'Hebt u enig idee wat ze bedoelde met "belangrijk bewijs"?' Frieda stopte abrupt. Ze nam Blythe fronsend op. 'Wat bedoelt u eigenlijk met dat ik dat toch allemaal al weet?'

'Van uw collega.'

'Ik begrijp het niet. Welke collega?'

Blythe keek haar verbaasd aan. 'Er is al eerder iemand van jullie langs geweest.'

'Over wie hebt u het?'

'Nou ja, er is iemand langs geweest. Ik was er niet. Hij heeft met een paar collega's van me gesproken en mijn aantekeningen doorgenomen. Die moeite had hij zich kunnen besparen. Er stond weinig in, veel geleuter en insinuaties. Hij zei dat hij zich met de zaak bezighield.'

'Wat bedoelt u? Was hij van de politie? Was het een journalist, een advocaat?'

'Dat weet ik niet. Ik was niet op de krant.'

'Met wie heeft hij gesproken?'

'Volgens mij heeft hij met Sally of Dawn gepraat.'

'Kunt u me met ze in contact brengen?'

Geamuseerd zei hij: 'Dat zal wel lukken, denk ik. Loop maar even mee.'

Blythe nam haar mee naar een kantoor waar twee jonge vrouwen, van ongeveer Chloë's leeftijd, koffie zaten te drinken. De ene droeg een spijkerbroek en een zwarte trui, de andere een onesie met een druk dessin. Het geheel had wel wat weg van behang. Blythe stelde Frieda aan de meisjes voor en legde uit wie ze was.

'Derek vertelde me dat hier een man is geweest die naar dat interview met Erin Brack vroeg.'

Stilte.

'Erin Brack?' vroeg Dawn.

'Van die brand,' zei Blythe.

'Ik herinner me dat nog vaag,' zei Sally. 'Geloof ik.'

'Die man?'

'Nee, die brand. Was dat niet die opslag van oude autobanden?'

'Nee, het huis in Thamesmead,' zei Blythe.

'Dat maakt niet uit,' zei Frieda. 'Maar er is hier een man geweest die het met Derek over het interview wilde hebben. Volgens Derek heeft hij met een van jullie gepraat.'

De twee vrouwen keken elkaar aan.

'Was dat die man met die rode krullen?' vroeg Dawn.

'Nee, dat ging over fietspaden,' zei Sally.

'Had hij een kaalgeschoren hoofd?' vroeg Dawn, met een blik op Frieda.

'Dat weet ik niet. Daarom vraag ik het aan jullie. Komen hier vaak mensen langs?'

'Heel veel,' zei Sally. 'En altijd om zich te beklagen.'

'Of vanwege een of andere actie die ze voeren,' vulde Dawn aan.

'Of ze willen dat wij over iets gaan schrijven. Over iets stoms,' zei Sally.

'Dit is heel erg belangrijk,' zei Frieda. 'Het gaat om moord. Alles wat jullie je herinneren kan van cruciaal belang zijn.'

'Weet u zeker dat het om een man gaat?' vroeg Dawn.

'Volgens Derek wel,' zei Frieda.

'Nee, dat heb ik niet gezegd,' zei Derek. 'Tenminste, zo bedoelde ik het niet. Ik dacht dat Sally had gezegd dat het een man was.'

'Dat heb ik helemaal niet gezegd,' zei Sally.

'Ik heb een idee,' zei Dawn.

'Wat dan?' vroeg Frieda.

'U bent psycholoog. Kunt u ons niet hypnotiseren zodat we ons weer wat herinneren?'

Frieda gaf het op. Ze noteerde hun telefoonnummers en vertrok.

Er brandde vuur in de kleine haard, die nauwelijks warmte gaf. Buiten druppelde de regen van de dakgoten en er hing een donkere, dreigende lucht. Walter Levin zat achter zijn bureau, met de mouwen van zijn overhemd opgestroopt. Voor hem stonden een cafetière en een schoteltje met een plakje cake, die er zelfgebakken uitzag. Heel erg gezellig allemaal, dacht Frieda, terwijl ze de deur achter zich dichtdeed.

Hij keek op. 'Wat een aangename verrassing.'

Frieda ging tegenover hem zitten, vertelde hem wat ze wist en schetste in grote lijnen haar scenario: dat Aidan eerder op de avond was vermoord en daarna naar het huis gebracht; dat Deborah daar niet was geweest, maar Justine Walsh wel – waarschijnlijk omdat ze zich zorgen maakte om Shelley – waardoor het noodzakelijk werd om haar ook te doden; dat Deborah later was vermoord; dat Rory slechts een geval van nevenschade was.

Hij luisterde met zijn kin op zijn ineengeslagen handen. 'Dat klinkt aannemelijk,' zei hij.

'Er is nog iets.' Ze vertelde hem over haar bezoekje aan Derek Blythe. Toen ze was uitgesproken, keek Levin haar alleen maar verwonderd aan. 'Ja, en?'

'Dat was u toch niet, hè?'

'Ik begrijp het niet. Hoe kan ik dat nu zijn geweest? Ik heb zelfs nog nooit van die man gehoord. En al had ik van hem gehoord, wat zou ik daar dan te zoeken hebben?'

'Dat weet ik niet.'

'Logisch gezien, bedoel ik.'

'Ja.'

'U moet logisch denken.'

'Dat wordt me vaker verteld.'

'U klinkt een beetje gefrustreerd.'

'Dat ben ik ook een beetje.'

'De vraag blijft: wie zou er een heel gezin vermoorden?'

'Een gezinslid,' zei Frieda onwillig. 'Maar Hannah was het niet.'

'Wie hebben we dan nog?'

'De vader, Seamus Docherty. Ik weet niet goed wat ik van hem moet denken. En dan is er nog Deborahs minnaar, de vader van het kind dat ze heeft laten weghalen.'

'Wiens identiteit onbekend is.'
'Inderdaad.'
'En het lukt u niet die identiteit te achterhalen.'
'Nee, ik geloof van niet. Ik zit op een dood spoor.'
'Misschien bekijkt u het van de verkeerde kant.'
'Hebt u een idee wat de goede kant is?'
'Niet meteen.'
'Dan ben ik klaar.' Ze stond op.
'Ik sta dus niet meer onder verdenking?'
'Zo ver zou ik nu ook weer niet gaan.'

'Ik ga weg,' zei Maria Dreyfus.

'O? Hoelang?'

'Dat weet ik niet. Ik ga naar Spanje, naar een vriendin waar ik vroeger erg close mee was, maar die ik later uit het oog ben verloren. Zij had een druk leven, ik had een druk leven. En ik wil graag naar plekken waar ik altijd al heen heb gewild, maar waar nooit wat van is gekomen, zoals het Alhambra, en Córdoba. Gewoon, in mijn eentje. Het is jaren geleden dat ik voor het laatst in mijn eentje op vakantie ben geweest.'

'Klinkt leuk.'

'Ik vind het wel een beetje spannend. Maar op een goede manier. Ik heb mezelf te lang in de wacht gezet en het wordt tijd dat ik weer eens ga leven.'

Frieda nam haar onderzoekend op. 'Maar je komt wel weer terug?'

'Ik ga gewoon weg, ik loop niet weg.'

'Ik hoop dat het allemaal goed uitpakt.'

'Dank je. Kan ik nog steeds bij je terecht als ik terugkom?'

'Natuurlijk.'

'Want hier kan ik praten en nadenken over dingen, en dingen voelen die ik nergens anders kan voelen, waar ik niet over kan praten en nadenken. Dit is mijn toevluchtsoord.'

Na de groepstherapie gaat dokter Styles naar Hannah toe. 'Hoe gaat het met je?' vraagt ze. 'Is er iets waar je het met me over wilt hebben?'

Hannah reageert niet.

'Hannah. Ik vroeg me af of we je niet een beetje meer vrijheid zouden kunnen geven. Zodat je wat meer onder de mensen komt.'

Dokter Styles merkt niet dat er achter haar iemand in de deuropening staat. Tegen de tijd dat ze zich omdraait, is de gestalte verdwenen.

Ze zitten buiten in de tuin onder een boom te roken als Aggie ze vindt. Er is geen bewaker in de buurt.

'Vannacht,' zegt ze.

37

Er werd Frieda te kennen gegeven dat Hannah geen bezoek kon ontvangen. Met haar mobieltje belde ze Levin. Ze vertelde hem wat er aan de hand was, en hij zei dat hij navraag zou doen. Vijf minuten later belde hij terug om te zeggen dat hij haar niet kon helpen.

'Als u dat echt wilt, kunt u me wel helpen,' zei Frieda.

'Ik heb het via de officiële weg geprobeerd.'

'Wat dacht u van de onofficiële?'

'Dat is meer in uw straatje.'

Frieda belde professor Andrew Berryman.

'Wat kan ik voor je doen?' vroeg hij.

'Waarom ga je er meteen van uit dat je iets voor me moet doen?'

'Hoe leuk het ook zou zijn als je me belde om gezellig wat bij te kletsen, ik denk toch dat je iets van me wilt.'

'Ik bel over Hannah Docherty die in Chelsworth zit. Dat is geen gevangenis toch? Het is een kliniek.'

'Inderdaad.'

'Ik ben arts. En een arts moet te allen tijde haar patiënt kunnen zien, zelfs als ze in eenzame opsluiting zit.'

Er viel een korte stilte.

'Ik denk dat dat theoretisch wel klopt, alleen is Hannah geen patiënt van jou. Maar waarom vertel je me dit?'

'Ik probeerde iemand te bedenken die misschien iemand in

Chelsworth kent. Of die iemand kent die weer iemand kent. En jij bent neuroloog.'

'Ik snap het al. Ik vind het weinig vleiend, maar ik snap het. Het korte antwoord is dat ik niemand in Chelsworth ken.'

'O, jammer.'

'Wacht. Laat me een seconde nadenken.'

Frieda telde langzaam mee in haar hoofd. Ze kwam tot acht.

'Ik ken een paar mensen die daar misschien contacten hebben,' zei Berryman. 'Ik kan je niets beloven, maar ik zal mijn best doen.'

'Het is zeer urgent.'

'Zoals ik zei, ik doe mijn best, maar ik beloof niks.'

De volgende dag zaten Frieda en Berryman in de receptie toen er een man door de klapdeur kwam. Hij had een kaalgeschoren hoofd en een kunstig geknipt roodbruin baardje. Hij droeg een blauwe linnen broek en een wit overhemd met de mouwen opgestroopt tot aan zijn ellebogen. Terwijl hij op hen af kwam lopen, vroeg hij: 'Dokter Berryman?'

Berryman stond op, gaf hem een hand en stelde Frieda aan hem voor.

'Ik ben dokter Charles Stamoran. Ik heb begrepen dat u samen hebt gewerkt met Onslow.' Hij sprak op overdreven enthousiaste toon tegen Berryman, alsof Frieda er niet bij was.

'Een paar jaar geleden.'

'Misschien kent u mijn paper over de minimaal bewuste staat.'

'Ik heb ervan gehoord,' zei Berryman voorzichtig.

'Het is een veelbelovend gebied.'

'Zeker.'

'Dus u wilt Hannah Docherty bezoeken?'

'Dat zou fijn zijn. We zijn al eerder bij haar geweest.'

'Dat weet ik. Ze zit nu op een andere afdeling. Bent u al aangemeld?'

Frieda en Berryman hielden hun plastic pasjes op. Stamoran nam ze door de klapdeur mee een gang in die eruitzag als de gemiddelde gang in een inrichting, met aan de muren foto's van de Alpen en aankondigingen voor quizavonden en filmvoorstellingen. Maar toen ze een paar hoeken waren omgeslagen, verdween het inrichtingsgevoel en begon het op een gevangenis te lijken. Stamoran klopte op een zware traliedeur. Er kwam een bewaker aan die na het controleren van hun pasjes de deur met een schrapend geluid opende en weer met een harde klap dichtdeed, wat Frieda in de oren klonk als het cliché van een gevangenisdeur. Ze liepen achter Stamoran aan een trap af en toen een gang in met een rij deuren. Aan het eind van de gang zat weer een bewaker.

'Ze komen voor Docherty,' zei Stamoran.

De bewaker was lang en bleek. Hij had grijzend haar en begroette hen met een eigenaardige grijns. 'Is er iets?' vroeg hij.

'Waarom zit ze hier?' wilde Frieda weten.

'Weet ik veel,' zei de bewaker. 'Maar waarom bent u hier?' Zijn accent deed haar denken aan de streek waar ze was opgegroeid, en hij richtte het woord tot Berryman, alsof hij de baas was.

Berryman keek Frieda aan. 'Dat is een goede vraag,' zei hij.

'Laat ons er nou maar gewoon in,' zei Frieda.

'Ik ben degene met de sleutels.' De bewaker ontblootte zijn tanden weer. Toen schoof hij het ijzeren luikje voor de tralies in de deur open en tuurde naar binnen. 'Weg bij de deur,' zei hij op scherpe toon. 'Goed zo.'

Op de deur, die naar binnen openging, zaten twee sloten. Hannah stond in een hoek, met haar rug tegen de muur. De kamer was stralend wit. Op een bed, een wc en een wasbak na was de ruimte leeg. Hannah droeg een grijze trainingsbroek, een bruin sweatshirt en witte sneakers. Berryman en Frieda liepen de cel in. Toen Stamoran hen wilde volgen, hield Frieda hem met haar blik tegen. 'We willen graag even alleen met haar praten,' zei ze.

Hij haalde zijn schouders op en bleef op de gang staan. De deur werd dichtgedaan, maar niet op slot. Frieda keek naar Hannah. Haar ogen leken rood en ontstoken, maar misschien kwam dat door het felle licht in de cel. Ze had een blauw oog en er zat een grote pleister op haar jukbeen. Haar lip was kapot en gezwollen. Om een neusgat zat geronnen bloed. Haar handen zaten onder de blauwe plekken en ze had ook plekken in haar hals, alsof iemand haar keel had dichtgeknepen. Toen ze haar mond opendeed, zag Frieda dat ze alweer twee tanden minder had.

'Terug in de isoleer,' zei Berryman, bijna bij zichzelf. 'En moet je haar eens zien.'

'Wat is er gebeurd, Hannah?' vroeg Frieda.

Ze schudde alleen haar hoofd. Het was meer een stuiptrekking, alsof ze iets probeerde los te krijgen. Toen Frieda naar haar toe wilde lopen, leek Hannah wel in de muur te willen verdwijnen, dus bleef Frieda staan.

'Ik had gehoopt even met elkaar te kunnen praten,' zei Frieda zacht. 'Ik had gehoopt dat we elkaar zouden kunnen helpen.'

Aan niets was te merken of Hannah haar had gehoord. Ze bleef haar hoofd schudden. Frieda liep heel langzaam naar haar toe, alsof ze een angstig wild dier benaderde. Toen ze vlak bij Hannah was, nam ze haar hoofd tussen haar handen. 'Het is al goed. Bij ons ben je veilig.'

'Het heeft geen zin,' zei Berryman. 'Ze reageert totaal niet. Dat zie je aan haar ogen.'

'Ze kan op andere manieren reageren.' Frieda liet Hannahs hoofd los en deed een stap naar achteren. 'Hannah, kun je ons je tatoeages laten zien? Alle tatoeages?'

Hannah hief haar hoofd en keek eerst naar Berryman en toen naar Frieda.

'Toe maar,' zei Frieda. 'Het is goed.'

Hannah schuifelde naar het midden van de cel en trok ineenkrimpend van de pijn haar sweatshirt over haar hoofd. Onder het sweatshirt droeg ze een slobberig blauw T-shirt. Ook dat trok ze uit. Ze had geen beha aan.

'Ik weet niet of ik dit wel prettig vind,' zei Berryman. Hij had zich van haar afgewend.

'We zijn allebei arts,' zei Frieda.

'We doen dit niet als arts.'

'Jawel.'

Hannah schopte haar sneakers uit en trok haar broek uit. Ze

had alleen nog grijze sokken en een verwassen witte onderbroek aan, die ze ook wilde uitdoen.

Berryman, die zich inmiddels weer had omgedraaid, zei: 'Dat is niet nodig. Tenzij je denkt dat we dan een cruciale tatoeage missen.'

In het harde licht werden Hannahs extreme bleekheid, haar verwondingen en het felle zwart, blauw, rood, groen van haar tatoeages extra benadrukt. Ze zaten echt overal, op haar gekneusde ribben en op haar borsten. Haar lichtbruine tepels vormden het centrum van ingewikkelde patronen. Frieda liep om haar heen en bestudeerde haar van alle kanten. Ze zag dat Hannah brandwondjes van sigaretten op haar schouders en dijen had.

'Dit bevalt me niks,' zei Berryman. 'Het is net alsof we weer terug zijn in de victoriaanse tijd, toen artsen hun patiënten als rariteiten tentoonstelden.'

'Je spreekt over Hannah alsof ze er niet bij is.' Frieda keek Hannah aan, die voor het eerst haar blik beantwoordde. 'Fijn dat je ze ons wilt laten zien. Ze zijn erg mooi.' Tegen Berryman vervolgde ze: 'Vertel me wat je ziet.'

Berryman kwam wat dichter bij Hannah staan en keek haar recht in de ogen. 'We kijken naar je omdat we je willen helpen. Begrijp je dat?'

Hannah wendde haar blik af, maar omdat het niet echt afwerend overkwam, verplaatste Berryman zijn aandacht van haar gezicht naar haar lichaam. 'Ik zie een draak, omringd door vlammen.' Hij wees naar de bovenkant van haar rug. 'En ik denk dat dat figuurtje daar de duivel is of een andere demon. Gecomplementeerd door die schedel aan de andere kant. En verder zie ik een vlinder en wat Chinese tekens. Ik zou die niet durven nemen. Je kunt alleen maar hopen dat er niks raars staat.'

'Dat is je familie,' zei Frieda, wijzend naar de drie krakkemikkige kruisjes. 'Jij en Rory en de foetus die nooit is geboren. En om dat gezicht zitten tranen of amandelen, of misschien zijn het de granaatappelpitjes die Persephone tot de onderwereld veroordeelden. En op je buik heb je een opgerolde slang. En op je borsten een abstract patroon, zoiets als een spinnenweb of een dromenvanger. Waar staan die voor, Hannah? Wat betekenen ze voor je?'

Berryman raapte Hannahs kleren op en gaf ze aan haar. 'Dank je wel,' zei hij.

Ze trok ze aan.

'Ik kom gauw weer terug,' zei Frieda tegen haar.

Nadat ze de cel uit waren gelopen en de deur weer op slot zat, keken Frieda en Berryman elkaar aan.

'Ze heeft die tatoeages niet zelf gezet,' zei Frieda.

'Ik begrijp niets van je.'

'Wat wil je daarmee zeggen?'

'Je bent psychotherapeut. Arts. Je hebt net dat meisje gezien, in eenzame opsluiting, zonder contact met mensen of de buitenwereld. En jij denkt alleen maar aan... Aan wat precies? Bewijzen? Aanwijzingen? Zouden we Hannah Docherty niet gewoon moeten helpen?'

'Aantonen dat ze haar familie niet heeft vermoord, lijkt mij de beste manier om haar te helpen.'

'Volgens mij zijn we daar een beetje laat mee.'

'Maar misschien komt ze dan op een veiligere en aangenamere plek terecht.'

Berryman, die somber leek, reageerde niet meteen. Toen zei hij: 'Goed dan. Die tatoeage van de draak op haar rug heeft ze natuurlijk niet zelf kunnen doen. Dus wat nu?'

Frieda richtte zich tot de bewaker. 'Hannahs tatoeages zien er professioneel uit. Die moeten in de inrichting zijn gezet.'

De bewaker zei behoedzaam: 'Het is verboden om hier tatoeages te laten zetten. Maar ze doen het toch. Dat valt niet tegen te houden.'

'Het kan me niet schelen of het verboden is of niet. De vrouw die ze heeft gezet, zit ze hier nog?'

'Waarom wilt u dat nou weer weten?'

'We moeten haar spreken. En trouwens, wanneer komt Hannah uit de isoleer?'

'Ze had er eigenlijk al uit moeten zijn. Maar de papieren zijn kwijtgeraakt.'

'Zorg er alstublieft voor dat u ze weer vindt,' zei Frieda. 'Het is voor haar eigen bestwil.'

'Zo ziet het er niet uit.'

Kaz Hoolihan was zeventig, maar ze zag er veel ouder uit. Ze was graatmager en had bijna geen tanden meer, zodat ze sliste bij het praten. Haar haar was zo dun dat je haar schedel kon zien. Toen de bewaker hen naar haar toe bracht, zat ze buiten op een bank een sjekkie te roken.

'Wat fijn dat ze naar buiten mag,' zei Frieda.

'Kaz is oké,' zei de bewaker. 'Ze houden haar hier alleen maar omdat dat beter voor haar is. Het is zo'n beetje haar thuis.'

Toen de bewaker weg was, liepen Frieda en Berryman naar Kaz toe. Ze stelden zich voor en gingen aan weerszijden van haar zitten. Ze was zo klein en verschrompeld dat ze bijna tussen hen verdween.

'We zijn net bij Hannah Docherty geweest,' zei Frieda. 'We hebben uw tatoeages gezien.'

Kaz had haar sjekkie op. Ze pakte een vloeitje en een pakje shag uit haar zak en begon een nieuwe te draaien. Omdat haar handen trilden en het ook een beetje waaide, was dat een moeizaam proces. Frieda en Berryman keken zwijgend toe tot het volgende sjekkie was aangestoken.

'Hoe gaat het in zijn werk?' vroeg Frieda. 'Ontwerpen de mensen hun eigen tatoeages?'

'Ligt eraan.'

'En die van Hannah?'

'De meeste zijn van lang geleden.'

'Ik wil graag weten waarom ze die tatoeages heeft uitgekozen.'

'Dat moet u haar vragen.'

'U weet dat we het haar niet kunnen vragen.'

'U kunt het wel vragen,' zei Kaz. 'U krijgt alleen geen antwoord.'

Er klonk een raar piepend geluid, en het duurde even voordat Frieda begreep dat Kaz lachte.

'Ze heeft een draak op haar rug,' zei Frieda.

'Ik doe vaak draken.'

'Waarom willen mensen die?'

Kaz keek Frieda ongelovig aan. 'We zitten hier opgesloten, toch? Draken staan voor vrijheid.'

'En ik zag ook een duivel. Waar staat die voor?'

'Dat is je demon.'

'Je persoonlijke demon, bedoelt u?'

'Nee, de demon met wie je te dealen hebt, oké?'

'Had Hannah daar speciaal om gevraagd?'

Kaz schudde haar hoofd. 'Ze hebben allemaal een demon. Het stikt hier van de demonen.'

'En ik heb ook nog een schedel gezien. Ik neem aan dat die voor de dood staat.'

'Zou kunnen. Maar ze vinden schedels allemaal mooi. Ik zet mooie schedels.'

'En de vlinder?'

'Echt iets voor meisjes. U weet wel...' Ze wapperde wat met haar handen. 'Het is als het leven. Van het een naar het ander fladderen. Dingen die veranderen.'

'Zo komen we nergens,' zei Frieda. 'Was er niet iets wat Hannah speciaal wilde? Iets wat persoonlijk voor haar was?'

'Het is zo lang geleden. Ik zie haar niet zo vaak meer. Ze is een beetje maf.'

Frieda sloot haar ogen en probeerde zich te herinneren wat ze nog meer op Hannahs lichaam had zien staan. Het was zo vol geweest. Was er iets waar ze nog niet aan had gedacht?

'Er was ook nog een kleine tatoeage,' zei ze. 'Niet veel meer dan een streep. En een klein krabbeltje aan de voorkant. Een patroon.'

'Een medaillon,' zei Kaz.

'Wat?'

'Ik herinner het me ineens weer. Een medaillon. Daar had ze om gevraagd.'

'Waarom?'

'Het was haar moeder.'

'Het deed haar aan haar moeder denken?'

'Het was van haar moeder. Ze heeft haar moeder dood gevonden en herkende haar alleen aan haar medaillon. Dat wilde ze om haar hals. Want het echte mocht ze niet hebben.'

'Maar...' begon Frieda, maar ze maakte haar zin niet af. Abrupt stond ze op. 'We moeten weg.' Ze keek Kaz aan. 'Bedankt voor uw hulp. Maar we moeten weg. Ik moet nog iets doen.'

Kaz mompelde iets wat Frieda niet kon verstaan.

'Wat zei u?'

Ze mompelde weer wat.

'Probleem?' vroeg Frieda. 'Zei u dat Hannah een probleem is?'

Kaz schudde haar hoofd. 'Ze hééft een probleem.'

'Je ziet er goed uit,' zegt Hal Bradshaw.

'Ik voel me ook goed,' zegt Mary Hoyle. 'Ik voel me erg goed.'

38

Toen Levin haar zag, zei hij alleen maar: 'Nou?'

'Ik heb het.'

Hij knikte naar haar. 'Mooi zo.'

Opeens begreep Frieda het. Het was alsof er in een donkere kamer een lamp aanging en ze eindelijk alles duidelijk kon zien.

'U hebt het al die tijd al geweten,' zei ze.

'Sorry.' Hij nam zijn bril af en poetste de glazen. 'Ik weet niet waar u het over hebt.'

'Daarom wilde u mij erbij hebben. Omdat u wist dat ik me er als een pitbull in zou vastbijten.'

Hij keek haar stralend aan.

'U wist dat ik het niet zou opgeven.'

'En dat was toch ook zo?' Hij sprak nog steeds op hartelijke toon.

'U hebt me gebruikt.'

'Maar u hebt ontdekt hoe het zit, dan was het toch de moeite waard?'

'Daar gaat het niet om.'

'Daar gaat het altijd om.'

Zonder nog iets te zeggen pakte Frieda het dossier van hem aan en liep met ferme tred naar huis. Ze had de wandeling nodig om kalm te worden, tot zichzelf te komen, zich voor te bereiden.

Thuis gooide ze haar jas uit, sloeg het dossier open en spreidde de inhoud – de foto's van de plaats delict in de zaak-Docherty – uit op tafel. Ze begon ze te ordenen. Wat had Jane Farthing ook alweer gezegd? De fotograaf was toevallig in de buurt aan het werk, dus hij was er heel snel geweest. Ze stopte de foto's van Rory Docherty en Aidan Locke een voor een terug in de map tot alleen de foto's van Deborah Docherty nog op tafel lagen. Tenminste, dat was de naam die achter op de afdrukken stond, maar in werkelijkheid waren het natuurlijk foto's van Justine Walsh.

Ze boog zich voorover om ze goed te bekijken. Het werd al donker, waardoor ze ze niet goed kon zien. Ze liep naar boven om haar bureaulamp te halen, plaatste hem beneden op tafel, deed de stekker in het stopcontact en knipte hem aan. Daar had je ze dan. Drie foto's van het toegetakelde hoofd. Langzaam en weloverwogen legde ze de foto die rechts lag links. En toen zag ze het. Ze pakte haar telefoon en belde Sedge.

'Wilt u me een plezier doen?' vroeg ze.

Frieda, Ben Sedge en Yvette Long werden naar een vergaderruimte gebracht. Er stond een lange triplex tafel en tien kunstleren stoelen. De ruimte keek uit over West Norwood op een regenachtige dinsdagochtend: autoshowrooms, megastores en het stalen frame van een hoog gebouw dat werd geflankeerd door reusachtige hijskranen. Ze gingen alle drie aan tafel zitten.

'Fijn dat u het hebt uitgezocht,' zei Frieda.

Sedge knikte.

'Waar gaat dit over, Frieda?' vroeg Yvette.

'Ik heb het inspecteur Sedge al verteld. Ik ben er klaar mee. Ik wil alleen nog een paar dingen overdragen en dan stop ik ermee.'

'Stoppen?' vroeg Yvette. 'Sinds wanneer stop jij ergens mee?'

De deur ging open en er kwamen twee mannen in pak binnen. Ze maakten een ongeduldige indruk, alsof ze nu al genoeg van de bijeenkomst hadden. Een van hen was inspecteur Waite. De andere was een zwaargebouwde man met donker haar met een scheiding opzij. Hij had brede kaken en een pokdalige huid. 'Ik ben inspecteur Lumsden,' zei hij. 'Vic Lumsden. En ik heb haast.' Hij knikte naar Sedge. 'Leuk je te zien, Ben.'

'Fijn dat we mochten komen.'

'Geen probleem. Maar we moeten het kort houden. Ik heb zo een vergadering.'

Lumsden en Waite gingen tegenover hen zitten. Frieda had het gevoel alsof ze hun iets probeerde te verkopen wat ze toch niet wilden hebben. Ze keek Waite aan. 'Ik ben blij dat u er ook bij kunt zijn.'

'Ik had niet gedacht u nog eens te zien,' zei hij.

'Hoe gaat het met het onderzoek naar de zaak-Erin Brack?' vroeg ze.

'U kunt ook te ver gaan.'

'Ik vraag het gewoon als burger.'

'Zoals ik zei, u kunt ook te ver gaan.'

'Hou op,' zei Lumsden. 'Vertel ons nou maar gewoon waar dit over gaat.'

'Ik wilde u al een tijdje spreken,' zei Frieda. 'U bent degene die de zaak-Hannah Docherty niet wilde heropenen.'

'Dat klopt. En ik weet ook wie u bent. Ik begrijp werkelijk niet hoe u betrokken bent geraakt bij deze zaak, maar zegt u nu maar gewoon wat u te zeggen hebt, dan kunnen we daarna allemaal weer aan het werk.'

Overdreven omzichtig deed Lumsden zijn horloge af en legde het op tafel. De tijd liep.

'Ik ben gisteren bij Hannah Docherty geweest. Ze was niet erg spraakzaam. Het gaat niet goed met haar.'

'Dat heb ik gehoord,' zei Lumsden.

'Maar ik heb haar tatoeages bekeken.'

Er viel een stilte. Lumsden keek even naar Waite en toen weer naar Frieda. Het was alsof hij moeite had zijn lachen in te houden. 'Haar tatoeages? En, heeft dat iets interessants opgeleverd?'

'Een ervan zat in haar hals. Ik heb de vrouw gesproken die hem heeft gezet. Ze zei dat het het medaillon was dat om de hals van de dode vrouw hing. En aan de hand van dat medaillon heeft Hannah haar moeder geïdentificeerd.'

'Waarom is dat interessant?'

'Toen ik dat hoorde, moest ik denken aan de lijst met voorwerpen die op de lichamen waren aangetroffen. Daar wordt inderdaad melding gemaakt van een medaillon.'

'Oké.'

'Hier is een foto van het lichaam op de plaats delict.' Frieda pakte een foto uit het dossier dat ze bij zich had en schoof hem over tafel naar Lumsden toe.

Toen Lumsden naar de foto keek, schrok hij zichtbaar.

'Ja, het is vreselijk,' zei Frieda. 'Maar het gaat me om het medaillon om haar hals.'

Lumsden schoof de foto terug. 'Oké. Hannah heeft een tatoeage van het medaillon. Het medaillon wordt vermeld op de lijst. Het medaillon is ook te zien op de foto van de plaats delict. Wat is nu het probleem?'

'Ik verwachtte eigenlijk dat u zoiets zou zeggen als: "Maar die dode vrouw is Justine Walsh, dus wat doet het medaillon om haar hals?"'

'De plaats delict was in scène gezet,' zei Lumsden.

'Dus u beweert dat degene die Deborah Docherty heeft vermoord het medaillon van haar nek heeft gehaald en het om de hals van de dode Justine Walsh heeft gehangen om zo een verkeerde identificatie te bewerkstelligen. Dat beweert u toch?'

Lumsden dacht even na. 'Ja, inderdaad.'

'Goed. Ik ben het met u eens.'

'Nou, daar ben ik blij om, dokter. Maar we wisten al dat het in scène was gezet. En we wisten ook al dat degene die Justine Walsh heeft vermoord eveneens Deborah Docherty heeft gedood. U vertelt ons niets nieuws.'

Frieda schoof de foto weer over tafel. 'Er staat een tijdscode op de foto. Hoe laat is het daarop?'

Lumsden pakte een bril uit zijn zak en zette hem op. 'Twaalf uur vijftig,' zei hij.

Frieda pakte een andere foto uit haar dossier. 'En kijk eens naar de tijd hierop?'

Hij boog zich iets naar voren. 'Dat is eerder. Twaalf uur dertig.'

'Kijk nog eens wat beter?'

'Waarnaar?'

'Naar de hals. Naar het medaillon.'

Lumsden hief zijn gezicht. 'Wat is dit?'

'Het zit er niet.'

Lumsden gaf de foto aan Waite. 'Wat houdt dat in?' vroeg hij.

'Denk eens goed na,' zei Frieda.

'Ik denk na, maar het slaat nergens op.'

Langzaam wendde Frieda haar blik naar Ben Sedge. 'Moordenaars zijn na hun daad meestal verdwaasd. Soms herinneren ze zich niet eens wat ze hebben gedaan. Of ze raken de kluts kwijt. U niet.'

Alles leek in slow motion te gaan. Op het gezicht van Lumsden en Waite wisselden zich eerst onbegrip en ongeloof af, maar daarna begon het ze te dagen.

Sedge staarde haar aan. Hij opende zijn mond en uit zijn borstkas steeg een bulderend geluid op. Hij lachte, maar het klonk niet als lachen. 'U bent nu officieel gestoord,' zei hij.

Frieda keek hem recht in zijn blauwe ogen. 'Het was geen impulsieve daad. En zelfs toen het verkeerd dreigde te gaan, hebt u het hoofd koel weten te houden. Toen u met het lijk van Aidan Locke bij het huis van de Docherty's aankwam, trof u daar Justine Walsh aan in plaats van Deborah.'

'U bent gestoord,' herhaalde Sedge. 'Dit is belachelijk. Vic, zeg dat ze haar mond moet houden.'

Lumsden verroerde zich niet. Zijn mond hing iets open. Op zijn voorhoofd parelden zweetdruppeltjes.

'Justine Walsh was op zoek naar haar dochter en u hebt haar vermoord. Daarna hebt u haar het nachthemd van Deborah aangetrokken en haar naast de dode Aidan in bed gelegd, zodat het zou lijken alsof ze Deborah was.'

Sedge stond op. 'Ik blijf hier niet langer naar die onzin zitten luisteren.'

Yvette had zich inmiddels bij de deur geposteerd, en de grote man bleef midden in de vergaderruimte staan, met zijn armen langs zijn zij. Hij zag eruit als een stier in de arena.

'U blijft hier,' zei Frieda. 'De laatste keer dat we elkaar spraken, hadden we het over de verschillende scenario's. Maar dit is het ware verhaal. U hebt Justine Walsh vermoord. U hebt Rory Docherty vermoord. Ik denk dat u dat laatste moeilijk vond. U hebt hem op zijn buik gelegd om zijn gezicht niet te hoeven zien. Want wat had die kleine jongen er eigenlijk mee te maken?'

'Vic,' zei Sedge. 'Vic, je gelooft haar toch niet, hè? Ze heeft het wel over mij, hè?'

Lumsden staarde hem uitdrukkingsloos aan. Het was doodstil in de kamer. 'Ga verder,' zei hij tegen Frieda.

Ze knikte en keek weer naar Sedge. 'U hebt Rory's bloed beneden uitgesmeerd, om de boel te compliceren. En dat werkte. Daarna moest u Deborah Docherty zien te vinden, haar vermoorden en begraven. Haar medaillon. Dat was weer zo'n ingeving. U belt de politie, anoniem, en zorgt ervoor dat u als eerste op de plaats delict bent zodat u dat medaillon om Justines hals kunt hangen. Het enige wat u dan nog hoeft te doen, is de verwarde, getraumatiseerde Hannah de lichamen laten identificeren, en dan gaat u vrijuit. Helaas was er nog een klein probleempje. Een jonge agente, Jane Farthing, liep meteen door naar de slaapkamer en belde om versterking. De fotograaf was toevallig in de buurt en arriveerde te vroeg ter plaatse. U ging tegen hem tekeer en zei dat hij zo misschien de plaats delict zou bevuilen, stuurde hem weg en hing het medaillon om. Wat u niet wist, was dat hij al een foto had gemaakt.'

'Iedereen had dat medaillon kunnen omhangen,' zei Sedge. 'Iedereen.' Zijn stem brak. 'Iedereen had dat kunnen doen.'

'Jane Farthing?' vroeg Frieda. 'De fotograaf? Ik weet zeker dat inspecteur Lumsden dat zal nagaan. En inspecteur Waite kan bij de *Thamesmead Gazette* navragen wie de man was die naar Erin Brack kwam informeren. Want dertien jaar later is er nog een vijfde moord gepleegd.'

'Vic?' herhaalde Sedge. 'Vic?'

'Ja,' zei Lumsden langzaam. 'Ik zal het nagaan.' Hij keek Sedge verwonderd aan.

Vanuit het raam van haar spreekkamer had Frieda gezien dat er gebouwen met dynamiet werden opgeblazen. Na de ontploffing behielden ze hun vorm en bleven nog een paar tellen staan, maar vervolgens begonnen ze te wankelen en vielen uiteindelijk in een lawine van stenen en beton neer. Op dezelfde manier raakte Sedges gezicht zijn uitdrukking van woede kwijt; zijn lichaam leek in te storten. Hij leek niet langer groot en stevig en sterk, maar aangetast. Even dreigde hij achterover te vallen. Yvette schoof snel een stoel naar hem toe waar hij zich op liet zakken. Hij nam zijn hoofd tussen zijn handen. Niemand zei iets. In de kamer was alleen het geruis van de verwarming en het gedruppel van de regen buiten te horen.

Toen Sedge eindelijk zijn hoofd hief, keek hij Frieda aan. 'Mijn vrouw zei dat ik een goede man was. En dat ben ik ook. Dat ben ik ook. Ik ben bij de politie gegaan omdat ik het vaderland wilde dienen. Ik ben een goede man die slechte dingen heeft gedaan.'

Frieda staarde hem aan. Ze dacht aan alle mensen die ze had gekend, mensen die er op de een of andere manier in slaagden om hun daden te scheiden van wie ze waren – alsof er een unieke, onveranderbare ik bestond waar het leven geen vat op had. Sedge had vijf mensen vermoord en het leven van een zesde verwoest, en toch dacht hij nog steeds dat zijn ware ik, de ik waarvan hij vond dat die fundamenteel goed was, intact was gebleven.

'Ik hield van haar,' zei Sedge.

'Van Deborah.'

'En zij hield van mij. We hadden elkaar door Hannah leren kennen. Ze kwam een keer op het bureau toen Hannah in de problemen zat en toen hebben we met elkaar gepraat.'

'Daar is niets over te vinden in politieverslagen.'

'Eerst wel, nu niet meer.'

'Je hebt recht op een advocaat,' zei Lumsden ineens met schorre stem. 'Als je een verklaring wilt afleggen, dan mag je iemand bellen.'

'Verdomme, ik leg helemaal geen verklaring af, Vic. Ik biecht iets op.' Hij knikte naar Frieda. 'Aan u.'

'Waarom zou u nog?' Frieda kreeg een mismoedig gevoel. 'Er is toch niemand meer om u te vergeven.'

'We hielden van elkaar. Zo'n vrouw als zij had ik nog nooit

ontmoet. Ik had het gevoel dat ik leefde. Ik zou bij Laurie weggaan en zij bij Aidan. Als ze zich aan haar woord had gehouden, zou dit allemaal niet zijn gebeurd. Maar toen veranderde ze ineens van gedachten.'

'Vanwege Rory?'

'Ja, het ging niet goed met Rory. Na dat gedoe met die klootzak van een leraar van hem.'

'Ze heeft ook een late abortus gehad. Ik neem aan dat u de vader was.'

'Ik heb altijd een kind gewild. Laurie kon geen...' Hij maakte zijn zin niet af. 'Deborah dacht dat ze te oud was om nog zwanger te raken, maar het gebeurde toch. Het was voorbestemd. Maar toen heeft ze ons kind vermoord, zonder het zelfs maar met me te bespreken. En daarna heeft ze het uitgemaakt.'

'En dus hebt u haar vermoord.'

'Ik moest haar laten voelen hoe het is om alles kwijt te raken.'

'En Rory? Wat had hij u misdaan?'

Sedge keek haar onbewogen aan. 'Ze had mijn kind ook vermoord.'

'En Hannah? Zij was gewoon een geval van nevenschade?'

'Iemand moest het toch gedaan hebben? En het ging toch al bergafwaarts met haar.'

'Dus ze verdiende het wel?' vroeg Frieda.

'Deborah vertelde dat Aidan naar Hannah zou gaan, om het uit te praten. Zodat ze weer het gelukkige gezinnetje konden spelen. Dat was mijn kans om ze duidelijk te maken dat er met mij niet te sollen valt.'

'Maar u wist niet dat Deborah ook naar haar toe zou gaan, toen Aidan niet terugkwam.'

'Het heeft allemaal goed uitgepakt.'

'En dan die arme Erin Brack nog.'

'U weet hoe het gaat. Als je het ene gat hebt gedicht, gaat het ergens anders lekken.'

Mary Hoyle ligt vergenoegd wakker in de wetenschap dat het op dat moment ergens anders gebeurt. Het is alsof ze het met haar eigen handen doet, alsof ze de messen zelf hanteert.

En dan slaapt ze en even later weet ze heel even niet of ze wakker is of slaapt. Ze voelt een druk op haar borst en hals. Er kijkt een gezicht op haar neer, ogen die haar aankijken, nieuwsgierig bijna.

'Kijk,' zegt Hannah Docherty.

Waar moet ze naar kijken?

'De kinderen,' zegt Hannah Docherty. 'Denk aan de kinderen.'

Mary Hoyle zou tegen Hannah Docherty kunnen zeggen: Ik denk iedere nacht aan de kinderen. Ik denk aan ze en het kan me niet schelen. Maar dat kan ze niet zeggen en ze kan ook niet schreeuwen of om hulp roepen want er zit iets om haar hals, een koord of een draad. Ze slaat met haar armen, hulpeloos, vergeefs. Het is te laat.

Ze vraagt zich af hoe het kan dat Hannah Docherty hier is en ze ziet een sleutelbos die glanst, die rammelt.

En dan ziet ze nog iets. Een flits. Ze ziet dat het metaal is en dat het een mes is en ze heeft nog de tijd om zich af te vragen of het een van hun messen is, het stanleymes, het scalpel... Wat hadden ze nog meer? Hannah Docherty's gezicht komt steeds dichterbij. Zoete adem. Een flits van staal.

'Jouw bloed,' zegt Hannah. 'Proef je?'

Ja. Het is nat en warm en smaakt naar ijzer.

'Denk aan de kinderen,' zegt Hannah. 'Jij bent de eerste die ik vermoord. De eerste.'

De eerste. Dat klinkt Mary Hoyle vreemd in de oren. Het zijn de laatste woorden die ze hoort, en het gezicht van Hannah Docherty, wazig in de duisternis, is het laatste gezicht dat ze ziet.

39

Zodra Frieda bij Chelsworth Hospital aankwam, wist ze dat er iets gebeurd was. Iedereen leek haar te verwachten, maar hoe kon dat nu? Vanaf het politiebureau had ze Josef gebeld, en hij had haar hiernaartoe gereden, deze ene keer zonder commentaar van haar kant op zijn hoge snelheid. Ze had het gevoel gehad dat iedere minuut telde, na Hannahs dertienjarige opsluiting. De man achter de receptie knikte alleen maar toen hij haar naam hoorde en pakte meteen de telefoon. Hij zei dat Christian Mendoza en Charles Stamoran haar meteen wilden spreken. Nadat hij haar een pasje had gegeven, werd de beveiligde deur voor haar opengedaan en kwam ze via gangen en een wenteltrap in Mendoza's grote en lichte kantoor.

'Hoe wist u het?' vroeg Mendoza. Hij keek somber en had zijn lippen op elkaar geperst. Zonder zijn ronde brilletje zagen zijn ogen er klein en weerloos uit. Ze zag dat hij zijn strikje wel omhad.

'Ik begrijp het niet,' zei Frieda. Het leek haar een verkeerde vraag.

'Hoe wist u het van Hannah?'

'Ik heb altijd het gevoel gehad dat er sprake was van een gerechtelijke dwaling, maar ik weet nog maar net hoe het echt is gegaan. Maar hoe wist u het?'

Mendoza keek haar aan alsof het hem moeite kostte om haar te zien. 'Waar hebt u het over?'

'Het verbaast me gewoon dat u al weet dat ik de echte moordenaar heb gevonden.'

'Ik denk dat u beter even kunt gaan zitten,' zei Stamoran ongemakkelijk.

'Ik wil graag meteen naar Hannah.'

'U weet het dus niet?' vroeg Mendoza fronsend.

'Ik weet dat de politieman die dertien jaar geleden het onderzoek heeft geleid degene is die de Docherty's heeft vermoord en Hannah daarvoor heeft laten opdraaien. Ik weet dat Hannah hier dertien jaar heeft vastgezeten voor een misdrijf dat ze niet heeft gepleegd.'

'U bent te laat,' zei Stamoran zacht.

'Hoe bedoelt u?'

'We dachten dat u was gekomen omdat u het had gehoord.'

'Wat had ik moeten horen?' Toen geen van de mannen antwoord gaf, vroeg ze nog een keer: 'Wat had ik moeten horen?'

Mendoza keek even naar wat papieren op zijn bureau. Toen hief hij zijn hoofd en zei: 'Hannah heeft vannacht twee andere patiënten verwond.'

'Ernstig verwond,' zei Stamoran.

'Ja, heel ernstig verwond,' zei Mendoza. 'Daarna heeft ze zich toegang verschaft tot de beveiligde ruimte waar ene Mary Hoyle sliep. Ze heeft haar gestoken met een stanleymes.'

'Is ze ernstig gewond?' vroeg Frieda.

'Ze is dood,' antwoordde Stamoran.

'Dus uw nieuws maakt geen enkel verschil,' zei Mendoza.

'Vannacht,' zei Frieda. Ze keek uit het grote raam naar de gazons en het bos erachter. Ze had zich altijd voorgesteld dat ze op een goede dag met Hannah dit gebouw uit zou wandelen en haar weer terug de wereld in zou nemen. Ze voelde het bloed in haar slapen kloppen.

'De patiënten mogen hun kamers voorlopig niet uit,' zei Mendoza.

'U wist dat ze werd gepest en mishandeld,' zei Frieda tegen hem. 'U hebt gezien dat ze onder de blauwe plekken zat, dat ze een gebroken rib had. En toch hebt u daar niets tegen ondernomen.'

'Dat is niet waar.'

'Ik zal het er niet bij laten zitten. Hannah is tot het uiterste gedreven, ze is geslagen, gesedeerd, heeft weken achtereen in eenzame opsluiting gezeten. Hoe vreselijk het ook is wat ze afgelopen nacht heeft gedaan, u kunt haar er niet verantwoordelijk voor houden.'

'Het gaat niet om schuld,' zei Stamoran. 'Het gaat erom of er kans op herhaling is.'

'Hoe bedoelt u?'

'Denkt u nu echt dat er in dit land ook maar één arts of één rechter te vinden is die van oordeel zal zijn dat ze vrijgelaten kan worden?'

'Luister.' Frieda steunde met haar handen op tafel en boog zich naar de mannen toe. 'Dertien jaar geleden, toen ze nog maar nauwelijks volwassen was, is Hannahs hele familie op brute wijze vermoord. Probeert u zich eens in te denken hoe ze zich toen moet hebben gevoeld. En daarna werd zij ook nog schuldig bevonden aan die moorden. Stelt u zich eens voor. Ze werd hierheen gestuurd, om haar tegen zichzelf en anderen te beschermen, een plek waar ze genezen zou kunnen worden, maar ze is hier juist herhaaldelijk aangevallen en gemarteld. U denkt toch niet dat ik u daarmee laat wegkomen?'

'Ik heb geen idee wat u wilt doen,' zei Mendoza.

'Allereerst wil ik Hannah zien.'

'Dat lijkt me geen goed idee.'

'Het maakt me niet uit wat u vindt. Ik wil haar zien. Eerder ga ik niet weg.'

'Ach, waarom ook niet?' zei Mendoza opeens. 'Het kan geen kwaad.'

Hannah zat in dezelfde kleine ruimte als de keer dat Frieda haar samen met Andrew Berryman had bezocht. Ze zat ineengedoken in een hoek, haar kin rustte op haar knieën, waar ze haar armen omheen had geslagen. Haar handen had ze in de mouwen van haar wijde trui gestopt en haar ongewassen, ongekamde donkere haar hing als een gordijn over haar gezicht.

'U kunt weer gaan,' zei Frieda tegen de verpleger.

'Het is niet veilig.'

'Vraag het maar aan dokter Mendoza als u zijn toestemming nodig hebt. Of anders houdt u ons van achter de tralies in de gaten, als u dat gelukkig maakt.'

Frieda liep de cel in en de deur viel met een zachte bonk achter haar dicht. Hannah verroerde zich niet. Er hing een zware, ranzige geur: bloed, zweet, poep, angst.

Frieda ging naast Hannah op de grond zitten. 'Ik weet wat er afgelopen nacht is gebeurd.'

Van achter het vettige haar hoorde ze Hannah wat mompelen, maar ze kon niet verstaan wat ze zei.

'Heb je gehoord wat ik zei, Hannah?'

Hannah hief haar hoofd. Haar gezicht was bijna onherkenbaar. Haar neus was opgezet, ze had een verband om één oor, vanuit haar mondhoek liepen in een rechte streep hechtingen, als een gruwelijke lach. Er zat zelfs bloed op haar tanden. Haar donkere ogen glommen.

'Ik weet ervan,' zei Frieda. 'Ik weet waarom je dat hebt gedaan.'

Hannah trok haar handen uit haar mouwen en hield ze voor Frieda op.

Frieda dacht eerst dat ze onder het bloed van haar slachtoffers zaten, maar toen zag ze dat ze opengereten waren en bont en blauw. Ze zag ook een afgescheurde nagel.

'Ik heb het ze betaald gezet,' zei Hannah zacht. Haar weinig gebruikte stem klonk schor.

Frieda probeerde niets van haar gevoelens te laten merken. 'Luister naar me,' zei ze langzaam en duidelijk. 'Ik ben hier voor iets anders. Ik weet wie jouw familie heeft vermoord, Hannah. Ik weet dat jij dat niet hebt gedaan en de anderen weten dat nu ook.'

Hannah staarde recht voor zich uit.

Frieda nam Hannahs gezicht tussen haar handen. 'Ik wil dat je me voor deze ene keer aankijkt. Kijk me in de ogen als ik je alles vertel.'

En Hannah keek haar aan terwijl Frieda haar vertelde wat ze

had ontdekt, en Frieda had het gevoel dat ze niet alleen tegen Hannah praatte maar ook tegen zichzelf.

Toen ze was uitgesproken, kwam er geen enkele reactie van Hannah. Frieda raakte haar arm aan. 'Je moeder hield van je, ondanks alles wat er tussen jullie was gebeurd. Ze maakte zich zorgen om je en daarom is ze die avond, nadat ze met Justine Walsh had gepraat, naar je toe gegaan.'

Frieda was aarzelend aan het verhaal begonnen, maar opeens was het alsof ze vaste grond onder haar voeten kreeg. Het was alsof ze voor zich zag hoe het was gegaan. 'Jouw alibi klopte, hoewel niemand je natuurlijk geloofde, want niemand wist dat je moeder niet de vrouw was die naast je stiefvader in bed lag. Ze hield van je, en jij hield van haar. Jij hebt haar niet vermoord.'

Hannah slaakte een geluidje, als het begin van een woord, maar toen stopte ze weer. Haar ogen glansden in haar verwoeste gezicht, haar gescheurde mond bewoog,

'En je hebt Aidan ook niet vermoord. Hoe gecompliceerd je gevoelens voor hem ook waren, je hebt hem niet vermoord.'

Frieda zweeg. Stilte vulde de kleine ruimte, en ze voelde haar hart kloppen.

'Je hebt Rory niet vermoord,' zei ze zacht.

'Nee,' zei Hannah. Tenminste, Frieda dacht dat ze dat zei.

'Je hebt altijd voor Rory gezorgd. Je beschermde hem. Je hebt voor hem gevochten. Je hebt hem niet vermoord.'

'Ik niet,' zei Hannah. Maar misschien was het een vraag.

'Niemand kan hem of je moeder weer terugbrengen. Niemand kan je je verloren jaren teruggeven. Maar ik wil dat je weet dat ik alles zal doen wat in mijn macht ligt om je hier weg te krijgen, ondanks het feit dat je vannacht een vrouw hebt gedood.'

Het was heel stil in de kamer en de vloer was koud. De lampen boven hen flakkerden kort.

'Hannah, begrijp je wat ik zeg?'

'Maakt niet uit.'

'Wat bedoel je daarmee?'

'Maakt niet uit.'

'Het maakt wel uit.'

'Nee.' En alsof zij degene was die troost moest geven, nam Hannah Frieda's gladde hand in haar gehavende. 'Allemaal klaar.'

40

Frieda vroeg aan Josef of hij haar bij het St Pancras-station wilde afzetten. Vandaaruit liep ze naar het kerkje. Het miezerde, maar dat kon haar niet schelen. In de schemering was de wereld grijs, met laaghangende wolken en gebouwen die slechts vaag te zien waren. Frieda liep het kerkhof op, onder de grote platanen door, langs de tombes en graven tot ze voor de Hardy Tree bleef staan. Honderdvijftig jaar geleden hadden de graven plaats moeten maken voor het spoor, en ze lagen nu dicht opeen in een kring om de es, waarvan de wortels de lichamen eronder raakten. Het was net een kleine dodenstad. Frieda dacht niet na, het was meer alsof de gedachten door haar heen dwaalden; ze voelde niet, maar de gevoelens stroomden door haar bloed.

Ze bleef lange tijd naar de boom staan staren, tot het donker werd. De wind blies in vlagen over het gras en wolken zeilden door de donkere lucht. Toen ze zich omdraaide, zag ze ze komen aanlopen in de schemering. Vijf mensen, nee, zeven. Achter Reuben, Josef, Sasha, Chloë en Jack liepen Karlsson, op zijn krukken, en Yvette. Josef moest ze allemaal hebben ingelicht.

Ze wachtte tot ze zich tussen de graven door een weg naar haar toe hadden gebaand. Niemand zei iets, want er viel niets te zeggen. Karlsson trok zijn jas uit en hing hem om Frieda's schouders. Sasha pakte haar arm beet. Chloë snikte een keer, maar beheerste zich toen. Frieda keek hen een voor een aan.

'Je bent klaar,' zei Reuben.

De haard was aan. Ze zat aan haar schaaktafeltje, met een glas whisky naast haar. Ze wilde een oude partij naspelen om haar geest van alles te bevrijden; ze wilde zich alleen nog bezighouden met de tikkende stukken, het tactische spel, het aanvallen en terugtrekken. Ze kon zich echter niet goed concentreren. Er hing een vage geur in de lucht, een zoete stank. Ze liep door de kamers en probeerde te ontdekken waar die vandaan kwam. Uiteindelijk belde ze Josef.

'Sorry, ik weet dat het laat is.'

'Kan ik helpen?' Altijd even behulpzaam.

'Ik geloof dat er iets mis is met mijn afvoer. Of misschien heb ik last van muizen. Kun je daar iets aan doen?'

'Ik kom.'

'Morgen is vroeg genoeg.'

'Nu,' zei Josef, waarna hij de verbinding verbrak.

'Is niet afvoer,' zei hij, terwijl hij achterdochtig de geur opsnoof. 'Is hier.'

Ze stonden in de huiskamer.

'Misschien ligt er een dode muis onder de vloer.'

'Kan.'

Josef ging op zijn knieën zitten en keek naar de plek waar de vloer de muur raakte. Hij maakte zijn vinger vochtig en stak hem in een spleet tussen de planken. Toen liet hij hem aan Frieda zien.

'Wat is dat?'

'Zaagsel.'

'Misschien nog van toen jij hier aan het werk was.'

'Nee,' zei Josef. 'Is nieuw.' Hij opende een van de grote gereedschapskisten die hij bij zich had. Hij pakte er een koevoet en een zware schroevendraaier uit en daarna werd alles korrelig en traag; het gebeurde ver weg en dichtbij tegelijk, in haar huis, onder haar voeten. Josef wrikte een plank los. Frieda hoorde hem iets zeggen, in een schorre fluistering, iets wat ze niet kon verstaan, en toen werden al haar zintuigen overweldigd door de rotte geur die opsteeg uit de vloer. Ze zag een witte tennisschoen. Een grijsgele enkel. Krioelende maden. Een hand met een verschrompelde narcis erin. Een gezicht met een kleiachtige huid, een open mond en ogen met een verstarde blik van verbazing. Bruce Stringer, die haar aankeek met zijn gelige dode ogen.

'Dean,' zei Frieda.

'Nee, Frieda.' Josef fluisterde nog steeds. 'Is die man. Stringer.'

Ze hoorde dat Josef de politie belde. Ze knielde neer naast het gat, sloot haar ogen, deed ze weer open en dwong zichzelf naar de open mond te kijken, die vertrokken was tot een verrotte grijns. Toen stond ze weer op en wankelde naar achteren tot ze steun vond bij de muur. Ze was zich ervan bewust dat Josef van alles tegen haar zei, maar ze kon niet reageren, ze begreep niet wat hij zei. Daarna piepende banden, zwaailichten voor haar raam, zware voetstappen.

De buitenwereld kwam haar privédomein weer binnendringen.

In de Frieda Klein-reeks van Nicci French zijn tot nu toe verschenen:

Blauwe maandag
Psychotherapeute Frieda Klein leidt een rustig bestaan om de demonen uit haar verleden de baas te kunnen – totdat de recherche een beroep op haar doet bij het opsporen van een verdwenen kind.

Dinsdag is voorbij
Frieda wordt tegen wil en dank meegesleurd in de afschuwelijke wereld van misdaad en moord wanneer in een vervallen huis in Oost-Londen een lijk wordt gevonden.

Wachten op woensdag
Een meisje vindt haar vermoorde moeder. Door het hele land blijken er meisjes spoorloos verdwenen. Frieda móét helpen, hoewel ze herstellende is van een wrede aanslag.

Donderdagskinderen
Frieda raakt ervan overtuigd dat de dochter van een vriendin en haar hetzelfde is overkomen; sterker nog, dat zij beiden slachtoffer zijn van dezelfde dader.

Denken aan vrijdag
Er is een lijk in de Theems gevonden, vermoord. Frieda wordt algauw als de belangrijkste verdachte van het misdrijf gezien. Ze heeft haar vrienden hard nodig.

Als het zaterdag wordt
Frieda moet uitzoeken of een 32-jarige vrouw die veroordeeld is voor de gruwelijk moord op haar familie en in een psychiatrische inrichting zit daadwerkelijk gestoord is. Er is meer aan de hand, ontdekt ze meteen.

Zondagochtend breekt aan

Frieda deed een gruwelijke vondst, in haar eigen huis. Daarmee heeft ze spijkerhard bewijs dat de man die het op haar heeft gemunt nog leeft en haar op de hielen zit. De pers duikt erbovenop, waardoor het gevaar voor Frieda, én voor haar vrienden, alleen maar toeneemt.